古典文學研究輯刊

十二編

曾永義 主編

第13冊

明代嘉隆間戲曲三論（下）

林立仁 著

國家圖書館出版品預行編目資料

明代嘉隆間戲曲三論（下）／林立仁 著—初版—新北市：
花木蘭文化出版社，2015〔民104〕
目 6+232 面；19×26 公分
（古典文學研究輯刊 十二編；第 13 冊）
ISBN 978-986-404-411-5（精裝）
1. 明代戲曲 2. 戲曲評論
820.8   104014984

ISBN- 978-986-404-411-5

9 789864 044115

古典文學研究輯刊
十二編　第十三冊　　　　ISBN：978-986-404-411-5

明代嘉隆間戲曲三論（下）

作　　者　林立仁
主　　編　曾永義
總 編 輯　杜潔祥
副總編輯　楊嘉樂
編　　輯　許郁翎
出　　版　花木蘭文化出版社
社　　長　高小娟
聯絡地址　235 新北市中和區中安街七二號十三樓
　　　　　電話：02-2923-1455／傳眞：02-2923-1452
網　　址　http://www.huamulan.tw 信箱 hml 810518@gmail.com
印　　刷　普羅文化出版廣告事業
初　　版　2015 年 9 月
全書字數　479640 字
定　　價　十二編 26 冊（精裝）新台幣 48,000 元

明代嘉隆間戲曲三論（下）

林立仁　著

目

次

【下編】
嘉隆年間雜劇研究

第壹章　嘉隆年間雜劇之演進情勢及體製規律

　　雜劇的發展，在明代有截然不同於元代的面貌。明初，雖因帝王宗室的喜好，而提高了雜劇的地位，但也在禁演榜文及藉劇宣揚道德教化的思想箝制下，失去了活潑的民間氣息，而走上貴族化、文士化的途徑。〔註1〕到了嘉隆年間，更因南曲戲文傳奇的流行，而使得雜劇的體製逐漸突破元劇規範，形成所謂的南雜劇或短劇，成為明代雜劇的代表，進而影響清代雜劇的發展。在這漫長的過程中，嘉隆之際，正見其過渡，而居承轉之樞紐。

第一節　嘉隆年間雜劇之演進情勢

一、洪武到弘治、正德年間雜劇之演進情勢

　　明初，雜劇和戲文同時流行，如《大明律講解》〈刑律雜犯〉云：

> 凡樂人搬做雜劇、戲文，不許粧扮歷代帝王后妃忠臣烈士先聖先賢
> 神像，違者杖一百；官民之家，容令粧扮者與同罪；其神仙道扮及

〔註1〕詳見曾師永義《明雜劇概論》第一章〈總論〉：「寧憲王……對於倡優作家有很大的偏見……寧憲王這一段議論簡直將戲劇宣佈成貴族、文士的特權和私有物，明代雜劇也因此走上貴族化、文士化的途徑，其內容、情感也逐漸和民間脫節。」前揭書，頁77。
亦見徐子方《明雜劇研究》第一章〈槓桿：兩次重大轉變〉〈一、由平民化而貴族化〉、〈二、由貴族化而文人化〉（臺北：文津出版社，1998年1月初版），頁4～13。

義夫節婦孝子順孫勸人爲善者，不在禁限。〔註2〕

可知當時官家、民家既演雜劇，也演戲文。但雜劇因上位者之喜好，更有淩駕戲文之勢，如太祖朱元璋在金陵稱吳王（西元 1364 年）時，即置「教坊司，掌宴會大樂」，也包括雜劇演出，在《明史》〈志第三十七‧樂一〉中：

> 又置教坊司，掌宴會大樂。設大使、副使、和聲郎，左、右韶樂，
> 左、右司樂，皆以樂工爲之。後改和聲郎爲奉鑾。

> 殿中韶樂，其詞出於教坊俳優，多乖雅道。十二月樂歌，按月律以
> 奏，及進膳、迎膳等曲，皆用樂府、小令、雜劇爲娛戲。〔註3〕

又於洪武二十八年（西元 1395 年）設立「鐘鼓司」，《明史》〈志第五十‧職官三〉記其職責爲：

> 鐘鼓司，掌印太監一員，僉書、司房、學藝官無定員，掌管出朝鐘
> 鼓，及内樂、傳奇、過錦、打稻諸雜戲。〔註4〕

其中「傳奇」當指雜劇，此稱呼乃承元而來。「過錦」則是「耍樂院本」，如沈德符《萬曆野獲編》「禁中演戲」條所云：

> 内廷諸戲劇俱隸鐘鼓司，皆習相傳院本，沿金元之舊，以故其事多
> 與教坊相通。至今上始設諸劇於玉熙宮以習外戲，如弋陽、海鹽、
> 崑山諸家俱有之。〔註5〕

沈德符所說「相傳院本」指的是北曲雜劇，「耍樂院本」則是傳統的院本。〔註6〕可見當時宮廷之演出，仍以北曲雜劇爲主。在徐渭《南詞敘錄》中，更記載太祖盛讚《琵琶記》，如「山珍海錯」，而「日令優人進演」，但因其不善南曲腔調，遂令教坊色長改用北曲絃索歌之。〔註7〕此外，成祖朱棣在燕邸時，

〔註2〕《大明律講解》卷 26〈刑律雜犯〉，詳見《元明清三代禁毀小説戲曲史料》〈五明代法令〉，前揭書，頁 10。

〔註3〕詳見清‧張廷玉等撰《明史》卷 61〈志第三十七‧樂一〉，前揭書，頁 1500、1507。

〔註4〕詳見清‧張廷玉等撰《明史》卷 74〈志第五十‧職官三〉「四司」，前揭書，頁 1820。

〔註5〕詳見明‧沈德符《萬曆野獲編》補遺卷一〈列朝〉「禁中演戲」條，前揭書，頁 857。

〔註6〕此說見廖奔〈明代雜劇概説〉，戲曲研究第 30 輯，1989 年 9 月，頁 187。

〔註7〕詳見明‧徐渭《南詞敘錄》：「我高皇即位……時有以《琵琶記》進呈者，高皇笑曰：『五經、四書，布、帛、菽、粟也，家家皆有；高明《琵琶記》如山珍、海錯，富貴家不可無』。既而曰：『惜哉，以宮錦而製鞲也！』由是日令優人進演。尋患其不可入絃索，命教坊奉鑾史忠計之。色長劉杲者，遂撰腔

即對一批由元入明的雜劇作家，如湯舜民、楊景賢、賈仲明等人十分禮遇，甚且於其入金陵繼皇帝位後，仍將這些作家帶至京中〔註8〕，可見他對北曲雜劇之喜好。明朝皇帝愛好北曲，在成祖以後有憲宗朱見深、武宗朱厚照兩人。李開先〈張小山小令後序〉說：

> 人言憲廟（朱見深）好聽雜劇及散詞，搜羅海內詞本殆盡。又武宗
> （朱厚照）亦好之，有進者即蒙厚賞，如楊循吉、徐霖、陳符所進
> 不止數千本。〔註9〕

　　不僅宮廷如此，藩王府中亦有北雜劇之創作及演出，如寧獻王朱權（西元1378～1448年）的《太和正音譜》〔註10〕即是研究北曲的重要著作，書中既標「娼夫不入群英」之目，又區分「行家生活」及「戾家把戲」，將戲劇視爲「鴻儒碩士、騷人墨客所作」是貴族文士所專有，而以雜劇藝人「不過爲奴隸之輩，供笑獻勤，以奉我輩」。這樣的戲曲觀無疑地使雜劇走向貴族化及文士化的途徑。〔註11〕又如周憲王朱有燉（西元1379～1439年）的《誠齋雜劇》三十一種，數量之多，除了元代關漢卿和高文秀，無人可比，堪稱元明第一，且在他之前，雜劇不失元人本質；在他之後，雜劇逐漸染上明人氣息，

以獻，南曲北調，可於箏琶被之；然終柔緩散戾，不若北之鏗鏘入耳也。」收於《中國古典戲曲論著集成》三，前揭書，頁240。

〔註8〕　明・無名氏《錄鬼簿續編》：「湯舜民　象山人，號菊莊。……文皇帝在燕邸時，寵遇甚厚。永樂間，恩賚常及。所作樂府、套數、小令極多，語皆工巧，江湖盛傳之。」「楊景賢　名暹，後改名訥，號汝齋。……永樂初，與舜民一般遇寵。後卒於金陵。」「賈仲明　山東人。……嘗傳文皇帝於燕邸，甚寵愛之。……所作傳奇樂府極多，駢麗工巧，有非他人之所及者。」此書收於《中國古典戲曲論著集成》二，前揭書，頁283、284、292。

〔註9〕　明・李開先〈張小山小令後序〉，收於《李中麓閒居集》〈序文六之四十四〉，此書收於《四庫全書存目叢書》〈集部・別集類〉第92冊，（臺南：莊嚴文化事業有限公司，1995年9月初版），頁262。

〔註10〕《太和正音譜》之作者，據曾師永義〈《太和正音譜》的作者問題〉一文考訂，應爲獻王晚年門客依託之作。此文收於曾師永義《論說戲曲》，前揭書，頁51～69。

〔註11〕明・朱權《太和正音譜》「雜劇十二科」：「雜劇，俳優所扮者，謂之娼戲，故曰勾欄。子昂趙先生曰：『良家子弟所扮雜劇，謂之行家生活，娼優所扮者，謂之戾家把戲。良人貴其恥，故扮者寡，今少矣，反以娼優扮者謂之行家，失之遠也。』或問其何故哉？則應之曰：『雜劇出於鴻儒碩士、騷人墨客所作，皆良人也。若非我輩所作，娼優豈能扮乎？推其本而明其理，故以爲戾家也』。關漢卿曰：『非是他當行本事，我家生活，他不過奴隸之役，供笑獻勤，以奉我輩耳。子弟所扮，是我一家風月』。雖是戲言，亦合於理，故取之。」收於《中國古典戲曲論著集成》三，前揭書，頁24～25。

實居元明雜劇史上之樞紐地位。〔註12〕《誠齋雜劇》不僅可讀,更可演之舞臺,如王世貞《曲藻》云:

> 周憲王者,定王子也。好臨摹古書帖,曉音律。所作雜劇凡三十餘種,散曲百餘,雖才情未至,而音調頗諧,至今中原絃索多用之。
> 〔註13〕

錢謙益《列朝詩集小傳》「周憲王」云:

> 王諱有燉,周定王之長子……製《誠齋樂府傳奇》若干種,音律諧美,流傳內府,至今中原絃索多用之。李夢陽(汴中元宵)絕句云:「中山孺子倚新妝,趙女燕姬總擅場。齊唱憲王新樂府,金梁橋外月如霜。」〔註14〕

可見「北詞和北雜劇的演唱,應當是明代藩王宮廷的主要生活,當時王府樂戶都習唱北詞。」〔註15〕

至於明初的雜劇作家,據曾師永義《明雜劇概論》〈明代雜劇的作家〉中考證,得羅本等二十五人〔註16〕,其中包含了《太和正音譜·古今群英樂府格勢》所列之「國朝一十六人」〔註17〕,《錄鬼簿續篇》所宜列入的須子壽等九人及《也是園書目》中所列的黃元吉等,並言:「由於他們都是由元入明,所以無論體製或風格,大抵都能遵守元人的科範、不失元人的韻味」〔註18〕。此外,還有許多無名氏的作品,大概出自宮廷教坊之手〔註19〕。

〔註12〕 詳見曾師永義《明雜劇概論》第一章〈總論〉,前揭書,頁77。

〔註13〕 詳見明·王世貞《曲藻》「周憲王者」,收於《中國古典戲曲論著集成》四,前揭書,頁34。

〔註14〕 詳見清·錢謙益《列朝詩集小傳》上〈乾集下〉,前揭書,頁8。

〔註15〕 詳見黃芝岡〈明代初、中期北雜劇的盛行和衰落〉,收於《宋元明清劇曲研究論叢》一,前揭書,頁239。

〔註16〕 明代雜劇作家的考據,詳見曾師永義《明雜劇概論》第一章〈總論〉第三節〈明代雜劇的作家〉,前揭書,頁23〜25。亦見游宗蓉《元明雜劇之比較研究——以題材爲核心之探討》〈附錄二 元明雜劇作家一覽表〉(國立臺灣大學中國文學研究所博士論文,民國88年1月)。

〔註17〕 明·朱權《太和正音譜》「古今群英樂府格勢·國朝一十六人」:「王子一、劉東生、王文昌、谷子敬、藍楚芳、陳克明、李唐賓、穆仲義、湯舜民、賈仲名、楊景言、蘇復、楊彥華、楊文奎、夏均政、唐以初。」收於《中國古典戲曲論著集成》三,前揭書,頁22〜23。

〔註18〕 詳見曾師永義《明雜劇概論》第一章〈總論〉第六節〈明代雜劇演進的情勢〉,前揭書,頁76。

〔註19〕 詳見徐子方《明雜劇研究》第二章〈宮廷北雜劇論略Ⅱ、宮廷藝人創作〉,前

　　可見，明代初期，雜劇掌握在宗室貴族、宮廷教坊及由元入明的文士之手，大環境的改變，使此時期之雜劇與元雜劇有極大之不同，在胡侍《眞珠船》「元曲」條云：

> 元曲如《中原音韻》、《陽春白雪》、《太平樂府》、《天機餘錦》等集，《范張雞黍》、《王粲登樓》、《三氣張飛》、《趙禮讓肥》、《單刀會》、《敬德不伏老》、《蘇子瞻貶黃州》等傳奇，率音調悠圓，氣魄弘壯。後雖有作，鮮與之京矣。蓋當時臺省元臣，郡邑正官及雄要之職，盡其國人爲之，中州人每每沈抑下僚，志不獲展。如關漢卿入太醫院尹，馬致遠江浙行省務官，宮大用釣臺山長，鄭德輝杭州路吏，張小山首領官，其他屈在簿書，老於布素者，尚多有之。於是以其有用之才，而一寓之乎聲歌之末，以舒其怫鬱感慨之懷，蓋所謂不得其平而鳴焉者也。〔註20〕

元蒙統治下的知識份子，有志不得伸，有才無處用，滿腹鬱悶盡藉雜劇創作以渲洩之。明代，則在帝王之喜好，及寧、周二王的致力於雜劇創作之下，使雜劇走向貴族化、宮廷化，內容自然逐漸遠離民間情感，但在英宗正統四年（西元 1439 年）和十三年（西元 1448 年），周憲王朱有燉及寧獻王朱權去世之後，直到孝宗弘治年間（西元 1488～1505 年），王九思、康海等人開創雜劇另一階段之新局面，這四、五十年的時間，北雜劇未見名家之作。何以明初劇壇幾乎未見文人創作？也許，何良俊《四友齋叢說》中所言：「祖宗開國，尊崇儒術，士大夫恥留心辭曲」〔註21〕可以給我們一個說明：太祖朱元璋，即位之初，即行科舉取士〔註22〕，使讀書人回到了傳統學而優則仕的觀

揭書，頁 17～18。亦可見游宗蓉《元明雜劇之比較研究——以題材爲核心之探討》第一章〈元明雜劇作家的比較〉：「明代初期的劇作家除朱權、朱有燉二藩王之外，其餘皆爲教坊中的宮廷藝人，明萬曆年間趙琦美脈望館校抄內府本雜劇中有一百一十五種無名氏作品，這些作品大多數出自自教坊之手，約佔現存明雜劇總數的三分之一。」前揭書，頁 43．

〔註20〕詳見明・胡侍《眞珠船》卷 4「北曲」條，收於《筆記小說大觀四編》（臺北：新興書局，民國 67 年出版），頁 3457～3458。

〔註21〕詳見明・何良俊《四友齋叢說》卷 37〈詞曲〉：「祖宗開國，尊崇儒術，士大夫恥留心詞曲，雜劇與舊戲文本皆不傳，世人不得盡見。雖教坊有能搬演者，然古調既不諧於俗耳，南人又不知北音，聽者既不喜，則習者亦漸少。」此書收於《元明史料筆記叢刊》，前揭書，頁 337。

〔註22〕在清・張廷玉等撰《明史》卷 70〈志第四十六・選舉二〉中記錄太祖以科舉取士之事，「科目者，沿唐、宋之舊，而稍變其試士之法，專取四子書及《易》、

念中，以求取功名爲其人生要務，自然「恥留心辭曲」，這種現象，則要到明中葉以後才有改變，並把雜劇推向另一個發展的里程碑。

二、嘉靖、隆慶年間雜劇之演進情勢

明初雜劇雖得寧、周二王大力提倡，而能呈現蓬勃的現象，但也因禁演榜文的限制及士大夫恥留心於辭曲的影響，使得這個階段的雜劇內容，或爲供奉內廷而以排場熱鬧紛華取勝，或爲藩王寄情釋道，藉創作神仙道化劇以期遠害全身，這些因素都導致雜劇的發展走向下坡，而沈寂數十年。

到了嘉靖、隆慶年間，北雜劇日趨衰微，南戲諸腔則在各地逐漸流行起來。正如鄭振鐸在〈雜劇的轉變〉一文中說：

> 馴至嘉靖以後，入於近代期中，則「北劇」已幾乎成爲劇場上的「廣陵散」了，演者幾乎不知北劇爲何物，民間的演唱者也舍北曲而之南曲與小調，作者雖寫北劇，也未必爲劇場而寫，且其對於北劇的規則，已破壞略盡，且亦不甚明瞭，北劇的末運在這時已經到了。

> 嘉靖以還，雜劇作者雖不少，然已不甚用北曲了；且也與唱北曲者一樣，多不甚明瞭北劇的結構，往往以南劇的規則施之於雜劇；其能堅守元人北劇的格律者甚少，雜劇的面目爲之大變。〔註23〕

此外，在王國維〈盛明雜劇初集〉一文中，亦言：

> 至明中葉後，不知北劇與南曲之分，但以長者爲傳奇，短者爲雜劇。如此書中，汪伯玉、陳玉陽、汪昌朝諸作，皆南曲也；且折數多至七、八，少則一、二，更屬任意。〔註24〕

而胡忌《宋金雜劇考》〈名稱〉中則更清楚地說明：

> 明代中葉以後，「雜劇」含義又有變化。它是相對於那時長篇傳奇的稱呼，而稱短的劇本爲「雜劇」。這種「雜劇」既可用北曲，也可用

《書》、《詩》、《春秋》、《禮記》五經命題試士。蓋太祖與劉基所定。……洪武三年詔曰：『……自今年八月始，特設科舉，務取經明行修、博通古今、名實相稱者。朕將親策於廷，第其高下而任之以官。使中外文臣皆由科舉而進，非科舉者毋得與官。』」前揭書，頁 1693～1695。

〔註23〕 詳見鄭振鐸〈雜劇的轉變〉，收於《小說月報》第21卷第1期，頁1、2。

〔註24〕 詳見王國維《王國維戲曲論著 宋元戲曲考等八種》〈戲曲散論〉〈盛明雜劇初集〉，（臺北：純眞出版社，民國71年9月出版），頁364。亦見蔡毅編著《中國古典戲曲序跋彙編》一，前揭書，頁463。

南曲，甚至於南、北曲合用的。〔註25〕

並說，雜劇的含義應包括宋代雜劇、北曲雜劇、明代雜劇，而於明代雜劇下加註說明：

> 司唱角色不固定，爲相對傳奇之短劇。大部分的劇本排場演出皆與傳奇無異。

在近代前賢的研究中，我們清楚地知道雜劇的發展到了明中葉，因受南曲戲文體製、演出之影響，遂展現了不同於元劇的面目。

而事實上，在明人的記錄中，也看得到這一段歷史發展的過程。如祝允明在《猥談》「歌曲」條下即言：

> 自國初來，公私尚用優伶供事，數十年來，所謂南戲盛行，更爲無端，於是聲樂大亂。……歌唱愈謬，極厭觀聽，蓋已略無音律腔調，愚人蠢工，徇意變更。……變易喉舌，趁逐抑揚，杜撰百端，眞胡說耳。若以被之管絃，必致失笑。〔註26〕

他是站在士大夫的立場，面對北曲的衰微及南戲的盛行，表達他的不滿。之後，嘉靖、隆慶年間，如楊愼在《丹鉛總錄》〈訂訛類〉「北曲」條也說：

> 近世北曲，雖皆鄭衛之音，然猶古者總章北里之韻，梨園教坊之調，是可證也。近日多尚海鹽南曲，士夫稟心房之精，從婉孌之習者，風靡如一，甚者北土亦移而耽之。更數十年，北曲亦失傳矣。〔註27〕

此說亦見於何良俊《四友齋叢說》之中〔註28〕，可見連原本流行北曲雜劇的

〔註25〕 詳見胡忌《宋金雜劇考》第一章〈名稱〉〈三、宋元以來對戲劇的混稱〉，前揭書，頁17。下段引文，見頁18。

〔註26〕 詳見明·祝允明《猥談》「歌曲」條，此書收於《說郛三種》第10冊，《說郛續》46卷，前揭書，頁2099。

〔註27〕 明·楊愼《丹鉛總錄》卷14〈訂訛類〉「北曲」條：「南史蔡仲熊曰：『五音本在中上，故氣韻調平；東南土氣偏陂，故不能感動木石。』斯誠公言也。近世北曲雖皆鄭衛之音，然猶古者總章北里之韻，梨園教坊之調，是可證也。近日多尚海鹽南曲，士夫稟心房之精，從婉孌之習者，風靡如一，甚者北土亦移而耽之。更數十餘年，北曲亦失傳矣。」此書收於《景印文淵閣四庫全書》〈子部161·雜家類〉，總第855冊，（臺北：臺灣商務印書館股份有限公司，民國75年3月初版），頁494。

〔註28〕 明·何良俊《四友齋叢說》卷37〈詞曲〉：楊升菴曰：「南史蔡仲熊云：『五音本在中土，故氣韻調平，東南土氣偏陂，故不能感動木石』斯誠公言也！近世北曲，雖鄭衛之音，然猶古者總章北里之韻，梨園教坊之調，是可證也。近日多尚海鹽南曲，士夫稟心房之精，從婉孌之習者，風靡如一，甚者北土

北方也開始喜好南曲，面對這種無可抵擋的時代潮流，也難怪這些致力維護北曲的士大夫們要大加感嘆了！甚至連教坊中所演所唱也都以流行的「時曲」為主，如何良俊《四友齋叢說》〈詞曲〉中說：

> 鄭德輝雜劇，《太和正音譜》所載總十八本，然入絃索者，惟《㑳梅香》、《倩女離魂》、《王粲登樓》三本，今教坊所唱率多時曲，此等雜劇古詞皆不傳習，三本中獨《㑳梅香》頭一折【點絳唇】尚有人會唱，至第二折驚飛幽鳥，與《倩女離魂》內人去陽臺，《王粲登樓》內塵滿征衣，人久不聞，不知絃索中有此曲矣。〔註29〕

何良俊在戲曲、音律之造詣極深，其自幼即習「簫鼓絃索」〔註30〕，之後，又親自「教童子學唱」、「久之遂能識其音調」〔註31〕，他企圖挽北曲之頹勢於南曲狂瀾之中，如家中女樂，仍習北曲，且由南京教坊老樂工頓仁傳授曲藝，曾言：

> 余家小鬟記五十餘曲，而散套不過四、五段，其餘皆金元人雜劇詞也。南京教坊人所不能知，老頓言，頓仁在正德爺爺時，隨駕至北京，在教坊學得，懷之五十年，供筵所唱，皆是時曲，此等辭並無人問及，不意垂死遇一知音，是雖曲藝，然可不謂之一遭遇哉。〔註32〕

何良俊雖以其家小鬟所唱北曲，連南京教坊也不能知而自豪，但更可擔憂的則是「更數世後，北曲亦失傳矣」。面對北曲衰微、南曲盛行的趨勢，萬曆年間沈德符在《萬曆野獲篇》〈詞曲〉「弦索入曲」條中言：

> 嘉隆間度曲知音者，有松江何元朗，畜家僮習唱，一時優人俱避舍。然所唱俱北詞，尚得金元蒜酪遺風。予幼時，猶見老樂工二三人，其歌童也，俱善弦索，今絕響矣。何又教女鬟數人，俱善北曲，為南教坊頓仁所賞。頓曾隨武宗入京，盡傳北方遺音，獨步東南，暮

亦移而耽之。更數世後，北曲亦失傳矣。」前揭書，頁336。

〔註29〕 同前註，頁337。

〔註30〕 明・何良俊《四友齋叢說》卷13〈史九〉：「余家自先祖以來，即有戲劇。我輩有識後，即延二師儒訓以經學，又有樂工二人教童子聲樂，習簫鼓絃索，余小時好嬉，每放學即往聽之。」前揭書，頁110。

〔註31〕 明・何良俊《四友齋叢說》卷33〈娛老〉：「余小時好飲……至年近四十而有幽憂之疾，蓋瀕於不起矣，遂棄去文史，教童子學唱，每晨起即按樂至暮，久之遂能識其音調。」前揭書，頁298。

〔註32〕 詳見明・何良俊《四友齋叢說》卷37〈詞曲〉，前揭書，頁340。

年流落，無復知其技者，正如李龜年江南晚景。〔註33〕

雖稱美何良俊家女樂「尚得金元蒜酪遺風」，但也道出了萬曆年間，北曲成為絕響的實際狀況。

雖然嘉隆年間，北曲式微，但並不表示此時的劇壇也如北曲般沈寂，反而隨著南曲諸腔的流行，而使此時期的劇壇走出明初數十年的沈寂。聲腔的消長，呈現了此時期的劇壇面貌；另外，北曲雜劇嚴謹的體製規律，束縛了劇作家的創作空間，在明初雖然十六子的創作大致遵守元人雜劇一本四折的體製規律，但在朱有燉《誠齋雜劇》三十一種中則已有十一本改變元人科範。〔註34〕到了嘉隆年間，徐渭、許潮、馮惟敏諸人的劇作，更恣意地破壞了元雜劇體製規律（詳見下節），折數不受限制，可長可短，遂有「短劇」之產生，甚至用南曲創作雜劇，而形成所謂的「南雜劇」，這也是南北曲勢力消長的另一例證。

至於劇作者，明初少有文人士大夫參與雜劇創作，此時則因外在環境的改變，而有許多文人士大夫投入創作〔註35〕，使劇作風格由貴族宮廷化走向文士化，如李開先在〈西野春遊詞序〉中所言：

> 國初如劉東生、王子一、李直夫諸名家，尚有金、元風格，乃後分而兩之，用本色者為詞人之詞，否則為文人之詞矣。自陳大聲正德丁卯年沒後，惟有王渼陂為最。陳乃元詞之下者，而王乃文詞之高者也，可為等儕，有未易以軒輊者。若兼而有之，其元哉。其猶詩之唐而不可尚者哉！〔註36〕

〔註33〕詳見明・沈德符《萬曆野獲編》卷25〈詞曲〉，前揭書，頁685～686。

〔註34〕詳見曾師永義《明雜劇概論》第一章〈總論〉第五節〈明代雜劇體製提要〉，前揭書，頁44～49。另外，謝俐瑩《明初南北曲流行概況及其變革之探討》第二章〈明初北曲雜劇之流行概況及其變革〉第二節〈明初北曲雜劇在體製上之變革〉，則從「改變折數、南北合套、唱法多樣化、腳色用法的改變」等四方面加以論述。（私立東吳大學中國文學研究所碩士論文，民國86年6月），頁58～67。蔡欣欣〈《誠齋雜劇》藝術之探討〉，則從劇目特色、體製規律、曲白風格、腳色配置、藝術手法等方面論述《誠齋雜劇》在元明戲曲史中居於轉變的關鍵地位。此文為「明清戲曲國際研討會」論文，中央研究院中國文哲研究所籌備處，民國86年6月10～11日。

〔註35〕詳見游宗蓉《元明雜劇之比較研究──以題材為核心之探討》第一章〈元明雜劇作家的比較〉第二節〈元明雜劇作家的身份〉及〈附錄二　元明雜劇作家一覽表〉，前揭書，頁39～47、267～269。

〔註36〕明・李開先〈西野春遊詞序〉，收於《李中麓閒居集》〈序文六之四十四〉，此

已將劇作風格區分為「詞人之詞」與「文人之詞」，詞人之詞專用本色，文人之詞則重文采。這一時期的劇作家面對社會風尚由淳樸轉向奢靡，學術思潮也由程朱理學走向王學異端，既肯定了人的慾望，也強調自我意識的重要，尤其文學創作上受到李贄「童心說」的啓迪，更強調抒寫真情才是創作的本體，再加上科場、官場上的升沈起伏，他們敏銳的心靈正感受著時代的脈動，蓄積既久，便藉劇作渲洩而出，於是藉劇抒懷便成為這一時期劇作之極大特色。〔註37〕如徐翽〈盛明雜劇序〉中所言：

> 今之所謂北者，皆牢騷骯髒、不得於時者之所為也。文長之曉峽猿聲暨不佞之夕陽影語，此何等心事，寧漫付之李龜年及阿蠻輩，草草演習，供綺宴酒闌所憨跳！他若康對山、汪南溟、梁伯龍、王辰玉諸君子，胸中各有磊磊者，故借長嘯以發舒其不平，應自不可磨滅。〔註38〕

無限心事藉劇中人物為之代言，亦如程羽文之〈盛明雜劇序〉所言：

> 蓋才人韻士，其牢騷抑鬱、唬號憤激之情，與夫慷慨流連，談諧笑謔之態，拂拂於指尖而津津於筆底，不能直寫而曲摹之，不能莊語而戲喻之者也。

劇作家們不僅藉創作排遣其內心之苦悶，也在劇作中流露文人風流自賞的情懷。因此，沈泰在《盛明雜劇》〈凡例〉之第一條即言：

> 此集祇詞人一臠，然非快事韻事，奇絕趣絕者不載。出風入雅，戛玉鏘金，何多讓焉。至若偶收鄙穢，似中時俗之肓；又如旁及詼諧，足捧滑稽之腹，亦附集末。

不論他們所寫的是士大夫的牢騷鬱悶，或是含蓄浪漫的風流倜儻，可以看出的是：他們離一般百姓的情感越來越遠，這正是雜劇文士化的一大特色。

嘉隆年間雖僅短短五十餘年，但在雜劇的發展上，卻居於一個承轉的地位，從文人的投入創作，並以之抒懷遣興，南北曲聲腔的消長及雜劇體製規

　　書收於《四庫全書存目叢書》〈集部・別集類〉第 92 冊，前揭書，頁 596。

〔註37〕詳見拙文〈明嘉隆間雜劇所呈現之士人形象及其生命情懷〉之〈一、嘉隆間社會背景與士人創作傾向〉，《輔仁國文學報》第 16 期，民國 89 年 7 月，頁 208～213。

〔註38〕明・徐翽、程羽文之〈盛明雜劇序〉及明・沈泰《盛明雜劇》〈凡例〉等三段資料，皆見蔡毅編著《中國古典戲曲序跋彙編》一，前揭書，頁 460、462、458。

範的突破等諸多方向加以考察，都可看出此時期雜劇之演進，已逐漸脫離明初貴族宮廷化的氣息，而更朝向文士化邁進。不僅使沈寂已久的劇壇再度甦醒，更為後期萬曆年間劇壇蓬勃發展之先聲。其中「南雜劇」、「短劇」的出現尤為重要，曾師永義《明雜劇概論》〈明代雜劇演進的情勢〉中說：

> 南雜劇與短劇可以說是改良後最進步的戲劇形式，周憲王對於戲劇藝術的改進，也在這裏得到支援和發展，這樣的戲劇形式，才真正是有明一代的特有產物，我們若說到明雜劇，實在應當以南雜劇和短劇為代表才是。短劇發軔於中期，至後期而朝氣蓬勃，降及滿清更登峰造極，只是逐漸古典化，終至脫離氍毹，登上案頭，而變成辭賦的別體了。〔註39〕

那麼，何謂「南雜劇」？何謂「短劇」？

三、南雜劇、短劇釋名

（一）南雜劇釋名

南雜劇是雜劇發展到明代中葉以後，受到南曲戲文體製的影響而產生的一種新的體製劇種，在張全恭〈明代的南雜劇〉〈引言〉中說：

> 「南雜劇」一名，出自明胡文煥的《群音類選》，蓋指明中葉以後，以南曲填製的雜劇。明襲元祚，明初北雜劇的餘勢仍佔據劇壇；所謂北雜劇，即是以北曲填製的雜劇，大抵指元代以至明初的雜劇而言。明中葉以後，北雜劇趨於衰落，南戲興盛，南雜劇因而發生，南雜劇的時期是由嘉靖初年以至明末（1522～1644）。〔註40〕

張全恭認為：嘉靖、隆慶年間，北雜劇逐漸衰微，傳奇則日趨繁興，因此在形式、內容上，傳奇都對雜劇產生很大的影響，這類作品便是所謂的「南雜劇」。今考胡文煥之說見於《群音類選》《高唐記》下作者自註：「此下皆係南之雜劇，故有不分出數者。」〔註41〕除了提出「南之雜劇」以見其不同於北

〔註39〕詳見曾師永義《明雜劇概論》第一章〈總論〉第六節〈明代雜劇演進的情勢〉，前揭書，頁83。

〔註40〕詳見張全恭〈明代的南雜劇〉〈引言〉，《嶺南學報》第6卷第6期，民國26年3月，頁2。張氏此文第一章〈南戲興盛下的雜劇〉之〈（二）、南戲對於雜劇的影響〉亦言：「傳奇繁興之後，在形式上、內容上，影響雜劇很大，而受此影響的雜劇作品就謂之南雜劇。」前揭文，頁8。

〔註41〕明·胡文煥《群音類選》卷26《高唐記》，收於王秋桂主編《善本戲曲叢刊》第4輯，前揭書，頁1397。

雜劇之外，還有出數亦不同北劇四折之限制。周貽白《中國戲劇史長編》〈雜劇的南曲化〉中則言：

> 憲王諸劇，……除一部分仍能恪守元劇規律之外，有時較之劉東生則更多不循舊軌的地方。……如《呂洞賓花月神仙會》其第一、二、三折，皆由「末」扮呂洞賓化名「雙生」唱北曲，而由「旦」扮張珍奴唱南曲，第四折雖皆北曲，而「八仙」及張珍奴各有唱詞。這形式，除四折一楔子仍爲元代雜劇一般體制外，其他皆屬南戲格範，若以整個戲劇言之，這當然是一種進步。雖然這種進步仍未離開南戲的既有規法，而以後的「南雜劇」（即係以南曲的聲調排場作成的雜劇，其稱謂見胡文煥《群音類選》）逐漸興起，周獻王實當視作繼往開來的一人。因爲以雜劇而唱南曲，在以前除賈仲明曾用「南北合套」外，決沒有過接連三折皆南北分唱者，而獻王的作品在當時頗爲流行，既有此項創舉，即可爲後來作者示範。〔註42〕

同樣主張「南雜劇」之名，見於胡文煥之《群音類選》，更舉周獻王《誠齋雜劇》多有打破元劇規律處，而視爲南雜劇之示範者。類似的說法亦可見於淩景埏〈南戲與北劇之交化〉一文，其言：

> 明初王子一、谷子敬、賈仲明、楊文奎等雜劇，今存臧氏《元曲選》，都和元劇體例沒有差異。但劉東生《嬌紅記》已破元劇獨唱體例；周獻王《誠齋雜劇》更多變化。故北雜劇之南化，在明初開始。〔註43〕

這種不受元雜劇規範的雜劇，淩景埏並不稱爲「南雜劇」，而以「南劇」稱之，其言：

> 雜劇……採用傳奇的體例，甚至把根本的曲詞，也易北爲南，與傳奇除了長短不同之外，幾無差別。這種便是所謂南劇。也有用傳奇體製而曲仍北調的，廣義言之，這種也可稱南劇。故南劇乃是雜劇與傳奇混合而成的新體劇，並不是單由雜劇或傳奇化的短劇。……所謂「南劇」，就是用南曲或傳奇體例的雜劇。

淩景埏此文，亦認爲在明代嘉靖、隆慶年間，北曲漸成廣陵散，而作者爲了

〔註42〕 詳見周貽白《中國戲劇史長編》第六章〈明代戲劇演進〉第十九節〈雜劇的南曲化〉，前揭書，頁354～355。

〔註43〕 淩景埏〈南戲和北劇之交化〉一文收於《諸宮調兩種》（臺北：里仁書局，民國74年2月出版），頁313。下段引文見頁317、320。

因應搬演的需要，乃用南曲譜劇，曲既南譜，則規律自然從南，加上雜劇的南化，早在明初已見端倪，因而認為南劇的產生是極自然，也是一種進步的現象。

至於「南劇」之名，則見於呂天成《曲品》「不作傳奇而作南劇者」條下言：

> 徐渭、汪道昆，以上兩人，俱上品。徐山人玩世詩仙，驚群酒俠。
> 所著《四聲猿》，佳境自足擅長，妙詞每令擊節。
>
> 汪司馬一代鉅公，千秋文侶。所著《大雅樂府》，清新俊逸之音，調笑詼諧之致。餘雖染指於斯道，未肯爭雄於箇中，然片臠味長，一斑各見。允為上品。〔註44〕

呂天成既以「南劇」與「傳奇」相對，且所舉徐渭、汪道昆皆為雜劇作家，則其所謂「南劇」應指雜劇，既加「南」字，當指南曲化之雜劇，「南雜劇」之意明矣。無論稱「南雜劇」或「南劇」，概括而言，皆指以南詞作劇。何謂南詞作劇？誰又開此風氣之先呢？

近代學者如吳梅在《中國戲曲概論》〈（二）明人雜劇〉言：

> 徐文長《四聲猿》中《女狀元》劇，獨以南詞作劇，破雜劇定格，
> 自是以後南劇孳乳矣。〔註45〕

主張以徐渭《女狀元》為始用南曲作劇者，尚有顧敦鍒、朱尚文及陳萬鼐等人〔註46〕，但也有主張以王驥德為南劇之創始者，如鄭振鐸〈雜劇的轉變〉

〔註44〕詳見明・呂天成《曲品》「不作傳奇而作南劇者」，收於《中國古典戲曲論著集成》六，前揭書，頁220。

〔註45〕詳見吳梅《中國戲曲概論》卷中〈（二）明人雜劇〉（臺北：學海出版社，民國68年10月初版），頁13。

〔註46〕顧敦鍒〈明清戲曲的特色〉：「南詞固然以傳奇為主，但以後它也侵入雜劇的範圍。首先以南詞作雜劇的是徐文長，他的嘗試大大地成功，當他的雜劇《四聲猿》中《女狀元》一劇出世的時候，當時的詞家，如湯臨川、史考叔、王伯良等，沒有一個不佩服稱賞。」收於《宋元明清劇曲研究論叢》二，（存萃學社編集，香港：大東圖書公司印行，1979年12月第1版），頁330。
朱尚文《明代劇曲史》第一章〈明代雜劇〉第五節〈南雜劇作家〉：「明代嘉靖以後，北曲已成絕響。一般雜劇作家，皆以南詞作劇，已不遵守元人的規律了。……徐渭……《女狀元》用南曲，體例已見破格，開後來南劇的先河。」前揭書，頁17。
陳萬鼐《元明清戲曲史》第三十四章〈明清雜劇作家及雜劇體例〉「徐渭」條下言：「《女狀元》劇用南曲，破元雜劇格勢。」（臺北：鼎文書局，民國63年10月增訂版），頁693。

一文中即說：

　　純然應用了南調作雜劇者，當始於王驥德。〔註47〕

凌景埏、朱尚文亦同此說〔註48〕。他們根據的理由，則是王驥德在《曲律》〈雜
劇第三十九下〉所言：

　　余昔譜《男后》劇，曲用北調，而白不純用北體，爲南人設也。已
　　爲《離魂》，並用南調。鬱藍生謂：自爾作祖，當一變劇體。既遂有
　　相繼以南詞作劇者。後爲穆考功作《救友》，又於燕中作《雙鬟》及
　　《招魂》二劇，悉用南體，知北劇之不復行於今日也。〔註49〕

再看祁彪佳《遠山堂劇品》「雅品」中，於《倩女離魂》及《兩旦雙鬟》下皆
註「南四折」，於《棄官救友》下則言：

　　南曲向無四出作劇體者，自方諸與一二同志創之，今則已數十百種
　　矣。〔註50〕

由王驥德所言「爲南人設」、「知北劇之不復行於今日」，可以看出當時北劇之
衰微，縱然「曲用北調」，賓白卻「不純用北體」，可知改變北曲雜劇的體製
規律乃時勢所趨。但爲何祁彪佳和王驥德二人，都以王驥德爲南雜劇之創始
者呢？面對徐渭《女狀元》亦爲南曲創作的雜劇又該如何解釋？在周貽白《中
國戲劇史長編》及曾師永義《明雜劇概論》中都清楚地指出「雜劇用南曲決
不自王氏始」，並言雖然《女狀元》成於《離魂》之後，但許潮《太和記》、
汪道昆《大雅堂四種》卻都在王驥德之前已用南曲創作，周貽白甚至認爲王
氏之作也許還受汪氏的啓示呢！〔註51〕除此之外，在徐子方〈明代南雜劇略

〔註47〕詳見鄭振鐸〈雜劇的轉變〉，收於《小說月報》第21卷第1期，頁7。

〔註48〕凌景埏〈南戲與北劇之交化〉一文之〈（二）雜劇與傳奇之混合‧B、南劇之
　　　　體製〉：「南劇之首創者，近人每稱徐文長。……實則首創南劇者不是文長，
　　　　乃是他的弟子王驥德。」此文收於《諸宮調兩種》，前揭書，頁321。
　　　　朱尚文《明代劇曲史》第一章〈明代雜劇〉第五節〈南雜劇作家〉在「徐渭」
　　　　條下言：「《女狀元》用南曲，體例已見破格，開後來南劇的先河。」前揭書，
　　　　頁17。但在「王驥德」條下亦言：「應用南曲爲首創者，就是伯良其人。」前
　　　　揭書，頁31。可見朱氏並存二說。

〔註49〕詳見明‧王驥德《曲律》卷4〈雜劇第三十九下〉，收於《中國古典戲曲論著
　　　　集成》四，前揭書，頁179。

〔註50〕詳見明‧祁彪佳《遠山堂劇品》「雅品」中，於《倩女離魂》及《兩旦雙鬟》，
　　　　收於《中國古典戲曲論著集成》六，前揭書，頁161～162。

〔註51〕周貽白《中國戲劇史長編》第六章〈明代戲劇演進〉第十九節〈雜劇的南曲
　　　　化〉中言：「王驥德《曲律》云……這段話由王氏自己說出，似乎以創爲南雜

論〉中則言：

> 明代中後期的雜劇創作都可以歸入南雜劇範疇，因爲它們不僅大部
> 分體制完全和元雜劇不同，而且即使刻意追求元人的作品，也是貌
> 合神離，遠非舊物了。從橫向看，這當然是受了南曲體制影響的結
> 果；從縱向看，這也表現爲一個演變過程。這個過程可以追溯到弘
> 治、正德時期的王九思、康海、楊愼以及後來的李開先諸人，他們
> 的劇作大都表現了多方面的追求。這種追求不僅只是我們通常理解
> 的南曲化，而是包括向宋金雜劇院本學習的多方位探索。〔註 52〕

徐子方文中解釋胡文煥及呂天成所謂之「南雜劇」，是包括「南曲、北曲和南
北合套在內的文人劇作」，因此，他認爲只要是受到南曲體製規律所影響的雜
劇都可歸之爲「南雜劇」。而蔣中崎〈明清南雜劇的發展軌跡〉一文，則將
「南雜劇」作粗分與細分二種，細分指明中葉以後在結構上專用南曲寫作的
雜劇，粗分則把明初至清末的雜劇統稱爲南雜劇，以區別元雜劇和明清傳
奇。〔註 53〕

　　面對「南雜劇」我們可以看到各家不同的說解，如果只以南詞作劇爲說
解，則不免因其定義之鬆散嚴謹而有歧異，如蔣中崎，即以明初至弘治正德
間爲南雜劇發展之第一階段；而王驥德、祁彪佳則認爲四折的南曲雜劇才可

劇自居，其實，雜劇用南曲決不自王氏始。……然則王氏固曾讀過《大雅堂
四劇》，其『已爲《離魂》並用南調』，也許還是受了汪氏的啓示。」前揭書，
頁 364。

曾師永義《明雜劇概論》第一章〈總論〉第六節〈明代雜劇演進的情勢〉中
言：「王氏以南雜劇的創始人自居。其實，雜劇用南曲決不自王氏始。徐渭的
《女狀元》據王氏說是晚年之作，雖用南曲尚在《離魂》之後。王氏爲徐氏
弟子，料想不敢掠乃師之美。但現存的許潮《太和記》、汪道昆《大雅堂四種》
俱較王氏爲早，……然則王氏固曾讀過《大雅堂四種》，其『已爲離魂並用南
調』，也許還是受了汪氏的啓示。（此段參酌周貽白之說）但是，或許伯良和
藍鬱生認爲不僅用南曲而且必須四折，才算是南雜劇。因爲它是從北曲四折
一變過來的。……若果如此，王氏自然夠資格作祖，因爲據祁彪佳《遠山堂
劇品》，他的《倩女離魂》、《兩旦雙鬟》都是南四折，祁氏且謂『南曲向無四
出作劇者，自方諸與一二同志創之』。則我們對於伯良自居作祖，也不必譏其
狂妄了。」前揭書，頁 80。

〔註 52〕詳見徐子方〈明代南雜劇略論〉〈二、內容指向：科舉、聖賢。悲劇意識的產
　　　　生〉，《陝西大學學報》哲學社會科學版，1989 年第 3 期，頁 103。亦見徐氏
　　　　《明雜劇研究》第四章〈文人南雜劇下〉，前揭書，頁 59。

〔註 53〕詳見蔣中崎〈明清南雜劇的發展軌跡〉（上海戲劇學院：《戲劇藝術》，1996
　　　　年第 4 期），頁 102～103。

稱爲南雜劇；紛紛眾說，不免令人無所適從。因此，一個清楚而合理的定義是必要的。於此，曾師永義《明雜劇概論》〈明代雜劇演進的情勢〉中，則有廣義與狹義之分，其言：

> 狹義的南雜劇，是指每本四折，全用南曲，王驥德所謂「自我作祖」的劇體，其形式和元人北雜劇正是南北相反。廣義的南雜劇，則指凡用南曲填詞，或以南曲爲主而偶雜北曲、合套，折數在十一折之內任取長短的劇體。因爲這樣的劇體和傳奇只是長短的不同而已，應當也是屬於南北曲交化後的南曲範圍，所以仍可稱之爲南雜劇。〔註54〕

如果取狹義之說，則就曾師永義《明雜劇概論》中考證中後期雜劇二百六十三本，僅得十一本〔註55〕，百分之四的比率，實不足稱「南雜劇」爲明代中葉以後特有之體製劇種。因此，取廣義之說是較爲合理的。至於像王九思《中山狼院本》爲一折北曲末唱雜劇、徐渭《狂鼓史》爲一折北曲眾唱雜劇……等用北曲唱的雜劇，則因其體製規律大異元人，亦可視爲受南曲化之影響，於本文中，亦歸之爲廣義的「南雜劇」。

因此，我們可以簡單地說，明初雜劇承元餘緒，但從周憲王《誠齋雜劇》開始，已突破元劇規範，只是之後劇壇沈寂，未成潮流；到了嘉靖、隆慶年間，士大夫們開始投入創作，加上北曲日趨衰微，南曲諸腔逐漸擡頭，因此雜劇不論在體製、腔調上，皆不同於北曲雜劇之面貌，其折數可長可短，南北曲之運用也可隨作者匠心獨具，這種改良後的雜劇，即是所謂的「南雜劇」。萬曆之後，更是蓬勃發展，爲晚明劇壇呈現豐收的一面。

（二）短劇釋名

明代中葉以後的雜劇，因其體製規律上的種種革新，形成所謂的「南雜劇」或「南劇」，其中又有稱「短劇」者。「短劇」之名，在鄭振鐸〈清人雜劇初集自序〉中言：

> 隆、萬以降，傳奇繁興，而雜劇復盛。梁辰魚、汪道昆、徐渭、王驥德、許潮、梅鼎祚、陳與郊、葉憲祖、王衡、沈自徵、孟稱舜諸

〔註54〕詳見曾師永義《明雜劇概論》第一章〈總論〉第六節〈明代雜劇演進的情勢〉，前揭書，頁83。

〔註55〕詳見曾師永義《明雜劇概論》第一章〈總論〉第五節〈明代雜劇體製提要〉，前揭書，頁49～68。

家並起，光芒萬丈，足與金元作者相輝映。南溟子塞輩所作，律以
元劇規矩，殊多未合，蓋雜劇風調，至此而一變。……緣是，雜劇
無異短劇之殊號，非復與傳奇爲南北之對峙。……蓋明代文人劇，
變而未臻於純，……純正之文人劇，其完成當在清代。〔註56〕

文中從取材、格律、聲調等方面論述，認爲明中葉以後的雜劇與傳奇已非
南、北曲的差異，而是篇幅長短之別，因此逐言「雜劇無異短劇之殊號」。此
外，張全恭在〈明代的南雜劇〉一文之〈短劇的流行〉則言：

　　所謂短劇就是指單折的雜劇，這體裁實創始於元代晚進王生的《圍
　　棋闖局》。〔註57〕

但文中又說，王生之作乃隨意爲之，且當時四折雜劇正爲盛行，因此未受重
視，而「不成爲一種戲曲的形式」，要到了明代正德以後，短劇的體裁才走上
製作的途徑，並以楊愼、許潮、汪道昆、李開先……等人爲代表作家。與張
全恭說法相近的還有盧前，在其《明清戲曲史》書中特立第五章〈短劇之流
行〉，探討短劇之發展情形，其言：

　　「短劇」云者，指單折之雜劇而言。昉於元晚進王生之《圍棋》、《闖
　　局》。蒙古舊制，雜劇以四折爲準。王生之所爲，不過偶爾命筆，匪
　　可視爲常例也。單折劇之製作，實在明正德、嘉靖之世。其時徐
　　渭、汪道昆之徒，以逮隆萬間陳與郊、沈自徵、葉憲祖輩，各有短
　　劇。以一折，譜一事，此短劇流行之初期也。……曲有場上之曲，
　　有案頭之曲，短劇雖未必能盡登諸場上，然置諸案頭，亦足供文士
　　吟詠。無論何種文體之興，其作也簡，其畢也鉅。雜劇之起爲四折，

〔註56〕　鄭振鐸之說見蔡毅編著《中國古典戲曲序跋彙編》一，前揭書，頁533～534。
　　　　類似之說，亦見鄭氏〈雜劇的轉變〉一文，其言：「這時（筆者按：嘉靖以還）
　　　　的劇場，蓋已爲新興的崑劇所獨占。北劇雖舍北而就南，實際上已成了與長
　　　　篇大套的傳奇相對待的短劇或雜劇，而不復是與南戲相對待的北劇。」前揭
　　　　文，頁7。
〔註57〕　詳見張全恭〈明代的南雜劇〉第二章〈短劇的流行〉〈（一）、短劇的創始與流
　　　　行的原因〉，其言：「所謂短劇就是指單折的雜劇，這體裁實創始於元代晚進
　　　　王生的《圍棋闖局》。這是一部很短的戲曲，譜鶯鶯和紅娘圍棋，張生偷窺的
　　　　事。全劇只用曲調十支：……這種體裁似乎是王生隨意填製的片段的描寫，
　　　　猶如小說之外有素描或隨筆的文體一樣，故當時很少注意，並且當時雜劇四
　　　　折正在大盛，各家天才正怒發，這種小玩藝自然不是用武之地，因此不成爲
　　　　一種戲劇的形式。到了明代正德以後，短劇的體裁才走出製作的途徑。」前
　　　　揭文，頁14～15。

終而至於有四十齣之傳奇，物極必反，繁者亦必日益就簡，短劇之作，良有以也。二代作者，不勝僂指。他如許潮之《武陵春》、《蘭亭會》、《寫風情》、《午日吟》、《南樓月》、《赤壁遊》、《青山會》（筆者按：應作《龍山宴》）、《同甲會》，黃方胤之《陌花軒十劇》，吳蘋香之《喬影》一折，亦皆單折劇之能手。〔註58〕

以「單折」為界定短劇的依據，看似清楚，也為學者如黃芝岡、羅錦堂、王耕夫等人所接受，而有「單折雜劇」之名。〔註59〕但他們在文中舉例論述時，往往非一折之例，如張全恭舉黃方儒《陌花軒雜劇》中之《倚門》為四齣〔註60〕，羅錦堂文中舉徐渭之《雌木蘭》為二折、孟稱舜之《桃花人面》為五折〔註61〕……等，皆為明顯之例，不免啟人疑竇，究竟短劇是否以一折

〔註58〕 詳見盧前《明清戲曲史》第五章〈短劇之流行〉（臺北：臺灣商務印書館股份有限公司，1994年12月臺2版第1次印刷），頁88、105。

〔註59〕 類似盧前之說法，如：黃芝岡〈明代初、中期北雜劇的盛行和衰落〉〈二、從曲調音樂文詞故事內容看北雜劇衰落的必然性〉中言：「明代的北雜劇在士大夫騷雅自賞的情勢下，只講求曲調文詞，造成了情感空虛、故事單薄的一種傾向，它們就漸從元雜劇四折一楔子的體制走向單折短劇。」前揭文，頁260。

羅錦堂《錦堂論曲》〈短劇論略〉中言：「這一種新興的南北混合體的戲劇，取二者之長（筆者按：指北雜劇與傳奇），棄二者之短，形式極為簡鍊，只摘取故事中最精彩、最悲壯、或最風雅的一段演出；在文字的描寫上，也最容易集中精力，不致散漫，其所得效果，較平鋪直敘動輒數十齣的傳奇，更為顯著，很適合文人們的陶情遣興，因而染指漸多，在戲劇界開闢了另一條新的道路。……嚴格來說，應推王九思的《中山狼院本》，雖稱院本，其實即是雜劇。全劇用【雙調新水令】一套演唱，可謂前無古人，當屬獨創，為以後單折的短劇，樹立一個楷模。」（臺北：聯經出版事業公司，民國68年11月第2次印行），頁226。

王耕夫〈論明代的短劇〉：「明代的短劇，是明代歷史的產物，是雜劇向傳奇過渡的一種比較有意義的藝術嘗試，它實質上就是雜劇的短劇化。……雜劇在士大夫騷雅自賞的情況下，只講求曲調文詞，造成了情感空虛、故事單薄。於是它們就逐漸從元雜劇四折一楔子的體製，走向單折短劇。」《華中師範大學學報》哲社版，1987年第2期，頁92。

〔註60〕 詳見張全恭〈明代的南雜劇〉第二章〈短劇的流行〉〈（二）、短劇的作者〉。文中舉例短劇的作者，其中包括黃方儒《陌花軒雜劇》中有「倚門四齣」。前揭文，頁21～23。

〔註61〕 詳見羅錦堂《錦堂論曲》〈短劇論略〉中言：「現在就最可靠的資料而言，明人從事寫作這種短劇的，以正德嘉靖之際的徐文長為最偉大的一家。……如《雌木蘭》……像這樣用字入情，造句圓熟，而又氣勢雄奇的作品，確是難得之至。……孟稱舜……所寫短劇有《死裡逃生》及《桃花人面》，尤其《桃花人面》一劇，在言情方面，與雜劇中的《西廂記》，傳奇中的《牡丹亭》可

爲限？於此，曾師永義亦有廣狹二義，其言：

> 廣義的短劇是與傳奇相對而言的，亦即上文所說的廣義的南雜劇，因
> 爲它較之傳奇，只是長短的不同而已。狹義的短劇，則專指折數在三
> 折以下的雜劇，因爲它比起一般觀念中四折的雜劇是更爲短小了。

並主張「南雜劇」取廣義之說，短劇則取狹義之說。〔註62〕如此一來，「以一
折譜一事者」，自是短劇無疑，而以二、三折譜一事者，亦可歸之短劇之列；
至於超過四折者，則應以南雜劇稱之了。當然，短劇亦是雜劇南曲化後之
產物。

短劇之義既已釐清，則開風氣之先者爲誰？學者有主張始於王生《圍棋
闖局》者，如張全恭、盧前、王耕夫、徐子方、王璦玲……等〔註63〕，他們
雖舉此劇爲例，卻又說這只是王生隨意爲之，必至明中葉正德、嘉靖之後，
短劇才見流行。但周貽白在《中國戲劇史長編》〈雜劇的南曲化〉中則言：

> 王九思的《中山狼》，雖稱院本，其實卻是雜劇，也許因爲只有一折
> 的關係，故不稱雜劇，可是所用的曲調，卻爲北曲雙調《新水令
> 套》，而且卷末有題目、正名，終場以生扮東郭生唱。這形式，便
> 不像是我們所知的院本形式了。……或謂此項形式，始自元人「晚

鼎足而三。」前揭書，頁227～230、235。

〔註62〕　詳見曾師永義《明雜劇概論》第一章〈總論〉第六節〈明代雜劇演進的情勢〉，
　　　　　前揭書，頁83。

〔註63〕　主張短劇始於王生《圍棋闖局》的說法有：張全恭〈明代的南雜劇〉第二章
　　　　　〈短劇的流行〉〈（一）、短劇的創始與流行的原因〉，其言：「所謂短劇就是指單
　　　　　折的雜劇，這體裁實創始於元晚進王生的《圍棋闖局》。」前揭文，頁14。
　　　　　盧前《明清戲曲史》第五章〈短劇之流行〉：「短劇云者，只單折之雜劇而言。
　　　　　昉於元晚進王生之《圍棋》、《闖局》。蒙古舊制，雜劇以四折爲準。王生之所
　　　　　爲，不過偶爾命筆，匪可視爲常例也。」前揭書，頁88。
　　　　　王耕夫〈論明代的短劇〉：「短劇這種新興體裁的來歷，最早產生於元代王生
　　　　　的《圍棋闖局》一折……很少有人去注意它，在元雜劇中也未再見。」前揭
　　　　　文，頁93。
　　　　　徐子方《明雜劇研究》第四章〈文人南雜劇下〉：「目前能夠看到的最早單折
　　　　　戲本子當爲署名王生，實爲明初人詹時雨所撰的《西廂奕棋》（一作《圍棋闖
　　　　　局》），……實即一單折短劇。」前揭書，頁66。
　　　　　王璦玲〈明清抒懷寫憤雜劇之藝術特質與成分〉一文之註64：「短劇這種新興
　　　　　體裁的來歷，最早產生於元末明初人詹時雨（署名晚進王生）的《圍棋闖局》
　　　　　（一名《補西廂奕棋》）一折，乃是補充元雜劇《西廂記》的單折短劇。很少
　　　　　受到注意，在元雜劇中也未見有類似的作品。」《中國文哲研究集刊》第 13
　　　　　期，1998 年 9 月，頁58。

進王生」的《圍棋闖局》，即元人《詠西廂》所謂「晚進王生多議論，把圍棋增」，實則《圍棋闖局》，係增補《西廂記》，既非獨立一折，不當認作創格。若必欲為之比擬，則《西廂六幻》所附《園林午夢》，卻頗可攀附得上。但此劇為李開先作，李為嘉靖時人，已在王九思之後。且王作既稱院本，或即以院本的篇幅而作雜劇的措置，抑或院本舊亦有唱全套北曲之例，然較之周憲王之打破元劇舊規，則已更進一步，而對於以後的「單折」雜劇，實樹立了一個楷模。這情形，實亦未容忽視。〔註64〕

以《圍棋闖局》只是增補《西廂記》的一部分，並非獨立的一劇，因此，不視之為短劇創始，而以王九思《中山狼》為一完整且獨立的一折雜劇為短劇之祖。認同這一看法的尚有羅錦堂、陳萬鼐及曾師永義……等學者。〔註65〕此外，胡忌在《宋金雜劇考》中說到，院本和北曲雜劇的區別是很明顯的，但若有一劇本，雖為短劇，且內容以諷刺調笑為主，但卻運用了整套北曲，那麼該如何判別？該書以《中山狼》為例，其言：

> 今以王九思《中山狼》劇內容看，在整個戲劇故事的發展中，全是語言整肅的口氣而沒有耍鬧及發科的演出，其末了的收場是：趙簡子大打圍　東郭生閑受苦　土地神報不平　中山狼害恩主。這樣四句，也接近雜劇（北曲）的「題名」而與院本的收場有異。雖然王

〔註64〕周貽白《中國戲劇史長編》第六章〈明代戲劇演進〉第十九節〈雜劇的南曲化〉，前揭書，頁356。

〔註65〕主張短劇始於王九思《中山狼》的說法有：羅錦堂《錦堂論曲》〈短劇論略〉：「這種南北混合體短劇的產生，……嚴格來說，應推王九思的《中山狼院本》，雖稱院本，其實即是雜劇。」前揭書，頁226。
陳萬鼐《元明清劇曲史》第三十四章〈明清雜劇作家及雜劇體例〉「康海」條下言：「王、康二氏均有《中山狼》雜劇，康劇為四折，王劇為一折，排場得法，曲詞本色，明清獨幕短劇，從此孳乳矣。」前揭書，頁692。
曾師永義《明雜劇概論》第四章〈中期雜劇〉第一節〈康海與王九思〉：「王九思的《中山狼院本》，雖稱作院本，其實還是雜劇。也許王九思以其只有一折，故不稱雜劇而稱院本。用一折做一本雜劇，或謂始自元人『晚進王生』的《圍棋闖局》。可是《圍棋闖局》係增補《西廂記》，並非獨立的一折一劇，自不能認作創格。因此就現存的元明雜劇和祁氏《劇品》所列存目（皆標注折數）看來，九思此劇可以說自我作祖，明代的短劇從他開了端緒，而徐文長以後就如雨後春筍了。」前揭書，頁205。此說亦見曾師《中國古典戲劇選注》王九思《中山狼》之「說明」部分。（臺北：國家出版社，民國74年9月再版），頁457～458。

－338－

九思自題其劇稱院本，我們在實質上看，倒不妨認爲是北曲雜劇的

一折。〔註66〕

胡忌以《中山狼》之內容、演出效果及收場而論其非院本，自是可信，唯稱
此劇爲「北曲雜劇之一折」，似待商榷，畢竟北曲雜劇體製規律十分謹嚴，實
未見一折之例，於此，仍視之爲「短劇」似較合理。

《圍棋闖局》爲署名：晚進王生所作〔註67〕，敘述鶯鶯與張生於後花園
隔牆唱和之後（《西廂記》第一本第三折），次日鶯鶯與紅娘下棋取樂，而張
生踰牆偷窺之事。全劇僅用十支曲調：

　　【一枝花】－【梁州第七】－【隔尾】－【牧羊關】－【隔尾】－

　　【牧羊關】－【罵玉郎】－【感皇恩】－【採茶歌】－【黃鐘尾】。

情節極爲簡單，只可視爲一個片段的描寫，因此，在當時既未引人注意，也
未見效法者。加上其又名：《補《西廂》奕棋》，更見增補之意，自不能視爲
獨立之劇，同理，也不可視爲短劇之創格者了。

至於王九思《中山狼》雖稱院本，但在學術上視之爲雜劇似乎已成定論
〔註68〕，除了從體製規律上論其爲雜劇之外，亦可從名稱上思考，前人用詞
常隨作者之意而定，未必有嚴謹之界定，例如《宦門子弟錯立身》第五齣生

〔註66〕詳見胡忌《宋金雜劇考》第二章〈淵源與發展·（四）院本與北曲雜劇的密切
　　　　關係〉言：「我們必須辨明院本和北曲雜劇的體製，以免兩者陷於混亂的境
　　　　地。……院本——以耍鬧爲主，注重發科調笑可偶加小曲一、二支；皆爲短
　　　　劇。雜劇（北曲）——以正旦或正末司唱北曲整套者。」前揭書，頁70。至
　　　　於筆者文中所引，見頁71。
〔註67〕署名晚進王生所作《圍棋闖局》，收於暖紅室彙刻傳奇《西廂記》（揚州：揚
　　　　州古籍書店發行，1990年10月第1版），頁441～443。
〔註68〕以王九思《中山狼院本》爲雜劇作品的學者，除了前述之周貽白、羅錦堂、
　　　　陳萬鼐及曾師永義之外，尚有可見於：
　　　　傅大興《明雜劇考》卷2〈後期雜劇家作品〉王九思《中山狼》條下言：「雖
　　　　題爲院本，實爲一折雜劇。」前揭書，頁86。
　　　　《中國大百科全書·戲曲曲藝》「康海」條下言：「以中山狼故事爲題材的戲
　　　　劇作品，同時還有王九思的《中山狼院本》，爲一折雜劇，開明代單折雜劇的
　　　　先聲。」前揭書，頁173。
　　　　莊一拂編著《古典戲曲存目彙考》卷6〈中編雜劇三·明代作品〉「王九思《中
　　　　山狼》」條下言：「惟題爲院本，實爲一折雜劇。」（臺北：木鐸出版社，民國
　　　　75年9月初版），頁419。
　　　　李修生主編《古本戲曲劇目提要》「王九思《中山狼》」條下：「論者多以爲王
　　　　作開明代單折雜劇的先聲。」（北京：文化藝術出版社，1997年12月北京第
　　　　1次印刷），頁178。

唱【賞花時】:「閑話休提,你把這時行的傳奇,你從頭與我再溫習。」《小孫屠》第一齣末白:「後行子弟,不知敷演甚傳奇?」〔註69〕其中所謂「傳奇」,實指南戲。又如楊慎《洞天玄記》為北曲四折之雜劇,於「開場」末白:請問「後房子弟扮演何代傳奇?」馮惟敏《僧尼共犯》為四折之北曲雜劇,其題卻作《僧尼共犯傳奇》,亦用傳奇,但所指卻為雜劇。至於以「院本」稱雜劇者,除了王九思之外,在徐渭「雌木蘭」下場詩最後一句:「院本打雌雄不辯」亦以院本稱雜劇。因此,王九思《中山狼院本》既可視為雜劇,前其者又無一折之例,自然可視此劇為短劇之祖。之後,徐渭、汪道昆、許潮……等人起而效之,進而帶起了另一股戲劇創作的潮流。

嘉隆之際,士大夫們投入雜劇創作,在體製上的諸多突破及腔調上的南北曲交融,都使這時的雜劇除了仍有四折的北曲雜劇之外,更有南雜劇及短劇的產生,不管在劇本形式及舞臺演出效果上,他們都是改良後的戲劇形式,視之為明雜劇之代表,實不溢美。〔註70〕

第二節　嘉隆年間雜劇體製規律的突破

元雜劇嚴謹的體製規律,使其不論在音律、結構及演出上,都有極大的限制〔註71〕,明初,因去元不遠,劇作家尚能保持元雜劇之體製規律,但也有變異之處,據曾師永義《明雜劇概論》一書之統計,明初雜劇一百六十八

〔註69〕引自錢南揚校注《永樂大典戲文三種校注》(臺北:華正書局有限公司,民國74年3月版),頁231、257。

〔註70〕詳見周貽白《中國戲劇史長編》第六章〈明代戲劇演進〉第十九節〈雜劇的南曲化〉有言:「雜劇,無寧謂之短劇。……這種形式的促成,也許是當時有此需要,因為短短地幾折,無論在撰作上或演出上,都較傳奇來得便利。……雜劇的南曲化,只是把長篇的傳奇改作短的寫法,取材和佈局,雖然須另做安排,但元劇所有的限制,卻逐漸被打破了。……南雜劇的興起,非但在戲劇上顯出一種特殊的風氣,便在文學上也頗值得稱述。因為此時一般劇作者,都是知名的才學之士,命意遣詞,固多不離本宗,即於本事的取材,也多偏重於文壇佳話。」前揭書,頁366～367。

曾師永義《明雜劇概論》第一章〈總論〉第六節〈明代雜劇演進的情勢〉中言:「南雜劇和短劇,可以說是改良後最進步的戲劇形式,……這樣的戲劇形式才真正是有明一代的特有產物,我們若說到明雜劇,實在應當以南雜劇和短劇為代表才是。」前揭書,頁83。

〔註71〕詳見曾師永義〈元雜劇體製規律的淵源與形成〉一文,收於曾師永義《參軍戲與元雜劇》,前揭書,頁155～221。

本，其遵守元人成規者：有一百三十五本，約佔百分之八十・四六；而改變元人者：有三十三本，約佔百分之十九・五四〔註72〕，他們的改變，或在折數、唱法及南北合套的運用，而這樣的改變當是受了南戲的影響。〔註73〕到了明中葉嘉隆之際，北曲衰微，南曲流行，因此，而有「南雜劇」「短劇」之產生，在雜劇的體製規範上，更見突破元劇之成規，曾師永義《明雜劇概論》統計，中期雜劇二十八本，其中守元人成規者計六本，約佔百分之二十一・三四，改變元人規範者計二十二本，約佔百分之七十八・五七，而筆者此文又加上陳自得所作末本《太平仙記》及無名氏之旦本《蘇九淫奔》二劇為合於元劇規範者，但李開先《園林午夢》、《打啞禪》二劇實為院本〔註74〕，故

〔註72〕詳見曾師永義《明雜劇概論》第一章〈總論〉第五節〈明代雜劇體製提要〉，前揭書，頁68。至於筆者下段論述明代中期雜劇改變元劇體製之數據，見頁69。另外，謝俐瑩《明初南北曲流行概況及其變革之探討》第二章〈明初北曲雜劇之流行概況及其變革〉第二節〈明初北曲雜劇在體製上之變革〉亦見論述，前揭書，頁58～67。

〔註73〕詳見周貽白《中國戲劇史講座》第六講〈明代雜劇傳奇與所唱聲腔〉：「雜劇的撰作或上演，……在明代初年，已經參合了傳奇的體制而有所改進。其中如賈仲名，他便是對於元劇舊有規律勇於改進的一個。……這種改進，也就是參合了南戲的路子。……朱有燉……他並非不懂得元雜劇舊有的規律，而是取法於賈仲名的《昇仙夢》，對於南戲有了更多的參合。」前揭書，頁140～144。

〔註74〕李開先之劇作在傅大興《明雜劇考》卷2〈後期雜劇家作品〉「李開先」條下列有：《園林午夢》、《打啞禪》、《攪道場》、《喬坐衙》、《昏廝謎》、《三枝花大鬧土地堂》等六種雜劇合稱《一笑散》，另有《皮匠參禪》共七本雜劇。前揭書，頁91～93。
《中國大百科全書・戲曲曲藝》「李開先」條言：「李開先著有雜劇《園林午夢》、《打啞禪》、《攪道場》、《喬坐衙》、《昏廝謎》、《三枝花大鬧土地堂》六種，收於《一笑散》中，現僅存首二種。」前揭書，頁198。
此外，莊一拂編著《古典戲曲存目彙考》卷6〈中編雜劇三・明代作品〉「李開先」條亦列《一笑散》及《皮匠參禪》等七本劇作，前揭書，頁425～426。
徐子方《明雜劇研究》下編〈明雜劇存本考〉卷2〈明中後期作家作品〉「五七、《園林午夢》」中言：《一笑散》即李開先所著雜劇總集名，而以《園林午夢》為眾唱之北曲一折雜劇《打啞禪》為末本之一折北曲雜劇，前揭書，頁218～221。可見李開先現存《園林午夢》及《打啞禪》二劇多被學者歸之於雜劇之林。
但在明・沈德符《顧曲雜言》「雜劇院本」條下言：「本朝能雜劇者不數人，自周憲王以至關中康王諸公，稍稱當行。其後則山東馮、李亦近之，然如《小尼下山》、《園林午夢》、《皮匠參禪》等劇，俱太單薄，僅可供笑謔，亦教坊耍樂院本之類耳。」詳見《中國古典戲曲論著集成》四，前揭書，頁215。此條亦可見於沈德符《萬曆野獲編》卷25〈詞曲〉中。況且李開先自稱其作為

不宜列入此專論雜劇之章節，因此，此時期可見劇本有二十八，合於元人規範者八本，佔百分之二十八・五七；不合元人規範者二十本，佔百分之七十一・四三。這種現象正是南雜劇及短劇發展的軌跡，也正是雜劇南曲化及文士化之後的歷史產物，到了後期雜劇，守元人成規者僅剩百分之十・二。元雜劇之規範實已蕩然無存，取而代之的正是文人士大夫投入創作之林的南雜劇及短劇，而成爲明代雜劇的代表了。

以下則從：折數、楔子、開場、題目正名及下場詩、曲牌聯套、演唱方式、賓白、科範、腳色行當、插曲與歌舞等，分八個小節論述嘉隆時期雜劇在體製規律上的特色。

一、折數

明初周憲王朱有燉《誠齋雜劇》已見一本五折之雜劇〔註 75〕，就突破元劇一本四折之限制而言，可謂開風氣之先，但卻未能蔚爲風潮。到了中葉嘉靖年間，才眞正出現大量突破元劇體製的劇本。如：王九思創作《中山狼》，以一折敷演一個故事，開了後來短劇之先河；如：徐渭《四聲猿》四劇從一折到五折，全然不受元劇體製規律四折之約束，折數長短全憑劇作家匠心獨運。

嘉隆時期雜劇二十八本，各劇折數如下。

有一折者：王九思（西元 1468～1551 年）《中山狼》、徐渭（西元 1521～1593 年）《狂鼓史》、汪道昆（西元 1525～1593 年）《大雅堂四種》、許潮《太和記》八種等十四劇。

有二折者：徐渭《翠鄉夢》、《雌木蘭》二種。

有四折者：康海（西元 1475～1540 年）《中山狼》、《王蘭卿》、王九思《沽

院本，此由其自書〈打啞禪院本跋語〉、〈園林午夢、打啞禪二院本總跋〉可知，二文俱見於《全明雜劇》五，前揭書，頁 2471～2472。

而胡忌《宋金雜劇考》第二章〈淵源與發展〉中更引述李開先《寶劍記》中姜大成之《寶劍記》後序〉而證李開先能區別雜劇、戲文及院本之體製，而以《園林午夢》爲院本。詳見胡氏之書，頁 92～96。

在曾師永義《明雜劇概論》第四章〈中期雜劇〉第四節〈李開先及其他短劇作家〉中言《園林午夢》《打啞禪》二劇：「像這樣以隻曲、詩句、賓白組場的形式，斷非雜劇。中麓既自稱院本，則其爲院本無疑。」前揭書，頁 256。

因此筆者亦以李開先《園林午夢》、《打啞禪》二劇爲院本，而不列入雜劇部分討論。

〔註 75〕周憲王《誠齋雜劇》一本五折之劇有《仗義疏財》、《牡丹園》、《曲江池》。

海遊春》、楊愼（西元 1488～1559 年）《洞天玄記》、陳自得（生卒年未詳）《太平仙記》、陳沂（西元 1469～1538 年）《苦海回頭》、沖和居士〔註 76〕《歌代嘯》、《僧尼共犯》、梁辰魚（西元 1519～1591 年）《紅線女》、闕名《蘇九淫奔》等十種。

　　有五折者：徐渭《女狀元》、馮惟敏（1511～1580 年）《不伏老》二種。〔註 77〕

　　折數從一折到五折，其中以一折短劇數目最多，可見短劇創作漸趨流行。當然，這和劇作者的文人身份及藉劇抒懷的創作動機有極大之關聯，他們往往不著力於情節之曲折離奇，而取情感最飽和點加以敷演，如徐渭《狂鼓史》藉擊鼓罵曹之事寄其憤世嫉俗之情。汪道昆《洛水悲》演曹植、甄后之短暫相會，寫其不受生死阻隔之深情，藉此寄寓著文人追求眞情至愛的浪漫情懷。因此，藉劇抒懷遂成雜劇「文士化」的明顯特徵之一。

　　在這個階段，我們也可以看到「套劇」的創作及流行。所謂「套劇」據張全恭〈明代的南雜劇〉一文中說：

　　　　清人作套劇的風氣也受《四聲猿》和明戲曲家的影響，所謂套劇，

〔註 76〕《歌代嘯》之作者目前尚無定論。現存清道光間山陰沈氏鳴野山房精鈔本，卷首標「歌代歗雜劇」，下署「山陰徐文長撰」、「公安袁石公訂」。劇本之前有袁石公（筆者按：即袁宏道）〈序〉、脱士〈序〉、慧業髮僧〈歌代嘯題辭〉及虎林沖和居士〈凡例〉七條。
　　　　袁宏道〈序〉中說：「《歌代嘯》不知誰作，……說者謂出自文長。」脱士〈序〉亦言：「世盛行徐文長氏《四聲猿》，聞其外又有《歌代嘯》四齣。」可見二人作序之時，對於此劇之作者已採存疑態度。
　　　　慧業髮僧〈歌代嘯題辭〉則言：「文長先生溟渤文場，……《歌代嘯》從帳中藏，流行於山史。」
　　　　其中較引人討論者，爲虎林沖和居士所作〈凡例〉七條，「凡例」一般而言，皆爲作者所寫，但虎林指杭州，而徐渭爲山陰（紹興）人，籍貫有異，且徐渭又無「沖和居士」之別號，不免令人懷疑其果爲徐渭所作？
　　　　在仁愛書局出版之《四聲猿》附錄之五有：錄自蔣瑞藻《小説考證》卷二引《蟲言》言：「文長著述，《青藤書屋集》外，以《四聲猿》最著。近見友人家藏《歌臺嘯劇本》，亦出天池之手，斯眞可寶矣。」頁 227。此段資料亦見於徐子方《明雜劇研究》下編〈明雜劇存本考〉卷 2〈明中後期作家作品〉「六三、歌代嘯」下，亦據《蟲言》之說，而言「歌台嘯」當即《歌代嘯》，天池生即徐渭別號，徐子方遂以《歌代嘯》爲徐渭所作。前揭書，頁 229。
　　　　總之，關於此劇作者，既無確切之證據可歸之於徐渭所作，筆者此文暫依〈凡例〉署名，歸爲「沖和居士」所作。
〔註 77〕此處所列王九思《中山狼》等 28 劇，俱見於陳萬鼐主編《全明雜劇》。

就是合數劇而冠以一個名稱，如《四聲猿》之包含四種雜劇，外如楊慎《太和記》，汪道昆《大雅堂雜劇》。〔註78〕

張全恭以「合數劇而冠以一個名稱」為「套劇」之定義，且其意似乎認為徐渭之《四聲猿》為開風氣之先者。但事實上，合數劇而冠以一個總名的，應是始於成化年間沈采的《四節記》，呂天成《曲品》卷上「能品」部分言：「沈鍊川名重五陵，才傾萬斛」〔註79〕，同書卷下「能品五」亦言：

《四節》 清倩之筆，但賦景多屬牽強。置晉於唐後，亦嫌顛倒。此作以壽鎮江楊相公。初出時甚奇，但寫得不濃，只略點大概耳，故久之覺意味不長。一記分四截，是此始。

在祁彪佳《遠山堂曲品》之「雅品殘稿」《四紀》條下也有記錄：

一紀四起是此始。以四名公配四景。沈鍊川作此壽鎮江楊相公者。

〔註80〕

雖題為《四紀》，但就其所敘觀之，應是沈采《四節記》無誤。在沈德符《萬曆野獲編》「填詞名手」條下言：「南曲則《四節》、《連環》、《繡襦》之屬，出於成弘間，稍為時所稱。」〔註81〕則《四節記》應是成化、弘治年間之作品，但此劇今未見傳本，據《曲海總目提要》《曲江記》、《東山記》、《赤壁記》、《郵亭記》四部分之記載〔註82〕；傅惜華《明代傳奇全目》〈南戲復興時期傳奇家作品〉下沈采之《四節記》〔註83〕；及莊一拂《古典戲曲存目彙考》上

〔註78〕 詳見張全恭〈明代的南雜劇〉第六章〈結論〉（六）、對於清代雜劇的影響。前揭文，頁80。

〔註79〕 詳見明・呂天成《曲品》，收於《中國古典戲曲論著集成》六，前揭書，頁210。下段引文見頁226。

〔註80〕 詳見明・祁彪佳《遠山堂劇品》，收於《中國古典戲曲論著集成》六，前揭書，頁129。

〔註81〕 詳見明・沈德符《萬曆野獲編下》卷25〈詞曲〉「填詞名手」，前揭書，頁687。

〔註82〕 詳見《曲海總目提要》卷17《曲江記》下言：「明初舊本，未知作者何人？共作春夏秋冬四景，凡四卷，名為四節。以杜甫、謝安、蘇軾、陶穀各占一景。第一卷曰《杜子美曲江記》。」《東山記》下言：「此四景中第二卷曰《謝安石東山記》。」《赤壁記》下言：「此卷曰《蘇子瞻赤壁記》，點綴蘇軾事，以赤壁之遊為主，作四時中秋景。」《郵亭記》下言：「此卷曰《陶秀實郵亭記》……以為冬景故實，用備四景之一。」（天津：古籍書店，1992年6月第1次印刷），頁775～785。

〔註83〕 詳見傅惜華《明代傳奇全目》卷1〈南戲復興時期的傳奇家作品〉「沈采」部分，在《四節記》下亦錄《曲海總目提要》、呂天成《曲品》及祁彪佳《遠山堂曲品》等說法。前揭書，頁21。

編〈戲文三〉中《四節記》的敘述〔註84〕，可以考知《四節記》分春夏秋冬四季，各敘一名人之故事，春爲《杜子美曲江記》，夏爲《謝安石東山記》，秋爲《蘇子瞻赤壁記》，冬爲《陶秀實郵亭記》，可見《四節記》即是合此四劇之總名。

　　《四節記》前人及時賢多歸之爲傳奇戲文〔註85〕，但曾師永義則認爲：「《四節記》事實上是四本雜劇的合集，其體例開後來徐渭《四聲猿》、汪道昆《大雅堂四種》等等的先河。」並提出沈璟《屬玉堂傳奇》十七種之《十孝記》和《博笑記》，顧大典之《風教編》等情況皆爲相似，都是合若干個雜劇爲一個總集的例子。〔註86〕這樣的說法，亦可見於徐子方《明代雜劇研究》一書，而主張傳統將沈璟《十孝記》、《博笑記》歸爲傳奇的說法，是需要修正而歸之爲雜劇類〔註87〕。同理可推，我們於此便不妨將《四節記》視之爲

〔註84〕詳見莊一拂編著《古典戲曲存目彙考》卷3〈上編戲文三・明初及闕名作品〉「沈采」條下言：「此記分春夏秋冬以四名人配四景，各述一故事。似各有元人雜劇爲其根據。……一記分四齣，是此始故。此戲在戲曲體例上當爲注意之作品。」前揭書，頁100。

〔註85〕以沈采《四節記》爲傳奇戲文之說，如前引明・呂天成《曲品》、明・祁彪佳《遠山堂曲品》、傅惜華《明代傳奇全目》、莊一拂編著《古典戲曲存目彙考》，尚可見於：明・沈德符《萬曆野獲編》卷25〈詞曲〉「填詞名手」中言：「本朝填詞高手……南曲則《四節》、《連環》、《繡襦》之屬，出於成弘間，稍爲時所稱。」前揭書，頁687。

《中國大百科全書・戲曲曲藝》「沈采」條下言：「所作傳奇三種，今傳《千金記》、《還帶記》，《四節記》僅存散出曲文。」前揭書，頁347。

李修生主編《古本戲曲劇目提要》「沈采《四節記》」條下言：「著有傳奇《千金記》、《還帶記》，《四節記》（佚）。」前揭書，頁234。

張敬老師《明清傳奇導論》第四編〈結論　劇藝綜合的檢討〉第四章〈明清傳奇的目錄〉（乙）元明傳奇目錄，其中（三一）即是《四節記》沈采。（臺北：華正書局有限公司，民國75年10月初版），頁165。

〔註86〕詳見曾師永義《明雜劇概論》第一章〈總論〉第三節〈明代雜劇的作家〉，前揭書，頁23。

〔註87〕徐子方《明雜劇研究》下編〈明雜劇存本考〉卷2〈明中後期作家作品〉「一一七、《黃香扇枕》」中言：「《十孝記》乃一短劇集……傳統上，《十孝記》與《博笑記》俱歸入傳奇類，無論傅惜華《明代雜劇全目》，還是莊一拂《古典戲曲存目彙考》〈中編雜劇類〉俱未收入（莊目明確著錄於《下編傳奇類》），臺灣陳氏《全明雜劇》亦未收入。……然今天看來如此歸類並非盡妥。……此劇……爲一折短劇無疑。」之後，在「一二七、《巫舉人癡心得妾》」中亦言：「此劇乃《博笑記》之第二至第四齣。與前述《十孝記》相仿，《博笑記》係沈璟創作的又一本雜劇集，……歷來多以入傳奇類，這一點同於《十孝記》。然事實上乃一南雜劇集。」前揭書，頁324～326、337。

四本雜劇的合集，如此則其已開「套劇」之先例了。

《四節記》之後，還有《太和記》，在呂天成《曲品》「中之中」「許時泉」下云：

> 《泰和》　每齣一事，似劇體，按歲月，選佳事，裁製新意，詞調充雅，可謂滿志。〔註88〕

僅言「每齣一事」、「似劇體」、「按歲月」、未見清楚敘述，而沈德符《萬曆野獲編》「太和記」條下則言：

> 向年曾見刻本《太和記》，按二十四氣，每季填詞六折，用六古人故事，每事必具始終，每人必有本末。出既曼衍，詞復冗長，若當場演之，一折可了一更漏。雖似出博洽人手，然非本色當行，又南曲居十之八，不可入弦索。後聞之一先輩，云是楊升庵太史筆，未知然否？……楊升庵生平填詞甚工，遠出《太和》之上，今所傳俱小令，而大套則失之矣。曾見楊親筆改訂祝枝山詠月【玉盤金餅】一套，竄易甚多，如《西廂》待月「斷送鶯鶯」，改爲「成就鶯鶯」，餘不盡記矣。〔註89〕

二者相互印證，也許可推測《泰和記》即《太和記》，配合二十四節氣，共有二十四折，卻也衍生出《太和記》作者究竟是許潮或楊愼的疑問來？〔註90〕

關於《博笑記》之體製，詳見拙文〈論沈璟《博笑記》之創作旨趣與藝術成就〉之〈三、《博笑記》體製之辨〉，並歸之爲廣義的「南雜劇」。《通識教育學報》創刊號，民國102年12月，頁27～31。

〔註88〕詳見明・呂天成《曲品》，收於《中國古典戲曲論著集成》六，前揭書，頁240。

〔註89〕詳見明・沈德符《萬曆野獲編下》卷25〈詞曲〉「太和記」。前揭書，頁688。

〔註90〕關於《太和記》之作者，主張許潮者大致有：
明・呂天成《曲品》卷下「中之中」「許時泉」條，其中即見《泰和》，收於《中國古典戲曲論著集成》六，前揭書，頁240。
傅大興《明雜劇考》卷2〈後期雜劇家作品〉「許潮」條下言：「所作雜劇合集《泰和記》，僅有十三種流傳世間。」之後考述許潮諸作品，在《同甲會》下論述呂天成《曲品》、沈德符《顧曲雜言》……等家的說法後，則說：「今從呂天成《曲品》說，姑定爲許潮之作。」前揭書，頁160、164。
莊一拂編著《古典戲曲存目彙考》卷6〈中編雜劇三・明代作品〉「許潮」條下，引述近人趙景深所列許潮劇作八種，而言：「是必呂氏《曲品》所謂許潮之《泰和記》無疑。」前揭書，頁457。同書於「楊愼」條下言：「《太和記》……惟《蘭亭會》一本，則又署『楊愼編』。或各有編古人故事短劇，總名《泰和記》，亦未可知。參閱下文許潮名下各條，置此存疑。」頁423。
陳萬鼐〈全明雜劇提要〉，九四《武陵春》至一〇一《同甲會》等八劇。皆歸

面對此紛紜眾說，曾師永義於《明雜劇概論》〈李開先及其他短劇作家〉中推論：

之許潮所作，而於九五《王羲之蘭亭顯才藝》下言：「《泰和記》之一。管目著錄《蘭亭會》，注云：『或誤刊楊慎作』。姚考、王著錄簡名，署楊慎作。現存板本：《盛明雜劇》二集第四卷本：卷首題《蘭亭會》，署『巴蜀升庵楊慎編』，沈泰評，朱煒、黃之堯閱。無題目正名。該集目錄：『《蘭亭會》，許時泉作』，而劇中所刊不同，似為疏忽處。」收於《全明雜劇》第 1 冊，前揭書，頁 186～192。

徐培均、范民聲主編《中國古典名劇鑑賞辭典》「許潮《龍山宴雜劇》」作者部分說：「許潮有《泰和記》，係二十四個雜劇的合集，均為短劇。趙景深《中國戲曲初考》列舉許氏雜劇八種，……今存於《盛明雜劇》二集。」（上海：古籍出版社，1993 年 9 月第 2 次印刷），頁 258。

李修生主編《古本戲曲劇目提要》「許潮《蘭亭會》」條下言：「許潮撰。存本題楊慎編，姚燮《今樂考證》襲之，皆誤。此劇為《泰和記》之一種。」前揭書，頁 187。

至於主張《太和記》之作者為楊慎者亦有：

明‧沈德符《萬曆野獲編》（下）卷 25〈詞曲〉「太和記」，前揭書，頁 688。

清‧焦循《劇說》卷 3：「余嘗憾元人曲不及東方曼倩事，或有之而不傳也。明楊升庵有《割肉遺細君》一折……皆本正史演之。」同書卷 4：「近伶人所演《陳仲子》一折，向疑出《東郭記》，乃檢之，實無是也。今得楊升庵所撰《太和記》，是折乃出其中。甚矣，博物之難也。」收於《中國古典戲曲論著集成》八，前揭書，頁 142、151。

《盛明雜劇》二集沈泰在總目中把《武陵春》等八劇標為許時泉作，卻在劇作前之署名有不同處，即《蘭亭會》下署「巴蜀升庵楊慎編」，其餘七劇則作「楚中（亦有標楚黃）時泉許潮譔」。而且在第一本劇作《武陵春》之上有眉批言：「弇州誚升庵多川調，不甚諧南北本腔，說者謂此論似出於妒。今特遴選數劇，以商知音者。」可見沈泰在編選此書時，已混淆《太和記》之作者，究竟是許潮或楊慎了？見《全明雜劇》第 7 冊，頁 4003。

張全恭〈明代的南雜劇〉第二章〈短劇的流行〉〈（二）短劇的作者〉，「楊慎」條下言：「升庵的學問甚博，作有雜劇兩種：《宴清都洞天元記》一本、《太和記》六本。」文中引述焦循《劇說》、呂天成《新傳奇品》、錢曾《也是園書目》……等說法，而主張現存八種是「楊慎所撰《太和記》二十四種中的八種」，並說：「《太和記》本來有兩本，一是許潮作的，一是楊慎作的，因為體折相同，後人每每混亂了，不知是誰作的。」同文「許潮」條下則言其作品「惜不傳」，前揭文，頁 17～19。

徐子方《明雜劇研究》下編〈明雜劇存本考〉卷 2〈明中後期作家作品〉「五六、《王羲之蘭亭顯才藝》」標「楊慎撰，末本，南一折」，並言：「據今存原屬《太和記》之短劇，多署許潮，惟此劇例外，在未有確鑿證據之前，當遵存本題署為是。」同書「一〇五、《公孫丑東郭息忿爭》」下則言：「按《泰和記》一名《太和記》，此劇之作者，實有楊慎和許潮兩說。」前揭書，頁 217、305。

盛明雜劇中的八種，從內容體製各方面看，其為沈德符等所說《太和記》二十四折中的八折，也沒有問題。但眞作者究竟為楊、為許，最早的沈德符已竟採取懷疑態度；以後諸家更是紛歧，而又語焉不詳，殊難從其中尋出結論。其所以如此，不外是：楊許各有《太和記》；或者是一人作，另一人改竄，以致署名混淆，其例有如《洞天玄記》。我想後者的可能性較大。……應當是許潮原作，楊慎竄改。〔註91〕

就現存《武陵春》等八劇視之，皆為一折短劇，且以一人一事配一月令演之，實可視為《四節記》之擴充，亦見「套劇」之例。

但眞正影響後來劇壇創作風氣的，則應以徐渭之《四聲猿》為代表。在劇本之前有正名「狂鼓史漁陽三弄　玉禪師翠鄉一夢　雌木蘭替父從軍　女狀元辭凰得鳳」，每一句代表一本雜劇的劇名，此四劇題材範圍廣泛，折數長短不一，南北曲調的運用靈活，在當時引起極大的迴響，如王驥德稱《四聲猿》為「是天地間一種奇絕文字」〔註92〕，袁宏道評徐渭「眼空千古，獨立一時」〔註93〕，皆見稱許之意，也帶起創作的潮流，除前敘許潮《太和記》之外，尚有汪道昆《大雅堂四種》，到了萬曆之後，更見流行，如沈璟《博孝記》十種、葉憲祖《四豔記》、程士廉《小雅四紀》、沈自徵《漁陽三弄》、傅一臣《蘇門嘯十二種》、黃方儒《陌花軒雜劇》七本等，皆為套劇之例。

總上所述可知，嘉隆時期雜劇，在體製規律上最明顯的特點，即是較前期雜劇更加恣意地突破元劇之規範，表現在劇本形式上的，即是：折數的長短不限及套劇的產生，當然，這也和北劇的衰微及受南戲的影響有直接的關聯。

二、楔子、開場、題目正名及下場詩

元雜劇在四折之外，可以在第一折之前加上楔子，對劇情做簡單的交待，有「引場」的作用；也可以在折與折之間串連劇情，有「過場」的作用。因其簡短，故不用套數，只用一兩支單曲組場，通常是仙呂宮【賞花時】或【端

〔註91〕詳見曾師永義《明雜劇概論》第四章〈中期雜劇〉第四節〈李開先及其他短劇作家〉，前揭書，頁261。
〔註92〕詳見明・王驥德《曲律》卷4〈雜論第三十九下〉，收於《中國古典戲曲論著集成》四，前揭書，頁167。
〔註93〕詳見明・袁宏道〈徐文長傳〉，收於《四聲猿》附錄之一〈作者傳記〉，前揭書，頁185。

正好】。〔註94〕楔子，在元劇的體製規律之中，本非劇本所必備，到了明嘉隆年間的雜劇，楔子的運用就更少了。

　　就筆者所見二十八本雜劇之中，有楔子者僅：康海《中山狼》、《王蘭卿》，王九思《沽酒遊春》，沖和居士《歌代嘯》及馮惟敏《不伏老》等五劇。其中康海《中山狼》僅用賓白帶出劇情。《王蘭卿》一劇楔子所用之曲，爲通常作爲聯套首曲的正宮【端正好】，而非作爲楔子用的的仙呂【端正好】，可見劇作家們在遵守北劇規範的同時，也有變異之處。王九思《沽酒遊春》以仙呂【賞花時】帶出杜甫沽酒事，最合元劇規範。馮惟敏《不伏老》劇中未見楔子之目，但在第一折的前半有仙呂【賞花時】【么篇】略述梁顥屢試不第，之後才接仙呂【點絳唇】套數，可見此處【賞花時】二曲實爲楔子明矣！以上四劇楔子之運用大抵合於元人矩度。

　　《歌代嘯》則大有不同，在劇本前有虎林沖和居士所寫的〈凡例〉七條，其中第二條言：

> 今曲於傳奇之首，總序大綱曰：開場。元曲於齣內或齣外，另有小
> 令曰：楔子。至曲盡，又別有正名，或四句，或二句，隱括劇意，
> 亦略與開場相似。余意一劇自宜振綱勢，既不可處後，故特移正名
> 向前，聊准楔子，亦所以存舊範也。且正名亦未必出歌者口中，今
> 於曲盡仍作數語，若今之散場詩者，大率可有可無。至各齣末，則
> 一照元式，不用詩。〔註95〕

其意傳奇之開場與元曲（元雜劇）之楔子正名作用相似，可作爲一劇之提綱，所以特立楔子以存舊範。觀諸劇本，雖然標有楔子，但文中卻提「開場」，且以【臨江仙】一詞抒發劇作題旨：「世界原稱缺陷，人情自古刁鑽。探來俗語演新編。憑他顛倒事，直付等閑看。」之後道：「且聽咱雜劇正名者」，而接以四句市井俗語「沒處洩憤的，是夛瓜走去，拏瓠子出氣。有心嫁禍的，是

〔註94〕關於楔子，詳見鄭騫老師〈元雜劇的結構〉，收於《景午叢編》上編，（臺北：臺灣中華書局，民國 61 年 1 月初版），頁 191～192。
　　　　亦見曾師永義〈元雜劇體製規律的淵源與形成〉一文之〈六、楔子〉部分，收於曾師永義《參軍戲與元雜劇》，前揭書，頁 209。
　　　　至於楔子常用的曲調【端正好】可見於正宮與仙呂宮，在鄭騫老師《北曲新譜》仙呂宮【端正好】下說：「此章亦入正宮，格式全同。正宮作聯套首曲用，仙呂只入楔子用。」（臺北：藝文印書館，民國 62 年 4 月初版），頁 75。
〔註95〕《歌代嘯》沖和居士〈凡例〉，收於徐渭著《四聲猿》附錄之五〈關於《歌代嘯》〉，前揭書，頁 225～226。

丈母牙疼，灸女婿腳跟。眼迷曲直的，是張禿帽子，教李禿去戴。胸橫人我的，是州官放火，禁百姓點燈。」雖標「雜劇正名」，其性質實同下場詩。以詞開場爲南戲傳奇之開場通則，不同於元劇楔子以一或二曲組場之形式，作者雖言欲存舊範，實亦有所變革，況且楔子與開場雖然皆可置於劇本之首，但二者性質並不相同，元雜劇楔子有引場之作用，與之後的情節是連貫的；但南戲傳奇開場二詞，或虛籠大意或隄括本事，第二齣才是正戲開始，因此，其與劇情是沒有連貫性的。而今《歌代嘯》既標楔子，卻以開場之形式敷演，此種變革正是北曲雜劇受南曲戲文影響的例證之一。

開場，本屬戲文、傳奇之結構〔註96〕，而不存在元雜劇之體製規範之內，但從嘉隆時期開始，劇作家不斤斤於元劇之規範，因此在雜劇中也有了開場的出現，其中最須注意者爲楊愼的《洞天玄記》，此劇四折以四套北曲組場，但不用楔子，而以開場代之，其作：

> （末上開）【蘇武慢】堪嘆浮生……蝸角勞勞，蠅頭攘攘，只爲虛名微利，白髮難饒，朱顏易老，日月長繩怎繫？細思之，何苦奔馳，陽燄空花身世，好回首，放浪山林，逍遙雲水……宴清都拍手群仙，且聽洞天玄記。
>
> （問云）可惜良辰美景，休要亂道胡支，請問後房子弟，搬演何代傳奇？
>
> （內應云）宴清都洞天玄記。
>
> （末）好，好。

【蘇武慢】道盡作者之創作動機與劇作主題，而與後場之問答形式，更是戲文傳奇的開場通例，全然不同於元劇之楔子。於此，陳萬鼐評之：

> 該劇用北曲四折，始劇時用傳奇「家門」，然後進入正劇，實爲明雜劇變北曲體裁之始。〔註97〕

除了此劇，前敘《歌代嘯》開場情形與此類似。此外，汪道昆《大雅堂四種》的開場形式，亦是明顯的南曲化，因其皆爲一折短劇，所以劇本之前皆未題開場，但其形式如下：

> 《高唐夢》：（末上）【如夢令】（生扮宋大夫上）正戲開始。

〔註96〕詳見錢南揚《戲文概論》〈形式第五〉第一章〈結構〉第三節〈開場與場次〉，前揭書，頁170～176。

〔註97〕詳見陳萬鼐〈全明雜劇提要〉五三、楊愼《宴清都洞天玄記》之說明，收於《全明雜劇》第1冊，前揭書，頁109。

　　《洛水悲》：（末上）【臨江仙】（下場詩六言四句）（旦扮洛神上）正
戲開始。

　　《五湖遊》（末上）【浣溪紗】（下場詩五言四句）（生鴟夷子，旦西
子，末豎子上）正戲開始。

　　《遠山戲》（末上）【畫堂春】（下場詩五言四句）（生張京兆朝衣上）
正戲開始。

四劇皆由末上場唸詞一闋，除了《高唐夢》之外，另外三劇皆有概括劇情的
下場詩，這和戲文傳奇的開場是一樣的，這也是北雜劇蛻變爲南雜劇的痕跡
之一。

　　至於題目正名，亦是元雜劇的體製規律之一，在劇本最後有兩句或四句
的題目正名，作爲情節提綱，其中最後一句點出劇名，並置於劇本最前，作
爲總題。〔註 98〕南戲則在劇本卷首有題目以四句韻語，點明劇情大綱，之後
才是末色開場。〔註 99〕可見北劇之題目正名在後，南戲之題目在前，是北劇

〔註98〕　詳見徐扶明《元代雜劇藝術》第十七章〈題目正名〉（臺北：學海出版社，民
　　　　國 86 年 5 月初版），頁 393〜412。
　　　　亦可參見曾師永義〈有關元人雜劇搬演的四個問題〉一文，〈壹、『題目』
　　　　『正名』之分別與關係及其作用〉，收於《詩歌與戲曲》，前揭書，頁 188〜
　　　　203。
　　　　在徐氏書中說：「元刊本把題目正名放在劇末，是否保持元雜劇演出程式，值
　　　　得懷疑。……綰結來說，我們認爲：就舞臺演出程式而言，題目正名應該放
　　　　在正戲開演之前，『報幕』式地向觀眾介紹劇情提要，使觀眾預先對即將演出
　　　　的劇目內容有所瞭解。就劇作家寫雜劇劇本而言，可以一開頭，就在劇本前
　　　　面寫上題目正名；也可以在劇本寫成後，再在劇末加上個題目正名。因爲，
　　　　題目正名畢竟不是劇本固定的組成部分，只供介紹劇情、宣傳廣告之用。」
　　　　前揭書，頁 402〜403。
　　　　於此曾師永義提出質疑：「如果題目、正名用作報幕，何以《元刊雜劇三十
　　　　種》沒有一種將它置於卷首，而全部置於卷後？」並言：「『繳題目』是說唱
　　　　和戲劇演出的必備程式之一。」且證以明·劉若愚《酌中志》所記明代宮廷
　　　　演出水傀儡的情形及清毛奇齡《西河詞話》中《西廂記》的演出情形，而得
　　　　結論：「明人演出水傀儡，開場時先由一人執鑼宣念題目，其例有如南戲之置
　　　　題目於卷首；而北劇之演出，則明末猶然於扮演人下場後，『復念正名四
　　　　句』。……可證北劇的題目、正名在散場後宣念，是劇場搬演的慣例。」前揭
　　　　書，頁 202〜203。
〔註99〕　南戲卷首有題目，今可見於《永樂大典戲文三種》。如：《張協狀元》題目「張
　　　　秀才應舉往長安　王貧女古廟受飢寒　呆小二村□調風月　莽強人大鬧五雞
　　　　山」；《宦門子弟錯立身》題目「衝州撞府粧旦色　走南投北俏郎君　戾家行
　　　　院學踏爨　宦門子弟錯立身」；《小孫屠》題目「李瓊梅設計麗春園　孫必達

南戲於體製規律上的不同處，之後南戲的題目又演變成爲戲文傳奇第一齣開場的下場詩，又不同於早期的戲文形式了。

今觀嘉隆時期之雜劇對於題目正名的運用，頗爲複雜，其中合於元劇規範置於劇本之後，且標題目正名者，僅：康海《王蘭卿》、楊愼《洞天玄記》、陳自得《太平仙記》、陳沂《苦海回頭》、馮惟敏《僧尼共犯》、闕名《蘇九淫奔》等六劇。其中除了馮惟敏《僧尼共犯》作：

> 題目　潑僧尼知而故犯
>
> 正名　喬打斷情法昭然

僅用二句，且劇名未直接見於正名之中，是爲特例。其餘五劇，題目正名皆各爲二句，且以末句爲劇作總題，例如：楊愼《洞天玄記》：

> 題目　無名子收崑崙六賊　　降東蛟奪先天一氣
>
> 正名　戰山君配妊女嬰兒　　宴清都作洞天玄記

其中前三句，略述劇情大意，末句正是劇作總題，再取「洞天玄記」爲簡題，與元劇規範無異。

但也有置題目正名於卷首者，如：康海《中山狼》、王九思《沽酒遊春》、馮惟敏《不伏老》、梁辰魚《紅線女》、闕名《蘇九淫奔》等五本，或用「正名」，如康海《中山狼》：

> 正名　東郭先生悞救中山狼
>
> 　　　杖藜老子智殺負心獸

其取第一句爲劇名，不同於元劇之取最後一句爲總題的通例。或用「正目」，如王九思《沽酒遊春》：

> 正目　唐肅宗擢用文臣　　曲江媼不識詩人
>
> 　　　岑評事好奇邀客　　杜子美沽酒遊春

四句已見劇情綱要，且於末句點出總題。此處五本雜劇皆用北曲演唱，但卻受戲文之影響而將題目正名置於卷首，實可窺見雜劇南曲化之影響。更有甚者，如徐渭《四聲猿》開套劇之創作風氣，且於劇本卷首以七言四句「正名」點出四劇劇名。爾後，汪道昆《大雅堂四種》仿之，於劇本卷首有「總目」七言四句，點出四劇劇名，不合北曲雜劇之體製規範明矣！

最後再說到下場詩的運用，雜劇在人物上下場時，可以唸上場對、上場

相會成夫婦　朱邦傑識法明犯法　遭盆吊沒興小孫屠」，詳見錢南揚校注《永樂大典戲文三種校注》前揭書，頁 1、219、257。

詩，下場對、下場詩，但在每折及全劇之最後是沒有下場詩或散場詩的。戲文傳奇每齣最後腳色下場時，照例唸下場詩，然亦有省去者，但全劇最終的散場詩則必不缺，其用五言七言或四句八句，並無嚴格規定，藉此或總結劇情或闡述作者心志。

筆者此處所討論的下場詩或散場詩，即是指置於每折或全劇之最後者。這種屬於戲文傳奇的形式，在此時期的雜劇中，運用得十分普遍，二十八本中有十九本有散場詩，分別是：王九思《中山狼》，陳自得《太平仙記》，徐渭《狂鼓史》、《翠鄉夢》、《雌木蘭》、《女狀元》、《歌代嘯》，汪道昆《高唐夢》、《洛水悲》、《五湖遊》、《遠山戲》，許潮《武陵春》、《蘭亭會》、《寫風情》、《午日吟》、《南樓月》、《赤壁遊》、《龍山宴》、《同甲會》等，可見此時雜劇南曲化之現象。

但若劇本於每折之後，皆有下場詩，則非雜劇之體製，而是屬於南戲的體製規律了。如：徐渭《翠鄉夢》、《女狀元》及馮惟敏《僧尼共犯》等三劇，皆見下場詩的運用，《女狀元》全劇五齣，除第四齣之外，皆有下場詩。而最特別的當屬全用北曲組場的《僧尼共犯》，此劇四折，四折之後都作類似的安排：

> 第一折（淨吊場云）街坊鄰里得知聞，權在當官不在君，四隻囫腳
> 踏地穩，三箇光頭那怕人。

> 第二折（末吊場云）一日爲官一日憂，幾番折獄幾番愁，奉公守法
> 當如此，爭奈清官不到頭。

> 第三折（末吊場云）從來食色性皆同，到底難明色是空，念佛偏能
> 行鬼路，爲官何不積陰功。

> 第四折（淨吊場云）平生不悔住空門，只悔從前錯認眞，若是早年
> 拏犯了，我今生子子生孫。

> 題目　潑僧尼知而故犯
> 正名　喬打斷情法昭然

吊場的運用，早見於《永樂大典戲文三種》之中〔註100〕，似乎未見北曲雜劇

〔註100〕吊場：「戲曲名詞。明清舞臺演出傳奇時所用。傳奇的每出戲裡，大多數人物
都已下場，只留一部分人在場上表演一段有相對獨立性的情節，名爲吊場。」
詳見《中國古代戲劇辭典》，前揭書，頁73。
關於吊場的運用，可見於《永樂大典戲文三種》中，如：《宦門子弟錯立身》
十二出（淨末卜吊場下）；《小孫屠》十出（婆吊場）、（旦吊場），十五出（末

之運用，而馮惟敏此劇在四套北曲之後刻意安排四次吊場，可見其吸收南戲藝術而欲突破北劇體製規範之用意明矣。

總結此段所敍，可知嘉隆時期的雜劇，遵守元劇規範用楔子、且置題目正名於劇末者，已屬少數，取而代之的是南戲傳奇開場形式及下場詩、散場詩的運用，再次地印證了北曲的衰微及南曲的流行，實爲大勢所趨了。

三、曲牌聯套的運用

元雜劇四折四套北曲，其套數之運用也有通則，首折大抵用仙呂宮，次折以南呂宮、正宮和中呂宮爲主，三折以中呂宮、正宮和越調爲重，末折大抵爲雙調〔註101〕。今以此衡諸嘉隆間之雜劇，亦可見北曲雜劇演變爲南雜劇的過程。

首先，先就合於元劇四折四套北曲的十本雜劇加以觀察，其中馮惟敏《不伏老》爲五折之北曲雜劇，不妨併入討論，共計十一本。先將各劇套數之運用情形列表於後：

★嘉隆年間雜劇四折四套北曲之運用：

作 者	劇 名	第一折	第二折	第三折	第四折	第五折
康 海	中山狼	仙呂點絳唇	正宮端正好	越調鬥鵪鶉	雙調新水令	
	王蘭卿	仙呂點絳唇	正宮端正好	越調鬥鵪鶉	雙調新水令 ★此折插入一套眾唱南呂【一枝花】套數	
王九思	沽酒遊春	仙呂點絳唇	中呂粉蝶兒 般涉調耍孩兒	越調鬥鵪鶉	雙調新水令	
楊 慎	洞天玄記	仙呂點絳唇	商調集賢賓	中呂粉蝶兒	雙調新水令 ★插入一支南越調【包子令】引黃婆出場，於雙調數套實無影響	

吊場）。詳見錢南揚校注《永樂大典戲文三種校注》，前揭書，頁 245、295、296、312。

〔註101〕詳見周貽白《中國戲劇史長編》第四章〈元代戲劇〉第十一節〈雜劇的體例〉，前揭書，頁 190。
亦見曾師永義〈元雜劇體製規律的淵源與形成〉一文之〈貳、四套北曲・一、宮調〉部分，收於曾師永義《參軍戲與元雜劇》，前揭書，頁 169。
徐扶明《元代雜劇藝術》第八章〈聯套〉，前揭書，頁 197。

陳自得	太平仙記	仙呂點絳唇	商調集賢賓	中呂粉蝶兒	雙調新水令	
陳　沂	苦海回頭	仙呂點絳唇	越調鬥鵪鶉	雙調新水令	中呂粉蝶兒 般涉調耍孩兒	
沖和居士	歌代嘯	仙呂點絳唇	中呂粉蝶兒	越調鬥鵪鶉	雙調新水令	
馮惟敏	僧尼共犯	仙呂點絳唇	南呂一枝花	越調鬥鵪鶉	雙調新水令	
梁辰魚	紅線女	仙呂點絳唇	黃鐘醉花陰	越調鬥鵪鶉	雙調新水令	
闕　名	蘇九淫奔	仙呂點絳唇	中呂粉蝶兒 般涉調耍孩兒	南呂一枝花	雙調新水令	
馮惟敏	不伏老	仙呂點絳唇	雙調新水令	商調集賢賓	正宮端正好 般涉調耍孩兒	南呂一枝花

V.S.

	第一折	第二折	第三折	第四折
元雜劇通例	仙呂	南呂、正宮、中呂	中呂、正宮、越調	雙調

在這個表中，我們可以發現：

1、第一折，全用仙呂【點絳唇】套數，而末折除了陳沂《苦海回頭》及馮惟敏《不伏老》二劇之外，全合元劇末折使用雙調【新水令】套數之慣例。

2、第二折中，元劇使用最多的南呂宮僅一見，若將南呂宮、正宮、中呂宮合併討論，則合於此者亦僅六劇，不僅出現商調、越調、黃鍾宮，連用於末折的雙調都出現於第二折了。

3、第三折中，可以看到越調出現了六次，而元代常用的中呂宮卻僅使用了二次，可見人們好尚的轉變。

這十一本雜劇中，與元劇規範差距最大的是：陳沂《苦海回頭》及馮惟敏《不伏老》，前者曾師永義以其關目、排場及音律諸多毛病，而言此劇「當是案頭之劇，非場上所宜演」〔註102〕。至於馮惟敏《不伏老》，除了第一折用仙呂宮之外，其餘四折全不合元劇規範。可見就連全用北曲的雜劇，劇作家們對於習用的套數已不遵守，遑論其他，其因或為文人創作僅供案頭清賞，或為北曲衰微，規律蕩然；但也因劇作家破壞了元劇規範，而賦予了雜劇更

〔註102〕詳見曾師永義《明雜劇概論》第四章〈中期雜劇〉第二節〈馮惟敏及其他北雜劇作家〉「3、陳沂」，前揭書，頁228。

豐富的音樂面貌。

　　全本北套除了上述十本四折四套北曲及馮惟敏《不伏老》五折北套之外，尚有王九思《中山狼》一套北曲；徐渭《狂鼓史》仙呂【點絳唇】加般涉調【耍孩兒】套，《雌木蘭》首折用仙呂【點絳唇】套數，第二折則用北雙調【清江引】七曲加上般涉調【耍孩兒】組套，重複隻曲本爲南戲常用的聯套方式之一，其重複以不過三爲原則，徐渭此處以北曲隻曲重頭組套，不稱【么篇】而作【前腔】，且連用七曲，實恣意破壞北曲套數之規律。這些劇本雖仍用北曲，但事實上，已非元劇北曲之面貌，而是受南曲影響的北劇了。

　　在前節已敘嘉隆時期南戲諸腔逐漸擡頭，因此以南曲創作雜劇也成爲一種潮流，其運用情形有：南北合腔、南北合套、甚而全用南曲者。〔註103〕所謂南北合腔是指在南曲中加入若干支北曲，或北曲中插入南曲，如許潮《武陵春》、《蘭亭會》、《寫風情》、《午日吟》、《南樓月》、《龍山宴》等六劇。而南北合套則是一北一南或一南一北交互使用所組成的套數，如徐渭《翠鄉夢》，但此劇兩齣皆用雙調【新水令】南北合套，又爲少見之例；汪道昆《五湖遊》亦用雙調【新水令】南北合套。全本皆唱南曲者則有：汪道昆《高唐夢》、《洛水悲》、《遠山戲》，許潮《赤壁遊》、《同甲會》等五劇。此外，徐渭的《女狀元》全劇一、三、四、五齣用南曲，惟第二齣用北曲〔註104〕，是並

〔註103〕以南曲創作雜劇成爲一種潮流，在周貽白《中國戲劇史講座》第六講〈明代雜劇傳奇與所唱聲腔〉中說：「到了明代中葉的末期，在總的形式上看來雖無多大變化，但由於曲調的配合上已經從『南北合腔』過渡到完全使用『南曲』。這一種辯證式的發展，顯然是由於傳奇繁興之故。因爲傳奇絕大部份是南曲，由是影響到雜劇曲調的配合，而傳奇的作者兼撰雜劇，這就成爲很普通的事了。」前揭書，頁166。

〔註104〕徐渭《女狀元》此劇五齣，在明‧祁彪佳《遠山堂劇品》「妙品」《女狀元》其下注「南北五折」。收於《中國古典戲曲論著集成》六，前揭書，頁142。
張敬老師〈南雜劇之研究〉第二章〈徐渭的南雜劇〉中說：「第四本《女狀元》，多用南曲。」此文收於張敬老師《清徽學術論文集》（臺北：華正書局有限公司，民國82年8月出版），頁144。（筆者按：此言多用南曲，而不說全用南曲，應是因第二齣用【北江兒水】四曲之故。）
曾師永義《明雜劇概論》第一章〈總論〉第五節〈明代雜劇體製提要〉〈二、中期雜劇〉「徐渭《四聲猿》《女狀元》」下標注「五　南　眾」意謂：「南曲眾唱之五折雜劇。」前揭書，頁51。
徐子方《明雜劇研究》下編〈明雜劇存本考〉卷2〈明中後期作家作品〉「六二、《女狀元辭凰得鳳》」下標注「徐渭撰　旦本　南北五齣」，前揭書，

用南北曲於劇作之中，而不同於一折之內套數的合腔、合套。

在聯套的運用上，北曲的套數大抵嚴謹，除了前所敘四折四套北曲的劇本之外，只要是第一折用仙呂宮之劇作，其套數皆合於【點絳唇】－【混江龍】－【油葫蘆】－【天下樂】－【那吒令】－【鵲踏枝】－【寄生草】－【賺煞】之基本形式。〔註105〕例如：康海《中山狼》全劇四折，第一折：

> 仙呂【點絳唇】－【混江龍】－【油葫蘆】－【天下樂】－【那吒令】－【鵲踏枝】－【寄生草】－【醉中天】－【金盞兒】－【一半兒】－【後庭花】－【賺煞】

王九思《沽酒遊春》全劇四折，第一折：

> 仙呂【點絳唇】－【混江龍】－【油葫蘆】－【天下樂】－【那吒令】－【鵲踏枝】－【寄生草】－【村裡迓鼓】－【元和令】－【上馬嬌】－【勝葫蘆】－【么】－【後庭花】－【青哥兒】－【寄生草】－【賺煞】

又如徐渭《雌木蘭》全劇二齣，第一齣：

> 【點絳唇】－【混江龍】－【油葫蘆】－【天下樂】－【那吒令】－【鵲踏枝】－【寄生草】－【么】－【么】－【六么序】－【么】－【賺煞】

頁 227。

筆者按：《女狀元》第二齣所用之曲牌爲【北江兒水】－【前腔】－【前腔】－【前腔】。劇本自注北，但北曲無【江兒水】，僅見其爲【清江引】之別名；而在南曲仙呂入雙調中則有【江兒水】這個曲牌。但《女狀元》所用四曲之格律，既不合於北曲【清江引】又不合於南曲【江兒水】，卻反而近於【北二犯江兒水】。

在吳梅《顧曲麈談》第四章〈談曲〉中言：「徐文長《四聲猿》，膾炙人口久矣。又《女狀元》中【二犯江兒水】四支，亦佳。」（臺北：臺灣商務印書館股份有限公司，民國 77 年 11 月臺四版），頁 171。則以【二犯江兒水】稱劇作中的【北江兒水】。

再看吳梅《南北詞簡譜》卷 8〈南雙調集曲〉中【二犯江兒水】之說明：「此曲例用二支，實是南曲。自《紅拂記》唱作北調，於是有謂此非南詞者，眞大誤也。」其後遂附《紅拂》【北二犯江兒水】並括號注明簡稱【北江兒水】。（臺北：學海出版社，民國 86 年 5 月初版），頁 576。

吳梅所舉之例即張鳳翼《紅拂記》第十齣〈伎女私奔〉。若就此來看，【北江兒水】應是南詞北唱之例，亦可視爲南北曲交流現象之一。

〔註105〕詳見鄭騫老師《北曲套式彙錄詳解》上卷〈仙呂宮第三〉「聯套法則」，（臺北：藝文印書館，民國 62 年 4 月初版），頁 39。

皆不出仙呂【點絳唇】套數之基本形式。至於末折用雙調【新水令】套數者，據鄭騫《北曲套式彙錄詳解》中歸納出雙調的聯套法則，諸如：雙調劇套首曲用【新水令】，偶有用【五供養】者。⋯⋯【新水令】後，接用【駐馬聽】者最多。⋯⋯雙調用於雜劇，大多數在第四折，⋯⋯【雁兒落】、【得勝令】兩曲需連用。⋯⋯【沽美酒】、【太平令】兩曲須連用。⋯⋯【川撥棹】、【七弟兄】、【梅花酒】、【收江南】四曲須連用⋯⋯等。〔註106〕以此衡諸劇作，例如馮惟敏《僧尼共犯》第四折：

> 雙調【新水令】－【駐馬聽】－【沈醉東風】－【鴈兒落】－【得勝令】－【折桂令】－【沽美酒】－【太平令】－【川撥棹】－【七弟兄】－【梅花酒】－【收江南】

梁辰魚《紅線女》第四折：

> 雙調【新水令】－【駐馬聽】－【喬牌兒】－【攪箏琶】－【鴈兒落】－【得勝令】－【沽美酒】－【太平令】－【錦上花】－【清江引】

皆可見其合於元劇規範。此外，馮惟敏《不伏老》全劇五折，其第二折：

> 雙調【新水令】－【駐馬聽】－【雁兒落】－【得勝令】－【沈醉東風】－【折桂令】－【離亭宴歇拍煞】

陳沂《苦海回頭》全劇四折，其第三折：

> 雙調【新水令】－【駐馬聽】－【沈醉東風】－【雁兒落】－【得勝令】－【喬牌兒】－【滴滴金】－【折桂令】－【錦上花】－【碧玉簫】－【離亭宴煞】

此二劇雙調【新水令】套數雖未用於末折，但仍能合於上述聯套法則。可知嘉隆時期之劇作家雖然在體製規律上多有突破元劇之規範，但在北曲聯套的運用上，大抵仍是合於元劇規範的。

至於南曲的聯套方式，因其多為一折短劇，因此大量地運用了移宮換調的方式以轉換排場，例如汪道昆《高唐夢》移宮換調四次，《洛水悲》更多至五次〔註107〕，但就其聯套的方式，則常用一曲重頭或重頭變調，如汪道昆《高

〔註106〕 詳見鄭騫老師《北曲套式彙錄詳解》下卷〈雙調第十二〉「聯套法則」前揭書，頁154、155。

〔註107〕 關於汪道昆《大雅堂樂府》之聯套方式，詳見李惠綿〈汪道昆《大雅堂樂府》在明雜劇史上的意義〉一文之〈二、《大雅堂樂府》情節配套之分析〉部分。《幼獅學誌》第12卷第4期，頁63～68。

唐夢》：

　　【高陽臺】－【出隊子】－【高陽臺】－【前腔】－【前腔】－【鵲橋僊】－【香羅帶】－【前腔】－【醉羅袍】－【前腔】－【香柳娘】－【前腔】－【尾聲】

《遠山戲》：

　　【金瓏璁】－【前腔】－【懶畫眉】－【前腔】－【前腔】－【前腔】－【窣地錦襠】－【畫眉序】－【前腔】－【前腔】－【前腔】－【滴溜子】－【雙聲子】－【尾聲】

許潮《赤壁遊》：

　　【菊花新引】－【前腔】－【畫眉序】－【前腔】－【前腔】－【前腔】－【黃鶯兒】－【前腔】－【前腔】－【前腔】－【祝英臺】－【前腔】－【前腔】－【前腔】

　　重複相同的曲牌，本爲南戲常用的組套方式之一，在南北曲勢力消長的明代中葉，這種方式也可用於北曲，如徐渭《雌木蘭》連用七支【北清江引】組場即爲明顯之例。〔註108〕

　　此外，南北合套雖早在元代南戲《宦門子弟錯立身》及《小孫屠》中已見運用〔註109〕，但用之於雜劇，則首見於元末明初賈仲明《呂洞賓桃柳昇仙夢》〔註110〕，此劇四折，分別以仙呂宮、中呂宮、越調、及雙調之南北合套組場，又以末唱北曲，旦唱南曲，在體製上大膽地突破元劇四折四套北曲及一人獨唱之規範。到了嘉隆之際，則有徐渭《翠鄉夢》及汪道昆《五湖遊》用了雙調【新水令】南北合套。徐渭《翠鄉夢》：

　　【新水令】－【步步嬌】－【折桂令】－【江兒水】－【得勝令】

〔註108〕詳見曾師永義《明雜劇概論》第四章〈中期雜劇〉第三節〈徐渭（附論歌代嘯）〉之〈5、《四聲猿》的音律〉。曾師言：「《雌木蘭》次折用【清江引】七支和【耍孩兒】加煞尾四支。疊用隻曲組場是南曲聯套的一種方式，北雜劇中是看不到的，文長大概是以北就南，所以用這樣的小曲來演述過場。」前揭書，頁245～246。

〔註109〕關於元代南戲《宦門子弟錯立身》及《小孫屠》中之南北合套的運用，詳見拙文〈從《永樂大典戲文三種》看早期南戲的藝術形式〉一文之〈三、曲牌聯套形式〉部分。《輔大中研所學刊》第7期，民國86年7月，頁395。

〔註110〕詳見曾師永義《明雜劇概論》第二章〈初期雜劇〉第一節〈明初十六子〉之〈3、谷子敬附論昇仙夢常椿壽〉部分。曾師言：「元末沈和雖以南北調合腔，創始合套，但只用於散套，如瀟湘八景、歡喜冤家之類。用於雜劇當以賈仲明爲嚆矢，這一點是很值得注意的。」前揭書，頁97。

—【僥僥令】—【收江南】—【清江引】（第一齣）

【新水令】—【步步嬌】—【折桂令】—【江兒水】—【得勝令】

—【園林好】—【收江南】（第二齣）

汪道昆《五湖遊》：

【新水令】—【步步嬌】—【折桂令】—【江兒水】—【雁兒落】

—【僥僥令】—【收江南】—【園林好】—【沽美酒】—【尾聲】

其中《翠鄉夢》全劇二齣，皆以雙調【新水令】南北合套組場，更爲罕見之例。

　　至於「子母調」、「集曲」及「帶過曲」〔註111〕，也屢見用於劇作中，從而豐富了音樂的內容。子母調的運用，如：康海《王蘭卿》第二折正旦（王蘭卿）唱北曲正宮【滾繡毬】【倘秀才】四曲，敘其寬慰婆婆勿以公公病重、孩兒遠遊爲念。許潮《寫風情》旦（如雲）、貼（賽月）二妓輪唱【字字金】、【清江引】十曲，寫二人奉杜司空之命服侍劉禹錫就寢，從一更到五更藉著民間流行的「嘆五更」形式，道盡二人幽怨情態，亦覺可愛！許潮《龍山宴》中更連用了兩次「子母調」，一爲：南曲羽調【排歌】，北曲仙呂宮【寄生草】八首是爲「合套式的子母調」〔註112〕，生（桓溫）獨唱南曲，眾人分唱北曲，既敘龍山景致，更寓規諫旨趣；另一爲：南曲【楚江秋】、【孝白歌】四曲，

〔註111〕子母調：北曲的一種套數形式。它的特點，除引子與尾聲外，中間部分的各個樂章是由兩支曲牌循環交替構成，例如正宮【端正好】套曲，常用如下結構形式：【端正好】—【滾繡球】—【倘秀才】—【滾繡球】—【倘秀才】—【滾繡球】—【倘秀才】—【煞尾】。這種套曲，也可以稱爲循環曲體。它來源于宋代的轉踏（亦稱纏達）。……子母調是古人對這種循環曲體的稱謂。它最初出自元人燕南芝庵《唱論》「有子母調，有姑舅兄弟。」後來周德清《中原音韻》中作了注解，他在【滾繡球】與【倘秀才】這兩支曲牌名之下，都分別注明爲子母調。而這兩曲在正宮套曲中都是連用的，這就證實了子母調是指這種兩曲循環交替的曲體。詳見《中國大百科全書‧戲曲曲藝》「子母調」條，前揭書，頁620。
　　　帶過曲：小令體式的一種由。二至三支同宮調而音律銜接的曲牌連接而成，曲牌上標明ㄨㄨㄨ帶（或過、兼）ㄨㄨㄨ。帶過曲必須一韻到底，最多不超過三調。……帶過曲也可應用於套曲中。詳見《元曲百科辭典》（山東：山東教育出版社，1989年4月第1次印刷），頁36。其例如許潮《南樓月》中【黃鶯兒帶皀羅袍】即是。
〔註112〕「合套式的子母調」此名詳見曾師永義《明雜劇概論》第四章〈中期雜劇〉第四節〈李開先及其他短劇作家〉〈2、許潮的太和記及其作者問題〉，前揭書，頁260。

由旦（亡蜀李君之女）且歌且舞，以供侑酒之娛。以上子母調有用北曲、南曲、合套及民間歌謠之形式，可見音樂變化之豐富！

至於集曲之運用，在前論「崑山水磨調之音樂成就」時，其中之一即為「集曲的廣泛使用」，其因，除了集美聽之大成，也和文人遣興炫才的心態有關。這種現象，自然也反映在日趨文士化的雜劇創作之中。如：徐渭《女狀元》第一齣，旦（黃崇嘏）與淨（黃科）輪唱正宮集曲【芙蓉燈】二首，演黃春桃改扮男妝，改名黃崇嘏，進京應舉之雄心大志，其乳母黃姑改名黃科，隨行前往。汪道昆《高唐夢》中小生扮楚王，二首仙呂集曲【醉羅袍】，道盡其與巫山神女短暫相會，旋即分別的悵然之情。許潮《南樓月》生扮殷浩、外扮王述、小生扮楚哀、末扮庾亮，輪唱雙調集曲【風雲會四朝元】四曲，藉著賞景之際，寄寓諸人憂國之念。《同甲會》中文彥博等人席間喚梨園子弟演劇侍宴，插演之劇中淨扮喬大夫（松）、丑扮庾氏十八母（梅）、副末、旦扮其二人所生一對兒女（竹），四人輪唱雙調集曲【錦堂月】四曲，道其家子孫一輩高似一輩，而寓吉祥之意。

至於帶過曲之運用，僅見於許潮《南樓月》，丑扮小侑兒唱三首【黃鶯兒帶皂羅袍】奉酒，勸殷浩、王述、楚哀三人，暫息憂懷，而寓及時行樂之意。此處文字美則美矣，然以丑腳而連唱三曲帶過曲，就舞臺藝術之呈現而言，實為可斟酌處，這也是文人作劇不諳於排場而易產生之缺失。

四、演唱方式的多樣性

元人北曲雜劇由正末或正旦一人主唱全劇，例外之作甚少。〔註113〕但從明初劉兌《金童玉女嬌紅記》首先打破元劇一人獨唱之例，之後賈仲明《呂洞賓桃柳昇仙夢》、楊訥《西遊記》繼之，至周有燉《誠齋樂府》更是運用了同唱、輪唱、合唱、齊唱、接唱……等不同的唱法，在突破元劇體製規律的嘗試中，自有其功，更對日後南雜劇的產生有所影響。〔註114〕而嘉隆時期劇

〔註113〕詳見曾師永義〈元雜劇體製規律的淵源與形成〉一文之〈參、其他‧二、一人獨唱〉部分，收於曾師永義《參軍戲與元雜劇》，前揭書，頁193～197。
又元劇非一人獨唱之例，「只有《貨郎旦》正旦唱一折，副旦唱三折；《張生煮海》旦唱三折，末唱一折；《生金閣》末唱三折，旦唱一折。」詳見鄭騫老師〈元雜劇的結構〉，收於《景午叢編》上編，前揭書，頁197。
〔註114〕詳見謝俐瑩《明初南北曲流行概況及其變革之探討》第二章〈明初北曲雜劇之流行概況及其變革〉第二節〈明初北曲雜劇在體制上之變革〉〈三、唱法多樣化〉，前揭書，頁63～65。

作家突破元劇規範的情形較明初時期明顯增加，尤其在演唱方式上，更是豐富多變，以下分北曲、南北曲兼用及南曲二部份論之。

（一）北曲的演唱方式

在北曲的演唱方式上〔註115〕，謹守元劇一人獨唱之形式者有：

康海《中山狼》、《王蘭卿》，王九思《沽酒遊春》、《中山狼院本》，楊慎《洞天玄記》、陳自得《太平仙記》，陳沂《苦海回頭》，馮惟敏《不伏老》，梁辰魚《紅線女》，闕名《蘇九淫奔》等十劇。其中，王九思《中山狼》為一折短劇、馮惟敏《不伏老》為五折雜劇，此二劇雖與元劇一本四折之體製不合，但其演唱方式，實為一人獨唱，故仍歸於此類。

此外，康海《王蘭卿》第四折雙調【新水令】套數之後，插演一段眾扮妓女彈唱南呂【一枝花】散套，歌頌王蘭卿服信守節的冰霜節操；楊慎《洞天玄記》第四折在雙調【新水令】套數中插入黃婆唱南曲越調【包子令】一首自誇聲勢，又有嬰兒姹女同唱北曲大石調【望江南】一曲，以勸道人飲酒，觀此二曲性質，當屬「插曲」之類〔註116〕。此二劇於北曲套數中插入之曲調，皆與原套數有明顯之區隔，且全不影響原套數之結構，因此，只視之為插入性的演出，仍歸此二劇為謹守元劇一人獨唱之類。

在南曲逐漸盛行的潮流中，北曲雜劇的演唱方式，亦受之影響，不再以一人獨唱為唯一的演唱方式，舞臺上各門腳色皆可隨作家之匠心安排而得任

〔註115〕此處僅就劇本所見論述嘉隆時期雜劇之演唱方式，但其真正之唱法，則因明中葉以後，北曲的唱法已逐漸失傳，而難一窺原貌；甚至受南曲的影響，而「漸近水磨」（沈寵綏《度曲須知》卷上「曲運隆衰」條），清徐大椿更直指為「崑腔之北曲」（《樂府傳聲》）。雖然，我們至今已無法確實指出明代北曲的唱法和金元有何不同，但至少可以看出：南雜劇與北雜劇的音樂，不僅是南北兼用與純用北曲之別，在演唱方法甚至腔調旋律上，二者都已有很大的不同了。以上論述詳見王安祈《明代戲曲五論》〈四、明雜劇的演出場合與舞臺藝術〉之〈（三）、音樂〉，前揭書，頁128～131。

〔註116〕所謂「插曲」，在鄭騫老師〈元雜劇的結構〉一文中說：「在任何一折套曲的中間或是前後，可以插入曲子一兩支，這個沒有專名，借用現代語名之為插曲。這一兩支插曲不必與本套同宮調韻部，反而是不同的居多。不一定用北曲；有時用南曲；有時用不入調的山歌小曲。插曲都是打諢性質，其詞句都是無理取鬧，詼諧滑稽的。……還有一種插曲，或在劇中唱道情以勸世覺迷，……或為劇中穿插歌舞場面所唱的舞曲，……這種插曲語氣都很正經，也不一定只用一兩支曲，也不一定由一個人唱。打諢的插曲比較常見，道情及舞曲比較少見，而且是元劇末期的產物。劇中插入歌舞場面始於元末，入明而盛。」收於《景午叢編》上編，前揭書，頁194。

唱。如徐渭《四聲猿》之《狂鼓史》先由生扮之禰衡獨唱北曲仙呂【點絳唇】套數，再由小生扮之金童、旦扮之玉女、禰衡及外扮之判官輪唱北曲般涉調【耍孩兒】套，最後眾人共唱【尾聲】，短短一折之中，包含獨唱、輪唱及合唱三種演出方式。又如《雌木蘭》全劇二折，第一折由旦扮花木蘭獨唱北曲仙呂【點絳唇】套數，第二折則以外扮之主帥、眾兵及花木蘭輪唱七曲【清江引】，再由花木蘭獨唱【耍孩兒】套，皆見其不受元劇規律之限。此外《歌代嘯》四折四套北曲，分別由張和尚、王妻、李和尚及州官各自獨唱一齣。馮惟敏《僧尼共犯》第一、二折，由淨扮之僧明進、末扮之巡捕官吳守常各自獨唱，第三、四折則由明進、巡捕官及旦扮之尼僧惠朗輪唱、合唱。

經由上文分析可以發現，此時劇作家，若依北曲創作雜劇，則其演唱，仍以一人獨唱為主。但亦有吸收南曲唱法，而有眾唱、輪唱、合唱等方式出現，就舞臺藝術而言，應可視為一種進步的現象。

（二）南北曲兼用及南曲的演唱方式

南曲演唱方式之自由，更為此時期南雜劇或短劇所吸引。在兼用南北曲的劇作中，僅見許潮《武陵春》一劇之前半，保留北曲一人獨唱之形式，且由正末扮桃源主人唱北曲商調【集賢賓】套數，可見保留北曲之規範；其後半則由生扮之漁人獨唱四曲南曲【採茶歌】，及眾人輪唱【水仙子】等南曲，在一劇之中，既見北曲之末腳獨唱，又見南曲之生腳及眾人獨唱、輪唱等形式，可見作者融南北曲於一劇之用心。此外，《蘭亭會》、《午日吟》中皆見眾人輪唱北曲之形式，《寫風情》更把北曲仙呂【點絳唇】套數析而為二，前半由正旦所扮之如雲獨唱，後半由生所扮之劉禹錫獨唱，雖屬北曲套數，但唱法全不合北曲規範，更甚者在《龍山宴》中由生獨唱南曲【排歌】，而由眾人輪唱北曲【寄生草】。凡此，皆可見作者在創作上揉合南北曲之種種嘗試。

在南北曲兼用的劇作中，亦可見嚴謹的南北合套，以之組場者有徐渭《翠鄉夢》及汪道昆《五湖遊》，二劇皆以雙調【新水令】南北合套組場。《五湖遊》由生扮范蠡唱北曲，旦扮西施唱南曲，是最單純也最常見的組合。《翠鄉夢》二折套數幾乎相同，已屬特例，在演唱上又不拘一格，第一折除最後一曲【清江引】由旦扮懶道人所唱，其餘皆由生扮之玉通禪師獨唱，而由貼扮之紅蓮接唱末數句；第二折則除了尾曲【收江南】之外，全由旦扮之柳翠獨唱，【收江南】一曲，前半之唱法為旦及外扮之月明和尚各一句，合唱一句，

三次之後，作者自注「此下外起且接，一人一句」，直到最後兩句，又爲「合唱」，一曲之中，唱法屢變，亦見作者才情洋溢，不受規範之性格。

　　至於南曲的演唱方式則最爲自由，隨著劇情之發展，各門腳色皆可演唱，方式多變，如汪道昆《遠山戲》中即有獨唱、輪唱、合唱等方式，且場上腳色：生、小生、旦、小旦、末、貼、淨、丑皆有任唱，舞臺藝術之靈活實可想見。

五、賓白的文士化

　　劇作中，曲文長於抒情，賓白長於敘事〔註117〕，二者相生相成，更添劇作之感染力。李漁《閒情偶寄》〈賓白第四〉中即言：

> 曲之有白，就文字論之，則猶經文之於傳註，就物理論之，則如棟梁之於椽桷，就人身論之，則如肢體之於血脈，非但不可相輕，且覺稍有不稱，即因此賤彼，竟作無用觀者，故知賓白一道，當與曲文等視，有最得意之曲文，即當有最得意之賓白，但使筆酣墨飽，其勢自能相生，常有因得一句好白，而引起無限曲情，又有因填一首好詞，而生出無窮話柄者，是與文自相觸發。〔註118〕

已清楚地說明了賓白在劇作中之地位。曾師永義在〈評論中國古典戲劇的態度與方法〉一文，則以「賓白醒豁」論之：

> 戲劇賓白第一重要的是「語求肖似」，其次是「聲務鏗鏘」、「文貴精潔」和「取意尖新」。當然，它是和曲文互相生發，血脈相連的。而倘若像明代一些藻麗派的傳奇，不只曲文塗粉抹脂，連賓白也一律四六駢偶，那就淪入戲曲惡道而不可救藥了。〔註119〕

文中所論「四六駢偶」雖指藻麗派之傳奇，但事實上亦是傳奇文士化後之普遍現象。在此南北曲交流日趨盛行、文人投身創作之林日多的時代下，雜劇賓

〔註117〕賓白之作用及形式，詳見曾師永義〈元雜劇體製規律的淵源與形成〉一文之〈參、其他・三、賓白〉部分，收於曾師永義《參軍戲與元雜劇》，前揭書，頁197～201。

〔註118〕詳見清・李漁《閒情偶寄》〈賓白第四〉，書中並提出「聲務鏗鏘」、「語求肖似」、「詞別繁減」、「字分南北」、「文貴精潔」、「意取尖新」、「少用方言」、「時防漏孔」等八條細目，以爲創作賓白之準則。前揭書，頁47～48。

〔註119〕詳見曾師永義〈評論欣賞中國古典戲劇的態度與方法〉一文之〈2、具體而完備的方法〉，此文收於曾師永義《中國古典戲劇的認識與欣賞》（臺北：正中書局，民國80年11月臺初版），頁319～320。

白固有保持元劇白描之特色者，但文士化之典雅綺麗卻是更清楚的特徵。

首先，人物上場時，若爲全用北曲演唱之劇作，則守北曲先白後唱之通則，如：康海《中山狼》、《王蘭卿》、王九思《沽酒遊春》、《中山狼院本》、楊愼《洞天玄記》、陳自得《太平仙記》、陳沂《苦海回頭》、徐渭《狂鼓史》、《雌木蘭》、沖和居士《歌代嘯》、馮惟敏《不伏老》、《僧尼共犯》、梁辰魚《紅線女》、《蘇九淫奔》等十四劇。主要人物上場，大抵先唸定場詩，亦可省略，然後自報家門，接著唱套數首曲，正式進入劇作情節。

反之，全唱南曲者，則先唱後白，如：汪道昆《高唐夢》、《洛水悲》、《遠山戲》、許潮《赤壁遊》、《同甲會》等五劇，主要人物上場皆是先唱引曲，再報家門。

至於南北曲兼用之劇作，稍加觀察，即可發現，如果套數首曲唱北曲，則其人物上場形式爲先白後曲，如：徐渭《翠鄉夢》、《女狀元》第二齣，汪道昆《五湖遊》，許潮《武陵春》、《寫風情》等五劇。反之，如果套數先唱南曲，則人物登場形式爲先曲後白，如：許潮《蘭亭會》、《南樓月》、《龍山宴》等三劇。

其中許潮《午日吟》人物登場之形式較爲特別，劇中生扮嚴武，上場先唱南曲南呂引子【一枝花】，再唸八句上場詩，之後自報家門，與前述首曲唱南曲之上場形式相同，但接著末扮杜甫上場，則先唸四句上場詩，再報家門，卻接著與生輪唱南曲中呂宮過曲【駐雲飛】二曲。雖用北曲末腳扮演劇中人物，且合於先白後曲之開場形式，但人物所唱卻是南曲，作者不受元劇規律所限，欲融合南北曲之心可見一斑。

賓白便於敘述，劇作者往往藉之揭示主題。如：徐渭《翠鄉夢》第一齣生扮玉通和尙，其上場即言：

> 南天獅子倒也好隄防，倒有個沒影的猢猻不好降。看取西湖能有幾
> 多水，老僧可曾一口吸西江。俺家玉通和尚的是也。……俺想起俺
> 家法門中這個修持像什麼，好像如今守官們的階級，從八、九冊巴
> 到一、二，不知有幾多樣的賢否升沈。又像俺們寶塔上的階梯，從
> 一、二層爬將八、九，不知有幾多般的跌磕蹭蹬。假饒想多情少，
> 止不過忽刺刺兩腳立追上能飛能舉的紫霄宮十八位絕頂天僊。若是
> 想少情多呵，不好了！少不得撲蓁蓁一交跌在那無岸無邊的黑魆都
> 十八重阿鼻地獄。那個絕頂天僊，也不是極頭地位，還要一交一跌，

不知跌在甚惡塹深坑。若到阿鼻地獄，卻就是沒眼針尖，由你會打
會撈，管取撈不出長江大海。……言下大悟，纔顯得千尋海底，潑
剌剌透網金鱗。話裏略粘，便不是百尺竿頭，滴溜溜騰空鐵漢。偈
曰：明珠歇腳圓還欠，積寶堆山債越多。此乃趁電穿針，一毫不錯；
饑王嚼蠟，百味俱空。也希大眾回頭，莫怪老僧饒舌。

同劇第二齣外扮月明和尚，上場亦有一大段賓白，上場詩之後言：

老僧且不說俺的來由，且說幾句法門大意。俺法門像什麼？像荷葉
上露水珠兒，又要霑著，又要不霑著；又像荷葉下淤泥藕節，又不
要齷齪，又要些齷齪。修爲略帶，就落羚羊角掛向寶樹沙羅，雖不
相粘，若到年深日久，未免有竹節幾痕。點檢初加，又像孔雀膽攪
在香醪琥珀，既然廝渾，卻又揀苦成甜，不如連金杯一潑。一絲不
挂，終成遠無邊的蘿葛荒藤；萬慮徒空，管堆起幾座好山河大
地。……不會得的，一程分作兩程行；會得的呵，踢殺猢猻弄殺
鬼。會得的，似輪刀上陣，亦得見之；會不得的，似對鏡回頭，當
面錯過。

之後則敘其欲度由玉通和尚轉世之柳翠，使其早日回頭。二段賓白多藉比喻
說明修道之不易，既要一步步地修持，卻又不可執者，用白描的文字表現深
刻之禪機，因此，袁宏道評此劇「似偈似諢，妙合自然」〔註 120〕，當然這也
反映了徐渭篤信佛教的思想。〔註 121〕

賓白更易於刻劃人物性格，如王九思《沽酒遊春》第二折，淨扮賣酒姑，
外扮空有錢財卻無才學的衛大郎，二人相見之後，淨白：

大郎，這兩日如何不來飲酒？我這裏官客雖多，能有幾個似得大
郎？我只敬重你，接待不著，休要見怪！

之後，正末扮杜子美上場，先言其前日因無酒錢，遂將朝衣典下，今日帶錢
再來，一爲贖衣，一爲沽酒，但賣酒姑卻冷言相對：

淨白：杜先生有錢呵，贖了朝衫去，不索上樓，這裏有一佳客飲酒，

〔註 120〕 袁宏道之說，見《四聲猿》附錄之四〈各家評《四聲猿》〉，前揭書，頁 208。
〔註 121〕 在徐渭〈自爲墓誌銘〉中言：「山陰徐渭者，少知慕古文詞，及長益力。既而
有慕於道，往從長沙公，究王氏宗，謂道類禪。又去叩於禪，久之，人稍許
之。」又言：「渭嘗曰：余讀旁書，自謂別有得於首楞嚴、莊周、列禦寇。」
後者在陶望齡所寫〈徐文長傳〉亦見引錄，二文皆見《四聲猿》附錄之一〈作
者傳記〉，前揭書，頁 181、182、186。

不許窮酸來打攪。

末白：他是一個甚麼人？

淨白：他是富貴的衛大郎。

言語之間，已將賣酒姑現實勢利的性格刻劃得入木三分。又如康海《中山狼》第三折中，東郭先生救狼免於一死，狼反要吃他，情急之下，遂以俗諺「若要好，問三老」爲由，希冀能脫狼口之禍，先遇老杏，老杏言道：

> 俺老杏是也。想那當時老圃種下俺，不過費得他一個核兒，一年開花、二年結果、三年拱把、十年合抱，到今三十年來，老圃和那妻子兒女，走使奴僕，往來賓客，都是俺供養，他當時又摘俺的果兒往街市裡去覓些利息。似俺這般有恩與老圃的，如今見俺老來不能結實，老圃劃地裡發怒，伐去俺條枚、芟落俺枝葉、又要賣俺與匠氏，是這般負心的。您卻有甚恩到這狼來？該吃您！該吃您！

把老杏對人類忘恩負義的不滿深刻地表達出來，因此，孟稱舜評點此段言：「與下老犉語同是絕好一篇小說」〔註122〕，所指當是性格刻劃的明顯。

此外，賓白更是插科打諢的手段之一，如楊愼《洞天玄記》第三折形山道人欲降東蛟老龍，喚弟子袁忠、馬志取符入潭降龍：

> （袁接符沈潭驚走叫云）師傅，師傅，罷了，罷了。
>
> （道人）呸！甚麼模樣大驚小怪的？
>
> （袁）諕得我癡觔了！
>
> （道人打科云）甚麼癡觔？
>
> （袁）莫打！莫打！且等我說：「戰戰兢兢，如臨深淵，如履薄冰。」
>
> （道人又打云）元來是一張詩經。

「癡觔」、「詩經」音近而作諢語，使此充滿宗教教化意味的劇作，得一解頤，稍減嚴肅氣氛。又如《歌代嘯》第二齣李和尙與王揖迪妻吳氏有私情，一日往會吳氏，卻遇吳氏之母牙疼找女兒想辦法，情急之下，只好謊稱李和尙「精於醫道，善治牙疼」，李和尙背云：

> 我曉得治鳥牙？我只記得師父說：「凡牙疼者要炙閭續骨。」我知道閭續是什麼？想來或是女婿，得我說與他，也是一個陰騭。（沈吟介）且住！這不好。他女婿一身都是骨頭，炙他那一處的是？有了！只

〔註122〕明・孟稱舜之評點見於《新鐫古今名劇酹江集》眉批，今收於《全明雜劇》（五），前揭書，頁2244。

揀他一塊不致命所在炙他娘。

同劇第四齣描寫州官懼內，州衙奶奶因州官在穿堂後門首添置柵欄，怒從中來遂放火燒了後宅草堂，既不聽州官解釋，又加嚴詞責罵：

奶：那裏信你這一面詞。

州：下官怎敢以面詞虛奉？只想上司不過是個老大人，奶奶你現是個老夫人，只夫人的「夫」字，比大人的「大」字現多了上面這等一勒，豈非夫人還大似他？

（奶微喜介）

州：不但我是如此講，即孔夫子也說道：「出則事公卿，入則事婦兒。」孟夫子也說道：「庸敬在兄，斯須之敬在上人。」下官豈有個不遵孔孟的理？

奶（笑介）：你今日纔醒也。我原不說做官的只如此依著書本兒上行，那得個差錯來！

州：領教。

二例皆以諧音製造滑稽的效果，卻於詼諧之中寓涵深刻的諷刺意味，正是劇中楔子所言「有心嫁禍的，是丈母牙疼，炙女婿腳跟。」「胸橫人我的，是州官放火，禁百姓點燈」，世情如此，難怪作者只能慨歎「憑他顛倒事，直付等閒看」了。

然而，此一時期之劇作家多為文人士大夫，因其文學素養較高，反映在創作中，自然與元雜劇純用白描的庶民文學不同，而此點在賓白上亦有明顯的文士化現象，稍加歸納，可以發現其用字典雅、形式工整、好引詩文入句，甚或賣弄才學作文字遊戲，因此，也易產生冗長無趣、惹人嫌惡之弊。以下論之。

（一）用字典雅形式工整

此為賓白文士化最明顯之特色，例如楊慎《洞天玄記》第二折形山道人無名子於中秋夜欲收服袁忠、馬志……等六賊，六賊請道人離開形山同住山寨，道人言道：

我山清淨好修行，有誰識破其中趣？怎見得我山中趣？真個是山簪碧玉，水帶青羅；峰巒疊疊重重，溪澗彎彎曲曲；天開圖畫，仙人琢就玉芙容；雲捧樓臺，天女粧成金世界；藉萋萋之纖草，步步有鋪設的繡裀；蔭落落之長松，處處有遮陰的傘蓋；有千年椿、萬年

桂、茅菴草舍共清幽；有一聲鶴、一聲猿、牧唱樵歌相應答；春服
正陽、夏食朝霞、秋飲淪陰、冬餐沆瀣，一年四季儘安康；東看扶
桑、西攀若木、南遊蒼梧、北泛溟渤，三界十方皆宅舍。公侯雖富
貴，奈他終日苦驅馳；我道雖貧窮，由我閒時常散淡；豈不聞漢朝
韓信，十大功勞，與利劍齊休；晉代石崇，萬兩黃金，與綠珠共碎；
到頭結果，畢竟何如？功名都是眼前花，富貴猶如草頭露。

形式整齊，有對偶、有排比，雕琢典雅的文字，道出仙境般的形山景致，更
以韓信、石崇不得善終之殷鑑，道出「功名都是眼前花，富貴猶如草頭露」
的警語，遂言學道之樂：

俺雖是草衣木食，竹杖麻袍，不飢不寒，一飽一睡，閒來唱會，醉
後高眠；林泉下隨處棲身，塵世中和光混俗；無榮無辱，自在自由，
友麋鹿而傲煙霞，浪乾坤而消日月；性靜情逸，煮白石以飲清泉；
行滿功成，駕祥雲而超紫霧。

字裡行間呈現出典雅清麗的語言風格，也可看出作者楊慎因仕途不順，欲藉
求道超脫塵俗之意。王世貞《曲藻》即言：「楊狀元慎才情蓋世，所著有《洞
天玄記》、《陶情樂府》、《續陶情樂府》，流膾人口，而頗不爲當家所許。蓋楊
本蜀人，故多川調，不甚諧南北本腔也。」〔註123〕王氏肯定楊慎才情，所舉
之例雖爲曲文，但衡諸賓白亦不爲過。祁彪佳《遠山堂劇品》列《洞天玄記》
於「雅品」並言：「所陳者吐納之道。詞局宏敞，識者猶以咬文嚼字譏之。」
〔註124〕既稱其才華，也看出其刻意雕琢之意，所評誠爲允當。

此外，汪道昆《大雅堂四種》文字更見整齊，如《高唐夢》小生扮楚王，
夢中與神女相會，夢醒之時無限慨歎：

呀！適纔神女何處去了？呀！卻原來是一夢。獨宿累長夜，夢想見
容輝。願得常巧笑，攜手同車歸。既來不須臾，又不處重闈。亮無
晨風翼，安能凌風飛？適纔夢見神女，真箇是曄兮如華、溫兮如
瑩；須臾之間，美目橫生，五色並馳，不可殫形；詳而視之，奪人

〔註123〕詳見明・王世貞《曲藻》「楊狀元慎才情蓋世」條，收於《中國古典戲曲論著
集成》四，前揭書，頁35。關於楊慎劇作不合格律處，詳見曾師永義《明雜
劇概論》第四章〈中期雜劇〉第二節〈馮惟敏及其他北雜劇作家〉〈2、楊慎〉，
前揭書，頁225。
〔註124〕詳見明・祁彪佳《遠山堂劇品》，收於《中國古典戲曲論著集成》六，前揭書，
頁153。

目精，近之既妖，遠之有望，骨髮多奇，就者克尚，私心獨悅，樂
之無量，交希恩疏，不可盡暢。神女，你飄然而去，卻怎生發付我
也！

前半整齊的五言句，後半巧妙地運用宋玉《神女賦》，既寫神女之美，更見楚
王悵然若失的深情。此類例子不勝枚舉，典雅之賓白施諸劇中主腳，亦覺
妥貼！

　　但若連副末、小丑等所扮演之次要人物亦是出口斐然，則不免賣弄之譏
了。如許潮《武陵春》丑扮山童，因桃源主人囑其不可撕去封洞靈符，以免
世人知此桃源世界，但山童卻瞞著主人，竊起靈符，其敘桃花洞口之景致：

只見碧崚崚怪石撐空，翠陰陰古林蔽日；懸崖上松杉偃寒，峻澗中
蘿薜縱橫；常年裡白鶴與玄猿唱和，鎮日間黃鸝共紫燕綢繆；攀援
過萬仞蒼崖，方纔見百泉活水，這水珠錯落玉聯翩，穿花繞竹灌芝
田，正是一條界破青山色，疑是銀河落九天。

全用對偶形式描繪桃源景致，怪石古木，松杉蘿薜，已超塵世所見；白鶴玄
猿、黃鸝紫燕、亦非人間易有；一道活泉，更彷彿銀河洩下人間，寫景縹緲，
引人無限遐思，然終不合丑腳聲口。又如許潮《寫風情》中副末扮公差，前
往富樂院喚妓侑酒，既至，言其所見：

只見香馥馥綺羅門巷，顫巍巍翡翠簾櫳，嬌滴滴明眸皓齒，嬝婷婷
綠鬢朱顏。列屋間居，豈但金釵十二行；連袂行歌，可有粉黛三千
隊。響瑯瑯管弦謳呀，煖烘烘蘭麝薰蒸。真箇是蜂喧蝶嚷胭花鎮，
燕語鶯啼粉膩巢。

華麗典雅之文字，雖見作者用心經營，但不免漸離場上而近清賞了。正如臧
晉叔〈元曲選序〉所云：「非不藻麗矣！然純作綺語，其失也靡。」〔註 125〕
滿紙錦繡，美則美矣，但離百姓日遠，卻是不爭的事實。

（二）詩文辭賦皆見入劇

　　雜劇賓白文士化的特徵，除了善用駢四儷六使語言風格典雅、形式工整
之外，用典使事更是隨處可見。引用前人詩文辭賦，除了增加文字的藻麗，
更是作家誇炫才華的手段之一。劇作家或者直接引錄原典，或者稍事剪裁，
或者句中藏典，運用之妙，存乎一心。

〔註 125〕明・臧晉叔〈元曲選序二〉，收於臧晉叔《元曲選》（臺北：正文書局有限公
　　　　司，民國 88 年 9 月出版），頁 2。

　　關於直接套用原典之例，在以文人掌故爲題材的劇作中最爲常見，如王九思《沽酒遊春》第二折淨扮酒客衛大郎，正末扮杜甫，上場各唸：

　　　　馬上誰家白面郎，臨街下馬坐人床。不通姓字麤豪甚，指點銀缸索酒嘗。（筆者按：「街」字，原詩作「階」；「字」字，原詩作「名」）

　　　　朝回日日典春衣，每日江頭盡醉歸。酒債尋常行處有，人生七十古來稀。穿花蛺蝶深深見，點水蜻蜓款款飛。傳語風光共流轉，暫時相賞莫相違。（筆者按：每「日」字，原詩作每「向」。）

衛大郎所念上場詩即杜甫〈少年行〉，杜甫所念即爲杜甫〈曲江〉，同劇第三折杜甫上場詩：「苑外江頭坐不歸」等八句，即杜甫之〈曲江對酒〉。此劇藉著演杜甫懷才不遇，權臣誤國之事，寄寓作者對社會不滿之批判。〔註126〕以杜甫爲劇中主要人物，因之多引杜詩入劇，亦是自然之事。類似之狀況，例如：汪道昆《洛水悲》生扮曹植上場詩道：

　　　　謁帝承明盧，逝將歸舊疆。清晨發皇邑，日夕過首陽。伊洛廣且深，欲濟川無梁。汎舟越洪濤，怨彼東路長。顧瞻戀城闕，引領情內傷。

所唸即爲曹植〈贈白馬王彪〉詩的第一章。至於許潮《蘭亭會》生扮王羲之，與友人相約蘭亭修禊事，既至，言道：

　　　　這般崇山峻嶺，茂林脩竹，清流急湍，映帶左右，眞好箇地勢。

前面四句描寫蘭亭風景，即出自王羲之〈蘭亭集序〉。至於《赤壁遊》既演東坡因烏臺詩案貶黃州團練副使，而於七月十五遊赤壁之事，則劇中多用〈前後赤壁賦〉之文字，亦是自然合埋。

　　當然更多的情況是爲配合劇情所需而引用原典，如徐渭《女狀元》第五齣旦扮黃崇嘏，生扮周鳳羽，二人合婚，中淨扮賓相贊云：

　　　　雲母屏風燭影深，長河漸落曉星沈。嫦娥應悔偷靈藥，碧海青天夜夜心。（生旦貼交拜介）（贊云）荷葉羅裙一色裁，芙蓉向臉兩邊開。

　　　　亂入池中看不見，聞歌始覺有人來。

前者全引李商隱〈常娥詩〉，才子佳人兩情相悅，不免道：「只羨鴛鴦不羨

〔註126〕以王九思藉劇作《沽酒遊春》寓其對社會不滿之批判，例如：明・祁彪佳《遠山堂劇品》〈雅品〉《沽酒遊春》下說：「王太史作此痛罵李林甫，蓋以譏刺時相李文正者，卒以此終身不得柄用。一肚皮不合時宜，故其牢騷之詞，雄宕不可一世。」收於《中國古典戲曲論著集成》六，前揭書，頁151。

仙」，廣寒宮中的嫦娥更顯孤寂。後者全引王昌齡〈採蓮曲〉，採蓮少女的青春洋溢，荷塘中的歡聲四起，不正是此刻婚禮喜悅的寫照。又如許潮《武陵春》正末扮桃源主人，上場唸道：

> 問予何事棲碧山，笑而不答心自閒。桃花流水杳然去，別有天地非
> 人間。

這是李白〈山中問答〉，藉著描寫碧山清新縹緲之境，道出桃花源亦是「別有天地非人間」。此處略舉數例已見一斑。

另外一種引文的運用方式，是將原文稍作變動，如汪道昆《遠山戲》生扮張京兆，其上場詩云：

> 盧家少婦多愁思，海燕雙棲玳瑁梁。

此二句出自沈佺期〈古意〉首二句：「盧家少婦鬱金堂，海燕雙棲玳瑁梁」。又如許潮《武陵春》正末扮桃源主人，自報家門之後，道：

> 正是：花徑不曾緣客掃，柴門今始為君開。

與杜甫〈客至〉：「花徑不曾緣客掃，蓬門今始為君開」僅一字不同。而同劇，丑扮山童上場詩：

> 山眠不覺曉，到處聞啼鳥。夜來風雨聲，花落知多少。

則是眾人耳熟能詳的孟浩然〈春曉〉詩，唯首句與原作「春眠不覺曉」稍有不同。至於汪道昆《五湖遊》末之下場詩：

> 我愛鴟夷子　　迷花不事君
>
> 紅顏棄軒冕　　白首臥煙雲

引用李白〈贈孟浩然〉五律，唯取四句，又配合劇作改「孟夫子」為「鴟夷子」，末句原作「松雲」，此異一字作「煙雲」。而《洛水悲》由曹植《洛神賦》敷演而成，因之劇中文字多襲用〈洛神賦〉，如曹植向隨侍人員述洛神之美：

> 你看那女子：翩若驚鴻，婉若遊龍；榮曜秋菊，華茂春松；穠纖得
> 中，修短合度；芳澤無加，鉛華弗御；踐遠遊之文履，曳霧綃之輕
> 裙；體迅飛鳧，飄忽若神；凌波微步，羅襪生塵。彷彿若輕雲蔽月，
> 飄飄若流風迴雪；動無常則，若安若危；進止難期，若往若還；含
> 辭未吐，氣若幽蘭；華容婀娜，令我忘餐。

除去首句及末二句，全可見於〈洛神賦〉，但非抄錄全文，而是取其所需重加組合。

　　還有一種常見的引用原典方式，即是把原作融入劇中。如徐渭《女狀元》第四齣因周丞相欲將女兒鳳雛許配給黃崇嘏，然黃崇嘏本是女兒身，只得實言以對，其言：

> 我崇嘏一向的遮掩呵，似折戟沈沙鐵半銷；老師呵，你可該自將磨
> 洗認前朝；我呵，天元不曾許我做男子，這就是東風不與周郎便，
> 小姐孤負了，你且銅雀春深鎖二喬。

藉引杜牧〈赤壁〉詩以道其原來面貌，與杜詩原作懷古興歎之旨趣截然不同。

　　此外，作者也往往會在劇中安排一段眾人即景賦詩，或即事評論之情節，如梁辰魚《紅線女》第四折，且扮紅線，為潞州節度使薛嵩侍婢，既解魏博節度使田承嗣兵臨之禍，則欲飄然遠去。此時冷朝陽、劉長卿、楊巨源三人至，薛嵩遂要三人各賦一詩以送紅線。又如許潮《赤壁遊》生扮蘇軾、末扮黃山谷、淨扮佛印、外扮漁父，四人同遊赤壁弔古興懷，遂將曹孟德、孫仲謀、劉玄德、周公瑾各賦一詩，以見評論。此處安排尚可見作者對歷史之評價；若前者《紅線女》之例，實可有可無之情節，作者如此之安排，顯其才華也。

（三）文字遊戲諧趣炫才

　　文人創作有時亦見文字遊戲，利用中國文字形、音、義的組織變化，產生意味雋永或情致諧謔的情境，進而展現作者的才思及創作的心血。〔註127〕

　　如前段所敘藉諧音以插科打諢的賓白，即可視為文字遊戲。此外，如汪道昆《遠山戲》中，生扮張京兆、且扮夫人，既享畫眉之樂，又至洗粧樓上賞玩春景，其中插入一段女樂鬥草行酒之情節：

> 旦：也罷！你每自鬥，輸者罰一巨觥。
> 眾應：理會得。
> 小旦：我有杜鵑。
> 淨：我有蝴蝶。
> 貼：一花一草，卻不是對。
> 淨：你不知，莊生曉夢迷蝴蝶，望帝春心託杜鵑，正是對。
> 貼：也罷。

〔註127〕詳見張敬老師〈我國文字運用中的諧趣——文字遊戲與遊戲文字〉一文，收於張敬老師《清徽學術論文集》，前揭書，頁531～586。

　　小旦：我有卷耳。

　　淨：我有斷腸。

　　貼：這也答不來。

　　淨：你不知，采采卷耳，不盈傾筐，嗟我懷人，豈不斷腸。

　　貼：霓裳輸了，罰一巨觥。

　　淨跪飲介：霓裳受罰。

前者引李商隱〈錦瑟〉中二句，後引《詩經·周南·卷耳》，但又有不同，原作為：「采采卷耳，不盈頃筐，嗟我懷人，寘彼周行」，敘思婦心中懷念遠行之人的愁思。但二例用於劇中，僅做文字遊戲之用，憑添文人劇作之雅趣諧謔，而與原作之意無關。類似的諢語，還有汪道昆《高唐夢》中，生扮宋玉，小生扮楚王，宋玉於高唐觀上向楚王說明昔日楚先王與巫山神女相會高唐之事，楚王心嚮往之，遂問朝雲景狀，此時淨丑扮內使，則以諧音插入一段科諢：

　　小生：大夫，那朝雲景狀若何？

　　淨：有箇緊狀，當盃已入手，歌妓莫停聲，卻不是緊狀。

　　丑：我要箇慢狀。

　　淨：落盡高天日，幽人未遣回，卻不是慢狀。

　　丑：我要箇不緊不慢。

　　淨：歸去來山中，山中酒初熟，卻不是不緊不慢。

　　丑：我也有箇緊狀。

　　淨：還我緊狀。

　　丑：一騎紅塵妃子笑，無人知是荔枝來，卻不是緊狀。

　　淨：還我箇慢狀。

　　丑：西施醉舞嬌無力，笑倚東窗白玉床，卻不是慢狀。

　　淨：我要一箇緊又緊慢又慢。

　　丑：殿上傳聲覓念奴，念奴潛伴諸郎宿，卻不是緊又緊慢又慢。

　　生：你休饒舌，且聽大夫道來。（筆者按：生應是小生）

運用諧音附會詩文，誠為文人興味。

　　許潮《南樓月》中，生扮殷浩要求淨丑所扮之樂工、小侑兒各展其能，以樂督府庾亮。丑與副末遂就月下景作一段科諢：

　　副打科：問你要個月下跑。

丑：蕭何月下追韓信，便是月下跑。

副：問你要個月下鬧。

丑：關公露坐斬貂蟬，便是月下鬧。

副：問你要個月下笑。

丑：漢王歡宴影娥池，便是月下笑。

副：問你要個月下跳。

丑：和尚隔牆偷尼姑，便是月下跳。

副打科：此事不見典籍。

丑：若見一點跡，早被人拏住了。

副：休鬧說。

副末與丑的搭檔演出，很容易讓人聯想到唐代參軍戲「參軍」與「蒼鶻」的關係。〔註128〕而丑之應答皆有典故，自非尋常諢語了。

　　亦有利用「集調名」之形式作為科諢者，如汪道昆《五湖遊》中，淨扮漁翁，丑扮漁婦，藉漁歌寓警世之意，生扮范蠡知其不俗，遂令末扮之豎子賞二人酒，此時：

丑：我還要一斗。

末：如何又要一斗？

丑：他唱箇夜行船，到討箇一枝花；我唱箇五更轉，當與我雙勸酒。

生：與他罷。

以漁翁唱「一葉扁舟昨夜開」比之【夜行船】，以范蠡賞「一斗酒」比之【一枝花】；漁婦唱五更心情比之【五更轉】，自然要求「二斗酒」，就是「雙勸酒」了，個中滋味，令人莞爾。因此張敬老師在「我國文字應用中的諧趣——文

〔註128〕 曾師永義〈參軍戲及其演化之探討〉一文之「結語」中說：「『參軍戲』原是宮廷優戲，起於東漢和帝之戲弄贓官，……入唐而一變為假官戲，用作諷刺與笑樂。……到了宋代，『參軍椿』變成於教坊十三部色中的『參軍色』，……這時的『參軍』變成『引戲』，亦即淨，職司導演；『蒼鶻』變成『末泥』，亦即『末』，為劇團之團長；而主演則由他們的副手所謂『副淨』、『副末』去擔任。……宋金雜劇院本到了南戲北劇，院本先與北劇同臺並演，然後一方面作插入性的演出，一方面逐漸融入其中，作用都在調劑場面。而既融入其中，就成為南戲北劇不可分割的一部份，亦即所謂『插科打諢』。……而在宋元南戲裡，末、淨則保留濃厚的院本特質，同時更加上丑腳助陣；但到了明清傳奇，滑稽調笑的任務已大部份為『丑』腳所取代；而至清皮黃，……滑稽調笑的任務完全交由『丑』腳去承擔了。」詳見曾師永義《參軍戲與元雜劇》，前揭書，頁119～121。

字遊戲與遊戲文字」一文中，言其價值爲：

> 它可以解頤，可以諷世，可以啓智，可以進學。差不多是一套寓遊戲
> 於學問、寓學問於遊戲的玩意，而且雅俗共賞，淺深各宜。〔註129〕

是爲允當之說。

（四）雕章琢句冗長無趣

文人作劇，除了附庸風雅，亦逞文采，因此賓白之中每見雕章琢句，飾其藻麗；引經據典，顯其才學；甚而鋪排誇飾，長篇累牘，皆爲普遍之現象。但若大段議論與主題無關，則不免令人生厭而覺其冗長無趣了。

如馮惟敏《不伏老》第一折，末扮梁顥，先敘其自幼讀了萬卷詩書，卻屢試春闈不第，今雖雙鬢皤然，卻不改其志，依舊上京應試。既到考場門前，見門上告示，遂言：

> 看這條約，開寫得比往年又加十分詳細，是好整齊嚴肅也呵！只見
> 規模宏大，法度嚴明。規模宏大，明遠樓高出廣寒宮；法度嚴明，
> 至公堂壓倒森羅殿。天字號、地字號、密匝匝擺列著數千百號；東
> 文場、西文場、齊截截分定了一二三場。

洋洋灑灑七千八百八十餘字，敘考場森嚴，士子百態，文雖白描，然如此長篇大論施諸場上，不僅演員難以消化，恐怕觀眾亦白日欲睡了。因此孟稱舜評點此段直言：「此白繁冗可厭，當刪之。」〔註130〕亦是允當！同劇第五折演梁顥終以八二高齡得中狀元，上表謝恩：

> ……伏念臣卷曲散材，苦窳賤質，少嘗艱阻，但爲裘氏之吟，晚更
> 臺衰，豈免輪人之議。逐癸庚于饑渴，混甲子于泥塗，妄意揀金，
> 漫來市璞。青天萬里，堪嗟蜀道之難；白雪一聲，誰和郢中之曲。
> 笙竽異好，水石難投，曝腮屢殿于龍門，鼓翼浪隨于鶂鷰，曾謂澳
> 忍之跡，尚有飛鳴之期。……但念臣壯心雖在，來日無多。白首窮
> 經，少伏生之八歲；青雲得路，多太公之二年。敢不益勵丹心，愈
> 堅素履。寒松不改于晚節，老馬或辨于長途，伏願德乃日新，由是
> 與天地合德。人惟求舊，無忘乎耇老成人，钁鑠是翁，使得畢餘生

〔註129〕詳見張敬老師〈我國文字運用中的諧趣——文字遊戲與遊戲文字〉一文，收
　　　　於張敬老師《清徽學術論文集》，前揭書，頁585。

〔註130〕明‧孟稱舜之評點見於《新鐫古今名劇酹江集》眉批，今收於《全明雜劇》
　　　　（五），前揭書，頁2759。

而報國，倔強此老，憫其秉直道而輸忠。臣無任屏營激切之至，謹

奉稱謝以聞。

又是一段大學問，五百餘字既寫其仕途坎坷，終至青雲有路的心路歷程，更表其葵心向日，死而後已的報國之志。形式工整，屢見用典，誠爲一篇案頭佳作，然演之舞臺，實需商榷了。此現象也是明清雜劇由舞臺走向案頭的軌跡之一。

綜上所論可知，嘉隆時期雜劇之賓白，除了交待情節、揭示主題、刻劃人物性格、插科打諢等作用外，在文字的運用上，則有明顯的文士化現象，如：典雅工整、藻飾麗詞，甚而長篇累牘，在馳騁才華的同時，卻一步步走向案頭吟詠，而漸離舞臺演出。正如王驥德《曲律》〈雜論第三十九上〉云：

劇戲之行與不行，良有其故。庸下優人，遇文人之作，不惟不曉，

亦不易入口。村俗戲本，正與其見識不相上下，又鄙猥之曲，可令

不識字人口授而得，故爭相演習，以適從其便。以是知過施文彩，

以供案頭之積，亦非計也。〔註131〕

若能案頭、場上，兩擅其美，自然最好，但在此以文人士大夫爲創作主體的時代，這似乎不是件容易的事。

六、科介與砌末的講究

科介，指戲曲藝術中，劇作家對於舞臺演出的提示，如劇中人之動作、表情及舞臺效果等。徐渭《南詞敘錄》中言：

科：相見、作揖、進拜、舞蹈、坐跪之類，身之所行，皆謂之科。

今人不知，以諢爲科，非也。

介：今戲文於科處皆作「介」，蓋書坊省文，以科字作介字，非科、

介有異也。〔註132〕

但徐氏之解「介」爲科字之省文，似待商榷，「介」疑與「開」字有關，如徐氏同書：

開場：宋人凡勾欄未出，一老者先出，誇說大意，以求賞，謂之「開

呵」。

〔註131〕 詳見明・王驥德《曲律》卷3〈雜論第三十九上〉，收於《中國古典戲曲論著集成》四，前揭書，頁 154。

〔註132〕 明・徐渭《南詞敘錄》見《中國古典戲曲論著集成》三，前揭書，頁 246。下段「開場」出處同此，不再作註。

今戲文首一出，謂之「開場」，亦遺意也。

「開」，指開始表演。因此就俗文學常見省文、訛變之情況來說，可能是「開」省文作「开」，再因形近訛變作「介」。〔註133〕

至於科介，一般說法以「北劇曰科，南戲曰介」爲通則〔註134〕，但事實上，劇作家在創作的過程中，則屢見混用的情形，如徐扶明《元代雜劇藝術》第十二章專論科介，文後「補記」中言：

> 本書寫成後，承錢南揚先生告知：「一般說來，南曲用介，北曲用科。然自北雜劇流傳南方，當時杭州書會，又編戲文，又編雜劇，遂有南北混合、科介連用的現象，如《小孫屠》中常見。至於徐渭《南詞敘錄》以介爲科的省文，是不對的。〔註135〕

《小孫屠》之作者據鍾嗣成《錄鬼簿》之說爲蕭德祥，因此推論此劇當成於元末或稍前。〔註136〕而科介之混用，到了明雜劇，更是常見，雖然亦有區別二者之作家，如康海《中山狼》、《王蘭卿》，楊愼《洞天玄記》，陳自得《太平仙記》，陳沂《苦海回頭》……等全用北曲演唱之劇作，則以「科」字交代動作表情。反之，如汪道昆《大雅堂四種》因全用南曲，則以「介」字交代動作表情。但更多混用的情形，甚至一劇之中二者並用，如王九思《沽酒

〔註133〕 詳見王安祈《明代傳奇之劇場及其藝術》第六章〈科介與砌末〉，文中除述介爲開之訛變外，又言：「至於徐氏所謂『身之所行，皆謂之科。』也未能涵蓋科介之義。譬如傳奇中常見的『旦驚喜介』、『旦作羞介』、『生恨介』、『生遲疑介』等，面部表情顯然也屬科介範圍。本文所謂之科介，即兼取面部表情與身段動作。」前揭書，頁319。

〔註134〕 主張「北劇曰科，南戲曰介」之說法者，例如：

《中國大百科全書·戲曲曲藝》「科介」條：「北雜劇多用『科』，即『科汎』、『科泛』或『科範』之簡稱，如笑科、打科、見科等。南戲傳奇多用『介』，如坐介、笑介、見介等。」前揭書，頁174。

《元曲百科辭典》「科範」條下言：「簡稱科，元雜劇劇本中關於動作、表情、舞臺效果或其他方面舞臺演出的提示。相當於宋元南戲的介。」「科介」條下言：「科用於北曲，介用於南曲。」前揭書，頁109、110。

徐扶明《元代雜劇藝術》第十二章〈科介〉論述科介之眾說之後，說：「北劇曰科，南戲曰介，這個說法比較站得住。」前揭書，頁285。

〔註135〕 詳見徐扶明《元代雜劇藝術》第十二章〈科介〉，前揭書，頁303。

〔註136〕 元·鍾嗣成《錄鬼簿新校注》卷下「蕭德祥，名天瑞，杭州人。以醫爲業，號復齋。凡古人俱概括有南曲，街市盛行，又有南戲文。」之後列其作品，其中即有《小孫屠》。(臺北：世界書局，民國71年4月3版)，頁138。關於《小孫屠》之寫作時代，詳見拙文〈從《永樂大典戲文三種》看早期南戲的藝術形式〉一文之〈三、《小孫屠》述略〉，前揭文，頁389。

遊春》此劇末唱四套北曲，文中「科」、「介」同用；許潮《赤壁遊》、《同甲會》爲南曲眾唱之劇，亦是「科」、「介」同用；甚至如徐渭《狂鼓史》、《雌木蘭》、馮惟敏《不伏老》等全唱北曲之劇，亦以「介」字標注動作表情。可見到了明中期之後，劇作家不僅在音樂上有南北曲交流之情況，連用詞也見交流了。

至於砌末，在王國維《宋元戲曲考》〈元劇之結構〉中說：

> 演劇時所用之物，謂之砌末。焦理堂《易餘籥錄》（卷十七）曰：「《輟耕錄》有諸雜砌之目，不知所謂。按元曲《殺狗勸夫》，祇從取砌末上，謂所埋之死狗也；《貨郎旦》外旦取砌末付淨科，謂金銀財寶也。……」余謂焦氏之解砌末是也。……砌末之語，雖始見元劇，必爲古語。案宋無名氏《續墨客揮犀》（卷七）云：「問今州郡有公宴，將作曲，伶人呼細末將來，此是何義？對曰：『凡御宴進樂，先以弦聲發之，然後眾樂和之，故號絲抹將來。今所在起曲，遂先之以竹聲，不唯訛其名，亦失其實矣。』」又張表臣《珊瑚鉤詩話》（卷二）亦云：「始作樂必曰絲末將來，亦唐以來如是。」余疑砌末或爲細末之訛，蓋絲抹一語，既訛爲細末，其義已亡，而其語獨存，遂誤視爲將某物來之意，因以指演劇時所用之物耳。〔註137〕

以「演劇時所用之物」釋砌末，誠爲簡單明白。而在《中國大百科全書·戲曲曲藝》「砌末」條下，則有更清楚地說明：

> 砌末　戲曲演出中大小用具和簡單佈景的統稱。一作切末。砌末一詞，金元時期已有，爲戲班行話，意思是「什物」。（《猥娿小錄·行院聲嗽》）……傳統戲曲舞臺上的砌末，包括生活用具，如燭臺、燈籠……交通用具，如轎子、車旗……武器，又稱刀槍把子，如各種刀槍……以及表現環境、點染氣氛的各種物件，如布城、大帳……。除了常用的砌末外，也可以根據演出需要臨時添置。砌末在演出中的作用是多方面的。首先，它有助於人物形象的刻劃。……其次戲曲的表演是歌舞化了的，所以許多砌末實際上也是舞蹈的工具。……再次砌末對於劇情的時間、地點和氣氛，也有一定的表現和暗示作用。……這些砌末，孤立看來顯得比較簡單，但結合了表演和人物

〔註137〕詳見王國維《王國維戲曲論著　宋元戲曲考等八種》〈宋元戲曲考〉〈十一、元劇之結構〉，前揭書，頁104～105。

造型，舞臺上就不顯得空虛了。它們既點染環境，但又不把空間固定，具有充分的流動性，以適應戲曲處理舞臺空間高度靈活自由的特點。〔註138〕

正如此段引文所述，砌末本是孤立簡單的，但它們一旦與演員之表演藝術結合，則大千世界自然呈現在舞臺上，因此此段遂合科介與砌末論之。〔註139〕

科介與砌末的結合運用，其作用有以下數端。

（一）交代情節

中國古典戲曲在情節上，常有許多熟套，此時作者往往交代科介，其餘則由演員在舞臺上發揮。如徐渭《雌木蘭》第二齣旦扮木蘭，演其戰場立功：

> 眾：稟主帥，已到賊營了。
>
> 外：叫軍中舉砲。（放砲介）（淨扮賊首三出戰）（木衝出擒介）
>
> 外：就收兵回去。

徐渭只用了三個動作便交待了戰爭場面。類似的情況亦可見於徐渭《女狀元》第二齣之「弔場」：

> （三生各敘寒溫，問鄉貫客寓，約看榜赴宴介。）（末丑又共恭喜黃介）（同下）

黃崇嘏、賈臚、胡顏同年得登第，互道恭喜。這些情節都非劇作重要關目，若費筆墨，則顯龐雜，因此，以科介帶過情節，是爲以簡馭繁之道。

又如《蘇九淫奔》第二折，旦扮蘇九，本欲與無賴唐國相私奔，但不僅錢財被騙，又被鄰人發現，因此其婆婆大怒，乃告之官府，此折即演其受審過程：

> （杖科）（打科了）（旦哭科唱）（拶科）（夾科）（旦哭科）

簡單的科介，既可推動情節，也可想見舞臺上演員演技之發揮。而在汪道昆《遠山戲》中，生扮張敞，旦扮夫人，張敞退朝歸家，夫人膏沐粧成，獨未畫眉，於是（生持筆介）、（畫眉介）、（旦索鏡自照介），三個簡單的提示，卻要展現鶼鰈情深的一面，演員之做表功夫若不夠，如何達之！

（二）彰顯主題

冗長的賓白，易使情節鬆散、觀眾精神不濟；反之，若善用科介交代情

〔註138〕詳見《中國大百科全書・戲曲曲藝》「砌末」條，前揭書，頁 285。
〔註139〕詳見王安祈《明代傳奇之劇場及其藝術》第六章〈科介與砌末〉第三節〈科介與砌末之結合〉，前揭書，頁 341。

節，除了使劇情緊湊外，也易使人聚精會神，把焦點放在演員的藝術成就上。
如康海《王蘭卿》第三折，外扮張于鵬，臨終前囑其夫人將側室王蘭卿（旦
扮）另尋好人家使其改嫁，之後，淨扮之富家郎慕蘭卿美色，遂請媒人前往
說親，劇中作：

> （女淨扮媒婆發科了）（淨下）（媒婆與卜兒等云了）（與外旦云了）
> （見旦云了）（取砌末看了科）

> 旦云：不承望今日又生出這等枝節來也。

蘭卿不願改嫁，心中遂生一計：

> （旦把酒勸科）（與外旦坐定了）（旦入房取砌末，將信喫了）（仍把
> 酒勸外旦科）（外旦回酒科）（旦飲酒昏沈了科）（外旦問梅香科）（梅
> 香云了科）（外旦等悲救了科）

> 旦云：不要救我了，再將酒來我喫。

藉著科介及砌末的運用，使觀眾清楚地看到一個從良妓女死志守節的貞烈形
象，劇作之主題也由此彰顯出來。

又如徐渭《翠鄉夢》第一齣生扮玉通和尚，貼扮紅蓮，丑扮懶道人，紅
蓮受柳宣教之命引誘玉通破戒，因清明掃墓，誤了開城門的時刻，遂央求借
住一宵，玉通無奈，只好命懶道人將薦席鋪在左壁窗外，孰料紅蓮硬是闖入，
又裝肚痛，玉通喚懶道人燒薑湯卻又尋不到薑，面對紅蓮疼痛難忍之狀，玉
通不自覺地入其圈套了，於此，徐渭有相當出色的安排：

> （道鋪蓆介）（先下）（紅做坐忽闖上問訊介）（紅做肚疼、漸甚、欲
> 死介）（生喚道上云）（又下）（紅做疼死復活介）（生喚道、不應、
> 問云）（紅又作疼死介）（生又叫，道人不應介）（背紅入內介）（生
> 急跳出場介）（紅隨上）生大叫云：罷了！罷了！我落在這畜生圈套
> 裏了！

幾個簡單的動作，卻表現了複雜難演的情節，紅蓮的機關巧算，玉通的救人
心切，乃至中計破戒，無限惱恨，都藉這些科介的表演，淋漓盡至的表達出
來，舞臺上全無低俗淫褻之感！同劇第二齣，外扮月明和尚上場：

> （負搭連上，內盛一紗帽、一女面具、一僧帽、一褊衫）

帶出不少砌末，其原因即在此齣將以啞戲形式度玉通和尚轉世之柳翠。旦扮
柳翠，其與月明和尚之對手戲爲：

> （旦做遊行見和尚介云）（三問三不應）（外舉手指西，又指天介）

（外手打自頭一下，手粧三尖角作厶字，又粧四方角作口字，又粧一圈作月輪介）（外取紗帽自戴作柳尹怒介，復除帽放桌上，又自戴女面具，向桌跪，叩頭作問答起去介）（外戴女面走數轉，作敲門，卻又倒地作肚疼自揉介，卻下女面放地上，起戴僧帽，倒身女面邊，解衣作揉肚介）（外急扯旦耳環，又作猜拳介）（外指眉心介）（外搖手，又怒目指眉心介）（外戴女面，指眉心介）（外下女面換紗帽，又指眉心介）（外指自身又指頭介）（外搖手介）（外又用手如前三次粧成胎字介）（外取淨瓶中柳一枝，又將手作一胎字，雙手印撲在柳上介）（旦作心驚介）（外大笑云）（高聲念云）（大噴旦一口介）（旦大叫云）（丟下頭髻，脫下女衣介）（外急向搭連內取僧帽，褊衫與旦穿戴）（外旦交叩頭數十介）

以啞劇的形式搬演，正符合月明和尚上場所說：「俺祖師憐憫他久迷不悟，特使俺來指點回頭。咳！也好難哩！……但這件事不是言語可做得的，俺禪家自有個啞謎相參，機鋒對敵的妙法。」而宗教的度化參悟，也於劇中紅蓮由猜測不解，終至明瞭、大悟的心路歷程中展現出來。徐渭如此詳細地結合科介與砌末的寫法，在中國古典戲劇之中實為罕見，更可看出徐渭的藝術天份，自然造就他在戲劇發展史上的不朽地位！

（三）刻劃性格

優秀的劇作家藉作品呈現大千世界，而此娑婆世界風情萬種，因此舞臺上之人物必求形象鮮明，否則千人一面，如何令觀眾得聆賞之趣！演員刻劃人物性格固然有許多方法，但科介與砌末的輔助，卻有點睛之妙！

例如王九思《中山狼院本》，淨扮中山狼，末扮東郭生，中山狼因被趙簡子追趕，乃哀求東郭先生相救，東郭先生素習墨翟之道，遂允之：

（生做綑狼驢馱走科）（狼在箱子裏發科）（又走一會科）（生做開鎖取狼出解繩科）（狼作拜謝科）（狼辭生走了做尋思科）（狼做趕上相見科）（狼再作難科）（叩頭云）（狼做咬生科）（生躲避發怒科）

中山狼雖由淨腳扮飾，但必扮成狼形，（或許是演員披上「形兒」），而東郭生上場時亦有「驢馱書箱」同上，也可想見有一演員飾驢，之後的老杏樹、老牛皆如此，舞臺上的這些動植物除了裝扮之外，亦必模仿它們的動作神態，科介之講究可知。而劇中既標注「綑狼驢馱」、「狼在箱子裏發科」、「開鎖取狼出解繩」等動作，則知其必與砌末配合；而「狼辭生走了做尋思科」、「狼

做趕上相見科」、「狼再作難科」則刻劃了狼的形象，之前求東郭生相救，曾言：「若我負了師父的恩……把我萬剮淩遲也不虧。」但思量如今餓了一日，仍不免喪命的結果，終於作了「欲吃東郭先生」的決定，其心思之改變亦可於科介中看出，更刻劃了一個忘恩負義者的形象。

又如《歌代嘯》第一齣，李和尚發現張和尚菜園裡有許多冬瓜，心生一計，先灌醉張和尚，再盜其冬瓜：

> （李背云）中計也。吾有蒙汗藥在此。（抖入酒介）（向張介）（張飲介）（李勸長工介）（長工飲介）（李自斟飲，吐，假醉倒地介）（長工扶張並倒介，李起指張笑介）（李仍假醉睡介。二人漸醒介）（李假作夢語介）（張笑介）（推李介）（李醒，閉目介）（睜眼假差介。揖張介）多謝師兄救我！

一連串假寐的動作，把李和尚詭詐狡猾之性格刻劃得十分生動！

再如《蘇九淫奔》第四折演蘇九被休歸家，在幫閒朱邦器、李邦問的穿針引線下，與外扮之李四官結婚，本以為重諧鸞鳳得風流婿，誰知比前番更不如，此折科介極多：

> （外淨丑簪花上）（淨丑扶外入門科）（旦做迎接科）（眾做相見科）（淨丑指外云）
>
> （旦背云）呀，原來這等模樣，兀的不虛賺死人也。

「呀」字，何等驚恐失望，「背云」演其暗自驚心更覺傳神，但事已至此，回頭無路，只能與李四官行禮：

> （外旦做交拜科）（淨充陰陽做唱禮科）（外做磕響頭科）（做摟地唱喏科）（請行合卺禮）（外丑小淨做執盃與旦科）（外做拜旦科）（旦做遞酒科）（小淨做過菜科）（外接酒接菜盡喫科）（外做調戲旦科）
>
> （旦做冷笑科）

由李四官所作「磕響頭」、「接酒接菜盡喫」等動作已可想見其人庸俗醜陋之形象，而蘇九的「冷笑」表情，既寫失望，更有嘲諷之意，正如其唱【得勝令】：「把一個跨牛郎錯認做乘龍婿，將一個砍柴夫休猜做折桂客。」不僅全無新婚之喜，甚且感嘆「運蹇時衰」、「命薄時乖」，懊惱之情清楚可見，卻仍不改其性，言道：

> 我終不然只守看這個死人。罷了！我定有個處置。
>
> （唱）從今後分付與人間俊才，愛我的任來纏，我愛的不用買。

一場喜事變惱事，蘇九非但未能醒悟，反而更出狂語，正見其人性格。

科介與砌末的結合運用，在嘉隆時期的劇作中，可看到作者之用心安排，有交代情節以免旁生枝節者，也有彰顯主題免於枯燥無趣之說教者，也有刻劃性格使人物形象鮮明者，在在都可看到劇作家於藝術層面之講究，這也是戲劇藝術走向精緻化的現象之一。

七、腳色行當的發展

中國古典戲劇的腳色行當，隨著戲劇內容的由簡單趨於複雜，舞臺藝術由簡樸走向精緻等層面的影響，而逐漸發展定型，有孳乳分化者，有消失者，亦有增加者，其間又會因劇種不同而名目有別，或含義有異，甚且因時空流轉而稱謂有殊，凡此，皆是我們所應留意者。〔註140〕

至於明雜劇之腳色運用，前期大致與北雜劇相同，以正末、正旦爲主唱者，且末、旦所扮飾的人物並不限於某一固定類型，至於滑稽或奸詐的小人物照例由淨腳扮飾；但其中仍有變化，如駕的消失，及淨腳職能的退化等。〔註141〕到明中葉嘉靖以後，由於南曲日趨盛行，雜劇受其影響，在體製上的變化，已於前文論述，此外，腳色行當的運用也漸與元劇不同，如：以生爲主腳，增加丑腳……等即爲明顯的例子。爲方便此節及下節（插曲歌舞及劇中劇的運用）行文之論述，先將各劇的舞臺藝術表列於後，再行探討。

〔註140〕 關於中國古典戲劇腳色之命名、淵源、分化及其與技藝結合等問題，可見曾師永義〈中國古典戲劇腳色概說〉一文，收於《說俗文學》。文中對「腳色」之定義爲：「中國古典戲劇的『腳色』只是一種符號，必須通過演員對於劇中人物的扮飾才能顯現出來。它對於劇中人物來說，是象徵其所具備的類型和特質；對於演員來說，是說明其所應具備的藝術造詣和在劇團中的地位。所以光以『演員』釋『腳色』，難免粗疏之譏。」前揭書，頁233～295。

〔註141〕 詳見王安祈《明代戲曲五論》〈四、明雜劇的演出場合和舞臺藝術〉之〈二、明雜劇的舞臺藝術·（一）角色〉，前揭書，頁112。

另外，姚力芸〈明初雜劇的演進〉一文，就明初無名氏之歷史劇中「腳色行當的演變和特點」提出：駕的消失、正末腳色的演變、淨的退化等三方面加以論述。此文收於《中華戲曲》第 8 輯，（山西師範大學戲曲研究所，1989年 5 月），頁203～207。

謝俐瑩《明初南北曲流行概況及其變革之探討》第二章〈明初北曲雜劇之流行概況及其變革〉第二節〈明初北曲雜劇在體製上之變革·四、腳色用法的改變〉亦可參考。前揭書，頁65～67。

劇作者 劇名	康海 中山狼	王蘭卿	王九思 沽酒遊春	中山狼院本
折數	四	四	四	一
用曲情形	四套北曲	四套北曲	四套北曲	一套北曲
唱法	末 獨唱	旦 獨唱	末 獨唱	末 獨唱
主要人物（腳色）	末－東郭先生	正旦－王蘭卿 改扮細酸（第四折）	正末－杜子美	末－東郭生
其色腳色	孤、祇從(2)、狼、樹、牛、沖末（杖藜老子）	卜兒、梅、外、張老夫人、僥、外旦、淨、女淨、眾酸、侍者、城隍、眾神、妓女	副末、岑秀才、僮、淨、外、店主人、田父、董妖嬈、房丞相使命	副末、小卒、外、淨、小鬼
題目正名（前）	正名（9.2）*		正目（7.4）	
題目正名（後）		題目（8.2） 正名（8.2）		
題目正名（前後）				
總目				
楔子	（白）	正宮【端正好】	仙呂【賞花時】	
開場（詞＋問答）				
開場（詞＋下場詩）				
每折最後下場詩				
全劇最後散場詩				（6.4） 作用同題目正名
人物上場先白後唱	✓	✓	✓	✓
人物上場先唱後白				
插曲				
散場曲				
插演歌舞、戲中戲		第四折南呂【一枝花】散套，妓女抱樂器彈唱		

＊ 括弧內的數字前者表示字數，後者表示句數，以下同此。

劇作者 劇名	楊愼 洞天玄記	陳自得 太平仙記	陳沂 苦海回頭
折數	四	四	四
用曲情形	四套北曲 第一折仙呂套前有正宮【端正好】【滾繡球】	四套北曲	四套北曲 第四折中呂【粉蝶兒】、【耍孩兒】
唱法	道人獨唱	正末獨唱	末獨唱
主要人物（腳色）	道人	正末－道人	末－胡仲淵
其色腳色	末、六賊、儁儸、東蛟老龍、西林洞主、姹女、嬰兒	六賊、儁儸、二徒弟、外（老龍）、且（山君）、黃婆、姹女、嬰兒	奚童、外淨、內使、使人、黃龍師、伽藍土地
題目正名（前）			
題目正名（後）	題目（8.2） 正名（8.2）	題目（8.2） 正名（8.2）	題目（7.2） 正名（7.2）
題目正名（前後）			
總目			
楔子			
開場（詞＋問答）	（末開場）【蘇武慢】＋問答		
開場（詞＋下場詩）			
每折最後下場詩			
全劇最後散場詩		✓	
人物上場先白後唱	✓	✓	✓
人物上場先唱後白			
插曲	第四折黃婆唱南越調【包子令】、嬰兒、姹女同唱北大石調【望江南】，二曲皆有換韻。		
散場曲			
插演歌舞、戲中戲	第一折道人執魚鼓簡板吟詩二首	第一折道人敲鼓板吟詩	

劇作者 劇名	徐渭 《四聲猿》之狂鼓史	翠鄉夢
折數	一	二
用曲情形	北曲仙呂【點絳唇】、【耍孩兒】	二套雙調【新水令】南北合套 二齣用相同套數實爲罕見
唱法	仙呂【點絳唇】－禰衡獨唱 【耍孩兒】－童、女、禰、判各唱一曲（輪唱） 【尾】共唱	丑、生、貼、旦、外皆任唱－眾唱。但唱法多變，獨唱、接唱、合唱
主要人物（腳色）	生－禰衡	生－玉通和尚 旦－柳翠
其色腳色	外、鬼、淨、從人、女樂、末、小生、旦	丑、貼、末、外、淨
題目正名（前）		
題目正名（後）		
題目正名（前後）		
總目	正名（7.4）即四劇之劇名	
楔子		
開場（詞＋問答）		
開場（詞＋下場詩）		
每折最後下場詩		✓
全劇最後散場詩	（10.4）	（7.4）
人物上場先白後唱	✓	✓
人物上場先唱後白		
插曲	女樂唱三支【烏悲詞】 唱法有獨唱、挼唱、合唱，可見變化之妙	
散場曲		
插演歌舞、戲中戲	（1）十一通鼓 （2）烏悲詞三支	

劇作者 劇名	雌木蘭	女狀元	沖和居士 歌代嘯	馮惟敏 不伏老
折數	二	五	四	五
用曲情形	北曲	南曲四齣，北曲一齣	四套北曲	五套北曲
唱法	一、仙呂套－旦獨唱 二、雙調－眾唱輪唱 　耍孩兒－旦獨唱	眾唱 獨唱、接唱、合唱、輪唱	張和尚、王妻、李和尚、州官各獨唱一齣（眾唱）	末－梁顥獨唱
主要人物（腳色）	旦－花木蘭	旦－黃春桃（黃崇嘏）	李和尚	末－梁顥
其色腳色	丑、外、老、小生、貼、二軍、淨、生。生扮王郎，全劇卻無一句臺詞	淨、外、皂隸、末、丑、小生、貼生、老旦、中淨	張和尚……皆以人物稱之	小生、眾、傜、副末、外、淨、生、丑、鴻臚、黃門
題目正名（前）				正目（8.4）
題目正名（後）				
題目正名（前後）				
總目				
楔子			✓	✓
開場（詞＋問答）				
開場（詞＋下場詩）			✓	
每折最後下場詩		（7.4） （第四齣除外）		
全劇最後散場詩	（7.4）	（7.4） 在場腳色分唸	（8.4）	
人物上場先白後唱	✓	✓ （第二折，因唱北曲）	✓	✓
人物上場先唱後白		一、三、四、五齣		
插曲				
散場曲				
插演歌舞、戲中戲	演刀、演鎗、拉弓－「雜技」			

劇作者 劇名	僧尼共犯	汪道昆 《大雅堂四種》	高唐夢	洛水悲
折數	四		一	一
用曲情形	北曲四套		南曲	南曲
唱法	一、仙呂【點絳唇】 　－淨獨唱 二、南呂【一枝花】 　－末獨唱 三、越調【鬥鵪鶉】 　－末淨旦唱 四、雙調【新水令】 　－淨唱、淨旦合 　唱		獨唱、眾唱	眾人皆唱、獨唱、合唱、輪唱
主要人物(腳色)	淨－明進 旦－惠朗		小生－楚襄王 旦－神女	旦－甄后(洛神) 生－陳思王
其色腳色	外、丑、沖末、張千、 李萬、供狀的		生、小旦(2 人)、淨、丑、 小外末	末、小旦、淨、 丑、外
題目正名(前)				
題目正名(後)	題目(7.1) 正名(7.1)			
題目正名(前後)				
總目		(7.4)四劇之名		
楔子				
開場(詞＋問答)				
開場(詞＋下場詩)			(末)【如夢 令】＋下場詩	(末)【臨江仙】 ＋下場詩(6.4)
每折最後下場詩	(7.4) 以吊場表現			
全劇最後散場詩			(7.4)	(5.4)
人物上場先白後唱	✓			
人物上場先唱後白			✓	✓
插曲				
散場曲				
插演歌舞、戲中戲				

劇作者 劇名	五湖遊	遠山戲	梁辰魚 紅線女	無雙傳補	許潮《太和記 八種》武陵春
折數	一	一	四	未視爲短劇	一
用曲情形	雙調南北合套	南曲	四套北曲		南北曲兼用 北－商調集賢賓套
唱法	生－北曲輪唱 旦－南曲輪唱 淨丑－漁歌	眾唱、獨唱、合唱、輪唱	旦獨唱		北商調由正末獨唱 生獨唱四支【茶歌聲】 眾人輪唱【水仙子】【黃鶯兒】【皂羅袍】
主要人物(腳色)	生－范蠡 旦－西施	生－張敞 旦－張夫人	正旦－紅線		正末－桃源主人 生－漁人
其色腳色	末、淨、丑	末、淨、丑、小生、貼、小旦	末、外旦、淨、軍校、外宅兒、眾旦、眾官		丑、外、副末、小生、小外、淨、旦、小旦
題目正名(前)			正目（8.4）		
題目正名(後)					
題目正名(前後)					
總目					
楔子					
開場(詞+問答)					
開場(詞+下場詩)	（5.4）（末） 【浣溪紗】	（5.4）（末） 【畫堂春】			
每折最後下場詩					
全劇最後散場詩	（7.4）	（7.4）			（7.4）
人物上場先白後唱			✓		✓
人物上場先唱後白	✓	✓			
插曲	【漁歌】二曲				
散場曲					
插演歌舞、戲中戲		女樂笙歌，執樂器上「奉曲」「起舞」			

劇作者 劇名	蘭亭會	寫風情	午日吟	南樓月
折數	一	一	一	一
用曲情形	南北曲兼用 南－南呂、中呂 北－雙調新水令	南北曲兼用 北：仙呂【點絳唇】套，卻加一曲【節節高】屬北黃鐘 南：南呂【字字金】【清江引】	南北曲兼用 前後用南曲，多為隻曲重頭，中間加入北黃鐘【醉花陰】	南北曲兼用 最後二曲【折桂令】為北曲，雙調皆為南曲
唱法	眾唱 【滿江紅】三人接唱 中呂【駐雲飛】四曲輪唱	北曲：旦－前半，生－後半 【字字金】【清江引】旦貼輪唱－子母調。 （一更唱到五更）	眾唱 北套－生、末輪唱（可見北曲體製之破壞） 南曲部分有合唱	眾唱 接唱、輪唱、獨唱（北曲）
主要人物（腳色）	生－王羲之、謝安	生－劉禹錫	正生－嚴武 末－杜甫	正末－庾亮
其色腳色	副末、丑、正末、外	副末、丑、正旦、貼、正末	副（副末？）、旦、貼、外、丑	副末、淨、丑、正生、小生、正外、小旦
題目正名（前）				
題目正名（後）				
題目正名（前後）				
總目				
楔子				
開場（詞＋問答）				
開場（詞＋下場詩）				
每折最後下場詩				
全劇最後散場詩	（7.4）	（7.4）	（7.4）	（7.4）
人物上場先白後唱		✓	✓ （末）	✓ （副末開場，白）
人物上場先唱後白	✓		✓ （生）	✓
插曲				
散場曲				
插演歌舞、戲中戲			旦貼舞唱科	淨旦扮樂生鼓吹上。 小旦扮霓裳羽衣雙舞奉酒科。

劇作者 劇名	赤壁遊	龍山宴	同甲會	闕名 蘇九淫奔
折數	一	一	一	四
用曲情形	南曲	南北曲兼用 (1) 五支引子之後 (2)【南排歌】、【北寄生草】－子母調 (3)【南駐雲飛】四支 (4)【南楚江秋】、【白孝歌】－子母調	南曲	四套北曲 仙呂、中呂＋耍孩兒、南呂、雙調
唱法	眾唱 【引子】輪接唱，其餘輪唱、合唱	眾唱（一人一曲）、合唱、接唱、輪唱 後半：旦獨唱	眾唱、接唱、輪唱、合唱，一人一曲	旦獨唱
主要人物（腳色）	生－蘇軾	生－桓溫 淨－孟嘉	正末－文彥博	旦－蘇九姐
其色腳色	副末、末、淨、梢子、外	外、小生、末、左右、丑、正旦（外、丑有兼扮）	丑、外生、小生、副末、淨、旦（副末、丑兼扮）	淨、外、丑、小淨、眾
題目正名(前)				（8.4） （未標題目正名）
題目正名(後)				題目（8.2） 正名（8.2）
題目正名(前後)				✓
總目				
楔子				
開場(詞＋問答)				
開場(詞＋下場詩)				
每折最後下場詩				
全劇最後散場詩	（7.4）	（7.4）	（7.4）	
人物上場先白後唱	副末開場(白)			✓
人物上場先唱後白	✓	小生、末、外、淨、生（唱五支引子）	✓	
插曲	漁夫扣舷歌介		歌行	
散場曲				
插演歌舞、戲中戲		生令樂工奏樂侑酒	「戲中戲」又加入「舞蹈」	旦（做取琵琶彈科）

由上表我們可以看出下列幾個現象：

（一）末腳與生腳的消長

元雜劇以正末、正旦爲劇中之男、女主腳。嘉隆時期雜劇的腳色運用，可以發現在較早期且守元劇一人獨唱及四折四套北曲之規範者，如康海《中山狼》、王九思《沽酒遊春》……等，皆以末腳爲男主腳；其中王九思《中山狼》雖爲一折短劇，但仍以末腳飾主腳東郭先生，且由他一人主唱，此劇折數雖有異於元劇，腳色運用則循舊制。此外，馮惟敏《不伏老》以末扮梁顥獨唱五折北曲套數，是合元劇規律，但劇中又以小生扮王從善，演其少年得志，盛氣淩人以對比梁顥連年落第之窘況；正生扮賈同與梁顥同爲考場失意人，生、末雖同場演出，但末腳所扮則爲劇中主要人物，其在劇團中之地位亦可想見，而生行已有正生、小生之名，可見腳色行當分化之跡，「正」應指其地位，小生則爲次要腳色了。〔註142〕生腳之地位仍未出末腳之上。

但在徐渭《四聲猿》中則見生腳取代末腳的情況，如《狂鼓史》生扮禰衡，獨唱北仙呂【點絳唇】套數，極寫罵曹氣勢；末則扮閻羅鬼使，出場一次，全無唱詞，僅賓白數句，請判官代閻羅殿主爲禰衡遠餞。生爲男主腳，末僅爲無足輕重之小人物，二腳色之消長十分明顯。同樣的情況也在《翠鄉夢》中看出，生扮玉通和尚，演誤中紅蓮圈套而惱怒，末則扮柳差人，點明因玉通和尚不去參見府尹柳宣教，府尹惱怒，故有此段事端。又如許潮《龍山宴》生扮元帥桓溫，置酒龍山，召僚佐同遊，末扮桓府參軍郄超，是爲僚屬之一。以上諸劇，腳色地位之輕重由其所扮飾人物即可看出！

從上述二段可知，此時期男主腳逐漸由早期之末腳轉而由生腳扮飾演出，末則扮飾劇中之次要人物，甚至如康海《王蘭卿》、徐渭《雌木蘭》，二劇全無末腳演出，此二劇雖以正旦爲主腳，但劇中不乏生、外淨、丑等腳色，唯缺末腳，似乎也可以看出末腳衰退之趨勢。

（二）生旦組場日漸盛行

元雜劇以旦爲女主腳，扮飾之人物類型十分複雜，它的主要意義與末腳負責主唱之任務一樣，因此這類劇本便稱「旦本」。至於南戲、傳奇之旦腳，

〔註142〕詳見曾師永義《說俗文學》〈中國古典戲劇腳色概說〉一文，文中說：「傳奇分生行爲生、小生二目，係以其在劇中地位分，也就是說生爲男主腳，小生爲次要男主腳，與其年輩無關。……正生即生，正字示其主腳之地位。」前揭書，頁262～263。

大抵扮演與生相配之女主腳，以知書達理、貞淑義烈爲典型，生旦組場亦爲南戲傳奇的規範之一。〔註143〕這種現象也可在嘉隆時期的雜劇中看到，如汪道昆《大雅堂四種》，除《高唐夢》生扮宋玉、小生扮楚王、旦扮神女之外，其他如《洛水悲》，生扮陳思王，旦扮洛神；《五湖遊》生扮范蠡，旦扮西施；《遠山戲》生扮張敞，旦扮夫人，皆保留了傳奇中生旦組場的形式，這自然是北曲雜劇受南曲戲文影響之故！

但藝術形式之演進非一蹴可及，在生旦的配搭上，我們也可看到生硬刻板的例子，如徐渭《雌木蘭》旦扮花木蘭，生扮木蘭夫婿王郎，生腳僅於劇末與木蘭成婚時上場，未有任何一句臺詞，王郎既未有鮮明之性格刻劃，也未見演員藝術之展現，如此人物反而予人畫蛇添足之嫌。〔註144〕又如徐渭《女狀元》，旦扮黃春桃，生扮鳳羽，在第五齣上場與春桃結爲夫妻，但鳳羽之性格全未著墨，與《雌木蘭》受傳奇生旦組場及大團圓結局之影響一樣！《女狀元》此劇人物極多，次要腳色多兼飾數人，包括生腳亦如此，其在第三齣扮劊子手，僅有科介（生扮劊子手上綁貼介）（貼哭押下介），以生扮劊子手，在腳色之運用上頗覺不妥！再如前舉汪道昆《高唐夢》，此劇演楚襄王與宋玉等人同遊高唐，卻於夢中與神女相會之事！襄王爲劇中主腳，應由生飾，且與旦飾之神女配搭，但汪道昆卻以生飾宋玉，小生飾襄王，在腳色行當之運用上，則待商榷！〔註145〕

（三）腳色分行日趨繁複

元雜劇腳色行當分末、旦、淨三類，但隨著戲劇情節由單純而複雜，藝術由質樸而精緻，腳色行當的孳乳分化也會日趨繁複。因此明中葉之後，在

〔註143〕同前註，曾師永義〈中國古典戲劇腳色概說〉説：「元雜劇以正旦爲女主腳，往往省作旦，……旦腳在元雜劇中，其所扮飾的人物便很複雜。……傳奇之旦大抵扮演與生相配之女主腳。」前揭書，頁268～269。

〔註144〕詳見曾師永義《明雜劇概論》第四章〈中期雜劇〉第三節〈徐渭・3、雌木蘭〉。曾師言：「最後又安排木蘭與王郎成婚，也落入了以喜劇團圓的窠臼。王郎的出現，就通劇來說是畫蛇添足的，而究其根柢，也是作者時代觀念的拘束，認爲像木蘭那樣的英雌，還是應當要有一位文學夫婿。文長不拘禮法，突破束縛爲能，不知何以寫起雌木蘭來，卻如此的自縛手腳。」前揭書，頁242。

〔註145〕詳見李惠綿〈汪道昆《大雅堂樂府》在明雜劇史上的意義〉一文之〈二、《大雅堂樂府》情節配套之分析〉，其言：「襄王爲主腳，理應以生扮，今扮小生，未免本末倒置。」前揭文，頁64。

南戲傳奇的影響下，不僅多了生、丑二門腳色，且各類腳色又會因其在劇團中之地位及扮飾人物之身份性情再行分化。〔註146〕今先列嘉隆時期雜劇中出現之腳色名目於下：

　　　末：末（正末）、沖末、副末（副）

　　　旦：正旦、外旦、貼、老旦（老）、小旦

　　　淨：淨、女淨、中淨、小淨

　　　外：外（正外）、小外

　　　生：生（正生）、小生

　　　丑：丑

再錄徐渭《南詞敘錄》所載南戲腳色名目於下：

　　　生、旦、外、貼、丑、淨、末。〔註147〕

其於外貼下言：

　　　外：生之外又一生也，或謂之小生。外旦、小外，後人益之。

　　　貼：旦之外貼一旦也。

將二者稍加比對，即可看出明中葉雜劇在腳色分化上，受南戲影響之情況。其中末腳由主要人物逐漸演變爲次要人物，已論於前，不再贅述，取而代之的則是生腳的受重視。

1、生腳的發展

在徐渭《狂鼓史》中以生扮禰衡之外，又以小生飾金童；徐渭《雌木蘭》中生扮王郎，小生扮木蘭之弟咬兒；《女狀元》中生主扮鳳羽，小生扮冤枉入獄之百姓黃天知及寫本生；馮惟敏《不伏老》中生扮年老舉子賈同，小生扮新科舉人王從善；汪道昆《遠山戲》中生扮張京兆，小生扮童子；許潮《武陵春》中生扮漁人，小生扮太上隱者；許潮《午日吟》中生扮殷浩，小生扮褚裒……等，可見此時生行分生與小生二目之情況十分普遍。

小生雖可於劇中扮飾年輕之人，如咬兒、童子之例，但亦可扮年長者，如太上隱者，或是次要人物，如百姓黃天知、官員寫本生、褚裒之例，可見

〔註146〕詳見曾師永義《說俗文學》〈中國古典戲劇腳色概說〉一文中言：「腳色之孳乳而複雜，約有四條線索可循：其一由其地位分，以資鑑別其在該行中之輕重。其二用以說明所扮飾人物之身分或性情。其三再由其所專精之技藝分。其四由所扮飾之特徵分。」前揭書，頁288。

〔註147〕詳見明・徐渭《南詞敘錄》，收於《中國古典戲曲論著集成》三，前揭書，頁245。

小生之名尚未有清楚之象徵意義，且不管所扮者何，其地位皆未超過生腳，只可視爲生之副手罷了！

　　至於生腳，照例一劇之中只一人，但在許潮《蘭亭會》中卻出現了生扮王羲之，其上場言已約謝安石、殷深源等人相會會稽蘭亭修禊事，之後謝安等人上場，而謝安亦由生扮，此時二生腳同在場上演出，論其戲份自以王羲之爲主腳，但同用生腳啓人疑竇，況且，此劇人物僅六人：以生扮王羲之、副末扮王才、丑扮五絕、生扮謝安、正末扮殷浩、外扮褚裒，實未見劇團擴增之需求。因此筆者推測扮謝安者，應是小生，刊本省作生。因爲就劇作觀察，其戲份、地位皆未超過王羲之，僅可視之爲配腳，推測其腳色應屬小生。

2、旦腳的發展

　　正旦，不論在元雜劇或南戲傳奇中，皆扮演劇中女主腳。而嘉隆時期雜劇中的旦腳，則兼有元雜劇旦腳扮飾人物複雜性及傳奇中旦腳端莊義烈之特質，因此，端莊者如：《高唐夢》中的神女、《遠山戲》中的張敵夫人……等，義烈者如《王蘭卿》中的王蘭卿；武藝高強者，如《雌木蘭》中的花木蘭、《紅線女》中的紅線……等，甚而可扮歌妓伶人，如《翠鄉夢》中的柳翠、《寫風情》中的如雲、《午日吟》中的妓女、《同甲會》中的戲班子弟；亦有淫奔的如《蘇九淫奔》中的蘇九，或《僧尼共犯》中的尼姑惠朗；甚至在《太平仙記》中扮西林洞主——攔山母大蟲。可見此時旦腳之形象及技藝分工尚未清楚建立，稱其「正旦」，則其在劇團中地位可知！

　　至於外旦，如《王蘭卿》中的張于鵬正室、《紅線女》中的內使女；貼，《翠鄉夢》中的紅蓮、《雌木蘭》中木蘭之妹木難……等；及小旦，《洛水悲》中之侍女二人、《遠山戲》中之女樂……等。若就徐渭釋「外」爲「生之外又一生，或謂小生」之說推衍，則外旦，當指「旦之外又一旦，或謂小旦。」可知外旦、小旦之意相近。〔註148〕亦如王國維〈古劇腳色考〉中說：「然則日

────────

〔註148〕曾師永義《說俗文學》〈中國古典戲劇腳色概說〉一文說：「元刊本有外旦者，則無小旦；有小旦者，亦無外旦。所謂外旦，緣文長之意，即旦之外又一旦，其例有如外末、外淨；所謂小旦，當如外旦，亦爲表示次於正旦之意。元曲選之小旦已有年輩大小之意。小旦就劇中地位言，雖爲次於旦之女腳色，但就年輩言，則與老旦對稱。小旦因主扮年輕女子，故有時亦可飾爲年輕男子。貼旦可省做貼或占，就劇中地位言，大抵爲對於旦而居於配腳。」前揭書，頁 268〜270。

沖，曰外，曰貼，均係一義，謂於正色之外，又加某色以充之也。」〔註149〕
可見三者皆可視爲正旦之副。因此，除了《遠山戲》中正旦扮夫人、貼扮侍
兒嫣然、小旦扮女樂，有貼、小旦同時上場演出之例，是此時期較爲特別之
狀況；其餘劇作則未見外旦、貼及小旦同時上場者。可見三者名雖異，而實
則相近矣！

　　另外在《王蘭卿》中卜兒扮晁陽春，《雌木蘭》中老扮木蘭之母，《女
狀元》中老旦扮毛屠之妻，三者皆爲老旦，但名稱之使用由卜兒－老－老
旦，則可見腳色專稱趨於定型，也可看出此時期旦行之孳乳分化日趨細密的
趨勢。

3、淨腳的發展

　　淨腳在宋雜劇、金院本的演出中，繼承唐代參軍戲諷刺與笑樂的傳統，
並發展出「副淨」一色，且由吳自牧《夢粱錄》中：「副淨色發喬，副末色打
諢」〔註150〕及陶宗儀《輟耕錄》中：「副淨，古謂之參軍；副末，古謂之蒼
鶻，鶻能擊禽鳥，末可打副淨。」〔註151〕等資料中可以看出，副淨與副末爲
宋金雜劇院本之主要演員，專司插科打諢之職。元雜劇淨或扮奸邪人物或扮
市井小民。南戲只有淨而無副淨，扮演各種閒雜人物，往往與末演滑稽之對

　　　但就筆者所見嘉隆時期雜劇之小旦，則未能明顯見其年輩大小之情況，如《高
　　　唐夢》小旦扮昭儀、女師、太傅；《遠山戲》小旦扮女樂……等，僅可見其地
　　　位較低，而未能見其年紀。

〔註149〕詳見王國維《王國維戲曲論著　宋元戲曲考等八種》〈古劇腳色考〉：「元曲有
　　　　外旦無外末，而又有外，外則或扮男，或扮女，外末、外旦之省爲外，猶貼
　　　　旦之後省爲貼也。按宋制，凡直館院則謂之館職，以他官兼者，謂之貼職：(《宋
　　　　史職官志》) 又《武林舊事》(卷四) 載乾淳教坊樂部，有衙前，有和顧，而
　　　　和顧人如朱和、蔣寧、王原全下，皆注云次貼衙前。意當與貼職之貼同，即
　　　　謂非衙前而充衙前也。然則曰沖，曰外，曰貼，均係一義，謂於正色之外，
　　　　又加某色以充之也。」前揭書，頁236～237。

〔註150〕詳見宋・吳自牧《夢粱錄》卷 20「妓樂」條：「散樂傳學教坊十三部，唯以
　　　　雜劇爲正色。……且謂雜劇中末泥爲長，每一場四人或五人，先做尋常熟事
　　　　一段，名曰豔段，次做正雜劇，通名兩段。末泥色主張，引戲色分付，副淨
　　　　色發喬，副末色打諢，或添一人名裝孤。」見王民信主編《宋史資料萃編》
　　　　第四輯，(臺北：文海出版社，民國55年)，頁551～553。

〔註151〕詳見元・陶宗儀《輟耕錄》卷 25「院本名目」條：「院本、雜劇其實一也。
　　　　國朝院本、雜劇始釐而二之。院本則五人，一曰副淨，古謂之參軍，一曰副
　　　　末，古謂之蒼鶻，鶻能擊禽鳥，末可打副淨故云。」(臺北：世界書局，民國
　　　　67年4月3版)，頁366。

手戲，猶存宋金雜劇院本之遺風；但這種表演性質大部分爲丑腳所繼承，對於淨腳而言並未成爲後代性格強烈、形象鮮明之淨腳的主要表演內容。因此，影響後代淨腳表演的是，元雜劇與晚期南戲中，淨腳發展出來的另一種表演類型：當時淨行扮演之人物，已有分化的跡象，有一部分已經脫離小戲時代以滑稽詼諧爲主要職能的模式，發展出新的人物形象，其可以分正、反面兩類人物，脫離單純插科打諢的形象，呈現出較爲嚴肅深刻的面貌，爲後代淨行建立起基本雛型。〔註152〕

淨腳在嘉隆時期雜劇中，可以看到扮飾反面人物，如：《沽酒遊春》中的賣酒姑、《中山狼院本》中的狼、《苦海回頭》中的丁謂、《狂鼓史》中的曹操、《雌木蘭》中的賊首、《紅線女》中的田承嗣……等，其中除了中山狼、曹操、田承嗣等人，因於劇中與主腳有較多的對手戲而有較深刻的性格刻劃之外，其餘人物大抵是製造情節之波瀾，以達突顯主腳性格之目的，其自身性格則未多加著墨。

另外或扮劇中次要閒雜人物，如《翠鄉夢》中柳宣教僕人、《高唐夢》中的內使、《遠山戲》中的從人、女樂……等。特別的是《歌代嘯》，在沖和居士所作之〈凡例〉中言：「四唱者俱宜花面，無已，王之妻或姑用旦角，而其花面則以厥夫代之，蓋縱妻終非俊物也。」〔註153〕此劇〈楔子〉（開場）【臨江仙】中作者言道：「屈伸何必問青天，未須磨慧劍，且去飲狂泉。」可見作者心中充滿憤激之情，而劇中主要四人皆以淨腳飾之，其砭貶之意亦明矣！另外《龍山宴》中以淨飾孟嘉，大概是要強調以粗獷不隨流俗的性格，則非前述二類人物形象所能涵括者！

至於淨腳的分化，尚有女淨，如《王蘭卿》中之媒婆，「女淨」之名僅一見，未知是否即如今日所言之「坤淨」？另外，偶見「中淨」、「小淨」之名，如《女狀元》中之姜松、賓相、內相；《蘇九淫奔》中之高逢先，在劇中更爲次要之人，且因劇中淨腳已有演出，遂添此目，就其性質言，乃淨之副，「中淨」、「小淨」之間並無地位高低或年輩大小之區別！此外，在《蘭亭會》、《寫

〔註152〕 詳見古嘉齡《江湖十二腳色之探討》第四章〈江湖十二腳色中淨丑雜之探討——大面、二面、三面、雜〉第一節〈江湖十二腳色形成前的淨、丑〉之〈一、明傳奇之前的淨、丑發展〉（國立政治大學中國文學系碩士論文，民國88年7月），頁90。
〔註153〕 《歌代嘯》沖和居士「凡例」見《四聲猿》附錄之五〈關於《歌代嘯》〉，前揭書，頁226。

風情》、《午日吟》、《南樓月》中全無淨腳之演出，也看到了淨腳從宋金雜劇院本到此時期，其地位是趨於衰微的！

4、外腳的發展

外腳，據王國維〈古劇腳色考〉之說法，指其意為「正色之外，又加某色以充之」，是為正色之副腳。在宋元南戲及元雜劇中已見運用，扮飾各類人物，且有趨向官員或老漢的意味。〔註154〕

在明嘉隆時期的外腳運用上，飾官員者：如《苦海回頭》中的李迪、《狂鼓史》中的判官、《雌木蘭》中的主帥、《女狀元》中的周丞相、《龍山宴》中的孫盛……等；扮老者如：《雌木蘭》中木蘭之父、《武陵春》中君山父老、《蘇九淫奔》中的老王……等；至於《中山狼院本》中之老杏樹、老牛、《太平仙記》中的東海老龍，亦以外扮，或許也和其年老有關！除了上述二類，此時期之外腳亦扮反面人物或鄙陋之人，前者如《沽酒遊春》中的酒客衛大郎，後者如《蘇九淫奔》中的李四官。

但較特別的情況是在《王蘭卿》中外扮張于鵬、《翠鄉夢》中扮月明和尚，皆與正旦配搭演對手戲。前者為守元劇規律之北曲四折旦本，但劇中無末腳。〔註155〕而以外腳正旦組場，張于鵬應非年少氣盛之少年書生，且任官職，因此以外扮之，可顯其老成之氣，亦合外扮官員之例。此處，一方面看出末腳趨於衰退，一方面也可看出劇作家在腳色運用上的自由靈活。後者《翠鄉夢》

〔註154〕徐扶明《元代雜劇藝術》第十六章〈腳色〉中言：「在元雜劇裏，用得最多的角色，要算是外了。……在元雜劇裏，除末、淨扮演的男子之外，無論皇帝或貴族，無論文士或武將，無論財主或平民，無論老年或中年，都可由外扮演，範圍很廣泛。顯然，這與傳奇角色的外有所不同。傳奇角色的外，扮的是老年人，故有老外之稱。……元雜劇的外行，不僅可扮男子，也可扮女子。」前揭書，頁378～379。
　　　　王安祈《明代傳奇之劇場及其藝術》第四章〈腳色與人物造型〉第一節〈明傳奇的腳色分化〉中言：「外為外末之省，元雜劇中如《漢宮秋》扮尚書、《合汗衫》扮長老，……雖然人物類型不限然〔…〕，但顯然有趨向官員或老漢的意味。南戲中如《錯立身》扮完顏壽馬之父，《琵琶記》扮蔡公、牛丞相、山神，皆以之飾老漢。……可看出外之年輩已漸趨於長者。」前揭書，頁241。

〔註155〕《王蘭卿》可見於《全明雜劇》第5冊，此處收錄脈望館藏萬曆間鈔校本，在張於鵬第一次上場時作（末上云），但之後凡有張於鵬出現之處皆作「外」。此劇亦可見於《孤本元明雜劇》第2冊，收錄涵芬樓藏本，劇中張于鵬全由「外」扮。因此，筆者推測《全明雜劇》中之（末上云），恐有訛誤，似應作（外上云）方是。

第一齣生扮玉通和尚與貼扮之紅蓮組場,第二齣由旦扮玉通投胎之柳翠,與玉通之師兄月明和尚組場,外扮月明,除了避免與前齣生扮玉通予人重複之感外,也符合外扮「年長者」之特質。此劇,雖有生、旦二腳,卻無傳奇生、旦組場之通則,亦見徐渭不守戲劇規律而匠心獨運處!

5、丑腳的發展

丑腳屬南曲系統之腳色,南戲丑腳止見於《張協狀元》及《琵琶記》飾市井小民或滑稽不正經之人物,傳奇之丑腳所扮性質與南戲相似,若扮反面人物,亦不屬其中之主腳,其旨大抵仍在滑稽。〔註156〕嘉隆時期雜劇對於丑腳之運用,與南戲相似,多屬次要閒雜之類的小人物,如《雌木蘭》中的小鬢、內使,《僧尼共犯》中的街坊人,《遠山戲》中的從人,《午日吟》中的水夫……等。至於《蘭亭會》中的五絕、《寫風情》中的鴇兒、《蘇九淫奔》中的孟懷仁、李邦問……等,又司插科打諢之職,其中《五湖遊》中丑扮漁婦,一首漁歌唱道:

> 月落烏啼霜滿天,袈裟來上泛湖船,海翁自是忘機者,頭白昏昏只醉眠。一更來到,意惹情牽;二更來到,鳳倒鸞顛;三更三點,情事綿綿;四更四點,氣息懨懨;睡到五更失了曉,好姻緣翻作惡姻緣。

范蠡聽後感慨道:「這詞雖是俚語,分明說那漏盡鐘鳴,行者不止,乃是自取其禍。」遂萌歸隱之意,寓深意於詼諧之中的作法,正是吳自牧《夢梁錄》「妓樂」條所言:「務在滑稽」、「隱於諫諍」的傳統。〔註157〕又因丑腳非扮主要人物,故常兼扮數人,如《女狀元》中丑腳即扮胡顏、小廝、丫頭等三個人物,《蘇九淫奔》中丑腳扮孟懷仁及李邦問……等,即是明顯的例子。

嘉隆時期仍有劇作家守元劇規律創作,如《中山狼》、《王蘭卿》、《沽酒遊春》、《洞天玄記》、《太平仙記》、《苦海回頭》、《紅線女》……等劇,因北曲雜劇無丑腳,故此數劇亦無丑腳。但如《狂鼓史》、《高唐夢》、《赤壁遊》等劇屬廣義的南雜劇,劇中亦無丑腳,其因只能推測作者依劇情關目安排腳色,況且丑腳本非主腳,因此可有可無,也未見進一步之發展!

〔註156〕 詳見曾師永義《說俗文學》〈中國古典戲劇腳色概說〉一文〈三、腳色的分化及其與劇藝的結合・五、丑行〉,前揭書,頁282～284。

〔註157〕 詳見宋・吳自牧《夢梁錄》卷20「妓樂」條,見王民信主編《宋史資料萃編》第四輯,前揭書,頁551～553。

　　總上所述，可以看出嘉隆時期雜劇腳色行當的運用，有守元劇規範以旦、末、淨爲主要腳色者，如《王蘭卿》、《沽酒遊春》……等；但亦有受南戲傳奇之影響，以生旦組場爲主，而末腳則趨於衰落，又增加丑腳，有生、旦、淨、末、外丑等行當，如《洛水悲》、《五湖遊》、《遠山戲》……等。此時腳色分行雖然日趨繁複，但其孳乳之線索大抵以腳色在劇團中之地位及所扮飾人物之身份或特性爲主，以技藝之精專及扮飾之特徵的分類標準，此時期未見發展。又因此時期雜劇創作有濃厚的文士化現象，劇作家非以長篇巨製的複雜情節取勝，而反壓縮情節集中表現於情感凝鍊處，因此，劇中人物未若南戲傳奇之多，自然改扮、兼扮的情況並不多，且多屬次要腳色扮閒雜人物；而主腳改扮之例，僅《王蘭卿》一劇，正旦主扮王蘭卿，在第四折有：

　　　　正旦唐巾唐衫改扮細酸上云

自言其爲「太白山眞德洞天主人」，獨唱一套雙調【新水令】套數讚美蘭卿貞烈，不僅人間旌表，更是動天地感鬼神而應位列仙班，之後：

　　　　城隍等同于鵬蘭卿同上。

　　　　于鵬蘭卿改作仙扮同眾神向酸次第參見科。

　　　　眾酸驚科。

　　　　酸云。

此折正旦主扮細酸——眞德洞天主人，因此場上之蘭卿應是他腳所飾，畢竟劇團之中正旦應無二人之理。此時改扮的目的，應是因應此劇「一人獨唱」的體製規律，因此正旦改扮之例，「體製需要」的意義上實超過「藝術追求」。〔註158〕至於《女狀元》中生扮劊子手又扮王郎，在腳色運的用上自有待商榷，且此劇實以旦扮黃崇嘏爲主腳，生之戲份極少，不必以主腳視之，故不歸主腳改扮之類。

　　最後，中國古典戲劇對於劇中人物的標示，自宋金雜劇院本以來，一直都是腳色專稱與市井俗稱並用。〔註159〕嘉隆時期雜劇亦如此，且似乎愈早期

〔註158〕詳見王安祈〈改扮、雙演、代角、反串——關於演員角色和劇中人三者關係的幾點考察〉一文之〈甲、分論「改扮、雙演、代角、反串」的歷史淵源型態類別與劇場效果〉，〈一、改扮・（一）、元明戲曲「改扮」的意義〉。「明清戲曲國際研討會」論文，臺北：中央研究院中國文哲研究所籌備處，中華民國 86 年 6 月 10～11 日，頁 2～3。

〔註159〕詳見曾師永義《說俗文學》〈中國古典戲劇腳色概說〉之〈二、各門腳色命名之由及其淵源・七、俗稱〉，前揭書，頁 257～260。

之作品，此現象愈明顯，大抵除了主要人物出以腳色專稱之外，其餘或以市井俗語標之，或直接以劇中人名標之。如康海《中山狼》末扮東郭先生，沖末扮杖藜老子，其餘人物則稱孤、祗從、狼、樹、牛。《王蘭卿》除正旦主扮王蘭卿、改扮細酸，外扮張于鵬、外旦扮夫人、淨扮富家郎、女淨扮媒婆外，其餘作卜兒、梅（梅香）、張老夫人、眾徠、眾酸、侍者、城隍、眾神、妓女。甚至在楊慎《洞天玄記》中除了「開場」有「末上開」之語外，其餘人物全作劇中名稱，如道人、六賊、傀儡、東蛟老龍、西林洞主、奼女、嬰兒等。

但較晚之作品，則市井俗稱之使用漸少，如《狂鼓史》中除了鬼、從人、女樂；《雌木蘭》中除了二軍；《紅線女》中除了軍校、外宅兒、眾旦、眾官……等，大都屬於雜、眾之類的腳色，至於其他主要或次要人物則以腳色專稱註明。此外類似《高唐夢》、《洛水悲》、《武陵春》、《蘭亭會》、《寫風情》……等以文人典故為題材之短劇，因其情節不以複雜取勝，故人物不多，劇團腳色已足應付，故不需雜、眾之類的腳色，因此，註以腳色專稱更有清楚的象徵性意義，但這非定律，只可視為每個劇作家的寫作習慣。

（四）靈活運用匠心獨具

嘉隆之際，南北曲交流日盛，其反映在劇作上的，除了折數、曲牌套數、演唱方式等明顯的體製規律之外，在腳色行當的發展上，也見二者消長融合之跡。而關於雜劇、南戲、傳奇間腳色演變的過程，也可在此時期的腳色運用發展中看出，而值得注意的是：明雜劇腳色的運用，不僅反映了劇種遞變之跡，同時更在二者的雙重影響下安排出特殊的效果。〔註160〕

北雜劇由正末或正旦一人獨唱，他所扮飾的劇中人不一定是一個人，也不一定是劇中主要人物，而是各折中開口唱曲的人物，〔註161〕但遷就於此，則劇中其他人物形象無法深刻表達，也常有次要人物主唱之情況發生。而南戲傳奇以生、旦為男、女主腳，相配成對，但此種形式也成為一種窠臼，且其他人物之戲份、刻劃自難與之相提並論。但嘉隆時期之劇作家，既有心突破北曲雜劇嚴謹的體製規律，又受到南戲靈活自由的體製與舞臺藝術的啓

〔註160〕詳見王安祈《明代戲曲五論》〈四、明雜劇的演出場合和舞臺藝術〉之〈二、明雜劇的舞臺藝術·（一）角色〉，前揭書，頁112～113。

〔註161〕詳見鄭騫老師〈元雜劇的結構〉一文，收於《景午叢編》上編，前揭書，頁192～193。

迪，自然在創作上，易有融合二者之長，而加靈活運用，以見劇作者之匠心獨運處。

　　末腳與生腳分別爲北曲雜劇與南戲傳奇之男主腳，但在此時期之劇作中，卻可看到二者同居劇中重要地位，如《武陵春》前半，正末扮桃源主人，獨唱北商調【集賢賓】套數，道其本爲秦朝人，爲避禍保身，遂隱此桃源洞天，過著黃犬聲聞，白鷗戲水，但有山林味，全無城市跡的神仙生活。此部分正末獨唱正合北曲雜劇之規範。接著，生扮漁人黃道眞上場，四曲【茶歌聲】，述其驚見桃源景致，遂循溪而進，乃入此洞天福地。之後末、生相見，又遇君山父老等眾仙來訪，生問眾仙姓名高處，五曲南黃鐘【水仙子】爲眾仙輪唱道其來歷，接著天臺二仙姑上場，二曲南商調【黃鶯兒】述其情牽劉晨阮肇，乃托漁人代傳書信。最後生、末輪唱兩曲南仙呂【皂羅袍】送漁人出桃源洞口。此部分可見生之戲份高於末，且套數靈活運用，又有獨唱、輪唱的演唱方式，皆可視爲南戲傳奇之規範。此劇桃源主人與漁人同屬劇中靈魂人物，不宜軒輊高下，因此許潮融南北曲腳色行當於劇中，使生、末同時擔綱演出，其不拘南北曲之體製限制，亦可視爲提昇舞臺藝術的方法之一。類似的情況亦有見於許潮《午日吟》中正生扮嚴武、末扮杜甫〔註162〕及《南樓月》中正生扮殷浩、正末扮庾亮。

　　此時期旦腳之運用，融合北曲雜劇與南戲傳奇之特色，且更加靈活，除了前述《翠鄉夢》以生、貼、外、旦組場之例以外，還可看到如：《僧尼共犯》中，淨扮和尚明進、旦扮尼姑惠朗，既脫傳奇生旦組場之通則，其演唱方式也不同於元劇一人獨唱之例，而是淨唱第一折仙呂【點絳唇】套，末唱第二折南呂【一枝花】套，末淨、旦唱第三折越調【鬥鵪鶉】套，淨旦唱第四折雙調【新水令】套，雖然四折皆爲北曲，但其受南曲戲文之影響是明顯可見的。又如《蘇九淫奔》中以旦飾不守婦道的蘇九姐，與淨扮之唐國相、丑扮之孟懷仁及外扮之李四官演對手戲，則又見其保留元劇人物的多變類型。總之，不拘一格，匠心獨運，是此時劇作之引人入勝處。

　　此外，因劇作情節趨於複雜，因此，次要腳色遂有兼扮數人的情況產生，如《不伏老》中外扮監試官、呂丞相；但反之，亦有同一劇中人物由兩個不

〔註162〕關於許潮《午日吟》劇中角色運用所產生的特殊效果，詳見王安祈《明代戲曲五論》〈四、明雜劇的演出場合和舞臺藝術〉〈二、明雜劇的舞臺藝術・（一）角色〉，前揭書，頁115。

同的腳色扮演,如《龍山宴》中,外扮聽事官,全劇由其開場,述此宴會緣由,外扮官員,且帶出大元帥之氣勢,亦覺合宜。但之後,外扮孫盛,為桓府司馬,原來之聽事官戲份甚輕,僅桓溫詢問:「諸僚佐齊了不曾?」回答:「俱在外聽候。」改由丑扮,亦為權宜之便!

總上所論,可以看出嘉隆時期雜劇在腳色行當的發展上,既有承元劇之舊制,又有受南戲之啓發而孳乳分化,且能靈活運用,不泥於一,凡此,皆可視為戲劇藝術走向精緻化的過程之一。

八、插曲歌舞及劇中劇的運用

元雜劇一本四折的體製規範,使情節的推展形成起承轉合的刻板形式,也限制了劇作家的發展空間。因此,王國維就曾批評元雜劇關目拙劣,往往互相蹈襲,或草草為之。〔註163〕入明,雜劇由元代商業性的勾欄演出轉為明初消遣性的宮廷娛樂,對象也由市俗大眾轉變為宮廷貴族,在上位者藉著雜劇弘揚教化,但更多的是為了賀壽、慶典及宴會娛樂之用。〔註164〕因為在宮廷、藩邸演出,自然講究排場熱鬧,尤其自周憲王開始,更著意於雜劇關目的安排及場面的調劑,且大量使用歌舞滑稽,使戲劇藝術得以創新、提昇。〔註165〕當然,這樣的藝術形式,到了嘉隆年間,亦為劇作家所借鑑發揮,以下論之。

(一)插曲

插曲,鄭騫老師在〈元雜劇的結構〉一文釋之為:「在任何一折套曲的中

〔註163〕詳見王國維《王國維戲曲論著　宋元戲曲考等八種》《宋元戲曲考》〈十二、元劇之文章〉:「元劇關目之拙,固不待言。此由當日未嘗重視此事,故往往互相蹈襲,或草草為之。然如武漢國之《老生兒》、關漢卿之《救風塵》,其佈置結構,亦極意匠慘淡之致,宵較後世之傳奇,有優無劣也。」前揭書,頁106。

〔註164〕詳見徐子方《明雜劇研究》第一章〈槓桿:兩次重大轉變〉〈一、由平民化而貴族化〉,前揭書,頁4～6。

〔註165〕詳見曾師永義《明雜劇概論》第三章〈周憲王及其誠齋雜劇〉第四節〈誠齋雜劇結構排場的特色〉中說:「到了明代,憲王才專心注意到關目的穿插剪裁和場面的組合調劑;他打破了雜劇的規範,逐漸吸取南戲的長處;同時大量運用歌舞滑稽,使得《誠齋雜劇》以一種嶄新的姿態出現歌場,風行宇內。憲王對於雜劇的最大功勞,就是戲劇藝術的創新和改進。」前揭書,頁170。
亦見王安祈《明代戲曲五論》〈四、明雜劇的演出場合和舞臺藝術〉之〈二、明雜劇的舞臺藝術·(四)科介和砌末〉,前揭書,頁134～140。

間或是前後，可以插入曲子一兩支，這個沒有專名，借用現代語名之爲插曲。這一兩支插曲，不必與本套同宮調韻部，反而是不同的居多。不一定用北曲；有時用南曲；有時用不入調的山歌小曲。」而其性質或爲插科打諢，滑稽詼諧，或爲唱道情以勸世覺迷，尤以前者爲多。而劇中插入歌舞場面，則始於元末，入明而盛。〔註166〕而在《中國大百科全書·戲曲曲藝》中則說：

> 插曲，爲點染戲曲中的特定情緒，在本劇種基本曲調以外插用的一些曲調。如崑曲《虎囊彈·山亭》中的【山歌】，京劇《西廂記》中的【吟詩調】，以及某些地方劇種《珍珠塔·方卿羞姑》中的【道情調】等，都是插曲。傳統戲曲中的插曲，多採用具有鮮明的形象和意境的曲調，在調式、節奏、表現形式等方面以能與基本唱腔區別爲宜。〔註167〕

可知插曲的出現可能是爲了調劑元劇四折一人獨唱之刻板形式，因此遂以打諢形式者居多，其不受套數、韻部及一人獨唱之規範，通常爲小曲，可以獨唱、兩人分唱、合唱，可以放在折前或折後，作爲這一折的開場或結尾，且在演唱時，往往由演唱者自己說明，外呈答加以應和，以產生詼諧的效果。其目的：或者藉此使反面人物自我嘲弄，或者藉喜劇的手法，揭示人物內心的憤懣，或者藉此描繪景物渲染氣氛，爲主腳上場後的活動環境，先作一番鋪墊。〔註168〕

　　而此時期雜劇對於插曲的運用，如楊愼《洞天玄記》插入黃婆唱南曲越調【包子令】，及嬰兒妊女同唱北曲大右調【望江南】；徐渭《狂鼓史》中插入女樂唱【烏悲詞】三首；汪道昆《五湖遊》插入漁翁、漁婦唱【漁歌】二首；許潮《赤壁遊》漁父扣舷而歌；《同甲會》中梨園子弟唱【歌行】……等皆爲插曲之例。其中，《洞天玄記》中黃婆所唱【包子令】，乃以滑稽詼諧調劑此劇嚴肅的宗教教化主題；《同甲會》之【歌行】，則是劇中所演之劇的開場。除此二例之外，其餘插曲之安排皆見作者深意，如《狂鼓史》中禰衡擊

〔註166〕鄭騫老師「插曲」之說，詳見〈元雜劇的結構〉一文，收於《景午叢編》上編，前揭書，頁194。

〔註167〕詳見《中國大百科全書·戲曲曲藝》「插曲」條，前揭書，頁24。

〔註168〕詳見徐扶明《元代雜劇藝術》第九章〈一人主唱〉之（四）：「元雜劇作家，爲了調劑戲劇情節，打破單調的正末或正旦一人主唱，於是，在劇作中又穿插了花面角色唱小曲。」前揭書，頁219～223。

鼓罵曹，其勢如排山倒海，一波高似一波，直令奸雄喪膽，大快千古人心。其中插入三曲女樂所唱【烏悲詞】，氣勢由激昂轉為悲鳴，既免禰衡獨唱全劇之單調，更添劇作跌宕起伏之妙。其唱詞：

> 丞相做事太心欺，呀一個蹺蹊，呀一個蹺蹊；引惹得旁人蹺打蹊，打蹺蹊，說是非。呀一個蹺蹊，呀一個蹺蹊。雪隱鷺鷥飛始見，呀一個蹺蹊，呀一個蹺蹊；柳藏鸚鵡蹺打蹊，打蹺蹊，語方知。呀一個蹺蹊，呀一個蹺蹊。

語雖俚俗，卻不離罵曹之旨。至於《五湖遊》二段【漁歌】，則寓才高見殺、急流勇退之意。《赤壁遊》漁父所唱：

> 秋風清兮秋月明，秋月明兮秋江平，秋江平兮秋航橫，秋航橫兮秋簫鳴，美人咫尺兮不獲見，簫聲嗚咽兮含情含情。

秋江之上，一派清風明月，何等適意！然而，嗚咽的簫聲，和著不見獲於美人的慨歎，不免弔古傷懷，遂生及時行樂之意。

（二）歌舞

周憲王《誠齋雜劇》，藉大量的歌舞場面除了展現熱鬧的排場、提昇舞臺藝術，也蔚為一種風氣，因此，不僅教坊所編寫的內廷供奉可以看到插演歌舞百戲〔註169〕，即使到了中葉嘉隆之際的短劇、南雜劇之中，亦不乏此種安排。

嘉隆之際，雜劇已有明顯的文士化的現象，作家藉劇作抒懷寫憤或附庸風雅，題材大多取之文人掌故或佛道故事，加上演出場合多在氍毹之上，因此，不宜如內廷劇之以紛華熱鬧的大型歌舞場面取勝，反而是安排小型的彈唱、舞蹈為主。如康海《王蘭卿》第四折（妓女抱樂器上彈唱）南呂【一枝花】數套。楊慎《洞天玄記》第一折（道人上手執魚鼓簡板）道人云：「將鼓

〔註169〕關於教坊編演之內廷供奉劇中可見之歌舞插演，如：《慶豐年五鬼鬧鍾馗》第四折中有（眾鬼調百戲科了）、（樂器攛掇科）。《紫微宮慶賀長春節》第四折中有紫微夫人云：「你十仙女舞著唱著祝賀者」（十仙女舞唱科）。《賀昇平群仙祝壽》第四折正末云：「松竹梅花，速當祝壽。疾！」（四箇仙女桃松竹梅花齊上）、（四仙女齊唱）。《廣成子祝賀齊天壽》第四折中有正末云：「各仙子動著仙樂、舞著仙舞，與皇上祝壽者。」（中嶽同四瀆神各捧獻壽物外動樂聲科）。以上俱見《孤本元明雜劇》（五），頁 3565、3566；3585；3681；3725。詳見拙文〈論明代宮廷演劇——以《脈望館鈔校本古今雜劇》教坊劇為討論範圍〉之〈五、教坊劇之舞臺藝術〉〈（三）穿插歌舞百戲〉。收於《通識教育學報》第 2 期，前揭文，頁 149～151。

簡頻敲，吟小詩一首」、（道人敲鼓簡吟科）等吟詩之處。陳自得《太平仙記》同楊愼之作。汪道昆《遠山戲》，張敞與其夫人設筵洗粧樓賞春，夫人言：「叫女樂每笙歌鼓吹前行。」於是（內應介）（小旦二人、淨丑執樂器上），之後眾人鬥草耍子，張敞言：「陽阿激楚奉曲，霓裳羽衣奉酒。」、「陽阿激楚同舞一曲」，遂有（小旦起舞與淨丑合唱）之助興場面。又如許潮《午日吟》旦貼扮二妓供奉嚴武、杜甫端午遊賞之樂，劇中作（旦貼舞唱科）。《南樓月》中庾亮等人南樓賞月，（淨丑扮樂工鼓吹上）、（小旦扮霓裳羽衣雙舞奉酒科）。《龍山宴》桓溫與諸僚佐置酒龍山，生扮桓溫，（生令樂工奏樂侑酒），又言：「吾前者伐蜀，得一美女，善歌舞，……喚出來歌舞一曲，以奉諸君，以解醒困。」於是（正旦扮美人上作泣科）、（旦唱舞）。《蘇九淫奔》第三折朱邦器、李邦問同訪蘇九姐，中有蘇九姐（做取琵琶彈科），道其獨守空閨、虛度青春之滿腹愁思。從以上的例子可以看出，這些歌舞場面的安排，大多爲侍宴侑觴、遊賞助興之用，在情節關目的推展上並無太大的助益，只可視爲調劑場面、展現藝術的手段之一。

　　至於雜技武術的穿插演出，亦爲中國古典戲劇所常見。例如徐渭《雌木蘭》第一齣木蘭決意代父從軍，在（換鞋）、（換衣戴軍鞾帽）之後，有（刀介）、（演鎗介）、（拉弓介介）、（跨馬勢）等動作提示，即可視爲雜技表演，從中亦可看出演員身段技藝之表現。

（三）劇中演劇

　　劇中演劇，除了調劑場面，也可藉此安排加深劇作旨趣，但若運用不當，則不免喧賓奪主，使正戲失色。〔註170〕

　　嘉隆時期雜劇劇中演劇者，僅見許潮《同甲會》。此劇演文彥博、程珦、司馬旦、席汝言等四人，同爲七十八歲，遂創同甲會。每遇節候伏臘，集會笑語，以樂天年。劇中插演雜劇，如其題目所云：「徂徠公嘲風詠月，庾嶺母竊玉偷香，嶰谷娥棲鸞舞鳳，淇園子傲雪欺霜。」藉著將松、竹、梅之擬人

〔註170〕劇中演劇運用得當之例，在青木正兒《中國近世戲曲史》第九章〈崑曲極盛時代之戲曲〉〈六、王衡〉《眞傀儡》下言：「此劇雖僅爲一折，中間點出傀儡戲，趣味不少，又如杜衍借傀儡衣冠拜受敕旨，於滑稽之中有照應之妙，可見其構思機智之非同凡品也。」前揭書，頁271。
　　　　反之，在曾師永義《明雜劇概論》第四章〈中期雜劇〉第四節〈李開先及其他短劇作家〉中評《同甲會》：「以插演之雜劇爲主，正文反爲陪襯，未免本末倒置之譏。」前揭書，頁262。

化：淇園斐然子與嶰谷小青娥，獻酒高堂——徂徠公喬大夫、庾嶺十八母，而寓吉祥慶壽之意；之後又言柳、荷、桃、李，昔日傾國傾城，而今安在？槐、桂、荔、菊、蘭，多少枝葉，今皆蕩然！而對比其家子孫一輩高似一輩，亦寓稱賀文彥博等四人之意。就全劇觀之，似以此插演之劇爲主，正文反成陪襯，而有本末倒置之感；但就插演之劇觀之，曾師永義評之：

> 它將歲寒三友予以人格化，再用柳荷桃李等烘托，以見吉祥祝壽之意，而松梅的互相嘲弄，以及典故的妙鎔鑄，使乾枯的關目變得生動活潑，曲白又取其本色，在雜劇中確是很精緻的小品。〔註171〕

遂視之爲成功的結撰。而劇中松、梅出場相互嘲諷的諢語形式，在明人作品中亦爲常見。鄭振鐸評李開先《園林午夢》時即言：

> 明人往往喜寫這種兩不相下的爭辯，如鄧志謨曾寫了《山水爭奇》、《風月爭奇》、《花鳥爭奇》、《梅雪爭奇》、《蔬果爭奇》等許多同類的作品；許潮的《同甲會》中寫松、梅的相爭，也是用此格調。綜觀這一篇短劇（按：指《園林午夢》），實在沒有一點的深意，不過是取鶯鶯、亞仙二人的事來相比較，以見兩兩針鋒相對的機利的談話而已。〔註172〕

可見這樣的安排，也許未見深意。但舞臺上的機鋒相對，就吸引觀眾目光而言，卻是一個很好的方法。

　　綜合上述八點，我們可以看到嘉隆時期雜劇在體製規律方面的種種現象，如突破元人一本四折、四套北曲及一人獨唱的規範，於是折數不限長短，甚而有南雜劇、短劇、套劇的出現，且南北曲的自由運用，及演唱方式的多變化，更促進舞臺藝術的提昇，因此，科範、插曲、歌舞及劇中演劇的著意安排，都使舞臺藝術走向精緻化。此外，演員分工日細，加上受到南戲傳奇的影響，腳色行當亦由元雜劇以末、旦、淨爲主的情形，發展形成生、旦、淨、末、外、丑等行當，其下又各自衍出許多細目，凡此，皆可視爲此時雜劇在體製規律上的突破與成就！當然，此時期之劇作家多爲文人士夫，因此，賓白文士化自是明顯特色，此文士化之特色，更可在劇作主題意識中得到更清楚的呈現，筆者將於下章論之。

〔註171〕詳見曾師永義《明雜劇概論》第四章〈中期雜劇〉第四節〈李開先及其他短劇作家〉，前揭書，頁263。

〔註172〕詳見鄭振鐸〈雜劇的轉變〉一文，收於《小說月報》第21卷第1期，前揭文，頁12。

第貳章　嘉隆年間雜劇之特色

第一節　嘉隆年間雜劇之主題意識

　　明初雜劇在帝王喜好與禁演榜文的箝制下，元劇中活潑的庶民氣息及強烈的現實主義，早已不復存在，加上劇作家的身份不是藩王、宗室，便是文人士大夫，他們雖然提昇了戲劇的地位，卻同時使之走向貴族化、文士化，內容思想漸與民間脫節，遂成文人之曲。〔註1〕而當時之創作主題，又因統治者提倡程、朱理學，如太祖朱元璋除了接受解縉的建議，以程朱理學為正統地位之外〔註2〕，又規定以朱熹《四書集註》為科舉之內容〔註3〕，成祖永樂，更藉著《五經大全》、《四書大全》及《性理大全》的修纂〔註4〕，強調以綱常倫理教化天下，以科舉考試箝制文人思想。因此，明初雜劇創作，除了供奉承應內廷、藩王，以為慶壽、賀節、娛樂之用，更藉此戲劇形式，宣揚道德教化。如朱權在《太和正音譜》序文中說：

> 猗歟盛哉！天下之治也久矣。禮樂之盛，聲教之美，薄海內外，莫不咸被仁風於帝澤也，於今三十有餘載矣。近而侯甸郡邑，遠而山林荒服，老幼瞽盲，謳歌鼓舞，皆樂我皇明之治。夫禮樂雖出於人

〔註1〕　詳見曾師永義《明雜劇概論》第一章〈總論〉第一節〈明代戲劇發達的原因〉、第六節〈明代雜劇演進的情勢〉，前揭書，頁7～8、77～78。

〔註2〕　詳見清・張廷玉等撰《明史》卷174〈列傳第三十五・解縉〉，前揭書，頁4115～4119。

〔註3〕　詳見清・張廷玉等撰《明史》卷70〈志第四十六・選舉二〉，前揭書，頁1693。

〔註4〕　詳見《明太宗實錄》卷158「永樂十二年11月甲寅」條，（臺北：中央研究院歷史語言研究所，民國55年9月初版），頁1830。

心，非人心之和，無以顯禮樂之和；禮樂之和，自非太平之盛，無
以致人心之和也。故曰：「治世之音，安以樂，其政和。」是以諸賢
形諸樂府，流行于世，膾炙人口，鏗金戞玉，鏘然播乎四裔，使鴃
舌雕題之氓，垂髮左衽之俗，聞者靡不忻悅。雖言有所異，其心則
同，聲音之感於人心大矣。〔註5〕

他強調禮樂之盛、聲教之美，皆與太平治世有關，且由此而致人心祥和。更
強調戲劇有感發人心之作用，使老幼瞽盲，四方之民，皆能聞之而忻悅，而
此即是戲劇導民化俗的教化作用。此外，朱有燉亦主張，戲劇應是「勸善之
詞」，「使人歌詠搬演，亦可少補於世教」，而「三綱五常之理，在天地間未嘗
泯絕，惟人之物欲交蔽，昧夫天理，故不能咸守此道也。」遂言：「予因爲製
傳奇。」〔註6〕他們都清楚地闡揚了戲劇的教化功能。受此大環境的影響，明
初雜劇的整體特質，自然深具宮廷色彩，除了反映上位者之興趣偏好與思想
內容外，也能突顯明朝驅逐胡元、恢復漢唐衣冠的民族意識，〔註7〕呈現截然
不同於元劇的時代風貌。

到了中葉，嘉隆年間手工業發達，進而促進商業繁榮，人們也過著競逐
奢靡的生活，如范濂描寫松江地區的風俗：

吾松素稱奢淫，黠傲之俗，已無還淳挽樸之機。兼以嘉隆以來，豪
門貴室，導奢導淫，博帶儒冠，長奸長傲。日有奇聞疊出，歲多新
事百端。牧豎村翁，竟爲碩鼠，田姑野嫗，悉戀妖狐，倫教蕩然，
綱常已矣。

〔註5〕 詳見明·朱權《太和正音譜·序》，收於《中國古典戲曲論著集成》三，前揭
書，頁11。

〔註6〕 明·朱有燉《貞姬身後團圓夢傳奇·引》：「予以勸善之詞，人皆得以發揚其
蘊奧，被之聲律，以和樂於人之心焉。」詳見《全明雜劇》（三），前揭書，
頁1127～1128。
朱有燉《搊搜判官喬斷鬼傳奇·引》：「特製傳奇一帙，使人歌詠搬演，亦可
少補於世教也。」詳見《全明雜劇》（四），頁1934。
朱有燉《劉盼春守志香囊怨·序》：「三綱五常之理，在天地間未嘗泯絕，惟
人之物欲交蔽，昧夫天理，故不能咸守此道也。予因爲製傳奇，名之曰香囊
怨，以表其節操。」詳見《全明雜劇》（三），頁1179～1182。

〔註7〕 詳見游宗蓉《元明雜劇之比較研究——以題材爲核心之探討》第五章〈元明
雜劇的時代意義〉第二節〈明代初期〉文中分四點論述：一、強調教化功能，
二、崇信仙佛思想，三、粧點富貴喜慶，四、誇耀帝國勢力。前揭書，頁195
～205。

> 布袍乃儒家常服，逾年鄙爲寒酸，貧者必用紬絹色衣，謂之薄華麗，
> 而惡少且從典肆中覓舊緞舊服，翻改新制，與豪華公子列坐，亦一
> 奇也。

> 細木傢夥，如書棹禪椅之類，余少年曾不一見，民間止用銀杏金漆
> 方棹……隆萬以來，雖奴隸快甲之家，皆用細器。〔註8〕

不僅豪門，連百姓日用亦以追新逐異爲能事。當然這種追求生活享受的風氣
也表現在演劇觀劇之上〔註9〕，間接地促進創作風氣，進而影響創作主題。社
會風氣丕變，在學術思想上，也由程朱理學「存天理，滅人慾」的態度，轉
而肯定人的慾望及自我意識，其中尤以泰州學派爲代表，如王艮言：

> 百姓日用條理處，即是聖人之條理處。……聖人之道，無異於百姓
> 日用，凡有異者，皆謂之異端。〔註10〕

其後李贄更言

> 吃飯穿衣，即是人倫物理；除卻吃飯穿衣，無倫物矣。〔註11〕

這類學說衝擊著傳統的倫理道德，影響所及，在文學上也出現了以提倡性靈
及表達自我眞情的學說，從而取代之前教化說的創作觀念。如公安三袁即以
「獨抒性靈，不拘格套」爲創作主張，進而要求作家「非從自己胸臆流出，
不肯下筆。」〔註12〕如前所述，嘉隆間之作家多爲士人，他們以敏銳的情感
感受著時代環境的脈動，加上自身際遇沈浮，施諸筆端，正藉劇作渲洩情感，
展現強烈的自我意識。另外，此時期雜劇形式的解放，其特點乃以寫南戲的
方式爲之，就追求劇作之效果而言，此種新雜劇由於在形式上具有靈活自由

〔註 8〕　詳見明・范濂《雲間據目鈔》卷二〈記風俗〉，收於《筆記小說大觀二十二編》
　　　　第 5 冊，前揭書，文中所引三段文字分別見頁 2625、2626、2630。
〔註 9〕　詳見馬美信《晚明文學新探》第一章〈「天崩地裂」——的時代晚明文學的社
　　　　會背景〉第三節〈激劇變化的社會風尚〉（桃園：聖環圖書有限公司，民國 83
　　　　年 6 月 1 版），頁 26～28。
〔註10〕　詳見明・王艮《王心齋全集》卷 3〈語錄〉：「百姓日用條理處，即是聖人之條
　　　　理處。聖人知便不失百姓，不知便失。」、「聖人之道，無異於百姓日用，凡
　　　　有異者，皆謂之異端。」前揭書，頁 46、67。
〔註11〕　詳見明・李贄《焚書》卷 1〈答鄧石陽〉，前揭書，頁 4。
〔註12〕　詳見明・袁宏道《袁中郎文鈔・序文》〈敘小修詩〉：「弟小修詩……獨抒性靈，
　　　　不拘格套。非從自己胸臆流出，不肯下筆。有時情與境會，頃刻千言，如水
　　　　東注，令人奪魂。其間有佳處，亦有疵處；佳處自不必言，即疵處亦多本色
　　　　獨造語。……大概情至之語，自能感人。」（臺北：世界書局，民國 53 年 2
　　　　月初版），頁 5。

的優點，因此形式的解放成為表現新思想、新內容極為有利的條件。這使得明雜劇作家不但創造了從內容到藝術形式都能呈現自身特點的新種雜劇，且在審美追求上，也闢出了新徑表現出一種特有的恣肆不羈、憂怨激憤的風貌。〔註13〕如袁幔亭〈盛明雜劇序〉所言：

> 雜劇，詞場之短兵也。或以寄悲憤，寫跅弛，紀妖冶，書忠孝，無窮心事，無窮感觸，借四折為寓言，減之不得，增之不可，作者情之所含，辭之所畫，音之所合，即具大法程焉。〔註14〕

無窮心事，無窮感觸，必吐之而後快，正是徐翽〈盛明雜劇序〉所言：

> 今之所謂北者，皆牢騷骯髒，不得於時者之所為也。文長之曉峽猿聲，暨不佞之夕陽影語，此何等心事；寧漫付之李龜年及阿蠻輩，草草演習，供綺宴酒闌所憨跳！他若康對山、汪南溟、梁伯龍、王辰玉諸君子，胸中各有磊磊者，故借長嘯以發舒其不平，應自不可磨滅。〔註15〕

正是此種創作傾向，使得劇作家筆下呈現大千世界的萬種風情；觀眾、讀者不僅看到時代的面貌特色，也看到劇作者的生命情懷。以下則就嘉隆間雜劇之主題意識論之。

一、諷刺世俗炎涼百態

明中葉以後，因經濟繁榮發展，人心一反明初的淳樸，開始追求生活上的享受，華服廣廈、宴飲饋贈，莫不競逐奢華。〔註16〕影響所及，世態、人

〔註13〕 詳見王璦玲〈明清抒懷寫憤雜劇之藝術特質與成分〉〈前言〉，《中國文哲研究所集刊》第 13 期，前揭文，頁 39。

〔註14〕 明‧袁幔亭〈盛明雜劇序〉，收於蔡毅編著《中國古典戲曲序跋彙編》一，前揭書，頁 458。

〔註15〕 明‧徐翽〈盛明雜劇序〉，收於蔡毅編著《中國古典戲曲序跋彙編》一，前揭書，頁 460。

〔註16〕 關於明中葉人們生活之奢華，例如明‧顧起元《客座贅語》卷 5〈建業風俗記〉引王丹丘《建業風俗記》中所見：「嘉靖十年以前，富厚之家，多謹禮法。……後遂肆然無忌，服飾器用，宮室車馬，僭擬不可言。……嘉靖末年，士大夫家不必言，至於百姓有三間客廳費千金者，……園圃僭擬公侯。下至勾欄之中，亦多畫屋矣。它多感刺之言，不能具載。噫嘻！先生所見，猶四十年前事也，今則又日異而月不同矣。」前揭書，頁 169～170。
又如明‧歸有光《歸震川先生全集》卷 11〈贈送序〉〈送昆山縣令朱侯序〉，文中記載嘉靖二十九年前後，江南奢靡之風俗。其言：「江南諸郡縣，土田肥美，……然征賦煩重，供內府，輸京師，不遺餘力。俗好婾靡，美衣鮮

情都發生了很大的變化。當然，這些浮世圖繪，亦可見於劇作之中，而寓作者諷刺之意。例如在《蘇九淫奔》中藉著淨扮之黃吏目述其到任之後行了些德政，治的父慈子孝、兄友弟恭、義夫節婦的一段對話而寓諷刺世風日下的主題：

> 內云：怎見得父慈？
>
> 淨云：聽我道，一人姓陳名儉，飲馬村□胡亂，兒子盡情打死，媳婦都要扒徧。？這不是父慈
>
> 內問：怎見得子孝？
>
> 淨云：聽我道，一人姓難名題，三子一母生之，盡將家財分去，老兒餓做精皮。這不是子孝？
>
> 內問：怎見得好兄弟？
>
> 淨云：聽我道，兩箇兄弟姓馮，哥哥氣的心風，地土盡情奪去，如今討飯城東。這不是好兄弟？
>
> 內問：怎見得好烈婦？
>
> 淨云：你若問我別的，我還答應的你幾椿，若論這節婦，就把小子嘴念腫了也說不盡，別的都莫題口，昨日慶豐門外孟懷仁的媳婦，不是一箇？（第二折）

誇張詼諧的諢語，正寓深刻的批判之意。以下則就劇作所見論之。

（一）勢利重財

社會上逐利之風盛行，反映在人情上，則可見勢利重財的心態。如王九思《沽酒遊春》中的賣酒姑與衛大郎，即是明顯的例子。

《沽酒遊春》演杜甫懷才不遇，竟至典衣換酒的窘況，與岑參兄弟同遊渼陂，觸景生情，慨歎利鎖名韁、老盡英雄，倒不如布襪青鞋、沽酒遊春。劇中衛大郎上場白報家門：

> 父親曾作工部尚書，家中有幾文錢，才性魯，不能讀書，好飲幾杯花酒。（第二折）

此種有財無學之人，賣酒姑卻逢迎道：「我這裏客官雖多，能有幾個似得大郎

食，嫁娶葬埋，時節餽贈，飲酒燕會，竭力以飾觀美。富家豪民，兼百室之產，役財驕溢，婦女、玉帛、甲第、田園、音樂，擬於王侯，故世以江南為富，而不知其民實貧矣。」（臺北：自力出版社，民國48年8月出版），頁135。

來！」之後，衛大郎又言：

> 我今日要歡飲幾杯，你喚兩個能歌會舞的小娘子來勸酒，我多與你
> 些酒錢，不要教那窮酸的人來攪席。（同上）

接著杜甫欲求買酒，賣酒姑則以樓上有佳客飲酒大加拒絕。可歎杜甫空有滿
腹經綸，卻不敵富貴粗豪的小兒曹，只能倖倖然被趕下樓。人情之澆薄勢利，
可見一斑。

（二）世態炎涼

作家藉刻劃世態炎涼，而寓批判鞭撻之意，亦為常見的創作主題。如沈
德符《萬曆野獲編》「填詞有他意」條言：

> 填詞出才人餘技，本遊戲筆墨間耳。然亦有寓意譏訕者，如王渼陂
> 之《杜甫遊春》，則指李西涯及楊石齋、賈南塢三相；康對山之《中
> 山狼》，則指李空同；李中麓之《寶劍記》，則指分宜父子；……。
>
> 〔註17〕

即是此意。至於康海《中山狼》，應非為諷刺李夢陽而作，〔註18〕但其不滿社
會之人忘恩負義的炎涼冷暖，則是可以肯定的。如劇中東郭先生道：

> 丈人，那世上負恩的儘多，何止這一箇中山狼！
>
> 【沽美酒】休道是這貪狼反面皮，俺只怕盡世裡把心虧，少什麼短
> 劍難防暗裡隨，把恩情番成仇敵，只落得自傷悲。（第四折）

更藉老人之口罵盡了世上負君的、負親的、負師的、負朋友的、負親戚的，
最後道：

> 你看世上那些負恩的，卻不個個是這中山狼麼！

雖然罵得痛快淋漓，但人情炎涼至此，亦令人不勝欷歔！正如祁彪佳《遠山

〔註17〕 詳見明・沈德符《萬曆野獲編》卷 25〈評論〉「填詞有他意」條，前揭書，頁
688。

〔註18〕 康海《中山狼》旨趣，在明・沈德符《萬曆野獲編》卷 25〈評論〉「填詞有他
意」條下云：「康對山之《中山狼》則指李空同。」
但今人考證論述，多指此劇與李夢陽無關，而是諷刺社會之黑暗面。如曾師
永義《明雜劇概論》第四章〈中期雜劇〉第一節〈康海與王九思〉，前揭書，
頁 201～203。張中〈為李夢陽辨証——談明雜劇《中山狼》〉，《西北師院學報》
社會科學版，1982 年第 2 期。蔣星煜〈康海與李夢陽的深厚友誼〉，《隨筆》，
1980 年第 12 期。馬美信、韓根結〈《中山狼》雜劇與康、李關係考辨〉，《復
旦學報》社會科學版，1989 年第 1 期。焦文彬、張登竹〈康海評傳〉，《陝西
師大學報》社會科學版，1980 年第 2 期……等

堂劇品》所言：「借《中山狼》唾罵世人，說得痛快，當爲醒世一編，勿復作詞曲觀也。」〔註19〕

（三）追求情慾

　　嘉隆之際，社會奢侈淫靡的風氣，也表現在情慾的追求之上。不僅肯定情慾本爲自然之事，如李贄即言：「聲色之來，發於情性，由乎自然。」〔註20〕甚至到了縱慾的程度，正如張瀚《松窗夢語》所說：「世俗以縱慾爲尚，人情以放蕩爲高。」〔註21〕於是人們的行爲不再爲禮教所束縛，也因此形成淫靡縱慾的社會亂象。

　　就情慾的追求而言，可以《蘇九淫奔》爲例。劇中蘇九姐怨其夫婿孟懷仁愚蠢，唱道：

> 仙呂【點絳唇】本是箇柳聖花神，又不犯寡辰孤運，將俺那爹娘恨，錯配了婚姻，虛度青春盡。（第一折）

接著敘其與唐國相一見傾心，遂有私情：

> 【混江龍】那日向門前談論，可正是不應親者強來親，纔能夠眉來眼去，便見他意重情眞，好教我盼盼眼穿挨白日，煎煎腸斷送黃昏。假若是燕鶯巢成就了鳳鸞交，便是俺姻緣簿注定有夫妻分，戀

〔註19〕詳見明・祁彪佳《遠山堂劇品》「雅品」「《中山狼》南北五折」條，其下標作者爲陳與郊；又在康海「《中山狼》北四折」條下言：「中山狼一事，而對山、禺陽、昌朝三演之，良緣世上負心者多矣。」可見諸作主旨相似，取其評陳與郊之言，置於此處，應爲可行。此書收於《中國古典戲曲論著集成》六，前揭書，頁153、156。

〔註20〕詳見明・李贄《焚書》卷3〈雜述〉〈讀律膚說〉中說：「蓋聲色之來，發於情性，由乎自然，是可以牽合矯強而致乎？故自然發於情性，則自然止乎禮義，非情性之外復有禮義可止也。惟矯強乃失之，故以自然之爲美耳，又非於情性之外復有所謂自然而然也。」又該書卷1〈答鄧明府〉中亦言：「如好貨，如好色，如勤學，如進取，如多積金寶，如多買田宅爲子孫謀，博求風水爲兒孫福廕，凡世間一切治生產業等事，皆其所共好而共習，共知而共言者，是眞邇言耳。……但我之所好察者，百姓日用之邇言也。」凡此皆可看出李贄肯定百姓追求日用所需及聲色之慾，皆爲自然之事。前揭書，頁133、36。

〔註21〕詳見明・張瀚《松窗夢語》卷7〈風俗紀〉：「語云：『相沿爲風，相染成俗。』……第習俗相沿久遠，愚民漸染既深，自非豪傑之士，卓然自信，安能變而更之？今兩都，若神京侈靡極矣。……吾杭終有宋遺風，迨今侈靡日甚。……人情以放蕩爲快，世風以侈靡相高，雖逾制犯訓，不知忌也。」此書收於《元明史料筆記叢刊》，前揭書，頁138。

甚麼不撐達的夫婿，怕甚麼能拘管的娘親。（第一折）

【天下樂】……我這裡解羅衣意下遲，他那裡上牙床心上緊，將俺
這瘦怯怯的身子兒揉搓了箇昏。（第一折）

寫來何等露骨！二人繼而相約私奔，孰知唐國相竟騙其財物而去，蘇九姐事
跡敗露，被婆婆扭送官府，黃吏目因其不執婦道，遂判離異歸宗，遊街示眾
以示警惕。此時孟懷仁道：

丑云：失節也是婦人之常，我見城中老大的人家，都不計較這件事，
何況小子。（第二折）

短短數語，已見淫靡風熾，全非禮教所能拘束。蘇九姐的反應則是：

旦云：雖是喫了一場疼痛羞恥，且喜的冤家離眼。我今回到娘家，
任意縱橫，揀上幾箇趁心的人兒，受用去來。（唱）

【二煞】從今日開幾面射雀屏，鋪幾張坦腹床，隨心選擇風流況，
安排香餅遺韓掾，准備雲山會楚王，這番纏勾抹了糊塗帳，比如我
伴數年豬狗，爭如我守一世孤孀。（第二折）

全無愧色，反覺其欣喜之情溢於言表！回到娘家為幫閒哄騙，嫁了個比孟懷
仁更醜陋的李四官，蘇九姐大失所望，卻依舊不改其性，唱道：

【尾聲】把一場好事從今壞。【云】我終不然只守著這箇死人罷了，
我定有箇處置。【唱】從今後分付與人間俊才，愛我的任來纏，我愛
的不用買。【下】（第四折）

此劇最後「題目」云：「嘉靖朝辛丑年間事，濮陽郡風月場中戲」，「正名」云：
「尚書巷李四吊拐行，慶豐門蘇九淫奔記」，可知實有其人其事。而劇中藉蘇
九之口道：「十個人兒敢有九個把漢子養。」（第二折【煞尾】）更寫出了當日
淫靡縱慾之世俗百態。而作者之諷刺則在黃吏目上場時，自言其所行之德政
中已見埋伏，作者雖非直言批判，但隱於諧謔之中的嘲諷之意，則是明顯可
見的。

此外，馮惟敏《僧尼共犯》一劇，演和尚明進與尼姑惠朗有私情，為街
坊人家發現，送往官府，經過鈐轄司吳守常一番審問，依律杖斷，命二人還
俗，喜劇收場。且看明進上場詩及其自報家門：

少年難戒色，君子不出家，聖人有倫理，佛祖行的羞。

想起古先聖賢有云，有天地，然後有夫婦；有夫婦，然後有父子。
男女居室，人之大倫。古先聖人制為婚姻之禮，傳流後代，繁衍至

今。自有佛法以來，把俺無知眾生度脫出家，削髮為僧，永不婚配，
絕其後嗣。……一世沒箇老婆，怎生度日。（第一折）

惠朗上場詩：

福地閒無事，空門亦有春，此心元不死，飛逐落花塵。

起心動念，皆非佛門清修之人所該有；而明進之言更從儒家人倫觀念，批評
佛教出家修行的作法。這應與馮惟敏之背景有關，鄭騫老師說：

此劇與《擊節餘音》中之【勸色目人還俗】套，俱可見惟敏之學，
純宗儒家，不以他教為然，非滑稽戲謔之作也。〔註22〕

曾師永義承此進一步說：「他要色目人『讀孔聖之書』、『收拾梵經胡語』，……
本劇亦即藉滑稽戲謔來表示他的排佛思想。」〔註23〕此劇劇中沒有官府審案
的威儀，也沒有嚴峻的刑罰；倒是藉著巡捕官之口，批判佛門子弟不守清規、
傷風敗俗的行徑，他唱道：

【感皇恩】呀！見放著俊生生美豔嬌姝，你子待冷清清鰥寡孤獨，
（末云）你那出家人的勾當，我也知道了。也會敲鼓兒，也會撞鑼
兒，也會擦土塊。（唱）止不過法卷每蜜調油，師傅每貓瞧鼠，徒弟
每柳穿魚，當家兒一族，勝強如五奴，犯清規，傷王化，壞風俗。（第
二折）

且言：

俺自小在寺院讀書之時，不知見了多多少少的事，怎生瞞得我！況
有神明照鑒於上，自是難隱真情也。（第三折）

連佛門子弟都不免情慾的糾葛，則社會風氣之敗壞，自可想見。

　　類似的情況，亦可見於《歌代嘯》。全劇以李和尚為貫串人物，演其貪財
狡詐，設計偷走張和尚的冬瓜，又與王揖迪妻有私情，進而作弄王揖迪，嫁
禍張和尚，乃至善妒的州官夫人放火，懼內的州官索賄，這些人架構出一個
荒謬的世界。正如脫士所寫之〈《歌代嘯》序〉中說：

《歌代嘯》……始知為憤世之書。慨然曰：嗟哉！古今是非曲直名
實之數，果且有定乎哉！……惟是是者非之，直者曲之，有其名者
不必有其實，有其實者又不必有其名；而後得以一身主持於中，學

〔註22〕詳見鄭騫老師〈馮惟敏及其著述〉一文，《燕京學報》第 28 期，1940 年 12
月，頁 158。
〔註23〕詳見曾師永義《明雜劇概論》第四章〈中期雜劇〉第二節〈馮惟敏及其他北
雜劇作家〉，前揭書，頁 219～220。

問、文章、事業相偪而成，此正吾人之生趣，而造化小兒亦無從與力焉者也。〔註24〕

世事顛倒，作者之不平可想而知。劇中王揖迪妻吳氏上場道：

中呂【粉蝶兒】我本是花隊魔王，逞風流先登驍將。自小兒生的旖旎非常，那更善梳粧，工調笑，有許多情況。堪恨我那懵懂爹娘，把我錦前程全不安排停當，醉春風直教我顧影兒空自憐。若教我繫心猿，眞是彊。等閒的打抹幾個有情郎，我徹根兒想想，（白）內外人材，好一時難齊也。（唱）大都來貌雅的才疏，手強的腰軟，嘴熱的身忙。（白）看來總不如李和尚好。（第二齣）

再看李和尙言其中妙處：

越調【鬥鵪鶉】像我這破戒追歡，可也緣投意美。他愛咱是百鍊眞鋼，咱戀他是三春嫩蕊。一個兒像細蔓纏匏，一個兒像活鰍戲水，占住了色界天，鬧了些駕鴦會。只爲這歡喜冤家，成就個風流餓鬼。（第三齣）

對於情慾的表達，全無些微含蓄之感。而這樣的淫靡風氣，卻是當時社會所習見。無怪乎劇作家引之入劇，而寓鍼貶之意。

二、批判科舉不公與官場黑暗

　　科舉制度，一直是古代士人進身仕宦之途的敲門磚。明初太祖朱元璋和劉基制定科舉制度，以《四書》、《五經》命題取士，之後成祖永樂年間《四書大全》、《五經大全》、《性理大全》的修撰完成，這些政策不僅鞏固了程朱理學的正統地位，更吸引著成千上萬的知識份子走向長安路！但明中葉以後，科場弊端叢生，如《明史》〈選舉二〉中言：

其賄買鑽營，懷挾倩代，割卷傳遞，頂名冒籍，弊端百出，不可窮究，而關節爲甚。事屬曖昧，或快恩讎報復，蓋亦有之。〔註25〕

這種風氣，對有才華又不願隨俗同流的士子而言，必然有著更深刻的失落感與無力感；即使一躍龍門，得遂所願，但官場貪汙索賄之黑暗，恐怕又是一大打擊。如《明世宗實錄》〈嘉靖十八年六月壬寅〉王廷相應詔所言，即是明顯之例：

〔註24〕 脫士所寫之〈歌代嘯敍〉見於《四聲猿》附錄之五〈關於《歌代嘯》〉，前揭書，頁223。

〔註25〕 詳見清・張廷玉《明史》卷70〈志第四十六・選舉二〉，前揭書，頁1705。

臣觀今日士風臣節，而知災異之所由來矣！大率廉靖之節僅見，貪
汙之風大行。一得任事之權，即爲營私之計，賄路大開，私門貨
積，但通關節，罔不如意，濕薪可以點火，白晝可以通神。夫豈清
平之世所宜有乎？昔在先朝蓋有賄者矣，然猶百金稱多，而今則
累千鉅萬以爲常。蓋有貪者矣，然猶宵行畏人，而今則張膽明目而
無忌。士風之壞，一至於此，眞可痛矣！……一登仕宦之途，即
存僥倖之念，諂諛賄賂，無所不爲，要路權門，終日十至。每遇一
官有缺，必有數人競爭，於是京師有講搶攘之謠，而廉恥掃地矣。

〔註26〕

袁袠也提出了嘉靖年間官員賄賂阿諛的情形：

芭苴公行，貨賄晝入，諂諛成風，鑽刺得志，未有如今日者也。

〔註27〕

科場弊端，官場黑暗，都不免使人心生慨歎！青雲難遂，有志難伸，施諸筆端，憤懣之情自然流露。諸如王九思《沽酒遊春》、陳沂《苦海回頭》、馮惟敏《不伏老》、《歌代嘯》等劇，都應是有所爲而爲的劇作了。

（一）批判科舉不公

科舉制度下的文人，在「學而優則仕」的觀念下，視科舉爲他們晉身仕宦之途的捷徑，孜矻不懈，即使時乖運蹇，屢遭落第，也不改其初衷。因此熱衷功名，追求仕進，便是他們最大的特徵。如馮惟敏《不伏老》中的梁顥，陳沂《苦海回頭》的胡仲淵，皆屬此類士人。〔註28〕

馮惟敏《不伏老》此劇演梁顥致力於科舉，直到八十二歲才中狀元。第一折演其白首無成，二曲【賞花時】道盡落第書生之慨歎：

【賞花時】五十年前此舊遊，碧樹依然遶御溝，繫馬攬征裘，英雄
未偶，又上翠微樓。

【么】大液清波日夜流，照見書生兩鬢秋，無計占龍頭，且尋春沽

〔註26〕　詳見《明世宗實錄》卷225「嘉靖十八年6月壬寅」下，前揭書，頁4682～
　　　　4684。

〔註27〕　詳見袁袠《世緯》卷下〈抑燥〉，收於《叢書集成初編》（0930～34）《帝王經
　　　　世圖譜及其他十三種》中。（北京：中華書局，1985年北京新1版），頁17。

〔註28〕　此節關於劇作中士人之相關論題，參考筆者〈明嘉隆間雜劇所呈現之士人形
　　　　象及其生命情懷〉一文，《輔仁國文學報》第16期，民國89年7月出版，頁
　　　　205～239。

酒,半醉看吳鉤。(第一折)

五十年事與願違,青絲早已如雪白,失路之悲流露筆下:

> 【離亭宴歇拍煞】當時不合無憑據,癡心也向長安去。空勞身軀,輕撇下懶雲窩,冷丟了青竹杖。生趕上紅塵路,山林氣不群,今古時難遇,何須嘆籲。身不到鳳凰池,名不登龍虎榜,誓不改驊騮步。(第二折)

時雖不偶,卻不改其志。但最後連其書僮也瞧不起他時,只能藉酒澆愁,把滿腹心酸傾瀉而出:

> 【後庭花】……志難酬,只落得酒淹衫袖,眼見得紫金鱗不上鉤,小朱衣不點頭,妙文章一筆勾,好才華一鼓休,響名聲耳後丟,老道學眼不瞅。美前程水上漚,熱心腸火上油,破頭巾賊不偷,窮酸丁鬼見愁。(第三折)

終於皇天不負苦心人,梁顥以八二高齡得中狀元,且看其上表謝恩道:「倔強此老,憫其秉直道而輸忠。」(第四折)執著之志,實為科舉制度下,千古士人追求功名之典型人物。據《曲海總目提要》言此劇當是馮惟敏「會試累次下第之後,尚未謁選時所作,借梁顥以自寓也。」〔註29〕

在徐渭《女狀元》中,黃崇嘏、賈臚、胡顏,同往應試。胡顏與周丞相一段對話,外扮周丞相,丑扮胡顏:

> 外:得字不押韻了。
>
> 丑:韻有什麼正經詩韻,就是命運一般。宗師說他韻好,這韻不叶的也是叶的;宗師說他韻不好,這韻叶的也是不叶的。運在宗師,不在胡顏,所以說自古文章無憑據,惟願朱衣暗點頭。
>
> 外:也要合天下公論。
>
> 丑:咳!宗師差了。若重在公論,又不消說不願文章中天下,只願文章中試官了。(第二齣)

「運在宗師,不在胡顏」、「只願文章中試官」,雖是滑稽諢語,然言外對科舉不公的批判之意,則是明顯的。因此,袁宏道評此段:

> 諢處饒幽思,卻有悲歌之致。〔註30〕

實為允當。

〔註29〕 詳見《曲海總目提要》卷7「梁狀元」條,前揭書,頁295〜296。

〔註30〕 袁宏道之評,見於《全明雜劇》(五)《女狀元》。前揭書,頁2587。

（二）批判官場黑暗

科舉制度下的士子，寒窗苦讀，夙夜匪懈，所求只為黃榜有名，青雲平步。但科舉的舞弊不公，往往使才高志大的士子落第，縱然仰天長嘯，歸之時運不濟，內心深沈的失路之悲，實是無可言喻的。如前舉馮惟敏、徐渭等人，即是如此！即使得入官場，又往往因宦途險惡，升沈料難，而生無窮波濤。如康海因劉瑾案削職為民，王九思也因劉瑾案貶謫壽州同知，陳沂則因忤張璁，屢貶江西參議、山東參議，最後甚至抗疏致仕。〔註31〕這僵蹇坎坷的生命歷程，使劇作家們在理想與現實中煎熬，於是他們長嘯當哭，藉劇抒懷，把滿腔憤懣化為舞臺上一齣齣的官場醜態，寄寓著嚴厲的鞭撻之意。

如康海《王蘭卿》一劇，作者即藉著刻劃張于鵬的形象，寄寓他對官場黑暗的批判之意。劇中張于鵬任青州推官，在其父亡故奔喪之時，決意辭官歸養母親，其對蘭卿言道：

> 你怎知作官的有許多波吒！……我在青州時，專一奉公守法，不敢半星兒負了朝廷委任，爭奈與人上氣，便是於世難合，與其被人中傷，不如早早隱居求志，卻不氣長。所以動這念頭，君臣之義，平生檢點最熟，怎肯差了！恰纔聞得人說，果被青州太守中傷，放我致仕。（第二折）

言下已見仕途險惡，實非一己之力所可避免，又道：

> 如今世上貪叨之徒，剝削民膏民脂，回得家來，蓋偌大宅院、養偌眾家口，重茵而臥，列鼎而食。

作者不滿之意，躍然紙上！馮惟敏《僧尼共犯》中，鈐轄司吳守常審訊和尚明進與尼姑惠朗之私情，與其手下商議該問何罪，其道：

> 正是！正是！輕輕的問他罪名，他好重重謝謝我咱。再與你商議的明白，他的謝禮，咱倆人如何分收？……喚張千李萬上來，你兩人押這起姦情，掙有錢鈔，都將來孝順我。（第二折）

> 罷！罷！看來他這樣事也不該死。你兩人湊些錢鈔打點了事。我做

〔註31〕　康海、王九思、陳沂等人之宦途風波，詳見曾師永義《明雜劇概論》第四章〈中期雜劇〉第一節〈康海與王九思〉、第二節〈馮惟敏及其他北雜劇作家〉，前揭書，頁197～200、201～212、227。

亦見徐子方《明雜劇研究》下編〈明雜劇存本考〉卷 2〈明中後期作家作品〉，前揭書，頁 203～206、208～209、212；及李修生主編《古本戲曲劇目提要》，前揭書，頁 178～179。

官的也不希罕禮物，只是該房先生捨命要錢，就是他親爺親娘也不饒的，何況僧尼乎？若是打點停當呵！便依律杖斷還俗，是法當如此，成就兩人是情有可矜，情法兩盡，便是俺爲官的大陰騭也。（第三折）

官衙之上，公然地索賄分贓，卻說「舊規如此」、「天下常例」、「情法兩盡」，活脫一幅浮世繪。至於《歌代嘯》劇中州官上場道：「只我爲官不要錢，但將老白入腰間。」老白即白銀，不要錢，只要老白，其諷刺可見。又其審案之時，對李和尚道：「你尚未通薛州的路徑」、「薛州路可要走麼？」（第三折）「薛州路」應是暗語，乃官員索賄之意。凡此可見官場黑暗、索賄盛行之狀況。

　　此外，劇作者對官場黑暗之批判，亦反映在對時相的不滿之上。如王九思《沽酒遊春》，此劇似爲刺李夢陽而作，祁彪佳《遠山堂劇品》言：「王太史作此劇痛罵李林甫，蓋以譏刺時相李文正者，卒以此終身不得柄用。一肚皮不合時宜，故其牢騷之詞，雄宕不可一世。」〔註32〕劇中杜甫言道，開元年間因明皇用了好丞相，遂得海內太平；但後來用了李林甫，因其嫉賢妒能，壞了朝綱，禍亂因之而起：

　　【寄生草】他空皮袋無學問，惡心腸忒忌狠。笑吟吟掌定三臺印，慢騰騰送了千人俊，亂紛紛造下孤辰運。喫緊的把太眞妃送在馬嵬坡，唐明皇走入益門鎮。（第一折）

之後又聽了酒客衛大郎讚美李林甫之詩，清新流麗，人人易曉。不禁怒道：

　　【朝天子】他狠心似虎狼，潛身在鳳閣，幾曾去正綱紀明天道。風流才子顯文學，一個個走不出漫天套，暗裡編排，人前談笑，把英雄都送了。他手兒裡字錯，肚兒裡墨少，那裏有白雪陽春調。

　　【四邊靜】說甚麼清風黃閣，口兒能甜，命兒湊巧，柱國當權，不怕旁人笑。二十年鴉棲鳳巢兀的不虛費盡堂食鈔。（第二折）

「清新流麗」正是李東陽爲首的臺閣體文風，風流才子走不出漫天套，則指李東陽貶退王九思、康海等人之事，不滿之情溢乎辭端；而「鴉棲鳳巢」、「虛費盡堂食鈔」則有譏諷權相尸位素餐之意。而杜甫這個嫉惡如仇、落拓不羈的士人形象，正是作者的自我寫照，這個劇本「包含了一定的社會現實內容，

〔註32〕詳見明‧祁彪佳《遠山堂劇品》「雅品」「《沽酒遊春》即《曲江春》北四折」條下，此書收於《中國古典戲曲論著集成》六，前揭書，頁151。

並在一定程度上批判了封建官場的黑暗和政治的腐敗，因而具有普遍的意義。」〔註33〕

三、抒懷寫憤寄寓心志

動盪的時代，也往往是士人面對人格考驗的時刻，而「正統儒家思想在培養造就讀書人的同時，還在踳屬、教導讀書人樹立崇高的人生志向，修齊治平、建功立業。」〔註34〕他們的人格建立在道德與政治的基礎之上，在以人格道德為前提的情況下，此類士人必定不肯隨波逐流，卻又無力扭轉乾坤。於是一肚子不合時宜，只得藉劇作抒懷寫憤，以寄寓其心志。如李贄言：

> 太史公曰：「〈說難〉、〈孤憤〉，聖賢發憤之所作也。」由此觀之，古之聖賢，不憤則不作矣。不憤而作，譬如不寒而顫，不病而呻吟也，雖作何觀乎？《水滸傳》者，發憤之所作也。〔註35〕

取「憤」作為人類深層情感之驅動力。當然「憤」這種情感，往往不只是作家對於人所處存在狀態的不滿，同時也是作家在久經奮鬥後，內心體驗到眞我無法實踐時所產生的一種深沈的鬱悶。他們一方面抱有強烈的反抗現實的精神，一方面又無法戰勝現實，遂使自身陷入失望與絕望、理想與現實相互衝突的境地，從而產生一種悲劇性的情感，一種深刻化後而產生的深沈的感慨。〔註36〕如《歌代嘯》、徐渭《狂鼓史》、許潮《龍山宴》，皆可視為此類劇作的代表。《歌代嘯》中，世事顛倒，正見作者之憤。《狂鼓史》中的禰衡、《龍山宴》中的孟嘉，即是作者塑造憤世嫉俗的士人形象，藉此寄寓其不平之鳴。

（一）憤世嫉俗，熱腸罵世

程羽文在〈盛明雜劇序〉中言：

> 蓋才人韻士，其牢騷抑鬱、唬號憤激之情，與夫慷慨流連、談諧笑謔之態，拂拂於指尖而津津於筆底，不能直寫而曲摹之，不能莊語

〔註33〕詳見胡世厚、鄭紹基主編《中國古代戲曲家評傳》〈王九思〉（河南：中州古籍出版社，1992年7月第1版），頁262。

〔註34〕詳見孫之梅〈從明後期世情劇看文人的人格苦悶〉，山東《山東師大學報》社會科學版，1993年第3期，頁85～86。

〔註35〕詳見李贄《焚書》卷3〈雜述〉〈忠義水滸傳序〉，前揭書，頁108。

〔註36〕此段關於「憤」之論述，詳見王瓊玲〈明清抒懷寫憤雜劇之藝術特質與成分〉之〈一、寫憤雜劇主題意識之特性及其形成〉，前揭文，頁41～42。

而戲喻之者也。……可興、可觀、可懲、可勸，此皆才人韻士，以
遊戲作佛事，現身而爲說法者也。至於詞白之工，科介之趣，熱腸
罵世，冷板敲人，才各成才，韻各成韻。〔註37〕

可知這些作家滿腹牢騷，欲吐難吐，欲言難言，蓄積至極，一旦觸景生情，
遂藉他人酒杯，澆自己胸中塊壘。無窮心事訴諸筆端，自不可視之爲歌場上
草草演習者。因此，程羽文又說：

而吾友沈林宗顧曲周郎，觀樂吳子。……其點校評論，又一一傳作
者之面目，而遡之爲作者之精神。然則覩是編者，當知曲以詮性情
之微，不爲曲解；戲以節作止之序，不同戲觀，樂其可知矣。

既言「作者之面目」、「作者之精神」，則讀者觀眾在面對此類劇作時，更應於
其中體會作者內心深沈的情感，故言「不同戲觀」。

　　如徐渭《狂鼓史》演禰衡擊鼓罵曹事，十一通鼓，十一首北曲，歷數曹
操罪狀，從逼獻帝、殺伏后到遺令分香賣履，氣勢滂薄，如排山倒海般，逼
人不敢直視。其唱道：

【葫蘆草混】你害生靈呵有百萬來還添上七八，殺公卿呵那裡查，
借廒倉的大斗來斛芝麻，惡心肝生就在刀鎗上挂，狠規模描不出的
丹青畫，狡機關我也拈不盡倉促里罵。曹操你怎生不再來牽犬上東
門，閒聽鶴唳華亭墠，卻出乖弄醜，帶鎖披枷。

如此肆言無憚，直令人心大快。劇中禰衡熱腸罵世的形象，正是徐渭憤世嫉
俗的寫照。袁宏道即言：「古今文人，牢騷困苦，未有若先生者。」〔註38〕《曲
海總目提要》亦云：「文長借正平身後一罵，以發揮其抑鬱不平之氣。……渭
以此劇自寓，亦兼爲盧沈兩人洩憤也。」〔註39〕可見禰衡懷才不遇、憤世嫉
俗，皆爲作者自身之寫照，藉其歷數曹操「害賢良」、「害生靈」諸罪狀，實
亦嘉靖年間嚴嵩把持朝政、妒害賢良之影射。徐渭一生多舛，雖生性警敏，
詩文絕倫，卻屢試不第，生活窮困至賣字畫爲生。劇中禰衡唱道：

【六么序・么】哎！我的根芽也沒大兜搭，都則爲文字兒奇拔，氣
概兒豪達，拜帖兒常拿，沒處兒投納。繡斧金樞，東閣西華，世不

〔註37〕　此段及下段所引程羽文〈盛明雜劇序〉，收於蔡毅編著《中國古典戲曲序跋彙
　　　　　編》一，前揭書，頁 462～463。
〔註38〕　詳見明・袁宏道〈徐文長傳〉，收於《四聲猿》附錄之一〈作者傳記〉，前揭
　　　　　書，頁 185。
〔註39〕　詳見《曲海總目提要》卷 5「狂鼓史」條，前揭書，頁 210～211。

曾挂齒沾牙。……早難道投機少話，因此上暗藏刀，把我送與黃江
夏，又逢著鸚鵡撩咱，彩毫端滿紙高聲價，競躬身持觴勸酒，俺擲
筆還未了杯茶。

【青哥兒】……士忌才華，女妒嬌娃；昨日菩薩，頃刻羅剎。哎！
可憐俺禰衡的頭呵！似秋盡壺瓜，斷藤無計再生發，霜簷挂。

曲中才高遭忌，時不我予的悲慨，正與徐渭坎坷的一生相映。或許藉此補恨
之作，可稍補其心中不平之氣。

至於許潮《龍山宴》中孟嘉上場唱道：

【夜行船‧前腔】潦倒詼諧人莫曉，凡鳥內那識人豪。顛倒英雄，
睥睨天地，渾俗且隨笑傲。

其睥睨天地，自比人豪，可見自視不凡；但世人卻如凡鳥，無人識才，只好
隨俗笑傲，激憤之情不難想見。因此，眾人笑他落帽類楚囚之際，猶能自豪
地唱道：

【南駐雲飛‧前腔四】……嗏！折角雨中求，昔郭林宗遇雨折巾，
今吾風吹落帽，可以同為美觀也。岸幘英雄，入眼今奚有？今之人
好修邊幅，能岸幘不冠，開豁胸襟，如劉文叔延攬英雄者，幾曾見
哉？莫盛飾冠裳似沐猴。

罵盡世人徒飾外表之虛偽，未若其不修邊幅之坦蕩磊落，憤世嫉俗之意亦明。
而這類型的士人，或者恣肆不拘，或者放浪形骸，都表現出一種狂放不羈的
特質。「他們外觀上的骯髒邋遢，既反映了生活道路的坎坷，也從一個側面透
露出他們與所處社會的格格不入。」〔註40〕可知他們在肆意直言傲睨疏狂的
背後，實有苦悶的心靈。

（二）出處兩難，形神衝突

「學成文武藝，貨與帝王家」是古代士子寒窗苦讀的憧憬，懷抱著「致
君堯舜上，再使風俗淳」（杜甫〈奉贈韋左丞丈二十二韻〉）的雄心壯志，卻
因數奇運蹇，而飽嘗辛酸。在士不遇的慨嘆蒼涼與宦海沈浮的波濤中，在理
想與現實的拉鋸中，有堅持到底的梁顥，也有選擇回頭，絕意世務的胡仲淵，
他們為自己的生命作了抉擇。但另有一種人，卻是身在江海，心懷魏闕，在

出處之間，飽受形神衝突，這大概是千古士人心境的真實寫照！此點可於許潮《午日吟》、《南樓月》、《赤壁遊》……等劇中看出。

如許潮《午日吟》，嚴武於端午佳節邀杜甫同觀龍舟競渡，欲其「且共芳樽酖，莫為浮名絆」、「和你酖弄漁舟，白日移須抦，莫待悲秋強自寬」（【駐雲飛・前腔】）及時行樂，勿為浮名牽絆之意極明！對此良辰美景，杜甫卻唱道：

> 【刮地風】一派笙歌冰鑑裡，蕩玻璃山影參差，慨錦江水綠峨嵋媚。風景如斯，舉目有江河之異。自覺得地非人是，望金牛，瞻白鶴，幾番揮淚。杜鵑魂，血漫啼，望難歸鳥道嵚嶇。且銜杯共抦今朝醉，故國平居罷所思。

雖然風景如畫、笙歌鼎沸，卻有地非人是、漂泊他鄉之感；雖欲銜杯共醉，但杜鵑泣血，不如歸去，更為內心深處之吶喊！尤其劇末下場詩「萬里烽煙入鬢愁」、「歸騎西風五月秋」，更寓含人在江湖，心懷魏闕的矛盾衝突之感！

又如《赤壁遊》蘇軾上場即唱：

> 【菊花新引】江湖廊廟總關情，此夜蟾光處處明。載酒泛深情，瀟灑一番情興。

自言因詩遭謗貶黃州，此夕七月十五與諸友同遊赤壁，對此月明之夜，雖身在江湖，卻關情廊廟，不禁感慨：

> 【畫眉序】柔櫓蕩碧波，縹緲孤鴻去影茫。喜的是山高月小，水淥蘋香。懷故國銀漢何方，望美人碧霄之上。

縹緲孤鴻，正為蘇軾的寫照。懷故國，思美人，心念朝廷明矣。之後眾人弔三國、論興亡、添傷懷，遂言：

> 吾輩傷今弔古，且少間莫提，趁此江天清夜，當滌杯再酌，以罄良宵勝遊之興。左右，可將酒來。（再酌介）（唱）
>
> 【祝英臺】把古今愁，廊廟悶，聊付與滄浪。

無可奈何之際，只好把滿腔憂國之情，還諸天地，歸向蒼茫。正是劇中黃山谷所唱「遨遊在萬頃滄茫，怎不教罷卻塵想。」及玄真子所唱「放形骸秋水天長，頓覺我塵襟滌蕩。」也許只能藉此赤壁之遊，暫慰其出處兩難的矛盾之情了。

仕與隱，一直是我國傳統讀書人的兩大思想主流。正如姚一葦在〈元雜劇中之悲劇觀初探〉一文中所述，中國文人深受孔子及老莊思想的影響，因

而只能產生兩類詩人。其言：

> 一類自儒家的精神出發，強調現世的生活，強調盡一己之責任，重
> 視自己的出處和抱負的伸展。於是一方面表現爲憂國憂民；而另一
> 方面又不能不說冀圖援引，以能得志於朝廷。此種思想並非眞正是
> 孔子的人文主義精神，而是個人主義化的孔子之思想。另一類則係
> 自道家的精神出發，表現爲出世的思想，最大的願望爲隱居田園，
> 怡養天年，以求自得其樂，以求歸眞返璞。此類人多半是仕途翻滾
> 過來的人，或許是志不得酬，或許是奸臣當道，於是覺悟過來，感
> 到人世榮華之不可持與不足持，道家的哲學正好塡補這一空缺。他
> 們的思想並非眞正做到有若老莊那樣曠達，而實際是個人主義化的
> 老莊思想。〔註41〕

此文道出千古文人因仕途不順，只得故作曠達的深沈痛楚。出處之際的平衡
點，總是失意文人難以參透的課題。

四、及時行樂的生命態度

　　人生苦短，去日苦多！尤其在動蕩的時代，士人們有才難展，有志難伸。
因此，每易產生及時行樂的生命態度，試圖爲生命找尋另一個止泊點。如王
九思《沽酒遊春》中之杜甫、許潮《赤壁遊》中之蘇軾……等，他們以蝸角
虛名，蠅頭微利自我解嘲，藉著消極的及時行樂轉化內心的不平與無奈。此
外，明中葉以後，社會風尚日趨奢靡，人們酷愛園林及山水之美，他們在宴
會雅集中吟風弄月，在自然美景中怡然心醉，自易有及時行樂之歡，如許潮
《蘭亭會》之王羲之、《午日吟》之嚴武……等即是。也有功成名就，告老還
鄉者，以韶華易逝，而生及時行樂之感，如許潮《同甲會》中文彥博諸人即
是。但事實上，這些劇作也都反映了劇作家欲求自我解脫的心境。

（一）窮愁困頓，自我解脫

　　在王九思《沽酒遊春》中杜甫懷抱經世之志，卻因小人當道，權臣掌政，
而至窮愁困頓，難展韜略。及至與岑參兄弟同遊渼陂，觸景生情，慨嘆利名
誤人：

> 【綿搭絮】眼睜睜難分蛇與龍，烈火眞金當假銅，似這等顚倒英雄，

〔註41〕詳見姚一葦〈元雜劇中之悲劇觀初探〉，此文收於《戲劇與文學》（臺北：遠
　　　　景出版事業公司，民國73年7月初版），頁3～4。

不如咱急流中歸去勇。（第三折）

利鎖名韁，磨盡英雄氣概；世事顛倒，不如急流勇退。遂辭翰林學士，毅然跳出這黑暗、勢利的是非圈，高唱道：

> 【離亭宴帶歇拍煞】從今後青山止許巢由采，黃金休把相如買，摩挲了壯懷。……紫袍金闕中，駿馬朝門外，讓與他威風氣概。我子要沽酒再遊春，乘桴去過海。（第四折）

這正是王九思因劉瑾案歸家後的心情寫照！起初不免抑鬱，之後與康海等人，寄情山水、詞曲及宴樂之中，藉此寄其不平之氣。〔註42〕

（二）隱跡物外，避禍全身

士人們熙熙攘攘奔走於紅塵之中，所求無非功名利祿，以期揚名立萬。但真能遂其願者又有幾人？波濤洶湧的官場能全身而退者又有多少？於是劇作之中，也呈現了淡泊名利、隱跡物外、以期避禍全身的生命態度。汪道昆《五湖遊》、許潮《武陵春》……等劇即可見此意。

如《五湖遊》演范蠡助勾踐復國，與西施相偕歸隱之事，一曲【收江南】正見其洞燭人心，參透鳥盡弓藏、兔死狗烹的悲哀，而有急流勇退之舉：

> 【收江南】想當初年少呵，待唾手定神州，須臾談笑取封侯，人情翻覆幾時休，那其間可自由，因此上把雄心都付與大刀頭。

> 【沽美酒】……我呵好休便休呀！再不向紫陌邀遊，紅塵奔走。

其飄然遠逝、淡泊名利之形象固然鮮明，但藉此舉以期避禍全身，則是不言而喻了。更呼應正戲之前末腳上場所唸：

> 【浣溪紗】落落淮陰百戰功，蕭蕭雲夢起悲風，齊城七十漢提封，
> 棄國直須輕敝屣。藏身何用歎良弓，百年心事酒杯中，
> 我愛鴟夷子　迷花不事君　紅顏棄軒冕　白首臥煙雲。

對比韓信功高被殺及范蠡功成身退的故事，予人警惕之意，正如王世懋所評：「喚醒我輩急須著眼」、「山林湖海是英雄退步，然非有勢焰人可以招徠若輩，故須以冷語灌入熱腸。」〔註43〕祁彪佳《遠山堂劇品》亦言：「五湖之遊，是

〔註42〕 詳見清・張廷玉等撰《明史》卷286〈列傳第一百七十四・文苑二・王九思〉：「海、九思同里同官，同以瑾黨廢。每相聚沜東鄠、杜間，挾聲伎酣飲，製樂造歌曲，自比俳優，以寄其怫鬱。九思嘗費重貲購樂工學琵琶，海搊彈尤善。後人傳相傲效，大雅之道微矣。」前揭書，頁7349。

〔註43〕 王世懋兩段評語，見於《盛明雜劇》眉批，收於《全明雜劇》（五），前揭書，

英雄退步，正不可作寂寞無聊之語。此劇以冷眼寫出熱心，自是俗腸針砭。」
〔註44〕急流勇退，隱跡物外，無非爲了避禍全身。

　　又如《武陵春》演桃源主人述其避禍全身、隱居物外之逍遙及漁人誤入
桃花源之故事。劇中桃源主人道其「時逢陽九，歲值龍蛇」，因此「與一時高
蹈之士，尋山訪水，避地保身」，遂隱於桃源洞天，其道：

> 北商調【集賢賓】……恁時節望天地一網罟，觀宇宙盡瘡痍。

> 【逍遙樂】因此上冥鴻遠舉，鷹隼高飛，蛇龍偃息，虎豹棲遲，怕
> 做了宗廟文犧。當此五百生同時被坑，又墮名城，殺豪傑，後來釀
> 成楚漢爭鋒，壞了多少英雄。見了些處堂燕雀嫚嬉嬉，棟將焚全不
> 知幾，只落得禍延林木，殃及池魚，玉石俱灰。

時事如此，只得全身遠害，隱居桃源：

> 【梧葉兒】每日間黃犬聲雲中吠，白鶴群池內戲，紫蟹嫩，赤鱗
> 肥，四時有山林味，一生無城市跡。

如此閒適自在，自非紅塵中人所可知！之後，漁人入此洞天，欲得桃源主人
姓名出處，播揚人間使青簡不朽。桃源主人大嘆道：

> 噫！若此，是禍老夫矣！而今天下沽名釣譽，籍山林以爲廊廟之捷
> 徑，假泉石以爲青紫之筌蹄，謀作山中卿相者滔滔矣。若一聞吾名，
> 則斥吾爲魑魅魍魎者有之。豈不大可戚哉！

似見作者許潮對那些藉隱居之行以沽名釣譽的「山人」的不滿。〔註45〕之

〔註44〕　頁2891～2892。

〔註44〕　詳見明・祁彪佳《遠山堂劇品》「雅品」「《五湖遊》南北一折」條下，此書收
　　　　　於《中國古典戲曲論著集成》六，前揭書，頁154。

〔註45〕　明中葉以後，山人蔚然成群。據明・沈德符《萬曆野獲編》卷23〈山人〉「山
　　　　　人名號」條言：「山人之名本重，如李鄴侯僅得此稱。不意數十年來出遊無籍
　　　　　輩，以詩卷遍贄達官，亦謂之山人，始于嘉靖之初年，盛於今上之近歲。」
　　　　　前揭書，頁623。該書又列「山人愚妄」條，指責當時山人以詩爲贄，遊走豪
　　　　　門之行徑，爲曲體善承而多所不滿。頁625～626。
　　　　　此外，在明・李贄《焚書》卷2〈又與焦弱侯〉中說：「今之所謂聖人者，其
　　　　　與今之所謂山人者一也，特有幸不幸之異耳。幸而能詩，則自稱曰山人；不
　　　　　幸而不能詩，則辭卻山人而以聖人名。幸而能講良知，則自稱曰聖人；不幸
　　　　　而不能講良知，則謝卻聖人而以山人稱。展轉反覆，以欺世獲利，名爲山人
　　　　　而心同商賈，口談道德而志在穿窬。夫名山人而心商賈，既以可鄙矣，乃反
　　　　　掩抽豐而顯嵩、少，謂人可得而欺焉，尤可鄙也。……今之山人者，名之爲
　　　　　商賈，則其實不持一文；而稱之爲山人，則非公卿之門不履，故可賤耳。」
　　　　　批判之意極爲明顯。前揭書，頁46～47。

後，眾仙聞桃源主人有客，同往相訪，並道其心志：

> 【水仙子】外：人人笑我個煙波叟，月明時理釣鉤，任蘆花淺水悠
> 悠。
>
> 【前腔】太上：蟠桃曾見三三度，看桑田幾遍枯，誰知他漢永秦
> 促。
>
> 【前腔】青谿：不識城和市，無干利與名，我乃是怕應舉的書生。
>
> 【前腔】滄浪：水山風月相知舊，把紅塵夢一筆勾，那知他赤縣神
> 州。
>
> 【前腔】山中人：日斜歸步青山影，醒又飲醉又醒，那裡管兔殞烏
> 昇。

諸人看盡滄海桑田，於是紅塵夢醒，過著月明理釣鉤、日斜歸青山的日子，寫盡山中歲月的閒適自在。這番景致也許是劇作家在面對現實生活的無奈與失落，架構出的一座桃花源，希望藉此獲得心靈的撫慰，也寓含及時行樂、隱居物外、避禍全身的生命態度。

（三）韶華易逝，行樂及時

良辰美景，本是文人墨客吟不盡的賞心樂事；韶華易逝，更是白髮老成歎不盡的蒼涼悲慨。於是及時行樂的主題意識，便屢見於劇作之中了。如許潮《蘭亭會》演三月上巳，王羲之與諸友人於蘭亭修禊之事。劇中王羲之上場詞：

> 【憶秦娥】鶯聲碎，幽禽啼破幽人睡，幽人睡，海棠謝盡君未知。
> 及時行樂休空廢，長安諸妙多風味，多風味，暮春佳節，蘭亭修
> 禊。

之後，其隨從王才又唱：

> 【南·懶畫眉·前腔一】……勸君休惜買花錢，春色辭人去不還。

皆見行樂及時之題旨。又與諸友各道一個上巳故事以侑酒助興，從周公會百官於洛水之上，直說到石季倫宴客於金谷園，弔古淒然，生命蒼涼之歎油然而興：

> 【南駐雲飛·前腔二】（褚唱）嗏！陳跡不堪尋，漫沈吟，物換人
> 非，且盡杯中飲。
>
> 【南駐雲飛·前腔三】（王唱）嗏！金屋貯嬌柔，不堪遊。富貴東

　　流，惟有堤邊柳。

逝者如斯，不捨晝夜；撫昔傷今，更感韶華易逝，只好飲盡杯中物了。這正
呼應著王羲之上場詞所言「及時行樂休空廢」之意。

　　至於《同甲會》則演文彥博諸人功成名就，告老還鄉。文彥博上場自報
家門，道其與諸友人：

　　　一向為同甲會，每遇節候伏蠟，宴集笑語，以樂天年。……
　　　吾輩祿位名壽，幸得於天，對景歡娛，以延殘喘，此其時也。

佳節宴飲，以樂天年，以延殘喘，正是有感於韶華易逝，而生及時行樂之想。
又此劇劇中演劇亦申此旨，如副末扮子弟，上場即道：

　　　【鷓鴣天】暑往寒來春復秋，夕陽西下水東流。百年富貴三更夢，
　　　千古英雄一土丘。消俗悶，破閒愁，黃金難買少年遊，細推物理宜
　　　行樂，莫向西風歎白頭。

而劇中演傳奇的子弟亦道：

　　　淨（喬大夫，松）：富貴非難，悠久為難，不可錯過光景。
　　　丑（庾氏十八母，梅）：繁華逐流水，富貴等浮雲，不可空過。
　　　副末、旦（淇園斐然子、嶰谷小青蛾，竹）：俺家子孫一輩高似一
　　　輩，這都是造化篤厚之恩，聖君垂拱之澤，廊廟諸公調燮之功，不
　　　可不知。

造化者何？聖君者何？嘉靖腐敗、權臣秉政，實為正言若反，一曲【十二時】
可見玄機：

　　　【十二時】松青竹翠梅依舊，嘆反復世情難透，惟三友是良儔。

全劇下場詩道：「看破炎涼輸老眼　晚尋三友共壺觴」，其中「世情難透」、「看
破炎涼」，皆見作者許潮欲求解脫之意了。

　　總上所述，可知劇作家藉著各種情節的安排，傳遞著行樂及時的生命態
度。或者在窮愁之際，學會淡泊名利；或者在歡愉之時，觀劇飲酒以樂天
年。但事實上，歡樂的背後，似乎隱見作者苦悶的心靈，而不得不藉此自我
解脫。

五、宗教意識的呈現

　　自古以來，宗教都扮演著撫慰人心的腳色，使人們的心靈有所寄託。失
意文人，更常憑藉著信仰佛、道，為自己療傷止痛，也藉著悟道尋真，高蹈

風塵外的行止，寄寓不得志而欲求解脫塵寰的悲慨。他們視富貴如浮雲，棄功名如敝屣，嚮往清淨逍遙的淨土，如楊愼《洞天玄記》、陳自得《太平仙記》、陳沂《苦海回頭》等，即是此類劇作。當然也有藉著劇作宣揚佛道思想者，尤其明代君王亦多崇信佛道者，如武宗正德信奉佛教，世宗嘉靖尊崇道教，皆爲明顯的例子。正如吳梅所云：

> 蓋明代宗室，大半好道，如寧憲王（權）晚慕衝舉，自號臞仙，王亦喜作遊仙語，蓋身既富貴，所冀者唯長生耳。秦皇、漢武，惑於方士，亦此意也。〔註46〕

因此內廷供奉遂多神怪仙佛之劇，或用以祝壽賀節，或用以表達人們企慕長生不老的願望。到了嘉隆時期，文人劇作自不似內廷教坊劇以熱鬧紛華取勝，但在佛道思想盛行的情況下，亦有藉劇宣揚教義者，諸如：淡泊名利、因果輪迴、善惡有報、證道成佛……等，如康海《王蘭卿》、徐渭《翠鄉夢》、《狂鼓史》、梁辰魚《紅線女》及前述楊愼《洞天玄記》、陳自得《太平仙記》、陳沂《苦海回頭》等三劇，皆可明顯看到宗教意識的呈現。

（一）隱遁避世，悟道尋眞

困頓的現實，士人們或者行樂縱慾、宴飲觀劇；或者徜徉山水、追求林園之美；所爲無非是爲了排遣抑鬱不得志的苦悶心靈！尤其明中葉以後，政治的黑暗及仕途的受挫，更使許多士人轉而信奉佛道，藉由精研教義，淡泊汲汲追求的功名利祿，企求成佛成仙，以得精神之解脫，加上王陽明心學興起，衝擊著程朱理學的正統地位，尤其泰州學派更具異端色彩，與之相應的則是佛教禪宗的大盛，因此在社會上掀起了一股「狂禪」的風潮。〔註47〕於是反映在劇作中，便不乏悟道尋眞的情節了。

如陳沂《苦海回頭》中之胡仲淵，其初亦如一般士子汲汲於功名之追求，十載辛酸終得金榜有名，卻因得罪群小而遭貶，升沈難料，不禁嘆道：

> 【醉春風】想當初一語逆龍鮮（筆者按：似應作鱗），險些兒一身投虎吻。算將來無福作朝臣，總不如隱隱，只學范蠡乘舟，子房辟穀，

〔註46〕詳見《吳梅戲曲論文集》〈瞿安讀曲記明雜劇〉《蟠桃會》條下。（北京：中國戲劇出版社，1983 年 5 月第 1 版），頁 416。

〔註47〕詳見周明初《晚明士人心態及文學個案》第三章〈遠處江湖的士人和士人心態·二、士人心態的外觀性〉之〈求禪問道〉（北京：東方出版社，1997 年 8 月第 1 版），頁 180～188。

落得個此身安穩。(第四折)

因而辭召歸家，絕意仕道，做個「擊壤堯民，強似那阿衡伊尹」。(第四折【鬥鵪鶉】)進而道：

> 我想起從前之事，一切皆空，都被幻覺空華誤了。聞得霍山內有一
> 寺僧，號黃龍禪師，心會真如，道成上果，不免入山問道，把塵根
> 清淨，方是我回頭路也。(第四折)

既悟世事擾攘如夢幻泡影，如水月空花，遂從黃龍禪師求道：「只差分寸，急急回頭。」(【四邊靜】)、「修成以後空和寂，方省從前貪和癡。」(【耍孩兒】)於是「再不向是非窩胡廝混，再不向名利場歪廝滾。」(【一煞】)終於修成正果。劇中黃龍禪師要胡仲淵辭官辭祿、離俗斷念，方能見其清淨之本心，悟真如之性，絕六根、斷六塵，方能苦海回頭，入菩提之境。這些觀念正是佛教思想之呈現！

至於楊慎《洞天玄記》及陳自得《太平仙記》，皆演道人胡突齋度化崑崙山六賊，之後降伏東蛟老龍得妊女，又收伏西林洞主攔山母大蟲而得嬰兒，於是功成行滿，天書下詔，仙侶相迎同登蓬萊，更得長生。此二劇所敘皆為道教修煉成仙之事。楊慎之作前有楊悌作於嘉靖壬寅年(二十一年，西元1542年)之〈洞天玄記前序〉，其言：

> 人能先以眼力看破世事，繼能鎖心猿、拴意馬，又以智慧而制嗔
> 怒、伏群魔，則成道有何難哉！……惟夫道家者流，雖有韓湘子
> 藍關記、呂洞賓修仙等記，雖足以化愚起懦，然於闡道則未也。
> 吾師伯兄太史升菴，居滇一十七載，遊神物外，遂倣道書作《洞
> 天玄記》。……其曰形山者，身也；崑崙者，頭也；六賊者，心意
> 眼耳口鼻也；降龍伏虎者，降伏身心也；人能如此，則仙道可冀
> 矣。

已清楚地陳述此劇濃厚的宗教氣息！劇中末上開場：

> 【蘇武慢】……蝸角勞勞，蠅頭攘攘，只為虛名微利。白髮難饒，
> 朱顏易老，日月長繩怎繫。細思之，何苦奔馳，陽燄空花身世，好
> 回首，放浪山林，逍遙雲水，火宅風塵都棄。紫府丹丘，藍岑翠巘，
> 別是一壺天地。

正揭示著功名富貴不足慕，一旦無常到來，又有誰能抗拒呢？唯有及早回頭，韜光隱跡、參禪悟道，方能清淨逍遙，得往長生不死的蓬萊仙境。

（二）度脫點化，破迷開悟

劇作家在宗教中尋找寄託，也宣揚了宗教教意，而古典戲劇對仙境的存在和俗人成仙的可能性，都作了肯定的回答。因此，戲曲通過具體的人物形象說明，任何人，包括身處濁世的凡夫，甚至屠夫、妓女……等，只要聽從仙師點化，迷途知返，皆可步入蓬萊仙境。〔註 48〕至於度脫之法，元人度脫劇皆採「三度」的模式，元明之際及明初，大抵沿襲此「三度」之法，明中葉以後，已完全突破元代「三度」的情節模式，而以一次說法，猛然頓悟者居多。〔註 49〕

如徐渭《翠鄉夢》，第一齣演玉通和尚被妓女紅蓮引誘而破戒，憤而坐化，並投胎柳宣教家做他女兒，將來長大為娼為歹，敗壞他家門風，以為報復。第二齣則演月明和尚度柳翠，劇中全不見「三度」情節，月明和尚借助紗帽、女面具、僧帽及褊衫等砌末的輔助，用類似「打啞禪」的方式點化柳翠，使其頓悟前世因緣，而與月明和尚同返西天，正是劇中月明和尚上場所言：「俺祖師憐憫他久迷不悟，特使俺來指點回頭。」苦海無邊，回頭是岸，全劇除了體現佛家因果的觀念之外，也看到了「人人皆具佛性」，只要當下頓悟，無論凡聖，皆可證道成佛。

（三）因果輪迴，報應昭彰

因果輪迴，善惡有報的觀念，自古以來深植於廣大群眾的心中，藉著獎善懲惡的業報，行善者得升天堂，作惡者必下地獄。既有約束人們行為的力量，也慰藉亂世裡人們惶恐不安的傷痛心靈，因為「不是不報，時候未到」。劇作家藉劇闡述宗教因果意識者，如徐渭《翠鄉夢》、梁辰魚《紅線女》等，亦有用以宣揚倫常教化，警惕世人者，如康海《王蘭卿》即是明顯之例。

梁辰魚《紅線女》演唐末奇女子紅線女為潞州節度使薛嵩帳下小青衣，卻身懷奇術，夜盜魏博節度使田承嗣金盒，而消弭一場戰爭。劇中紅線女上

〔註 48〕 詳見鄭傳寅《傳統文化與古典戲曲》PART III〈宗教文化與古典戲曲〉〈1、意象的攝取與教義的張揚——宗教與戲曲的表層結構〉中「以戲說法」之「說鬼神」部分。（臺北：揚智文化事業股份有限公司，1995 年元月初版），頁 210～213。

〔註 49〕 詳見游宗蓉《元明雜劇之比較研究——以題材為核心之探討》第三章〈元明雜劇情節內容的比較〉第三節〈仕隱與道釋題材‧二、道釋題材‧（一）度脫點化〉，前揭書，頁 123～125。

場自報家門，即言：

> 前世誤投醫藥，今生謫降塵寰，墮落女胎爲人執役。（第一折）

待其建立奇功，薛嵩正欲大加賞賜，紅線卻以道扮上場辭別而去，並言其事始末：

> 紅線前生男子，遊學江湖，讀神農藥書，救世人災患。時有孕婦忽患蠱疾，以芫花酒下之，婦與腹中二子俱斃，是一舉而殺三人。陰力見誅，罰爲女子，使身居賤隸，氣裹凡俚。……今兩地保其城池，萬人全其性命，使亂臣知懼，列士謀安，在紅線一婦人，功亦不小，固可贖其前罪，遂其本形，便當遁跡塵中，棲心物外，澄清一氣，生死長存。

紅線自謂「離迷途而歸正道」，更對薛嵩說：

> 願主公急流勇退，明哲保身，仙路非遙，或者還有相見之日。
>
> 【沽美酒】……想富貴功名不到頭，好休時即便休，怕那時節罷不得手。（第四折）

也顯示了作者淡泊名利，急流勇退的生命態度。

至於康海《王蘭卿》，王蘭卿服信守節，劇中藉著太白山眞德洞天主人讚美蘭卿死節之行：

> 【折桂令】他本是蕊珠宮謫降的仙胎，因此上一寸靈心，萬劫難劃（筆者按：劃字，據《孤本元明雜劇》作「壞」）看了他壁立千尋，光徹五典，眞箇是名稱三才。（第四折）

接著眾人言道：「上司有文書先來，先掛節婦牌，隨後便有旌表來也。」眞德洞天主人則大笑道：

> 似這等節義大事，動天地、感鬼神，便旌表不旌表有甚要緊！
>
> 您眾位只知人間事體，這忠臣孝子、義夫節婦，都行天曹糾察，上等的名列仙班，萬劫不改；中等的令他托生王侯宰相，扶持世界。
>
> 您眾位莫把蘭卿看的小了，俺想人生天地之間，富貴貧賤，只是瞬息間事，不如積些陰功，行些好事，到了有受用呵！（第四折）

最後劇作便在張于鵬與王蘭卿在仙樂聲中，由群仙送往金母娘娘座下，位列仙班的情節中落幕。劇作宣揚貞節義烈的道德觀念，教化之意明矣！而劇中藉助天道昭彰、善惡有報的情節，更易使禮教倫常的觀念深植人心。可知因果的觀念，除了維護對信仰的忠誠之外，也有整頓世俗社會、人倫秩序之作

用。〔註50〕

　　善惡之報，不僅存在於現世之中，有時，生時未報，作者也會安排死後受報的情節，一方面昭彰天道，另一方面更有補恨的用意。〔註51〕如徐渭《狂鼓史》演曹操在地獄受審的情形即是一例。劇中閻羅殿判官上場即道：

　　　　偺這裡算子忒明白，善惡到頭來，撒不得賴，就如那少債的，會躲
　　　　也躲不得幾多時，卻從來沒有不還的債。

因彌衡即將昇天做上帝的修文郎，判官因此放出曹操，希望重演舊日罵座情狀，以便「留在陰中做箇千古的話靶，又見得善惡到頭，就是少債還債一般。」亦不脫因果報應之觀念，當然，其中也寄寓著徐渭憤世嫉俗的生命態度，前已論述，此不重複。

　　總之，劇作家藉著劇中求禪問道、度脫點化、因果輪迴等情節的安排，除了可見當時之宗教意識，大概也試圖藉此彌補現實人生之不足，使心靈得一處可以棲止的桃花源。

六、宣揚倫常教化

　　程朱理學在明初居於正統地位，而程頤「餓死事小，失節事大」的貞節觀念，更影響著明代婦女重視貞節的觀念。在上位者則以旌表制度作為最直接的鼓勵，如《大明會典・旌表》中即記載：

　　　　洪武元年令。今凡孝子、順孫、義夫、節婦，志行卓異者，有司正
　　　　官舉名，監察御史、按察司體覈，轉達上司，旌表門閭。〔註52〕

且歷朝皇帝在政策上也一直持續著對旌表的重視，如丘濬即言：

　　　　先王……於凡民之有孝義，累世不分居者，必旌表焉。雖曰為厚人
　　　　倫移風俗之計，而實以隆吾致太平之基也。我聖祖……登極之初，
　　　　即制令云，凡孝子順孫、義夫節婦，志行卓異者，有司正官舉明，
　　　　監察御史按察司體覈轉達上司，旌表門閭。列聖相承，率循舊章，
　　　　凡下詔天下，輒載其事，以申飭有司。……是亦先王旌淑別慝之良

〔註50〕詳見鄭傳寅《傳統文化與古典戲曲》PAΓT III〈宗教文化與古典戲曲〉〈1、意象的攝取與教義的張揚──宗教與戲曲的表層結構〉中「以戲說法」之「說因果」部分。前揭書，頁221。
〔註51〕詳見曾師永義〈雜劇中鬼神世界的意識形態〉一文之〈一、彌補現實人生的不足〉部分。此文收於《論說戲曲》，前揭書，頁24～33。
〔註52〕詳見明・李東陽等奉敕撰、申明行等奉敕重修《大明會典》（3）卷79〈旌表〉（臺北：東南書報社印行，民國52年9月出版），頁1254。

法深意也。〔註53〕

文中更強調著婦女之德，必在於貞烈，其行爲必以禮教爲歸依：

> 臣（丘濬）按：……蓋婦人之德，雖在於柔順，然立節行義，必在
> 於貞烈焉。柔順，仁也；貞烈，義也。於夫眾人委順之中，而有特
> 然卓立之行，旌而表之，使天下之爲人女、爲人婦、爲人母者，咸
> 知違理之可羞，而一一惟禮義之是慕，二南之化可復也。

因此，明代婦女特重貞節的觀念，著於史冊者不下萬餘人，如《明史》〈列女
傳序〉即言：

> 明興，著爲規條，巡方督學歲上其事。大者賜祠祀，次亦樹坊表，
> 烏頭綽楔，照耀閭閻，乃至僻壤下戶之女，亦能以貞白自砥。其著
> 於實錄及郡邑志者，不下萬餘人，雖間有以文藝顯，要之節烈爲多。
> 嗚呼！何其盛也。豈非聲教所被，廉恥之分明，故名節重而蹈義勇
> 歟。今掇其尤者，……具著於篇，視前史殆將倍之。然而姓名湮滅
> 者，尚不可勝計，存其什一，亦足以示勸云。〔註54〕

可見在政府大力褒獎宣揚的情況下，連窮鄉僻壤下戶之女，亦以貞節自砥。
這種風氣反映在劇作中，甚至連妓女都與節婦無異了。〔註55〕如康海《王蘭
卿》即爲此類劇作！

《王蘭卿》劇中，梅香因張于鵬赴試未歸，便勸王蘭卿另尋他人，何苦
等待。蘭卿責其「那裡知道做婦人的道理」，唱道：

> 【寄生草】我便不得夫人位，且權收入燕子樓。我把這荊釵布襖甘
> 心受，再不許遊蜂戲蝶閑拖逗，到底來紅愁綠慘都成就，做一箇三
> 從四德好人妻，不強如朝雲暮雨花門婦。
>
> 【後庭花】……得跳出是非藪，打疊起從來卑陋，好花枝不過眸，
> 繡簾幃不上鉤，力烹調把飲饌修，務蠶桑將女教求。

〔註53〕　此處及下段引文，俱見明・丘濬著《大學衍義補》卷83〈治國平天下之要・
　　　　崇教化　嚴旌別以示勸〉（北京：京華出版社，1999年4月第1版），頁710
　　　　～711。

〔註54〕　詳見清・張廷玉等撰《明史》卷301〈列傳第一百八十九・列女一〉，前揭書，
　　　　頁7689～7690。

〔註55〕　詳見曾師永義《明雜劇概論》第一章〈總論〉第七節〈餘論——明代雜劇的
　　　　特色及其對清代雜劇的影響〉及同書第三章〈周憲王及其誠齋雜劇〉第三節
　　　　〈誠齋雜劇的思想和內容〉，前揭書，頁86、166。

【醉扶歸】……敢是我福份至，神天佑，纔把那不出閨門志酬，重做箇良人胄。（第一折）

已見王蘭卿洗淨鉛華、從良守節之決心！尤其在張于鵬死後，富家郎千方百計想娶其為妻，又唱道：

【拙魯速】雖不是石季倫的正頭妻，也曾做張于鵬的側房室，名兒是細微，性兒敢鯁直，肯忿得重嫁與腌臢廝養市曹兒！他倚著廣有家貲命福齊，賣弄他寶貝珍奇，屋舍床席，做不過夫君行使數的。（第三折）

更清楚地描繪了她義烈、剛直的性情，最後甚至服信明志。

劇中藉著王蘭卿貞烈的形象，宣揚貞節觀念，女子守節之志不為外物所動，甚至以死全其義烈之名。因此，作者最後安排其位列仙班，亦見稱揚之意。

明中葉以後，整個社會環境大異於明初，藉劇作宣揚禮教倫常者，亦不復多見，僅康海《王蘭卿》此劇。

七、歌頌真情至愛

嘉隆時期劇作家多為文人士夫，加上當時泰州學派的影響，主張人們的慾望應得到滿足，對於道學家們高談闊論的孔孟之道，只視之為取富貴的憑藉，而有強烈的批評。〔註56〕他們強調作品要以情真為主，如李贄的〈童心說〉，如公安三袁以「獨抒性靈，不拘格套」為創作主張，於是反映在劇作題材上，也有了不同於前代的轉變。如鄭振鐸即言：

在題材一方面，此時代（筆者按：嘉靖以還）的雜劇也有一個不很細微的變動。……這個時代，北劇卻漸漸的遠離開民間了，文士們很可以稱心稱意，自由自在抒寫著，……他們便也專撿著文人學士們所喜愛的——即他們自己所喜歡的題材來寫，人物們也大都不出文士階級之外，悲歡離合也只是文人們的悲歡離合，例如《遠山戲》、《洛水悲》、《鬱輪袍》、《武陵春》、《蘭亭會》、《赤壁遊》、《同

〔註56〕 詳見明‧李贄《續焚書》卷2〈三教歸儒說〉：「……不待講道學而自富貴者，其人蓋有才有學，有守有為，雖欲不與之富貴，不可得也。夫唯無才無學，若不以講聖人道學之名要之，則終身貧且賤焉，恥矣，此所以必講道學以為取富貴之資也。然則今之無才無學，無為無識，而欲致大富貴者，斷斷乎不可以不講道學矣。」前揭書，頁76。

甲會》……等之類，而絕少寫什麼包拯、李逵、尉遲恭、鄭元和等
等的民眾所熟知的人物了。〔註57〕
可見文人作家在創作時，多以文人掌故為主。寫文人們的悲歡離合，尤其對
於真情至愛的描寫，更是常見的題材。劇作家懷抱著浪漫的情懷，藉著一段
段風流蘊藉的情節安排，既寫出他們對真愛的企慕，也表現出他們風流自賞
的文人意趣。如汪道昆《洛水悲》、《遠山戲》及許潮《寫風情》等，即為此
類劇作。

（一）風流蘊藉

　　《遠山戲》演張敞為其夫人畫眉事，鶼鰈情深，正是「只羨鴛鴦不羨仙」。
劇中張敞早朝完畢，因感「細君嬿婉」、「淑景舒遲」，遂言：

> 如今策馬還家，杜門謝客，且與內子遊賞一迴，多少是好。

甚至恐有外人擾其夫妻遊興，又吩咐應門小生：

> 你可在門前候，但有客相訪，只說是相公朝省未回。

把一個瀟灑風流的文人形象刻劃的入木三分。而其夫人上場則道：

> 今日相公朝謁，此時還未歸來，曉起慵粧，蛾眉懶畫，不免倚闌而
> 望，佇立片時。（唱）
>
> 【懶畫眉】開簾一片落花飛，好鳥吟春別院啼，雙雙來上合歡枝，
> 青鸞何事飛難至，卻教我玉鏡臺前懶畫眉。

懶起畫蛾眉，正因心上人未見歸來，況兼窗外落花、飛鳥雙雙，都觸動了她
的情懷。待張敞歸來，問其「沐浴粧成，娥眉不掃，卻為何來？」夫人答道：
「遲君不來，留此以待君耳。」短短二語，已將二人深情表露無遺。之後，
張敞為妻畫眉：

> 【懶畫眉・前腔三】淡妝濃抹兩相宜，閣筆平章有所思，可憐顰處
> 似西施。（畫眉介）試看兩山排闥青於洗，爭似卿卿翠羽眉。

無限憐愛，盡見筆端。正如王世懋之評：

> 風流瀟落，卻無嫵媚惡習。
>
> 畫眉事與傅粉事不同，特閨中一時戲為之，不意遂成千古美談，篇
> 中從淡處生情肖景，樂而不淫。〔註58〕

〔註57〕詳見鄭振鐸〈雜劇的轉變〉，前揭文，頁8。
〔註58〕王世懋兩段評語，見於《盛明雜劇》眉批，今收於《全明雜劇》（五），前揭
　　　　書，頁 2905、2909。

至於《寫風情》演劉禹錫赴京途中，故人杜司空設宴相邀，又喚如雲、賽月二妓侍宴侍寢，誰知劉禹錫竟酣睡到天明。劇中劉禹錫見二妓奉酒：

> 【寄生草】盞外露纖纖玉，盃中照灼灼姿。潤喉嚨總是葡萄汁，回津液膡有丁香氣，還皮膚襯出桃花媚。你道是杜康傳下甕頭春，我道是嫦娥擠出胭脂淚。

在杜司空令二妓跪著勸酒時，又唱道：

> 【賺煞】褲薄怎當磚，膝嫩難湯地，空著我軟心腸，甚是憐惜。只見他吃皺雙蛾，那一會便是箇狠閻羅，也大發慈悲。日沈西翠影參差，絳燭高燒照錦幃，拚今宵溫柔鄉裡，覷守定卓家鳳，休聽那祖生雞。

尤其對比如雲、賽月至杜衙應官身時，見到杜思空之情狀：

> 【元和令】只見他猛咆哮怒發如雷，我這裏軟刺八戰兢無地。也不惜嬌枝嫩蕊易披離，直恁般惡風驟雨狂摧。我閃秋波將他盼覷，他忍笑含嬉，故將人喚起遲。

更把劉禹錫憐香惜玉、風流知趣的形象刻劃得入木三分，但絕不至溺酒耽花而淪於好色貪杯。這應是文人們風流自賞，遂移之劇作之中吧！

（二）真情不渝

文人自古多情，除了浪漫情懷、風流自賞、更嚮往著超越時空、跨越生死的真情摯愛，那也是一份永恆的追尋。如汪道昆《洛水悲》即為一例。

《洛水悲》演甄后生時傾心曹植，死後真情不滅，托為宓妃與曹植相會於洛水之事。曹植一見宓妃：

> （生背語）你看宓妃容色，分明與甄后一般，教我追亡捫存，好生傷感人也。

> 【泣顏回】歸路洛川長，見佳人姣麗無雙，蛾眉宮樣，容華如在昭陽。你看雎鳩尚然有偶，吾曹何獨無緣。臨風悼亡，忭愁心匹鳥河洲上。（合）嘆陳人何處歸藏，對靈妃願與翱翔。

觸景生情，禁不住物是人非之歎！短暫相會，曹植解懷中玉佩贈宓妃，宓妃奉贈明瑞酬令德。藉物傳情，道盡二人無限深情。宓妃唱：

> 【解三酲・前腔】邂近逢東都才望，殷勤獻南國明瑞。我思他懷中密意頻觀望，他思我耳畔佳音遠寄將。只怕他洞房珮冷愁無極，幾能勾合浦珠還樂未央。（合）分明望，心洞澤畔，跡異潯陽。

我思他，他思我，期待合浦珠還樂未央。但畢竟幽冥殊途，須臾相逢，又當永別，二曲【五更轉】為二人的摯情譜下不朽的讚歌：「意未申，神先愴」、「丹鳳樓，烏鵲橋，應無望」宓妃未語淚先流，字字泣血，令人一掬同情之淚。曹植則道「結綺窗，流蘇帳，羈棲五夜長。無端惹得風流況，半晌恩私，千迴百想。」面對死生難以跨越的鴻溝，只有在夢魂中千思百想了。曹植、宓妃這段不渝的真情，正是文人嚮往的真愛境界。

八、稱揚有才之女

　　李贄的異端思想，除了表現在反對傳統禮教的束縛之外，也駁斥著道學家以孔孟之道為取富貴的憑藉。他更主張人是天然平等的，批判了男尊女卑的傳統觀念，認為：

> 謂人有男女則可，謂見有男女豈可乎？謂見有長短則可，謂男子之見盡長，女人之見盡短，又豈可乎？設使女人其身而男子其見，樂聞正論而知俗語之不足聽，樂學出世而知浮世不足戀，則恐當世男子視之，皆當羞愧流汗，不敢出聲矣。〔註59〕

而與這觀念相同，且於劇作中正面稱揚女子的才德者，則有徐渭的《雌木蘭》與《女狀元》二劇。

　　《雌木蘭》中，木蘭決意替爺出征，其唱道：

> 【點絳唇】休女身拚，緹縈命判，這都是裙釵伴，立地撐天，說什麼男兒漢。（第一齣）

其志頂天立地，全不讓鬚眉男兒漢。於是換鞋、換衣、演刀、演鎗、拉弓、跨馬，一切就緒，高唱道：

> 【寄生草·么】……萬山中活抓個猢猻伴，一彎頭平踹了狐狸塹，到門庭纔顯出女多嬌坐鞍轎，誰不道英雄漢。（同前）

干雲豪氣，何等令人激賞！正是女中大丈夫。

　　《女狀元》中，黃春桃白道：「論才學，好攀龍，管取挂名金榜領諸公」、「詞源直取瞿塘倒，文氣全無脂粉俗」（第一齣）全無閨閣女子嬌柔之氣，進而改換男裝，改名崇嘏，進京赴試。此舉正如黃姑下場詩：「才子佳人信有之，一身兼得古來誰。」之後，狀元及第審冤案，丞相府裡展才華，件件顯其不凡之才。丞相心喜，欲招為婿，崇嘏此時方道其原來面貌，丞相轉念娶

〔註59〕詳見明·李贄《焚書》卷2〈答以女人學道為見短書〉，前揭書，頁75。

之爲媳，崇嘏自覺羞愧，丞相卻道：

> 你且說那木蘭那等事，是英雄們纔幹的，可是榮不是辱！你怎麼這
> 沒顛倒見了？我如今就要上箇本，討一箇人替你那參軍，天下都要
> 聞知哩，何況我公公一人！（第五齣）

不僅未加責難，反將之比爲木蘭奇事，更欲彰顯其名使天下人知。徐渭稱揚
才女之意，明矣哉！正如劉大杰所言：

> 《雌木蘭》與《女狀元》是兩個尊重女權的劇本，一反那種重男輕
> 女的傳統思想。他覺得女子也有人格，也有才學，也有力量。……
> 譬如木蘭的武藝，可以爲國立功；黃崇嘏的才學，可以爲官理政。
> 她們的能力，都不在男子之下。木蘭最後唱道：「我做女兒則十七歲，
> 做男兒倒十二年。經過了千萬瞧，那一個解雌雄辨？方信道辨雌雄
> 的不靠眼。」這意思說得多麼清楚。只靠眼睛，而定其雌雄，於是
> 分出輕重，形成壓迫與被壓迫的兩種人物，這是不合理的。〔註60〕

花木蘭、黃崇嘏，一武一文，才華洋溢，皆非男子所可及。但徐渭最後都安
排她們卸下男裝，走上每個傳統婦女結婚生子的生命道路。也許這是中國戲
曲大團圓的窠臼，但也或許其中更寓深意。他們發人深省：黑暗的舊社會，
毀滅了多少婦女的聰明才智呀！難怪徐渭要把它們總名爲《四聲猿》了。我
們讀了這兩齣戲，在喜過笑過之後，似乎又被帶進了峽猿啼夜，聲寒神泣的
境界中去了。〔註61〕

　　總上所述，我們可以看出嘉隆時期雜劇的主題意識是多面性的，劇作家
不僅藉劇作反映社會奢靡的習尚，更諷刺了貪財勢利、人情炎涼及淫蕩的世
風。正如游宗蓉《明代組劇研究》〈明代組劇的美感型態〉中以「畸美：新奇‧
荒誕‧滑稽」爲明代組劇的美感型態之一，其言：

> 現實的荒誕才是明代組劇主要的表現型態。這些作品呈現了錯亂扭
> 曲的社會圖像與生命價值，顯示傳統秩序、道德法則的崩解，以及
> 人存在於如此情境中的困惑、憤怒、孤獨、失落。……《四聲猿》、
> 《漁陽三弄》所展現的荒誕亦是主要源於文人對生命安頓的困惑與

〔註60〕詳見劉大杰《中國文學發展史》第二十六章〈明代的戲曲〉〈四、雜劇的衰落
　　　　與短劇的產生〉「徐渭」。（臺北：華正書局，民國71年5月版），頁909。
〔註61〕詳見蘇國榮《中國劇詩美學風格》〈我國古典悲劇的發展概貌和審美品格〉之
　　　　〈我國悲劇的審美品格〉（臺北：丹青圖書有限公司，民國76年6月初版），
　　　　頁155。

掙扎。傳統的仕宦理想已然被現實瓦解，卻又無法徹底卸下對自我的珍視與期許，因此作者在前代故實中選擇了異端人物，局部放大一個足以展現其獨特生命氣韻的片段事件，重筆渲染人物狂歌痛哭、嬉笑怒罵，而被俗眼視爲誇誕、怪奇的形象，從而照映出劇作家省視內在生命時的劇烈震盪。……荒誕是這些劇作家對社會的觀照，其表現方式不論是筆力千鈞、狂放雄恣，抑或舉重若輕、嬉鬧諧謔，皆具有挑戰傳統、掃卻庸常的精神。〔註62〕

又因此時期劇作家多爲文人士夫，因此失路之悲更是他們切身的痛楚，批判科舉不公及官場黑暗的主題意識也屢見不鮮，他們藉創作抒懷寫憤，或熱腸罵世，慷慨激昂，或冷眼觀世，實則出處兩難，無可奈何之際，只能以及時行樂的生命態度自我解脫。當然，明代佛道盛行的情況，也會反映在劇作中，於是善惡有報、因果輪迴、度脫昇天，都成了生活在黑暗時代裡的人們撫慰心靈的一劑良方。有些劇作家則承襲明代初期教化觀的影響，藉著劇作宣揚倫常教化，而達到寓教於樂的目的。此外，文人的多情，也會反映在劇作中對眞情至愛的歌頌，既有文人風流倜儻的瀟灑，也看到他們企慕死生不渝的摯情。對於女子，以前人總說「女子無才便是德」，但到了明中葉，人們開始思考女子不應被壓抑，於是反映在劇作中便是稱揚有才華的女子！可見，此時期劇作雖僅二十餘本，但就其內容而言，則是多樣而豐富的！

第二節　嘉隆年間雜劇的特色

一、題材來源及運用

（一）題材來源

我國古典戲劇的題材大多取自歷史故事或傳說故事，亦有改編前人之作者，至於專爲戲劇而憑空杜撰、獨運機杼者，則是少之又少。〔註63〕雖然題

〔註62〕詳見游宗蓉《明代組劇研究》貳〈明代組劇的美感型態・一、畸美：新奇・荒誕・滑稽〉，（臺北：國家出版社，2011年2月初版），頁129、130～131、140～141。

〔註63〕詳見曾師永義〈中國古典戲劇的特質〉之（四）、故事題材部分。文中論及：中國戲劇題材之拘限於歷史和傳說故事，以及改編前人劇作的原因，大概有三：一、我國古典戲劇的美學基礎是詩歌、音樂和舞蹈，觀眾由此獲得賞心樂事的目的。二、劇作家改編前人之作，便於專意文辭的表現。三、取材歷

材之選擇多有因襲，但隨著時代環境及劇作家創作理念的改變，題材反映之主題思想旨趣，仍各有其特色。至於題材之涵義，在游宗蓉《元明雜劇之比較研究——以題材爲核心之探討》中有清楚之敘述：

> 「題材」不等於「取材」，戲曲的故事大抵皆有所本，或取諸史籍傳說，或源於耳聞目見，取材相同，卻可能創作出不同題材的作品……「題材」亦不等於「主題」，「主題」是作家透過故事內容所寄寓的思想意旨，相同的題材可能蘊含不同的主題……而同一主題亦可藉由不同題材來表達……「題材」所指涉的乃是劇作中呈現了何種故事，欲劃分題材的類型，必須以作品的情節內容爲依據，分析歸納劇中事件的性質。

並將明代中期雜劇之題材分作：社會、公案、家庭、愛情、仕隱、道釋、豪俠、遊宴及志怪等九類。〔註64〕今就嘉隆年間雜劇之題材來源看，則有取於史傳典籍、小說筆記、詩文辭賦、社會紀實及俗諺傳說等方面，也有少數是作者虛構而未見於著錄者。而同一人物或事件，亦有可能既見諸此處，又見諸彼處，此種情形，也使劇作家創作之際，有更豐富的題材來源，以下略論之。

1、史傳典籍

嘉隆時期取材自史傳典籍之劇作，如徐渭《狂鼓史》，其事見《後漢書》卷80下〈文藝列傳第七十下〉。馮惟敏《不伏老》，見《宋史》卷296〈列傳第五十五梁顥〉。汪道昆《五湖遊》范蠡乘扁舟入五湖事，可見於《國語》〈越語〉、《史記》卷41〈越世家第十一〉及卷129〈貨殖列傳第六十九〉，《漢書》之記載亦類似；至於范蠡奉越王命獻西施於吳王之事，則可見於《越絕書》卷12〈越絕內經九術〉及《吳越春秋》卷9〈勾踐陰謀外傳〉，但兩處皆未涉及二人的兒女之情，直至梁辰魚《浣紗記》方以才子佳人之形式點染范蠡西施之情愛〔註65〕。《遠山戲》則見《漢書》卷76〈趙尹韓張兩王傳第四十六〉

史和傳說故事，可以逃避現實，塞人口實。此文收於《中國古典戲劇論集》（臺北：聯經出版事業公司，民國75年2月第5次印行），頁37～40。

〔註64〕詳見游宗蓉《元明雜劇之比較研究——以題材爲核心之探討》第二章〈元明雜劇題材類型的比較〉第二節〈題材類型的畫分〉，文中考述前賢題材類型舊說，並加整理、重新分類，而得社會、公案、綠林、家庭、愛情、風月、仕隱、道釋、演義、豪俠、義烈、遊宴、志怪及朋友等十四類，其文論述已詳，筆者此文不再複述。前揭書，頁59～78。

〔註65〕詳見拙文〈論傳奇徵實風氣之興起——從《浣紗記》《鳴鳳記》加以探討〉之〈二《浣紗記》與吳越春秋·（二）作者渲染、（1）范蠡與西施〉。此文收於

之「張敞」部分。許潮《武陵春》見《晉書》卷94〈列傳第六十四·隱逸〉。
《蘭亭會》見《晉書》卷80〈列傳第五十〉「王羲之」部分。《南樓月》見《晉
書》卷73〈列傳第四十三〉「庾亮」部分。《龍山宴》見《晉書》卷98〈列傳
第六十八〉「桓溫」附傳「孟嘉」部分。《同甲會》見《宋史》卷298〈列傳第
五十七〉「司馬池」附傳其子「司馬旦」部分。

2、小說筆記

以傳說故事入戲，本為常見之事。此時期劇本之來源，有見於唐人小說
者，如梁辰魚《紅線女》可見於唐·袁郊《甘澤謠》之〈紅線女〉，亦見於楊
巨源〈紅線傳〉、段成式《劍俠傳》卷174及《太平廣記》卷195。見於明人
小說者，有康海《中山狼》及王九思《中山狼院本》，其事見於明·馬中錫〈中
山狼傳〉。〔註66〕見於長篇小說者，有徐渭《狂鼓史》，見明·羅貫中《三國
志通俗演義》卷5〈禰衡裸衣罵曹操〉，書中將正史所記擊鼓、罵曹二事合而
為一，遂為徐渭劇作所本，至於馮夢龍《古今譚概》「禰正平」中所記，則與
正史相似。

此外，亦有見於筆記叢編者，如徐渭《翠鄉夢》據大抵據明嘉靖年間田
汝成《西湖遊覽志》卷13所述紅蓮、柳翠的二世因果故事而寫成。〔註67〕《雌
木蘭》可見於明·朱國禎《湧幢小品》卷21〈女將〉中之「孝烈將軍」。《女
狀元》見於宋·李昉《太平廣記》卷367〈妖怪九〉之〈人妖〉「黃崇嘏」條、

《輔仁國文學報》第11集（臺北：輔仁大學中國文學系，民國84年5月初
　　版），頁174～176。

〔註66〕關於〈中山狼傳〉之作者，八木澤元《明代劇作家研究》第三章〈康海〉〈康
　　海的戲曲〉（臺北：中新書局有限公司，民國66年4月初版），頁141。曾師永
　　義《明雜劇概論》第四章〈中期雜劇〉第一節〈康海與王九思〉〈2 中山狼雜
　　劇〉，前揭書，頁201～202。徐子方《明雜劇研究》下編〈明雜劇存本考〉卷2
　　〈明中後期作家作品〉，「五○、《中山狼院本》」，前揭書，頁203。諸說皆認
　　為傳奇小說的〈中山狼傳〉應是宋代謝良原作，明初馬中錫據以潤飾加工。

〔註67〕紅蓮柳翠的故事源流及發展過程，前賢多有論述，如：青木正兒，《中國近世
　　戲曲史》第八章〈崑曲勃興的時代之戲曲〉之〈（三）徐渭〉，前揭書，頁184
　　～168。張全恭〈紅蓮柳翠故事的轉變〉，收於王秋桂編《中國民間傳說論集》
　　（臺北：聯經出版事業有限公司，民國83年8月初版第四刷），頁137～157。
　　汪志勇《度柳翠翠鄉夢與紅蓮債三劇的比較研究》第一章〈緒論〉第二節〈三
　　劇故事的來源〉（臺北：臺灣學生書局，民國69年11月初版），頁17～39。
　　易怡玲《徐渭之曲學及其劇作研究》第四章《四聲猿》評析〉中各劇「本事
　　源流」的部分，（國立臺灣師範大學國文研究所碩士論文，民國79年5月）……
　　等，皆有詳盡之敘述，筆者此處不再贅述。

元‧陶宗儀《輟耕錄》卷 25〈院本名目〉「院么」中之《女狀元春桃記》及清‧胡應麟《詩藪》雜編四〈閏餘上五代〉之「女狀元」條。許潮《寫風情》可見孟棨《本事詩》〈情感第一〉及《雲溪友議》。《南樓月》故事除見於《晉書》，亦見於劉義慶《世說新語》下〈容止第十四〉。《龍山宴》亦於《晉書》之外還可見於《世說新語》中〈識鑒第七〉及何良俊《續世說新語》〈雅量第七〉之「二四、孟嘉落帽」條。

3、詩文辭賦

詩文辭賦之創作，大抵是作者心有所感，或緣事賦詩，或藉景抒懷，藉此記事寫景而寄寓心志。而劇作家亦可從此類作品擷取靈感，取材於詩歌者，如：王九思《沽酒遊春》即據杜詩開展情節，如〈哀江頭〉、〈曲江〉二首、〈曲江對酒〉、〈渼陂行〉等，因此孟稱舜評點此劇即云：「每折皆借杜工部詩作料，故處處清豪悲慨。」〔註68〕

許潮《午日吟》亦據杜詩作劇，在《曲海總目提要》卷 7《午日吟》下即言：「《少陵集》與嚴武往還詩甚多，獨未嘗有午日之吟，其生平所作四時節序之什亦甚多，而午日最少，僅〈端午日賜衣〉及〈送向卿進奉端午御衣〉二作耳。作者蓋緣飾以成韻事也，中間詞曲點染處，多用子美詩字句面以見才情，賓白中詩篇，亦多出杜集。」〔註69〕因此黃嘉惠評此劇亦言：「賓白純用詩句，閱之一過，勝讀《少陵集》矣。」〔註 70〕《同甲會》除了見諸正史之外，在《歷代詩史長編》第 9 種第 1 冊《宋詩記事》卷 12「文彥博」下有〈同甲會詩〉一首。

此外亦有取材於樂府詩者，如徐渭《雌木蘭》即據北朝樂府〈木蘭詩〉而來，可見於郭茂倩《樂府詩集》卷 25〈橫吹曲辭五‧梁鼓角橫吹曲〉之下。

取材於文章辭賦者，如許潮《武陵春》以晉‧陶淵明〈桃花源記〉為素材；《蘭亭會》據晉‧王羲之〈蘭亭集序〉而敷演；而《赤壁遊》則合宋‧蘇軾〈前後赤壁賦〉二篇而成。至於汪道昆《高唐夢》據戰國時期楚國宋玉之〈高唐賦〉、〈神女賦〉二篇而作；《洛水悲》則據曹植〈洛神賦〉而來，此三篇皆見於《增補六臣註文選》卷 19〈情〉之中。

〔註68〕明‧孟稱舜之評點見於《新鐫古今名劇酹江集》眉批，今收於《全明雜劇》（五），前揭書，頁 2315。

〔註69〕詳見《曲海總目提要》卷 7「午日吟」條，前揭書，頁 302。

〔註70〕黃嘉惠之評見於《盛明雜劇》，今收於《全明雜劇》（七），前揭書，頁 4079～4080。

4、社會紀實和俗諺傳說

文字反映著時代的脈動，劇作家亦可取材於現實事件，藉著劇作表達他們的看法。如康海《王蘭卿》即據當時社會事件搬演而成，在梅鼎祚《青泥蓮花記》「王蘭卿」下言：「關中歌兒王蘭卿，侍煖泉張子。張子死，乃飲藥死。漢陂王太史九思聞而異之，爲詞傳焉。」又錄王九思〈南呂・一枝花〉套數，之後又言：「嘗記正德中陝西盩屋縣一娼死節，康太史海亦爲傳奇，余初有之，久逸去，待覿再補。」〔註71〕又如《蘇九淫奔》劇末題目自言「嘉靖朝辛丑年間事 濮陽郡風月場中戲」正名：「尚書巷李四吊拐行 慶豐門蘇九淫奔記」已清楚指出時間地點，視爲社會事件之紀實應無疑慮。

至於馮惟敏之《僧尼共犯》本事未見著錄，但就內容及主題而言，如徐子方即說：「此劇本事雖云無考，然小僧小尼不遵教規，私下偷情，明清民間多所傳聞，馮夢龍編《掛枝兒》、《山歌》中即不乏見。」〔註72〕就其主題思想而言，他反映了馮惟敏排佛的思想及當日佛門子弟不守戒律之情況，由此看來，此劇雖非特定事件之如實搬演，但其濃厚的紀實諷刺之意味，應是明顯可見的。

至於取材於俗諺傳說者，則是《歌代嘯》了。劇首〈楔子〉言：「探來俗語演新編」，劇末下場詩言：「傳來久幾句市井談」，其意皆爲明顯。

5、脫空杜撰

此類劇作，乃劇作者脫空杜撰，藉此自遣愁緒，或寓宗教度化之意。如陳沂《苦海回頭》，此劇本事未見著錄，惟丁謂之名見於《宋史》卷 283〈列傳第四十二・丁謂〉，但傳中未述其陷害胡仲淵之事，因此，此劇或爲作者藉前人之名杜撰而成。劇中胡仲淵宦海浮沈，正是作者自身經歷之寫照，只是

〔註71〕明・梅鼎祚《青泥蓮花記》，收於《中國近世小說史料彙編》（十二），（臺北：廣文書局，民國 69 年出版），頁 15～17。

又，《王蘭卿》此劇之情節，在康海家也有類似事件，即康海長子栗死時，其妻楊氏吞砒霜殉節，因此遂有以此事件爲《王蘭卿》劇作之題材來源。然就八木澤元《明代劇作家研究》第三章〈康海〉〈康海的戲曲〉；曾師永義《明雜劇概論》第四章〈中期雜劇〉第一節〈康海與王九思〉；及徐子方《明雜劇研究》下編〈明雜劇存本考〉卷 2〈明中後期作家作品〉，「五三、《王蘭卿服信明貞烈》」……等考述，大抵據王蘭卿及楊氏殉節之時間，與劇作之寫作時間，或社會之身份地位來看，康海應不致以妓比媳，因而認爲此劇應是單純歌頌王蘭卿，並藉此寓含教化意義。

〔註72〕詳見徐子方《明雜劇研究》下編〈明雜劇存本考〉卷 2〈明中後期作家作品〉，「六五、《僧尼共犯》」，前揭書，頁 233～234。

最後未能如胡仲淵一般棄官修道，卻藉此情節之安排寓其對功名之失望，進而以宗教的觀點自遣愁緒。

又如楊慎《洞天玄記》亦似此，楊慎因世宗「大禮議」事件而遠謫雲南，有志難伸，爲恐得禍，放浪以終，心中不平當可想見。於是寄意宗教，如劇首楊悌〈洞天玄記前序〉：「吾師伯兄太史升菴，居滇一十七載，遊神物外，遂仿道書作《洞天玄記》。」此劇楊悌比之《西遊記》，但就劇作與小說觀之，實有不同，徐子方即言：「此劇之收心猿意馬虔心學道與《西遊記》之收心猿意馬堅誠求佛亦爲貌同實異，此劇過份熱心於宗教宣傳，情節人物皆同作者之傳聲筒，與《西遊記》小說之西天取經，僅作爲人物活動構架亦有本質差異。」〔註73〕因此，劇中六賊、嬰兒、妊女之名，雖非其創，但就情節而言，則仍視爲脫空杜撰。至於陳自得之《太平仙記》大抵同此。

經由上述分析，我們看到嘉隆時期劇作家創作題材之來源，雖可分爲史傳典籍、小說筆記、詩文辭賦、社會紀實和俗諺傳說、脫空杜撰等六大類；但就內容細繹之，則可發現其題材之取向實以文人掌故爲主，以歷史上文人雅士的眞實事蹟或風流韻事入劇，寫他們悲歡離合的愛情故事，如《高唐夢》、《洛水悲》、《五湖遊》及《遠山戲》等；也寫他們宴飲遊賞的閒適之樂，如《蘭亭會》、《午日吟》、《南樓月》、《赤壁遊》、《龍山宴》及《同甲會》等；更寫他們不得志於時的感慨，如《沽酒遊春》、《不伏老》、《狂鼓史》等，大抵是藉前人酒杯，澆自己塊壘之情況，於是劇作中便不免批判之意了。此外，還有一類強調解脫塵寰的出世之想，如《武陵春》、《苦海回頭》、《洞天玄記》及《太平仙記》等，這也可視爲劇作家爲其苦悶的心靈尋求解脫的另一方式。當然，劇作反映現實，因此取前人之作或社會事件入戲以寓褒貶，亦屬常見，如《中山狼》、《中山狼院本》、《王蘭卿》、《僧尼共犯》、《歌代嘯》、《蘇九淫奔》等，皆爲此類。

可見此時期劇作之題材來源，已由世俗熟聞之《三國》、《水滸》、《西遊》故事及《蝴蝶夢》、《滴水浮漚》等公案傳奇，轉爲《邯鄲》、《高唐》、《武陵》、《赤壁》、《漁陽》諸雅雋故事〔註74〕，其原因當然與此時劇作家的文人士大夫身份有關，他們取文人所喜聞樂見之故事入劇，因此劇中人物自然也由諸

〔註73〕 詳見徐子方《明雜劇研究》下編〈明雜劇存本考〉卷2〈明中後期作家作品〉，「五五、宴清都洞天玄記」，前揭書，頁215。

〔註74〕 詳見鄭振鐸〈清人雜劇初集自序〉，收於蔡毅編著《中國古典戲曲序跋彙編》一，前揭書，頁533；下段引述雜劇題材人物之轉變，同此。

葛孔明、包待制、二郎神、燕青、李逵等英雄，變而爲陶潛、蘇軾等文人學士了，就整體而論，這也是雜劇文士化的明顯現象。

（二）題材運用

雜劇在題材的運用上，鄭騫老師曾言：頹廢、鄙陋、荒唐與纖佻爲元曲四弊，其言：

> 荒唐是由頹廢生出來的，人一頹廢了就把眞僞是非都不當回事，胡天胡地，信口雌黃。這種毛病多在戲曲方面。我們只要把元人雜劇，以及元末明初幾種南戲，如《琵琶記》、《拜月亭》之類翻閱一遍，就可以發現許多荒唐謬悠的地方。關目結構的不合情理，時代地理官爵人物的顚倒錯亂，到處都是。……荒唐之病，入明較輕。〔註75〕

所謂「荒唐之病，入明較輕」，所指應是題材運用的徵實性。戲劇題材之選擇、安排，向有虛實之別，如王驥德曾言：「古戲不論事實，亦不論理之有無可否，於古人事多損益緣飾爲之，然尚存梗概。後稍就實，多本古史傳雜說略施丹堊，不欲脫空杜撰。」、「劇戲之道，出之貴實，而用之貴虛。……以實用而實也易，以虛而用實也難。」〔註76〕提出了就實的「實」和脫空杜撰的「虛」。呂天成亦言：「有意駕虛，不必與實事合。」〔註77〕李漁則言：「傳奇所用之事，或古、或今，有實、有虛，隨人拈取，……實者就事敷陳，不假造作，有根有據之謂也；虛者，空中樓閣，隨意構成，無影無形之謂也。」並主張「虛則虛到底、實則實到底」〔註78〕，其所言之「實」指事實，「虛」指虛構，與王驥德所言不同。

曾師永義〈戲劇的虛與實〉一文則主張：

> 所謂「實」，並非是指事實或史實而言，王氏以爲只要戲劇本事出於「史傳雜說」的，就算是「實」，否則就算「虛」。筆者以爲：所謂

〔註75〕詳見鄭騫老師〈從元曲四弊說到張養浩的雲莊樂府〉，收於《景午叢編》上編，前揭書，頁174。

〔註76〕詳見明·王驥德《曲律》〈雜論第三十九上〉，收於《中國古典戲曲論著集成》四，前揭書，頁147、145。

〔註77〕詳見明·呂天成《曲品》卷上，收於《中國古典戲曲論著集成》六，前揭書，頁209。

〔註78〕詳見清·李漁《閒情偶寄·詞曲部》〈結構第一〉「七、審虛實」，前揭書，頁16。

「虛」，除了「脱空杜撰」者外，應當還包括對於「史傳雜説略施丹
堊」的「點染」。〔註 79〕

該文歸納劇作家運用虛實的方式，有：以實作實、以實作虛、以虛作實及以
虛作虛等四種，其中「以實作虛」者佔絕大多數，這一類劇作雖根據史傳雜
説改編，但其關目情節有所剪裁和點染、人物性情有所刻畫和誇張，由此寄
寓作者所要表現的思想和旨趣。這一類作品在「文人劇」中最多，一方面有
所憑藉，一方面又可以著意抒寫，所以易於結撰和發揮才情；也因此評價高
的戲劇文學作品，往往見於此類。

今觀察嘉隆時期雜劇題材的運用，可以發現主要之人物、情節，大抵
據實敷演，但非一成不變，而是以「實」爲基礎，又加上了作者想像點染的
「虛」，在虛實相互爲用的藝術技巧下，使劇作更見作者匠心獨運處。至於劇
作剪裁點染之妙，大致可從以下幾點看出：

1、融鑄諸説更顯主題

意即融合數事於劇中，藉著關目情節的重新安排，使人物性格能有更深
刻的發揮，劇作主題能有更清楚地突顯。其最典型者，如徐渭之《狂鼓史》
據史載禰衡擊鼓、罵曹本爲二事，在元末明初羅貫中的《三國志通俗演義》
才將二事合一，禰衡擊鼓罵曹遂爲後世熟知。然徐渭此劇除了合史傳二事爲
一，更將場景由陽世轉爲陰間，讓將昇天作上帝修文郎的禰衡及淪爲鬼囚的
曹操重演昔日擊鼓罵曹之事，如此安排除了彰顯因果報應的警世之意，如劇
中判官所言，此舉除了「留在陰司中做箇千古的話靶，又見得善惡到頭，就
是少債還債一般。」更藉著鬼神世界的獎善懲惡，反映人們「補恨」的心理。
〔註 80〕同時，徐渭才高數奇，滿腔不平之氣，亦藉禰衡之口磅礴而出，大大
增加了戲劇的張力。

又如許潮《武陵春》，大抵據陶淵明的〈桃花源記〉而成，作者又將之渲

〔註 79〕 詳見曾師永義〈戲劇的虛與實〉一文，收於《論說戲曲》，前揭書，頁 1～7。
〔註 80〕 詳見曾師永義《論說戲曲》〈雜劇中鬼神世界的意識形態〉，文中〈一、彌補
現實人生之不足〉之〈三、用爲獎善與補恨〉中言：「戲劇中產生了替古人補
恨的兩種方法：一種是扭曲事實，將無作有，將反爲正，譬如清周樂清《補
天石》雜劇；……一種是假藉鬼神，尤其是通過陰司的重爲審理，使得是非
曲直得以大白。當然，這中間已經加入後人的好惡和是非觀念，譬如徐渭的
《狂鼓史》演『禰衡擊鼓罵曹』，……作者也因此爲禰衡雪了生前恥辱，而使
曹操的罪惡更加昭彰。」前揭書，頁 30～31。

染成神仙世界，因之劇中除了桃源主人之外，尚有君山父老、山中人、太上隱者、青溪道士及滄浪漁父等眾仙，藉著這些仙道人物出場自報家門，寄寓著對世人汲汲名利的針砭之意；劇中又增飾天臺二仙女寄書之事，乃融劉晨、阮肇天臺山採藥遇二仙女之傳說，此為作者獨運機杼，既刻劃了文人嚮往的清虛境界，又不忘點染其浪漫情懷。

又如《龍山宴》中，桓溫重九宴僚佐及孟嘉落帽之事，大抵與《晉書》及《世說新語》所載無異，但劇中僚佐提醒桓溫「這龍山不是泰華山，願將軍戎馬休輕散」、「這龍山不是不周山，願將軍休把蚩尤覷」、「這龍山不比岱宗山，願將軍且莫言封禪」（【北寄生草】）；其中孟嘉更言：「晉德雖衰，天命未改，願將軍永終臣節，無使老夫有西山之悲。」這些都未見諸史籍，黃嘉惠評此段「讌飲中不忘箴規，深得僚佐之體」、「孟嘉洵桓公之畏友」〔註81〕徐子方亦言這些情節令人「聯繫起明代藩王屢有問鼎九五之事實，作者如此運作不無現實意義」〔註82〕，此劇又為了突顯孟嘉直言無畏之性格，遂將《世說新語》〈輕詆第二十六〉中，袁虎不滿桓溫將山河變色之責歸之王衍身上的一段記載，改由孟嘉口中道出，且其所言：「豈可效楚囚，徒泣而已哉！」又引自王導之言〔註83〕，藉此呼應孟嘉上場所言：「吾見桓公，專震主之威，執傾國之柄，人皆畏敬，恃如泰山，嘉獨藐之如冰山一般。」可見作者此處之安排，實欲突顯人物性格，而非資料之錯置。

至於《赤壁遊》本據蘇軾〈前後赤壁賦〉而演，但為湊合儒釋道三教合一的現象，遂在劇中融入唐人張志和之〈漁歌子〉，其用意則是明顯可見的。

2、點染舊說更合情理

意謂在現有資料的基礎上，作者稍加點染變更，使情節更合情理。如木

〔註81〕黃嘉惠之評見於《盛明雜劇》，今收於《全明雜劇》（七），前揭書，頁4139、4137。

〔註82〕詳見徐子方《明雜劇研究》下編〈明雜劇存本考〉卷2〈明中後期作家作品〉：「一一一、《龍山會》」，前揭書，頁316。

〔註83〕《龍山宴》中所用《世說新語》資料，如〈輕詆第二十六〉：「桓公入洛，過淮泗，踐北境，與諸僚屬登平乘樓，眺屬中原，慨然曰：『遂使神州陸沈，百年丘墟，王夷甫諸人不得不任其責。』袁虎率爾對曰：『運自有廢興，豈必諸人之過。』」又〈言語第二〉：「過江諸人，每至美日，輒相邀新亭，藉卉飲宴。周侯中坐而歎曰：『風景不殊，正自有山河之異。』皆相視流淚，唯王丞相（導也）愀然變色曰：『當共戮力王室，克復神州，何至作楚囚相對！』」（臺北：世界書局，民國63年5月4版），頁523、57。

蘭代父從軍爲流傳久遠之故事，在古樂府〈木蘭詩〉的基礎上，又有多種版本。〔註 84〕而徐渭《雌木蘭》大抵據〈木蘭詩〉而成，其中木蘭父花弧、母賈氏、妹木難、弟咬兒及劇末與王郎成親事，則爲作者點染舊說處。在〈木蘭詩〉中「問女何所思？問女何所憶？」木蘭才道其代父從軍之志，徐渭此劇則是木蘭以秦休、緹縈爲榜樣，待一切打點妥當，方才稟告雙親，如此安排自然突顯木蘭堅定之決心及獨立之個性。木蘭十年征戰，衣錦還鄉，〈木蘭詩〉有「阿姊聞妹來，當戶理紅妝」之語，可見木蘭非長女，而徐渭此劇則安排木蘭爲長女，下有一雙弟妹，皆未成年，如此較諸原作更爲合理，若木蘭有姊，則代父出征者未必是她，又木蘭十載歸來，其姊如何待字閨中？可見徐渭所作變更是合人情的。〔註 85〕至於劇末王郎的安排，則爲中國戲劇大團圓之窠臼，以「女大當嫁」視之，自合情理，但就戲劇張力而言，則不免強弩之末了。

又如《女狀元》一劇改《太平廣記》中黃崇嘏年三十許爲二十；失火下獄事爲主動應舉；周丞相賞識薦攝府司戶參軍逾一載即欲以女妻之，爲科舉高中狀元除授成都府司戶參軍司三年，問明三樁懸案後，更試之以文藝，方才爲女提親；原作崇嘏「莫知存亡」，此則改配丞相子鳳羽，成爲男女狀元聯姻之美談。徐渭如此安排，年二十，爲日後婚事留伏筆；任職三年、斷三冤獄、面試文藝，既見丞相審慎，更顯崇嘏才華，思慮較原作縝密許多，而安排鳳羽中狀元，自是門當戶對、郎才女貌之佳偶，合情合理之外，也呼應劇作下場詩「世間好事屬何人，不在男子在女子」之題旨。

3、穿插百戲更增趣味

此指劇作家在原作的架構之下，增加百戲、雜技、歌舞等場面的安排，以增加劇作之趣味性。如徐渭《翠鄉夢》第二齣演月明和尚以戴假面打啞禪的方式度化柳翠，這種表演方式應是受民間「耍和尚」隊舞的影響而來

〔註 84〕 《雌木蘭》與木蘭代父從軍故事之演變，可見於鄭振鐸〈雜劇的轉變〉，前揭文，頁 19；易怡玲《徐渭之曲學及其劇作研究》第四章〈《四聲猿》探析〉第三節〈雌木蘭替父從軍·（一）本事源流〉，前揭書，頁 73～75。徐子方《明雜劇研究》下編〈明雜劇存本考〉卷 2〈明中後期作家作品〉：「六一、《雌木蘭替父從軍》」，前揭書，頁 225～226。

〔註 85〕 以上說法參考易怡玲《徐渭之曲學及其劇作研究》第四章〈《四聲猿》探析〉中「關目排場」之分析，前揭書，頁 76～77。下段《女狀元》同此，見頁 82～83。

〔註86〕，此種安排除了強調破迷爲悟、立地成佛的宗教意識外，就觀眾而言，趣味性的提昇應是最直接的感受。

又如汪道昆《遠山戲》演張敞畫眉事，情節簡單，因之劇中於畫眉之後，又安排賞春情節，遂插入鬥草行令一段科諢，既見文人興味，也使場面熱鬧不少。鄭振鐸即評：

> 此劇略有戲曲的意味，情節雖簡，而佈置得卻很曲折動人；又插入淨丑的打諢，更顯得熱鬧可喜，是能以熱鬧場面來掩蓋了簡淡的題材的。〔註87〕

至於許潮《同甲會》劇中演劇的情況，更是明顯地以插演之劇增加趣味性，以補《同甲會》情節單調之弊，卻不免喧賓奪主之譏。

總上可知，嘉隆時期劇作家在題材運用上之用心，藉著剪裁點染的工夫，使劇作更深刻地呈現作者的思想旨趣；或以熱鬧的百戲妝點舞臺，增加劇場之趣味性；就戲劇藝術之提昇而言，都是有所助益的。

二、情節與關目

中國戲劇在題材的選擇上雖多因襲之處，但從明代中葉開始，戲劇家也注意到戲曲的關目、情節等問題，如李贄即以「關目、曲、白」等作爲劇評的依據〔註88〕；呂天成提出「事佳、關目好、搬出來好」等十個條件作爲衡量南戲傳奇之標準〔註89〕；臧晉叔則言作曲有三難，其二即爲「關目緊湊難」〔註90〕；

〔註86〕徐渭《翠鄉夢》第二齣，月明和尚以戴假面打啞禪度化柳翠的表演方式應受民間「耍和尚」隊舞的影響而來，此說可見於清・李調元《劇話》：「《月明度柳翠》劇，見姚靖《西湖志》……元・李壽卿撰曲，見臧晉叔選《百種曲》中。考《咸淳臨安志》、《五燈會元》，皆無柳宣教、月明之名。今所演，蓋《武林舊事》所載元夕舞隊之《耍和尚》也。」此書收於《中國古典戲曲論著集成》八，前揭書，頁63。

〔註87〕詳見鄭振鐸〈雜劇的轉變〉，前揭文，頁13。

〔註88〕李贄以「關目、曲、白」作爲劇評的依據，可見於明・李贄《焚書》卷4〈雜述・紅拂〉中說：「此記關目極好，說得好，曲亦好，眞元人手筆也。」前揭書，頁195。

〔註89〕明・呂天成《曲品》卷下「我舅祖孫司馬公謂予曰：『凡南戲，第一要事佳，第二要關目好，第三要搬出來好，第四要按宮調、協音律，第五要使人易曉，第六要詞采，第七要善敷衍——淡處做得濃，閑處做得熱鬧，第八要各角色派得均妥，第九要脫套，第十要合世情、關風化。持此十要以衡傳奇，靡不當矣。』」收於《中國古典戲曲論著集成》六，前揭書，頁223。

〔註90〕明・臧晉叔〈元曲選序二〉提出作曲有三難：情詞穩稱之難、關目緊湊之難、

而李漁在《閒情偶寄・詞曲部》首論「結構第一」，且以「造物之賦形，當其精血初凝，胞胎未就，先爲制定全形，使點血而具五官百骸之勢」爲喻，而言「有奇事方有奇文，未有命題不佳，而能出其錦心，揚爲繡口者也。」又論傳奇結構「其中義理分爲三項：曲也、白也、穿插聯絡之關目也。」〔註91〕可見論劇作結構，必述情節，其間又有關目與之相應配搭，如沈堯在〈戲曲結構的美學特徵・點線組合的結構形式〉一文中所言：

> 戲曲藝術……在結構上同樣是以一條主線作爲整個劇情的中軸線，並且圍繞這條中軸線安排容量不同的場子——大場子、小場子、過場，形成縱向發展的點線分明的組合形式。……原來戲曲的結構不僅是一線到底，而且貫串在這條線上的每個點——每一場戲都只有一個中心事件。〔註92〕

也就是說，全劇有一共同主題，所有情節皆由此而生，也共同烘托主題；但每一齣卻又各自有其中心事件，若俱表演價值，則此類關目不僅推動情節，也可獨立演出，遂成後來的折子戲。

至於關目，在《中國大百科全書・戲曲曲藝》中僅言「泛指情節的安排和構思」〔註93〕。在許子漢《明傳奇排場三要素發展歷程之研究》中，對情節與關目則有較清楚地解釋：

> 情節是前後相連，不可分割的，但關目則是劇作家於完整的情節中選定於臺上演出的部份，這些部份是分離而集中的。……「關目」之定名，當即有「關鍵、節目」之義，意指具代表性且有特殊意義價值的「點」，此亦即劇作家在完整的劇情中選定於舞臺上展演的段落。〔註94〕

音律協協之難。其言：「宇內貴賤妍蚩、幽明離合之故，奚啻千百其狀。而塡詞者必須人習其方言，事肖其本事，境無旁溢，語無外假，此則關目緊湊之難。」前揭書，頁2。

〔註91〕詳見清・李漁《閒情偶寄・詞曲部》〈結構第一〉、「七、審虛實」，前揭書，頁6、7、13。

〔註92〕詳見沈堯〈戲曲結構的美學特徵・點線組合的結構形式〉一文，收於《戲曲美學論文集》（臺北：丹青圖書有限公司，民國75年4月臺1版），頁4～5。

〔註93〕詳見《中國大百科全書・戲曲曲藝》「關目」條，其言：「戲曲術語。泛指情節的安排和構思。今存元刊雜劇劇本的扉頁，往往冠以『新編關目』的字樣，以表示劇本情節的新奇。明清時期的戲曲仍沿用此詞，……李贄把『關目好』作爲傳奇創作的要點之一。」前揭書，頁100。

〔註94〕詳見許子漢《明傳奇排場三要素發展歷程之研究》第二章〈論關目〉第一節〈關

今取其關目之說，更進一步探討嘉隆時期雜劇中情節與關目安排之現象。

（一）情節簡單關目妥貼

元雜劇四折的體製規律，使劇作家在關目的安排上形成起承轉合的刻板形式，首折爲故事開端，二、三折大抵爲情節重心，第四折收束全劇，但往往草草收場；也因此，其情節之發展是單線延展式的。相對的，南戲傳奇之篇幅在三十至六十齣之間，劇作家可以盡情地鋪敘，卻不免頭緒繁多之弊。明雜劇，尤其是中葉以後，在體製上可長可短，既無元劇四折的刻板，也無傳奇的拖沓，又因劇作家文人士夫之身份，創作多爲抒懷遣興，下筆之際，往往成竹在胸，即李漁所謂「立主腦」。因此在情節的安排上，多以簡單凝鍊取代龐雜繁冗。至於關目之安排，元雜劇除少數作家之外，大都不重視關目。入明，自周憲王以來，對於關目的配搭和排場的調劑，已見重視，且能針線細密、冷熱得體。〔註95〕及至嘉隆時期，自然不乏佳構。

如康海《中山狼》，依〈中山狼傳〉敷演，情節簡單，在關目之安排上亦見妥貼：先以趙簡子狩獵射狼開場，接著東郭生敘其墨者兼愛之道及中山狼哀告求救。次折趙簡子尋狼未著，怒氣凌人，以劍相逼，東郭生雖顫慄惶恐卻未出狼自保。三折趙簡子走遠，中山狼度其安全無虞，反而要以東郭生充飢，遂有問三老之關目，其中老杏、老牸刻劃生動，各適其份。四折杖藜老子智解東郭危厄，更藉其口道出「世上負恩的，好不多也」之主旨。全劇情節一層緊扣一層，關目全無重複，因此青木正兒評此劇：「四折均排場緊張，賓白無寸隙，曲辭語語本色，直摩元人之壘。」〔註96〕

又如梁辰魚《紅線女》此據袁郊《甘澤謠》敷演，情節單純，鄭振鐸評梁氏此劇演成四折，實爲索然無味，因果之說尤爲畫蛇添足〔註97〕。但青木正兒則認爲此劇結構極佳〔註98〕，曾師永義同意其說，更進一步分析此劇處

目概說〉（國立臺灣大學中國文學研究所博士論文，民國87年1月），頁25。

〔註95〕詳見曾師永義〈元明雜劇的比較〉文〈五、關目排場〉部份，此文收於《中國古典戲劇論集》，前揭書，頁113。

〔註96〕詳見青木正兒《中國近世戲曲史》第六章〈保元曲餘勢之雜劇〉第三節〈王九思與康海〉，前揭書，頁157。

〔註97〕詳見鄭振鐸〈雜劇的轉變〉，文中評梁辰魚《紅線女》：「此種故事，本來只能成爲短篇，鋪張成爲四折，已是索然無味。又加之以紅線前身的故事，說她前生本是男子，以醫爲業，因誤殺孕婦，乃被罰爲女子的一類的話，未免是畫蛇添足。」前揭文，頁14。

〔註98〕詳見青木正兒《中國近世戲曲史》第九章〈崑曲極盛時代（前期）之戲曲〉

處爲紅線寫照，爲紅線烘托，其言：

> 首折寫紅線居安思危。……又以眾妓的狎遊做樂和薛嵩的恣情晏安
> 映襯。……次折先寫田承嗣兵勢的壯盛，再寫薛嵩的憂心忡忡，於
> 是紅線爲主解憂，束裝出發，便得其時。……三折先寫一座刁斗森
> 嚴的幕府，而紅線卻如入無人之境。……凡此皆爲紅線之神奇富照。
> 四折兩家罷兵言和，紅線功成身退。〔註99〕

因此稱此劇「關目的發展，層次分明，毫不牽強。」此即前引李漁所言「此
一人一事，即作傳奇之主腦也。」之意。

　　除了上述二劇，馮惟敏《不伏老》、徐渭《翠鄉夢》、《歌代嘯》及《蘇九
淫奔》等劇，都可歸之此類。情節雖簡，卻見作者關目安排之妥貼，即使如
《不伏老》全劇五折，除了第五折寫其高中狀元、上表謝恩之外，之前四折
皆演其落第飽受嘲諷之苦，卻全無重複。青木正兒亦加讚美：

> 其事雖極單純，然排場巧妙。全五折，三折同爲赴試事，而其趣向
> 各異，毫無重複單調之感。事愈單純，愈見作者苦心之跡，而其老
> 當益壯之此老面目，於曲目中流露。〔註100〕

凡此皆可視爲此時期劇作家對結構之用心，就劇本的文學藝術而言，自是提
昇不少。

（二）關目安排情節表演並重

　　明中葉以後，雜劇的發展有所謂短劇，甚至是一折短劇的產生，在這樣
簡短的篇幅中，作者取材當以情節凝鍊、情感飽和爲主要考量，才能使劇作
呈現動人的感染力，而達到戲劇效果。因此，關目之安排必定是以情節與表
演並重爲主。〔註101〕

　　　　第一節〈先進之諸作家〉「二、梁辰魚」，前揭書，頁205。
〔註99〕詳見曾師永義《明雜劇概論》第四章〈中期雜劇〉第二節〈馮惟敏及其他北
　　　　雜劇作家〉「4梁辰魚」，前揭書，頁230。
〔註100〕詳見青木正兒《中國近世戲曲史》第八章〈崑曲勃興時代之戲曲〉「五馮惟
　　　　敏」，前揭書，頁191。
〔註101〕詳見許子漢《明傳奇排場三要素發展歷程之研究》第二章〈論關目〉第三節
　　　　〈單一關目的構成〉，文中論單一關目之類型有三：情節與表演並重、情節性
　　　　關目及表演性關目，並言：「關目的組成依其對『情節』與『表演』二者的偏
　　　　重，可以區分爲三種不同的類型，一爲二者兼具的類型，也是最多見的一
　　　　種；一爲偏於情節的『情節性關目』，此類場面表演極簡單，只具情節承轉的
　　　　功用；第三類則爲偏於表演的一類，是爲『表演性關目』，多爲穿插的諢鬧演

　　如徐渭《狂鼓史》，全劇僅一折，先敘判官請禰衡重演罵曹故事，接著禰衡擊鼓罵曹，最後金童玉女奉玉帝符命召請禰衡昇天。關目安排不僅推展情節進行，也藉著演員的表演渲染舞臺氣氛，如十一通鼓歷數曹操罪狀，從逼獻帝、殺伏后到害孔融楊修，禰衡道盡曹操陰狠冷酷之性格，雷霆之勢，令人不敢逼視，其唱：

　　　【寄生草】你狠求賢為自家，讓三州直甚麼大，缸中去幾粒芝麻罷。
　　　饞貓哭一會慈悲詐，饑鷹饒半截肝腸挂，兕屠放片刻豬羊假。你如
　　　今還要哄誰人，就還魂改不過精油滑。

把曹操比之為饞貓、饑鷹及兕屠，形象鮮明之外，更是針針見血，而此磅礴之氣，正是禰衡所言：「俺這罵一句句鋒鋩飛劍戟，俺這鼓一聲聲霹靂捲風沙。」（【混江龍】）舞臺上聲情激越，其戲劇效果自是不可言喻。劇作除了正面描寫禰衡，更為了「塑造總體力度的戲劇性呈現，作者更從氣勢的角度來佈置形勢，在情節結構的安排上，有意識的加入一些穿插，一些曲折，製造跌宕起伏的戲劇氛圍。」〔註102〕因此在【寄生草】及第六通鼓之後，安排女樂演唱三曲【烏悲詞】，使悲憤激昂之氣變為詼諧俚俗，女樂以輪唱、合唱的方式，隱含著對曹操的嘲諷，如其第三首唱道：

　　　（一女又唱）抹粉搭脂只一會而紅，呀一箇冬烘、呀一箇冬烘；（又
　　　一女唱）報恩結怨烘打冬，打冬烘，落花的風，呀一箇冬烘、呀一
　　　箇冬烘。（二女和唱）萬事不由人計較，呀一箇冬烘、呀一箇冬烘，
　　　算來都是烘打冬，打冬烘，一場空，呀一箇冬烘、呀一箇冬烘。

判官聽後言道：「這一曲纔妙，合著喒們天機。」氣氛轉折明顯，對禰衡接著罵曹的情節，則有蓄勢的作用。如此類關目的安排，即是情節與表演並重的。

　　此外，如汪道昆《五湖遊》及《遠山戲》之關目設計亦為情節與表演並重之類。《五湖遊》關目簡單，前半全以賓白組場，范蠡敘其助越平吳，因越王勾踐難與慮危，遂棄千乘之業，與西施同游五湖。劇中插入兩段漁歌寓警世之意，使場面不致因賓白冗長典雅而陷於沈悶；後半用雙調【新水令】南北合套組場，生唱北曲，旦唱南曲，寫二人急流勇退之志，一套曲既見作者

　　　　出，或生、旦『思憶感歎』之關目，前者與劇情實無多大關連，後者則無情
　　　　節上之發展，只有情感的抒發。」前揭書，頁35～40。
〔註102〕詳見王瓊玲〈明清抒懷寫憤雜劇之藝術特質與成分〉〈五、寫憤雜劇名作中所
　　　　呈現之審美形態‧（一）《四聲猿》〉，前揭文，頁97。

抒懷之旨，亦達觀眾聆賞之樂。《遠山戲》在畫眉賞春的關目中，插入女樂鬥草、行令、歌舞等表演場面，亦可歸於此類。

（三）單一關目情韻無盡

此類劇作不以情節取勝，往往只取劇中人物情感飽和之情境，大加渲染，以達抒情感人的效果。袁幔亭〈盛明雜劇序〉中就極為推崇此類短劇「無盡為神」的妙境，其言：

> 善采菌者，於其含苞如卵，取味全也。至擎張如蓋，昧者以為形成，識者知其神散。全部傳奇，如養之蕈也，雜劇小記，在苞之蕈也。繪事亦然，文章以無盡為神，以似盡為形。袁中郎詩有「小石含山意」一語，予甚嘉之。如畫石竟而可旁添片墨，非畫也，天柱地首之嵯峨，惟卷石能收之，雜劇之謂也。〔註103〕

意謂體製雖小，卻如菌之含苞味全，文章之無盡有神，雖然情節未見鋪敘開展，但神韻卻能無盡綿邈。而此處之「神」，王瓊玲有極清楚的解釋，其言：「戲曲作品的『神』，除了表現為生動的作品形象，同時還富有強烈的戲劇感染力，其魅力超越於聲調字句之外，使人感到『攬之不得，挹之不盡』，因而產生『令人神蕩』、『令人斷腸』的藝術效果。」〔註104〕

典型之例即汪道昆《高唐夢》及《洛水悲》二劇，二劇情節簡短，皆為點染辭賦而成文，藉此達到抒情的目的，如：

> 【香羅帶】空山人境絕，松樞桂關。歸來珮聲空夜月，東風無主自傷嗟也。可惜春花後送鵁鶄，舉首平臨河漢接，待學他織錦天孫也，月照流黃心百結。（《高唐夢》）

既寫高唐風景疏絕，更見神女幽懷愁思，含蓄婉轉，令人動容。因此王世懋評此劇：「賦以妖豔勝，巧於獻態；此以婉轉勝，妙在含情。」〔註105〕又如《洛水悲》中二首【五更轉】更是把洛神、曹植短暫相逢，即當永別的淒愴，深刻地表現出來：

> 【五更轉】（旦唱）意未申，神先愴，東流逝水長。晨風願送願送人

〔註103〕 袁幔亭〈盛明雜劇序〉，收於蔡毅編著《中國古典戲曲序跋彙編》一，前揭書，頁 458～459。

〔註104〕 詳見王瓊玲〈明清抒懷寫憤雜劇之藝術特質與成分〉之〈三、寫憤雜劇之結構特徵與其抒情成份〉，前揭文，頁 65。

〔註105〕 王世懋三段評語，見於《盛明雜劇》眉批，今收於《全明雜劇》（五），前揭書，頁 2851、2871、2877。

俱往，落日泣關，掀天風浪，丹鳳棲、烏鵲橋，應無望，夢魂不斷
不斷春閨，想妾身從此別去呵（合）寂寞金鋪，蕭條塵網。

【前腔】（生唱）結綺窗，流蘇帳，羈棲五夜長。無端惹得惹得風流
況，半晌恩私，千迴思想。想那洛神臨去之時呵，顰翠眉、掩玉
襦、增惆悵，他既去呵，好似天邊牛女遙相望（合）一葦難杭，無
如河廣。

逝水東流，關河冷落，相會無望的愁思，正如牛郎織女難以跨越的銀河，其
情慘然，令人一掬同情之淚。王世懋評此劇：「眞傳神手筆」，又於【好事近·
前腔】上云：「出調凄以清，寫意婉而切，讀未終而感傷情思已在咽喉間矣！
文生於情耶？情生於文耶？」所言允當。

祁彪佳《遠山堂劇品》置《高唐夢》、《洛水悲》二劇於「雅品」分別評
爲：「名公鉅筆，偶作小技，自是莊雅不群。他人記夢以曲盡爲妙，不知高唐
一夢，正以不盡爲妙耳。」、「陳思王覿面晤言，卻有一水相望之意，正乃巧
於傳情處。只此朗朗數語，擺脫多少濃鹽赤醬之病。」〔註106〕皆可看出此類
劇作傳情不盡，餘韻綿邈之特色。

（四）情節鬆散關目單調

曲有場上、案頭之別，若能二者兼擅，必爲佳製。但嘉隆時期以後雜劇
文士化的發展，文人士夫往往藉著劇作抒懷遣興、誇飾才學或附庸風雅，卻
疏於舞臺藝術之關照，因此文字華美，自是案頭吟詠之佳作，若欲演諸場上，
則不免有情節鬆散、關目單調之感，實爲文人劇的通病。

此類劇作如王九思《沽酒遊春》，劇中第一折以岑秀才奉其家兄（岑參）
之命邀請杜甫同赴渼陂泛舟揭開序幕，之後藉著一問一答的形式，杜甫道其
有才難展之憤懣，既而從開元盛世說到天寶禍亂，十六曲組成仙呂【點絳
唇】套數，不可謂之不小，曲辭雄渾，自是引人入勝；然就結構而論，如此
大篇幅之唱辭，卻未見情節推展，自不免鬆散之感，關目之安排亦失之單
調。之後三折，每折皆有大套唱辭，唯情節平鋪直敘，演之場上，恐有沈滯
之感。

王九思另一劇作《中山狼院本》，只用一折，關目極爲簡單，但安排屢見

〔註106〕詳見明·祁彪佳《遠山堂劇品》「雅品」「《高唐夢》南一折」、「《洛水悲》南
　　　　一折」條下。此書收於《中國古典戲曲論著集成》六，前揭書，頁 153、
　　　　154。

罅漏，情節未免失之鬆散。〔註107〕楊慎《洞天玄記》亦如此，首二折演道士無名子度化六賊，之後二折演其降東蛟收妖女、伏西虎奪嬰兒，全劇除了宣揚宗教意識，未見他旨，已覺單調，加上劇中長篇累牘的四六駢文，更顯冗長沈悶，情節鬆散可見於此。

又如陳沂《苦海回頭》，首折敘其落第，自嘆「雖負用世之才，卻無濟時之運」；第二折隨即演其及第，與同年李迪輩同在慈恩寺宴會題詩；第三折演其貶雷州團練副使，不免嘆道：「分明是白首功成，黃粱未熟，一場春夢，世事轉頭空。」（【滴滴金】）；第四折演其得詔復官、辭詔返鄉、入山問道及修得正果四個關目，一折之內如此安排頗感倉促，相較前二折之鬆散，則情節安排未能針線細密。此外，又以中呂【粉蝶兒】及【耍孩兒】套數組場，長達二十曲的套數，由末腳獨唱，除了演員的勞逸問題，就觀眾而言，恐亦沈悶。可見此劇殆非場上所宜演。

至於徐渭《女狀元》第二齣演黃崇嘏應試，第四齣周丞相試其才藝，二齣極寫崇嘏才華，關目設計則有重複單調之感，情節因之鬆散。此外，劇中周丞相讚美黃崇嘏所寫蜀天雙柱：

> 【梁州序】（外）石銘瘦鶴，銀鉤作薑，這兩種較量起來呵畢竟楷書難大。子雲一字，專亭取掛蕭齋，誰似你銅深款識，鐵屈珊瑚，幾撇斜披薤。指間尤有力壓磨崖，絕稱泥金糝綠牌。（旦）籠章誕成頭白，馬（按：馬字疑作門）生焉敢學王郎怪，題麟閣還要了相公債。

曲中充滿了書法的典故與術語，亦反映徐渭書法之造詣，如其自言：「書第一、詩二、文三、畫四。」〔註108〕用之劇中，炫才之意亦可見矣！馮惟敏《僧

〔註107〕 曾師永義《明雜劇概論》第四章〈中期雜劇〉第一節〈康海與王九思〉「2 中山狼雜劇」中言：「本劇……安排也每每見出罅漏。譬如趙簡子問狼於東郭先生時，狼尚未出場，因此東郭先生理直氣壯，很容易的應付了簡子的威脅，其間費心費力的緊張高潮便完全沒有了。又如狼見東郭先生時並不著箭，只是虛應故事似的躲在囊裏一番，東郭救狼的大恩，因此顯得很薄弱。再如杖藜老人用土地神化身，頗覺無謂，而在狼的面前卻向東郭說：『這個東西，你救他做什麼？等我如今與你處置。』如此豈不露了痕跡？幸好此狼係屬笨伯，否則一撲一噬，豈止東郭傷生而已？」前揭書，頁206～207。

〔註108〕 徐渭書法奇絕奔放之說，可見於清・張廷玉《明史》卷288〈列傳第一百七十六・文苑四・徐渭〉：「渭天才超軼，詩文絕出倫輩。善草書，工寫花草竹石。嘗自言：『吾書第一，詩次之，文次之，畫又次之。』」前揭書，頁7388。

尼共犯》第二、三折同演巡捕吳守常審案，關目亦見重複。此外許潮《武陵春》、《蘭亭會》、《寫風情》、《同甲會》……等劇，前賢多評其關目單調曼衍，今歸之此類〔註109〕。

　　總上所述可以發現，嘉隆時期劇作家創作之際，多爲抒懷，又因中國古典戲劇受講唱文學的影響，多以敘述方式推動關目，因此情節的進展只有延展而無懸宕，況且篇幅非大，因之情節單純，遂少旁出之枝蔓。此外，在關目的安排上則見用心，或妥貼地帶出情節彰顯主題，或融情節與表演爲一，或使劇作餘韻無盡，皆見戲劇藝術之提昇，改進元人不重關目的情況。但文人作劇，遣辭造句美則美矣，然欲演諸場上，則不免鬆散單調之弊，亦是此時期劇作明顯的文士化現象之一。

三、曲文與賓白

　　關於賓白，在本文下編第壹章第二節論體製規律時，以專章論賓白於劇中有：揭示主題、刻劃人物性格及插科打諢等作用，又因文人作劇，遂有用字典雅形式工整、詩文辭賦皆見入劇、文字遊戲諧趣炫才及雕章琢句冗長無

袁宏道〈徐文長傳〉：「文長喜作書，筆意奔放如其詩，蒼勁中姿媚躍出。……不論書法，而論書神：先生者，誠八法之散聖，字林之俠客也。問以其餘，旁溢爲花草竹石，皆超逸有致。」陶望齡〈徐文長傳〉：「渭於行草書尤精奇偉傑，嘗言：『吾書第一，詩二，文三，畫四。』識者許之。」以上皆見於《四聲猿》附錄之一〈作者傳記〉，前揭書，頁185、189。

〔註109〕前賢對許潮諸劇之評價，如：明·沈德符《萬曆野獲編》卷25〈評論·詞曲〉「《太和記》」條下言：「向年曾見刻本《太和記》……齣既曼衍，詞復冗長，若當場演之，一折可了一更漏。雖似出博洽人手，然非本色當行。」前揭書，頁688。

青木正兒《中國近世戲曲史》第九章〈崑曲極盛時代（前期）之戲曲〉第四節〈其餘諸家〉「七、許潮」下言：「所作雜劇存於今者八種，均爲一折之短劇，其事多爲世人周知之故事。《武陵春》……《蘭亭會》……二種關目均單調，並無若何妙想傑構，曲多詩語，白概以文語爲之，終非本色當行也。其他六種，文體亦概如此。」前揭書，頁272。

曾師永義《明雜劇概論》第四章〈中期雜劇〉第四節〈李開先及其他短劇作家〉「2 許潮的《太和記》及其作者問題」下言：「這八本雜劇，由於取材都是節令中的文人雅事，目的也僅在於樂事賞心，自然只合於紅氍毹上或案頭清供。就結構來說，沈德符所指責的『曼衍』是深中其弊的。……關目有時也欠剪裁，如《武陵春》之插入天臺仙女托漁郎寄劉阮書，頗覺無謂。」前揭書，頁262。

可見諸說無甚大差異，大抵皆以此八劇結構鬆散、關目單調，而視爲案頭之曲。

趣等文士化之現象，於此不再贅述，以減枝蔓。

至於曲文，一般而言長於抒情，如楊恩壽即言：「凡詞曲皆非浪塡。胸中情不可說，眼前景不可見者，則藉詞曲而詠之。」〔註110〕但下筆之際，仍應符合戲曲語言施諸場上的特色，而非塗金續碧以炫才爲意。於此王驥德有一段精闢的論述，其言：

> 詞曲雖小道哉，然非多讀書，以博其見聞，發其旨趣，終非大雅。
> 須自國風、離騷、古樂府及漢、魏、六朝三唐諸詩，下迨花間、草
> 堂諸詞，金、元雜劇諸曲，又至古今諸部類書，俱博蒐精採，蓄之
> 胸中，於抽毫時，掇取其神情標韻，寫之律呂，令聲樂自肥腸滿腦
> 中流出，自然縱橫該洽，與勦襲口耳者不同。……至賣弄學問，堆
> 垛陳腐，以嚇三家村人，又是種種惡道！古云：「作詩原是讀書人，
> 不用書中一個字」。吾於詞曲亦云。〔註111〕

可知創作需以紮實的學問爲基礎，但卻不能刻意賣弄，使人有掉書袋的嫌惡之感。之後，李漁亦有類似的看法，主張曲文貴顯淺、忌塡塞，劇作者雖熟讀諸書，卻要不露斧鑿痕，「妙在信手拈來，無心巧合」，若欲「借典核以明博雅，假脂粉以見風姿，取現成以免思索。」則不免塡塞之病，畢竟傳奇不比文章，能於淺處見才，方是高手。〔註112〕及至近代，吳梅論製曲之法，其言詩詞多用典雅之語，曲則不然，曲文有雅有俗，當以淺顯、機趣、貼切爲旨，而達超妙之境。〔註113〕而曾師永義在〈評論欣賞中國古典戲劇的態度與方法〉一文中，對於曲文之欣賞與評論，則提出「高妙」二字，並言：

〔註110〕詳見清‧楊恩壽《詞餘叢話》卷2〈原文〉，此書收於《中國古典戲曲論著集成》九。

〔註111〕詳見明‧王驥德《曲律》卷2〈論須讀書第十三〉，此書收於《中國古典戲曲論著集成》四，前揭書，頁121。

〔註112〕詳見清‧李漁《閒情偶寄‧詞曲部》〈詞采第二〉、「貴顯淺」及「忌塡塞」部份，前揭書，頁18～20、23～24。

〔註113〕吳梅《顧曲麈談》第二章〈製曲〉第一節〈論作劇法‧（二）詞采宜超妙〉，文中言：「塡詞一道，本是詞章家事，詞采一層，無不優爲之，顧亦有所難言者，詞之與詩，其所用典雅之語，尚有可以通用之處……曲則不然，有雅有俗。雅非若詩餘之雅也，書卷典故無一不可運用，而無一可以堆垛……至於俗則非一味俚俗已也，俗中尤須帶雅。……雅則宜淺顯，俗則宜蘊藉，此曲家之必要者也……曰淺顯、曰機趣、曰貼切，詞家所首重者，而要其指歸，則在於入情入理而已。」（臺北：臺灣商務印書館股份有限公司，民國77年11月臺4版），頁114～118。

曲文所要求的境界就是自然高妙，無論本色或文采，只要達到自然
高妙，便是佳作。……又戲曲應當沒有不可用的語言，只要能做
到：1 述事如其口出，充分表現人物的身分和性情；所謂「生旦有
生旦之曲，淨丑有淨丑之腔。」2 使觀眾耳聞即曉，不假思索，直
接感動。3 明淨而不辭費。4 與賓白血脈相連，相生相成。5 表現的
韻味機趣橫生，而有清剛之氣流貫其間。這五點應當才是我國古典
戲劇遣詞造句的標準。〔註114〕

可見曲中文字，不僅演之舞臺要能通俗易曉，即使案頭吟詠，亦當意境雋永，
如此雅俗皆宜，自可視為名篇。

　　然而，自從元末明初高則誠《琵琶記》，以「清麗之詞，一洗作者之訛」，
開駢儷派之端緒，後世作者起而效法，甚至「以時文為南曲」、「好用故事」
〔註115〕，而劇作家士大夫的身份，文學涵養本自深厚，加上此時期文壇上又
有前後七子的復古思潮，以文必秦漢、詩必盛唐為創作主張，雖名復古，實
為擬古，只徒具形式，而未得前人神髓，這些都助長了劇作家追求駢儷的風
氣，如凌濛初即言：

曲始於胡元，大略貴當行，不貴藻麗，其當行者曰「本色」。……自
梁伯龍出而始為工麗之濫觴，一時詞名赫然。蓋其生嘉、隆間，正
七子雄長之會，崇尚華靡。弇州公以維桑之誼，盛為吹噓，且其實
於此道不深，以為詞如是觀止矣，而不知其非當行也。以故吳音一
派，競為勦襲。靡詞如繡閣羅幃、銅壺銀箭、黃鶯紫燕、浪蝶狂蜂
之類，啟口即是，千篇一律。……不惟曲家一種本色語抹盡無餘，
即人間一種真情話，埋沒不露已。〔註116〕

〔註114〕 詳見曾師永義〈評論欣賞中國古典戲劇的態度與方法〉一文，收於《中國古
典戲劇的認識與欣賞》，前揭書，頁317～318。

〔註115〕 詳見明・徐渭《南詞敘錄》：「永嘉高經歷明，避亂四明之櫟社，惜伯喈之被
謗，乃作《琵琶記》雪之，用清麗之詞，一洗作者之訛，於是村坊小伎，進
與古法部相參，卓乎不可及已。……以時文為南曲，元末、國初未有也，其
弊起於《香囊記》。……至於效顰《香囊》而作者，一味孜孜汲汲，無一句非
前場語，無一處無故事，無復毛髮宋、元之舊，三吳俗子，以為文雅，翕然
以教其奴婢，遂至盛行。南戲之厄，莫甚於今。」收於《中國古典戲曲論著
集成》三，前揭書，頁239、243。

〔註116〕 詳見明・凌濛初《譚曲雜箚》，收於《中國古典戲曲論著集成》四，前揭書，
頁253。

所論雖爲傳奇，但此追求典雅華靡的風氣，亦可見於雜劇文士化的現象之中。

此時，另有一派理論力矯藻麗之弊，推尊元曲大倡「本色」之說，如李開先言：「傳奇戲文……俱以金元爲準，猶詩之以唐爲極也」、「用本色者爲詞人之詞，否則爲文人之詞」〔註117〕，已將明初之後的曲家風格分爲「詞人之詞」與「文人之詞」，且推崇金元時期曲文語言的本色風格。何良俊也說：「塡詞須用本色語，方是作家。」、「《拜月亭》是元人施君美所撰……其才藻雖不及高（筆者按：指高明《琵琶記》），然終是當行。」〔註118〕他所謂的「本色語」是質樸易懂、天然妙麗的，比之爲女子「施朱傅粉，刻畫太過豈如靚妝素服、天然妙麗者之爲勝耶！」可知他是反對過份的雕琢辭章的。之後，徐渭更是大聲疾呼：

> 語入要緊處，不可著一毫脂粉，越俗、越家常，越警醒，此才是好水碓，不雜一毫糠衣，眞本色。

> 凡語入要緊處，略著文采，自謂動人，不知減卻多少悲歡，此是本色不足者，乃有此病。……點鐵成金者，越俗，越雅；越淡薄，越滋味；越不扭捏動人，越自動人。〔註119〕

他反對劇作家在語言上追求典雅藻麗、堆砌學問的創作傾向，而以「家常俗語」爲佳，在寫作上則要注意技巧，要「從人心流出」，要能「點鐵成金」，因此以唐詩爲喻，「文既不可，俗又不可，自有一種妙處，要在人領解妙悟，未可言傳。」〔註120〕但若一味堆垛拼湊，則主張「與其文而晦，曷若俗而鄙

〔註117〕 明·李開先〈西野春遊詞序〉中說：「傳奇戲文，雖分南北，套詞小令，雖有短長，其微妙處則一而已，悟入之功存乎作者之天資學力耳。然俱以金元爲準，猶詩之以唐爲極也。……國初如劉東生、王子一、李直夫諸名家，尚有金、元風格，乃後分而兩之；用本色者爲詞人之詞，否則爲文人之詞矣。」收於《李中麓閒居集》〈序文六之四十四〉，此書收於《四庫全書存目叢書》〈集部·別集類〉第92冊，前揭書，頁596。

〔註118〕 詳見明·何良俊《四友齋叢說》卷37〈詞曲〉，此書收於《元明史料筆記叢刊》，前揭書，頁337、342、339。

〔註119〕 詳見明·徐渭〈題《昆侖奴》雜劇後〉一文，收於蔡毅編著《中國古典戲曲序跋彙編》四，前揭書，頁2741～2742。

〔註120〕 詳見明·徐渭《南詞敍錄》言：「塡詞如作唐詩，文既不可，俗又不可，自有一種妙處，要在人領解妙悟，未可言傳。……或言『《琵琶記》高處在〈慶壽〉、〈成婚〉、〈彈琴〉、〈賞月〉諸大套。』此猶有規模可尋。惟〈食糠〉、〈嘗藥〉、〈築墳〉、〈寫眞〉諸作，從人心流出，嚴滄浪言『水中之月空中之影』，最不

之易曉也。」

　　至於「本色」，他也提出具體的解釋：

> 世事莫不有本色、有相色。本色，猶俗言正身也；相色，替身也。
> 替身者，即書評中「婢作夫人終覺羞」之謂也。婢作夫人者，欲塗
> 抹成主母而多插帶，反掩其素之也。故余於此本中賤相色，貴本色，
> 眾人嘖嘖者，我煦煦也，豈爲劇哉？凡作者莫不如此。〔註121〕

其謂「本色」，即本來面目，也就是創作之際，要能眞實地反映人物的思想情
感，使觀眾亦能爲之感動，而塗抹插帶或許富麗典贍，但卻掩蓋本來面目，
終不免「婢作夫人之譏」。綜上概述，可知此時期劇壇上兩種不同的創作理
論，反映在曲文之中，自是當行本色與典雅駢儷兩種不同的風格。

（一）當行本色

　　本色之語，固然質樸自然，卻不等於粗鄙淺陋。如呂天成《曲品》中
說：

> 本色不在摹勒家常語言，此中別有機神情趣，一毫妝點不來；若摹
> 勒，正以蝕本色。〔註122〕

可知本色不是單純地模仿日常語言，它仍是經過劇作家的藝術鍛鍊，是充滿
機神情趣的，故能增加藝術的感染力。在侯淑娟《明代戲曲本色論》中說：

> 所謂「本色語」是將常言俗語以「點鐵成金」的轉化方式，保存口
> 語的通俗特質，加入文學語言的藝術精粹。……旨在平易通俗中把
> 握「意趣」、「俊俏」之神，融合眞摯、雋永、詼諧、爽朗、沈著、
> 痛快等等文學特質，用白描的手法，表現自然天成的眞趣。〔註123〕

若果如此，則劇作家筆下的人物必見傳神，所敘之情必然動人。如臧晉叔〈元
曲選序二〉中言：

> 行家者，隨所妝演，無不摹擬曲盡，宛若身當其處，而幾忘其事之

> 可到。如〈十八答〉，句句是俗言常語，扭作曲子，點鐵成金，信是妙手。」
> 收於《中國古典戲曲論著集成》三，前揭書，頁243。
〔註121〕詳見明·徐渭《《西廂記》自序》一文，收於蔡毅編著《中國古典戲曲序跋彙
　　　　編》二，前揭書，頁647～648。
〔註122〕詳見明·呂天成《曲品》卷上，收於《中國古典戲曲論著集成》六，前揭書，
　　　　頁211。
〔註123〕詳見侯淑娟《明代戲曲本色論》第四章〈明代戲曲本色論的特質與檢討〉第
　　　　一節〈明代戲曲本色論的特質〉〈五、歸納戲曲語言的特質·（一）遣詞造
　　　　句〉。（私立東吳大學中國文學研究所碩士論文，民國81年6月），頁136。

烏有。能使人快者掀髯、憤者扼腕、悲者掩泣、羨者色飛，是惟優
孟衣冠，然後可與於此。故稱曲上乘，首曰當行。〔註124〕

這正是「說一人肖一人」，演員不僅求形似，更要「摹擬曲盡」，產生動
人的藝術效果，才可稱作「當行」。此外孟稱舜在〈《古今名劇合選》自序〉
中亦言「當行家之為尤難」，其言：

> 詩變為辭，辭變為曲，其變愈下，其工益難。然未若所稱當行家之
> 為尤難也。……迨夫曲之為妙，極古今好醜、貴賤、離合、死生，
> 因事以造形，隨物而賦象；時而莊言，時而諧談，狐末靚狚，合傀
> 儡於一場，而徵事類於千載；笑則有聲，啼則有淚，喜則有神，嘆
> 則有氣。非作者身處於百物云為之際，而心通乎七情生動之竅，曲
> 則惡能工哉！……學戲者，不置身於場上，則不能為戲；而撰曲
> 者，不化其身為曲中之人，則不能為曲，此曲之所以難於詩與辭
> 也。〔註125〕

他強調劇作家因事造形，隨物賦象，在刻劃人物之際，更要設身處地，才能
真實深刻地摹寫人物情態。可見所謂「本色當行」，大抵要求劇作家描寫人情
物態，必求體貼宛轉，於質樸自然之中見其真性情，而非以堆垛學問、逞才
炫奇為能事。嘉隆時期之劇作，如：康海《中山狼》、王九思《沽酒遊春》、
馮惟敏《不伏老》、《僧尼共犯》、徐渭《狂鼓史》、《翠鄉夢》、《雌木蘭》三劇
及《歌代嘯》、《蘇九淫奔》等劇，皆可歸之此類。

如康海《中山狼》曲辭豪放雄渾，最可看出當行本色的特質。且看東郭
先生唱道：

> 【混江龍】……命窮時鎮日價河頭賣水，運來時一朝的錦上添花。
> 您便是守寒酸、枉餓殺斷簡走枯魚，俺只待向西風、恰消受長途敲
> 瘦馬。些兒撐達，恁地波喳。（第一折）

> 【倘秀才】俺走天涯磨穿鐵鞋，哭窮途西風淚灑，討的個一事無成
> 兩鬢衰，他鄉何處是，迷路問誰來。那狼呵，知恁的浮萍大海。（第
> 二折）

已將其奔走天涯之淒涼苦楚，深刻地傳達出來。尤其在藏狼於書囊之中，趙

〔註124〕詳見明・臧晉叔〈元曲選序二〉，前揭文，頁2。
〔註125〕詳見明・孟稱舜〈《古今名劇合選》自序〉一文，收於蔡毅編著《中國古典戲
曲序跋彙編》一，前揭書，頁444。

簡子怒聲逼問：「您在路旁怎生不見他去來，您看俺劍者。（拔箭砍車轅科）東西南北，兀誰的隱諱了狼的去向，把這車轅兒做個賽例者。」東郭先生唱道：

> 【叨叨令】只見他笑溶溶的臉兒都變做赤留血律的色，提著那明晃晃的劍兒怕不是辛溜急刺的快，把一個骨碌碌的車兒止不住疋丟撲答的拍，卻教俺戰篤篤的魂兒早不覺滴羞跌屑的駭。兀的不閃殺人也麼哥！兀的不閃殺人也麼哥！您便是古都都的嘴兒使不著乞留兀良的賴。（第二折）

把一個漂泊天涯、手無寸鐵的讀書人，面對盛怒之下的大將軍的驚恐戒懼傳神地表達出來，未見雕琢而神采自現！至於用字亦見元人風貌，如「撐達」、「波喳」皆爲元曲習用之詞〔註126〕；至於【叨叨令】中許多狀聲詞的運用，更爲其成功之處，如「骨碌碌」形容轉貌和鳴聲、「疋丟撲答」形容水流之聲、「古都都」形容聲響或形象、「乞留兀良」形容絮聒不休的聲貌；也有寫神情的，如「戰篤篤」及「滴羞跌屑」皆寫發抖、驚悸、寒顫之貌。運用之際流暢自然，全無矯揉之態，孟稱舜此稱此曲：「極似元人」，並評此劇「雅淡眞切而微帶風麗，視王《沽酒遊春》曲，殆亦不肯居輕。」〔註127〕

　　此外，本色不同於俚俗，劇作家也藉著典故、成語、經史語的運用，而增加作品的雅趣，如王驥德即言：「好用事，失之堆積；無事可用，失之枯寂。要在多讀書，多識故實，引得的確，用得恰好，明事暗使，隱事顯使，務使唱去人人都曉，不須解說。又有一等事，用在劇中，令人不覺，如禪家所謂撮鹽水中，飲水乃知鹹味，方是妙手。」〔註128〕如《中山狼》劇中，中山狼恩將仇報遂有「問三老」之關目，東郭先生哀告老杏樹唱道：「您若救得俺呵，再重生眞是花開鐵樹。」（第三折【東原樂】）然而，老杏、老牛相繼言其該被狼吃，遂唱道：「罷了！罷了！都似這義負恩辜，俺索做鉏麑觸槐根一命殂。」（【綿搭絮】）、「這場兒的冤苦，向誰行來分訴？唬的俺似吳牛見月

〔註126〕此段所述元曲習用之詞，俱見《元曲釋詞》（北京：中國社會科學出版社，1983年～1990年第1版）。符號標示依據原書，圓點前的數字表示冊數，圓點後的數字表示頁碼。如撐達見於1.254、波喳1.142、骨碌碌1.666、疋丟撲答3.344、古都都1.666、乞留兀良3.101、戰篤篤4.379、滴羞跌屑1.442。

〔註127〕明·孟稱舜之說見於《新鐫古今名劇酹江集》眉批，收於《全明雜劇》（五），前揭書，頁2227、2214。

〔註128〕詳見明·王驥德《曲律》卷3〈論用事第二十一〉，收於《中國古典戲曲論著集成》四，前揭書，頁127。

兒喘吁吁。」（【拙魯速】），其中「鐵樹開花」、「鉏麑觸槐」、「吳牛喘月」皆為熟典，用之劇中既不礙其質樸，卻又另添情味。如此當行本色的寫作技巧，也為康海此劇帶來了「不遜元劇」的極高評價。〔註 129〕

　　曲辭白描，質樸自然而展現當行本色者，在馮惟敏《僧尼共犯》、徐渭《狂鼓史》、《歌代嘯》及《蘇九淫奔》等劇中，亦有可觀的成就。〔註 130〕如《狂

〔註 129〕 前賢對康海《中山狼》一劇之評價，如：沈泰《盛明雜劇》眉批「此劇獨攬澹宕，一洗綺靡，直掩金元之長，而減關、鄭之價矣！韻絕快絕！」又如明・祁彪佳《遠山堂劇品》「雅品」「《中山狼》北四折」條下言：「曲有渾灝之氣，白有醒豁之語。」此書收於《中國古典戲曲論著集成》六，前揭書，頁 153。

　　　　青木正兒《中國近世戲曲史》第六章〈保元曲餘勢之雜劇〉第三節〈王九思與康海〉下言：「《中山狼》……四折排場緊張，賓白無寸隙，曲辭語語本色，直摩元人之壘。」前揭書，頁 159。

　　　　曾師永義《明雜劇概論》第四章〈中期雜劇〉第一節〈康海與王九思・2 中山狼雜劇〉言：「其遣詞造句雅俗兼熔，雅的不覺其為經子中語，俗的亦不察其出於市井之口，但覺滔滔滾滾，如長河千里。文字語彙的運用，真是熨貼自然，天衣無縫。而對山使得他的曲辭顯出豪邁雄渾的另一個原因，則是擅於運用狀聲詞，……較之元人毫不遜色，而在明雜劇中除了周憲王外，是沒有誰比得上的。」前揭書，頁 205。

〔註 130〕 前賢對馮惟敏《僧尼共犯》、徐渭《狂鼓史》及《蘇九淫奔》之評價，大抵以「本色」「當行」為主，如明・祁彪佳《遠山堂劇品・逸品》「《僧尼共犯》北四折」條下言：「本俗境而以雅調寫之，自句皆獨創者，故刻劃之極，漸近自然。」此書收於《中國古典戲曲論著集成》六，前揭書，頁 168。

　　　　王季烈〈《孤本元明雜劇》提要〉「五十《僧尼共犯》」下言：「北曲頗當行，科諢至堪捧腹，用俚語處，俗不傷雅，足與徐文長之《歌代嘯》抗衡齊驅。」收於《孤本元明雜劇》（一），前揭書，頁 48。

　　　　曾師永義《明雜劇概論》第四章〈中期雜劇〉第二節〈馮惟敏與其他北雜劇作家〉「1 馮惟敏」中言：「《僧尼共犯》中的曲文，較之《不伏老》，更加本色質樸，通劇無一句綺麗語。……疊字、狀聲字用得很成功，頗有明快曉暢之感。」前揭書，頁 221。

　　　　徐渭《狂鼓史》在明・祁彪佳《遠山堂劇品・妙品》「《漁陽三弄》北一折」條下言：「此千古快談，吾不知其何以入妙，第覺紙上淵淵有金石之聲。」此書收於《中國古典戲曲論著集成》六，前揭書，頁 141。

　　　　吳梅《顧曲麈談》第四章〈談曲〉：「徐文長《四聲猿》，膾炙人口久矣。其詞雄邁豪爽，直入元人之室。」前揭書，頁 171。

　　　　曾師永義《明雜劇概論》第四章〈中期雜劇〉第三節〈徐渭・2《四聲猿》雜劇〉中言：「《狂鼓史》……本劇的曲辭一氣呵成，……用白描本色語，偶而也巧妙地融鑄極通俗的歷史掌故，而句句皆從肺俯中激出，故如急流奔湍，氣勢雄蕩，感人深邃。」前揭書，頁 239。

　　　　至於《蘇九淫奔》劇末有清常道人趙琦美之評：「詞采彬彬，當是行家。」王

鼓史》中禰衡罵曹操求賢之舉，不過是「饞貓哭一會兒慈悲詐，饑鷹饒半截肝腸挂，兇屠放片刻豬羊假。」（【寄生草】）即是藉著通俗生動的語言，深刻地批判曹操的虛僞，具體實現徐渭對戲曲語言「本色當行」、「常言俗語，扭作曲子，點鐵成金」的主張。又如《歌代嘯》在〈楔子〉中作者言：「探來俗語演新編」，在冲和居士〈凡例〉第一條亦言：「此曲以描寫諧謔爲主，一切鄙談猥事，俱可入調，故無取乎雅言。」〔註131〕已見其寫作態度不以典雅駢儷爲主，因之曲辭多見俚俗白描，如張和尚面對滿園冬瓜走失時，唱道：

> 【青哥兒】都是你這孤精孤精德懶，把我那瓜兒送在九霄九霄雲
> 外。我與你是那一世裡冤仇解不開？你怎的不説個明白，急得我抓
> 耳撓腮。拔起你的根荄，打碎你的形骸。直至狼籍紛紛點綠苔，也
> 解不得我愁無奈。（第一齣）

文字質樸白描，刻劃張和尚氣急敗壞的神情亦爲深刻。劇中亦有用典處，如第四齣演州官懼內，道：

> 孔夫子也説道：「出則事公卿，入則事婦兒。」孟夫子也説道：「庸
> 敬在兒，斯須之敬在上人。」下官豈有個不尊孔孟的理？

即借《論語・子罕》「出則事公卿，入則事父兄」及《孟子・告子上》「庸敬在兄，斯須之敬在鄉人」之語諧音雙關，而寓嘲喻之意。又如眾人救火之後，州官禁燈，對生員衛官甫道讀書人讀書之法：

> 【錦上花】……（衛）但願燈火之禁，略寬假生員些，道不得個讀
> 書人焚膏繼晷麼？
> （州）你又癡了。
> （唱）何不螢入疏囊？
> （衛）夏間便可，冬夜呢？
> （州唱）雪映窗紗。
> （衛）春與秋呢？

季烈〈《孤本元明雜劇》提要〉「一百十六《蘇九淫奔》」下言：「文筆頗佳，音律亦合。」收於《孤本元明雜劇》（一），前揭書，頁97。

曾師永義《明雜劇概論》第二章〈初期雜劇〉第四節〈無名氏雜劇・5《蘇九淫奔》〉中言：「論文字，堪稱上乘，得白仁甫、王實甫之筆意。本劇佳曲，俯拾即是，……華而不靡，麗而不俗，用典也用得很自然，難得的是妙語如珠，動人耳目。……本劇在明雜劇中算是難得的佳作。」前揭書，頁143。

〔註131〕冲和居士之〈凡例〉見於《四聲猿》附錄之五〈關於《歌代嘯》，前揭書，頁225。

（州唱）也可去隨月讀書。

（衛）月晦呢？

（州）你終年去讀，便曠了這日把兒，也不害事。

（唱）權當做哀多來益寡。

其中所用「焚膏繼晷」、「囊螢映雪」皆為熟典，引之入劇，既添作品機趣，亦合二人士子之身分，如此白描本色之語，袁宏道評之：

> 《歌代嘯》，不知誰作。大率描景十七，摛詞十三，而呼照曲折，字無虛設，又一一本地風光，似欲直問王、關之鼎。〔註132〕

言其成就直逼王實甫、關漢卿，可見評價之高。

而馮惟敏《不伏老》一劇，寫梁顥雖功名未遂，卻不減進取之志，如：

> 【油葫蘆】則俺這萬丈虹霓吐壯懷，包藏著七步才。你道你日邊紅杏倚雲栽，俺道俺芙蓉高出秋江外，打熬的千紅萬紫無顏色，終有個頭角改精神快，都一般走馬看花來。（第一折）

> 【青歌兒】呀！滿紙上風雲風雲變態，盡都是英雄英雄氣概，恰便是百萬精兵大會垓，箭戟相挨，金鼓齊篩，決戰明白勝負分開，子俺這筆尖兒奪得錦標來，真堪愛。（同前）

雄渾之氣，貫於曲中。孟稱舜即評此劇：「有氣蒸雲夢，波撼洛陽之概。此劇堪與王渼陂《杜甫遊春》曲媲美，置之元人中，亦自未肯低眉也。」、「二折三折四折，皆寫失意之況，然正如瓊筵貴客，雖醉中不作寒乞語也。」，甚至在第四折之眉批中說「通折皆落魄語，卻自雄鋒八面。」〔註133〕如：

> 【後庭花】不是俺醉醺醺閒鬥口，子怕走張張乾罷手，不能彀撲刺刺龍躍三門浪，也圖個戰騰騰鵬搏萬里秋。志難酬，只落得酒淹衫袖，眼見的紫金鱗不上鉤，小朱衣不點頭，妙文章一筆勾，好才華一鼓休，響名聲耳後丟，老道學眼不瞅，美前程水上漚，熱心腸火上油，破頭巾賊不偷，窮酸丁鬼見愁。（第三折）

疊字的運用，曲文的質樸白描及常見的熟典、成語，讀來有一氣呵成之感，把一個久困場屋，既不改其志，卻不免滿腹牢騷的讀書人形象刻劃得入木三

〔註132〕明・袁宏道〈《歌代嘯》序〉見於《四聲猿》附錄之五〈關於《歌代嘯》〉，前揭書，頁222。

〔註133〕明・孟稱舜之說見於《新鐫古今名劇酹江集》眉批，收於《全明雜劇》（五），前揭書，頁2757、2776、2805。

分。青木正兒評此劇：「作者自身爲舉人，終未及第之進士，蓋其胸中不平氣由此曲吐出，亦痛快之作也。曲詞語語本色，直迫元人。」〔註134〕

　　由上述略舉曲文可窺知所謂「當行本色」，即是自然眞實地表現人物的情感，不同的身份有不同的聲口，但相同的是句句從肺腑中流出，不假雕琢卻能感人至深，其辭多用白描，亦能巧妙地融鑄熟典、成語、俚語，增加機趣，再加上狀聲字、疊字、襯字的運用，更使作品氣勢滂薄雄渾，讀來明快流暢，正如王國維在《宋元戲曲考》中論元代雜劇及南戲之佳處，都說：「一言以蔽之，『自然』而已。」而「自然」即是「有意境」，即是「眞摯之理與秀傑之氣時露其間」〔註135〕。換言之，情眞也。

（二）典雅駢儷

　　高明《琵琶記》文字清麗耐讀，對文采派講究典雅駢儷的創作特色產生了很大的影響，但其文從心流出，自是感人肺腑。如凌濛初《譚曲雜箚》即言：

> 《荊》、《劉》、《拜》、《殺》爲四大家，而長材如《琵琶》猶不得與，以《琵琶》間有刻意求工之境，亦開琢句脩詞之端，雖曲家本色故饒，而詩餘弩末亦不少耳。……古戲之白，皆直截道意而已；惟《琵琶》始作四六偶句，然皆淺淺易曉。……今之曲旣關靡，而白亦競富。甚至尋常問答，亦不虛發閒語，必求排對工切。是必廣記類書之山人，精熟策段之舉子，然後可以觀優戲，豈其然哉？又可笑者：花面丫頭，長腳髥奴，無不命詞博奧，子史淹通，何彼時比屋皆康成之婢、方回之奴也？〔註136〕

〔註134〕詳見青木正兒《中國近世戲曲史》第八章〈崑曲勃興時代之戲曲〉〈五、馮惟敏〉，前揭書，頁191。

〔註135〕王國維《王國維戲曲論著　宋元戲曲考等八種》《宋元戲曲考》十二〈元劇的文章〉中言：「元曲之佳處何在？一言以蔽之，曰：自然而已矣。古今之大文學，無不以自然勝，而莫著於元曲。……彼但摹寫其胸中之感想，與時代之情狀，而眞摯之理，與秀傑之氣，時時流露於其間。故謂元曲爲中國最自然之文學，無不可也。」又十五〈元南戲之文章〉中言：「元南戲之佳處，亦一言以蔽之，曰：自然而已矣。申言之，則亦不過一言，曰有意境而已矣。故元代南北二戲，佳處略同；唯北劇悲壯沈雄，南戲清柔曲折，此外殆無區別。」前揭書，頁105、126。

〔註136〕詳見明・凌濛初《譚曲雜箚》，收於《中國古典戲曲論著集成》四，前揭書，頁253、259。

他認為《琵琶記》雖刻意求工，而多琢句修詞及四六駢文，但本色尚多，且用詞淺顯易曉，故無餖飣之弊。但高明之後，文人們對戲曲的文學價值有另一番體會，甚至作品中所呈現之作者才情，也成為衡量劇作優劣的評價之一。如胡應麟即言：

> 古教坊有雜劇而無戲文者，每公家開宴，則百樂具陳，兩京六代，
> 不可備之……唐制，自歌人以外，特重舞隊；歌舞以外又有精樂器
> 者，若琵琶、羯鼓之屬；此外俳優雜劇，不過以供一笑，其用蓋與傀
> 儡不甚相遠，非雅士所留意也。宋世亦然。南渡稍見淨、丑之目，其
> 用無以大異，前朝浸淫勝國，《崔》、《蔡》二傳奇迭出，才情既富，
> 節奏彌工，演習梨園幾遍天下，雖有眾樂，無暇雜陳矣。〔註137〕

以詼諧供笑的俳優雜劇，非雅士所留意；卻稱美《西廂記》、《琵琶記》之作者才情贍富，非其他眾樂所可比擬，其重文才之意明顯可見。然而時代推移，排比對偶日趨工整嚴密，甚至到了令人生厭的程度。如邵璨《香囊記》即開文采駢儷派之作風，如王驥德《曲律》〈論家數第十四〉即言：

> 自《香囊記》以儒門手腳為之，逐濫觴而有文詞家一體。……夫曲
> 以模寫物情，體貼人理，所取委曲宛轉，以代說詞，一涉藻繢，便
> 蔽本來。然文人學士，積習未忘，不勝其靡，此體遂不能廢，猶古
> 文六朝之於秦、漢也。大抵純用本色，易覺寂寥；純用文調，復傷
> 彫鏤。〔註138〕

徐復祚亦言：「《香囊》以詩語作曲，麗詞藻句，刺眼奪魄。然愈藻麗，愈遠本色。」〔註139〕這種藻飾文采的作法很快地蔚為風潮，徐渭即言：「《香囊》

〔註137〕 此處明·胡應麟《莊嶽委談》之說，轉引自傅謹《戲曲美學》第七章〈戲曲的審美功能〉第二節〈文人用以為抒情〉（臺北：文津出版社，民國84年7月初版），頁304。

〔註138〕 詳見明·王驥德《曲律》卷2〈論家數第十四〉，收於《中國古典戲曲論著集成》四，前揭書，頁121～122。

〔註139〕 徐復祚主張戲曲之語言宜用本色，其言：「傳奇之體，要在使田畯紅女聞之而趯然喜，悚然驚，若徒逞其博洽，使聞者不解為何語，何異對驢而彈琴乎？」因此，對於創作中追求典雅藻麗的作品，提出了嚴厲的批評，如：「《香囊》以詩語作曲，處處如煙花風柳。如『花邊柳邊』、『黃昏古驛』、『殘星破暝』、『紅入仙桃』等大套，麗語藻句，刺眼奪魄。然愈藻麗，愈遠本色。《龍泉記》、《五倫全備》，純是措大書袋子語，陳腐臭爛，令人嘔穢，一蟹不如一蟹矣。此後作者輩起，坊刻充棟，而佳者絕無。」以上詳見明·徐復祚《曲論》，收於《中國古典戲曲論著集成》四，前揭書，頁237～238、236。

如教坊雷大使舞，終非本色。……至於效顰《香囊》而作者，一味孜孜汲汲，無一句非前場語，無一處無故事，無復毛髮宋、元之舊。三吳俗子，以為文雅，翕然以教其奴婢，遂至盛行。」〔註140〕這種追求駢儷典雅的創作風氣，自然也會反映在雜劇的創作之上，如楊愼《洞天玄記》、陳自得《太平仙記》、陳沂《苦海回頭》、梁辰魚《紅線女》、許潮《太和記》及汪道昆《大雅堂四種》，皆可歸之此類。

　　文人劇作，每以詩詞之筆入曲，尤其在景物的刻劃上，更多意境雋美、文采斑爛之作。如楊愼《洞天玄記》形山道人欲度六賊，遂對諸人言道形山之美，唱道：

　　　【後庭花】愛的是臥白雲身世好，因此趁西風鶴背高。俺那裏綠水
　　　迢迢秀，青山疊疊巧。

　　　（袁）你那山料比吾山不同

　　　（道人唱）不比你燕鶯巢，俺那裏天然之妙，樹婆娑，鸞鳳巢，石
　　　嶙峋，龍虎包，春花香，秋月皎，夏風涼，冬雪飄。（第二折）

既度六賊，又領其遊山玩水，唱道：

　　　中呂【粉蝶兒】雲濕仙衣，聳晴空峰巒疊翠，隱藏著龍虎丹、金鳳
　　　龜。迎風聽鼓琴松，傍溪觀濆玉水，偃蒼龍鵲橋波沸，穿九洞上接
　　　天梯，撞三關五明宮內。

所述之景如仙境般縹緲，令人有凌雲出世之感。就用字言，除了對偶工整，更有一番清麗滋味。因此前賢評論此劇，大多肯定其才情，而譏其失律。〔註141〕

〔註140〕詳見明・徐渭《南詞敍錄》，收於《中國古典戲曲論著集成》三，前揭書，頁243。

〔註141〕前賢之論楊愼《洞天玄記》，如明・王世貞《曲藻》言：「楊狀元才情蓋世，所著有《洞天玄記》、《陶情樂府》、《續陶情樂府》，流膾人口，而頗不爲當家所許。蓋楊本蜀人，故多川調，不甚諧南北市腔也。」收於《中國古典戲曲論著集成》四，前揭書，頁35。
明・張琦《衡曲塵譚》〈作家偶評〉中言：「楊升菴頗有才情，所著有《洞天玄記》、《陶情樂府》，流膾人口；但楊本蜀人，調不甚諧，而摘句多佳。」同前書，頁269。
明・祁彪佳《遠山堂劇品》「雅品」「《洞天玄記》北四折」條下言：「所陳者吐納之道。詞局宏敞，識者猶以咬文嚼字譏之。」收於《中國古典戲曲論著集成》六，前揭書，頁153。
曾師永義《明雜劇概論》第四章〈中期雜劇〉第二節〈馮惟敏及其他北雜劇

　　寫景之外，在人物性格的刻劃上也見作者之用心。如梁辰魚《紅線女》，
吳梅曾言此劇：「賓白科段純爲南態，所異者止用北詞……曲文才華藻豔，亦
一時之選。」〔註142〕意謂梁辰魚此劇，用傳奇的創作手法創作雜劇，雖守元
劇規範，但其曲辭及賓白終非本色。如第二折紅線見薛嵩寢食不遑，遂問
其故：

　　黃鍾【醉花陰】螢月娟娟半盈缺，聽寒漏沈沈不歇，風旌影動龍蛇，
　　牧馬邊笳，刁斗軍中夜，爲甚麼譙咨嗟，一寸柔腸千萬結。

曲文之秀麗婉約，全無北曲蒜酪風格，反多南曲之柔媚。至於第三折中紅線
辭薛嵩前往魏州盜田承嗣之金盒，言道：

　　紅線別了主公，飛出潞州東南城角，沛乎如巨魚縱大壑，逸乎如鴻
　　毛遇長風；飛涉九霄之間，神遊八極之表；他日飛昇，一登閬苑，
　　不過如此也呵。

　　越調【鬪鵪鶉】曲灣灣月捲脩眉，亂紛紛雲垂秀髮；花簇簇絲履雙
　　穿，翠亭亭金釵對插；急滔滔海浪驚奔，響冷冷天風亂颭；閃爍爍
　　把匕首拿，虛飄飄將鶴背踏；羞殺了遠迢迢衝水的輕帆，氣騰騰戰
　　場的走馬。

賓白對偶工整，曲文尤見其才，兩句一對自是駢麗，尤其開頭的三個襯字，
藉著疊字的運用，帶出一氣呵成的氣勢，也刻劃紅線非凡的氣概。麗語之外，
自有一股英氣貫串其間。因此孟稱舜評此劇：「梁與梅禹金並是近代一名手，
而此劇較《崑崙奴》曲更輕俊可喜。」、「全折語俱雋麗」〔註143〕祁彪佳《遠
山堂劇品》置此劇於「雅品」並言：「秀婉猶不及梅叔《崑崙》劇，而工美之
至，已幾於金相玉質矣。」〔註144〕都可看出他們對此劇的評價。

　　此外，許潮《太和記》及汪道昆《大雅堂四種》則可作爲文人劇作追求

　　作家〉「2 楊慎」中言：「《洞天玄記》……在格律方面，更是亂七八糟。《遠
　　山堂劇品》列《洞天玄記》於雅品……所評甚是。」前揭書，頁 226。可知
　　諸說大抵肯定其才情，而譏其失律。
〔註142〕詳見吳梅《中國戲曲概論》〈卷中〉：「梁伯龍以南詞負盛名，北劇亦擅勝場。
　　《紅線》一劇，賓白科段，純爲南態，所異者止用北詞耳。蓋白語用駢儷，
　　實不宜於北詞。……惟曲文才華藻麗，亦一時之選。」前揭書，頁 15。
〔註143〕明·孟稱舜之說見於《新鐫古今名劇酹江集》眉批，收於《全明雜劇》（五），
　　前揭書，頁 2917、2938。
〔註144〕詳見明·祁彪佳《遠山堂劇品》「雅品」「《紅線女》北四折」條下，此書收於
　　《中國古典戲曲論著集成》六，前揭書，頁 154。

典雅駢儷、多用典故、好引詩文辭賦之典型。如沈德符《萬曆野獲編》即言
《太和記》:「出既曼衍，詞復冗長……雖似出博洽人手，然非本色當行。」
〔註145〕臧晉叔亦評《大雅堂四種》:「非不藻麗，然純作綺語，其失也靡。」
〔註146〕他們道出文人劇作之通病，卻也反映劇作詞采之藻麗可讀。如《蘭亭
會》中謝安言周公於三月上巳日會百官於洛水之上，唱道:

　　【南駐雲飛】曲水流觴，波送花香逐酒香。風細生紋浪，鳥媚供清
　　唱。嗏！勝跡久荒涼，幾星霜，洛邑蘭亭，千載同一賞，莫使周人
　　獨擅芳。

王羲之言石崇會賓客於金谷園之故事，唱道:

　　【南駐雲飛·前腔三】金谷樓頭，繞翠堆紅錦一丘。寶鼎沈煙臭，
　　繡幕流蘇縐。嗏！金屋貯嬌柔，不堪遊，富貴東流，惟有堤邊柳。
　　今日金谷比昔日如何？只落得殘日蟬聲送客愁，殘日蟬聲送客愁。

文字典雅清麗，可供諷誦，更藉前人典故而興弔古之懷，文人意興濃厚;尤
其劇中一套北雙調【新水令】套數，隱括〈蘭亭集序〉原文入曲，自然流暢，
而無斧鑿痕，足見作者筆下經營的功夫。又如《赤壁遊》中亦多就東坡〈前
後赤壁賦〉點染成曲的，如:

　　【畫眉序】柔櫓蕩滄浪，縹緲孤鴻去影茫。喜的是山高月小，水漾
　　蘋香。懷故國銀漢何方，望美人碧霄之上。(合) 一航，操向中流放，
　　恍疑是羽化飛揚。

　　【黃鶯兒】躍馬意何長，視東吳已入囊。軸轤千里旌旗望，橫槊時
　　氣揚，釃酒時態狂，誰知一把火神魂喪。(合) 歎興亡，江山如故，
　　何處覓周郎。

類似的情形亦可見於《午日吟》，此劇緣飾杜詩而成，故曲文亦多化用杜詩
處。〔註147〕至於汪道昆《高唐夢》援引宋玉〈高唐賦〉、〈神女賦〉之文入

〔註145〕詳見明·沈德符《萬曆野獲編》卷25〈評論·詞曲〉「《太和記》」條下言:「向
　　年曾見刻本《太和記》，按二十四節氣，每季填詞六折，用六古人故事，每事
　　必具始終，每人必有本末。出既曼衍，詞復冗長，若當場演之，一折可了一
　　更漏，雖似出博洽人手，然非本色當行。」前揭書，頁688。
〔註146〕詳見明·臧晉叔《元曲選》序二》其言:「曲有名家、有行家。名家者，出
　　入樂府，文彩爛然，在淹通閎博之士，皆優為之。行家者，隨所粧演，無不
　　摹擬曲盡，……故稱曲上乘首曰當行。……新安汪伯玉高唐洛川四南曲，非
　　不藻麗矣，然純作綺語，其失也靡。」前揭文，頁2。
〔註147〕《午日吟》中多見點染杜詩入劇，其例可見於《曲海總目提要》卷7《午日

曲，《洛水悲》引曹植〈洛神賦〉〔註148〕，更是明顯的例子。點染前人之作，除了便於題材之運用，更藉此鋪敘的過程，提昇了劇作的誦讀性及展現了作者的才華。因之，此類劇作前賢多歸爲案頭之劇〔註149〕，是爲文士化之

吟〉條下，前揭書，頁 3036。亦可見於徐子方《明雜劇研究》下編〈明雜劇存本考〉卷 2〈明中後期作家作品〉：「一〇八、《午日吟》」條下，前揭書，頁 311。

〔註148〕張敬《清徽學術論文集》卷 2〈南雜劇之研究〉第四章〈汪道昆的南雜劇〉第二節〈《高唐夢》的研究〉中說：「此劇的價值，在於能以幾個有限的曲牌而將一篇宋玉〈高唐〉〈神女〉兩賦脫化成爲一部有聲有色的劇本，其難能可貴處，尤在於將賦中詞句點成有規律的韻文，自非大手筆不辦。……從上舉幾隻曲詞，不但全本宋玉〈高唐賦〉的本意，一絲不苟，並且字句安排，全集曲賦中原有文句，而能聯綴成曲，句法平仄，無不協律，能將此劇和〈高唐賦〉同時披讀，簡直就和翻版一樣，看來容易，著筆實難，非精於曲律，熟精原賦的精髓，是無法辦到的。所以此劇的價值，在摹古的功夫上，實是留下一個良好的模範。」
同書第五節〈《洛水悲》的研究〉中說：「此劇的長處也和《高唐夢》一樣，能將賦文，點染成曲。……像上舉的曲文，無論意境安排，設詞方式，幾和曹賦一樣，而其中字句，簡直是就賦剪裁，無一點斧斲或勉強的痕跡，譬如『一葦難杭，無如河廣』，全用曹賦原句，以當曲中韻協地位，看來容易，實不簡單，所以此劇可當一篇舞臺上的〈洛神賦〉看。」前揭書，頁 160、163；168、170。

〔註149〕前賢以許潮、汪道昆諸劇，典雅少本色非當行，而歸之案頭者，如明・沈德符《萬曆野獲編》卷25〈評論・詞曲〉「雜劇」條下言：「北雜劇已爲金元大手擅勝場，今人不復能措手。曾見汪太涵四作，爲《宋玉高唐夢》、《唐明皇七夕長生殿》、《范少伯西子五湖》、《陳思王遇洛神》，都非當行。」前揭書，頁 693。其中《唐明皇七夕長生殿》應爲沈氏誤記，其說詳見曾師永義《明雜劇概論》第四章〈中期雜劇〉第四節〈李開先及其他短劇作家〉「3 汪道昆」前揭書，頁 267。
青木正兒《中國近世戲曲史》第九章〈崑曲勃興時代（前期）之戲曲〉第四節〈其餘諸家・七許潮〉中言：「《武陵春》……《蘭亭會》……二種關目均單調，並無若何妙想傑構，曲多詩語，白概以文語爲之，終非本色當行也。……要之，許潮之雜劇，結構之可取者雖少，然曲白典雅，書味盎然，但惜乏才氣耳。」前揭書，頁 272。
同書第八章〈崑曲勃興時代之戲曲・七汪道昆〉中言：「《高唐夢》、《五湖遊》、《遠山戲》、《洛水悲》，四種曲辭雖皆典雅，然少本色。」前揭書，頁 194。
張敬《清徽學術論文集》卷之二〈南雜劇之研究〉第六章〈許潮的南雜劇〉第十節〈許潮作品的總評〉中說：「許潮的八種雜劇，都是短劇，它的性質，可以說都是就固有的文章題材和形式，而加以典染爲雜劇面目，實是文人的案頭作品，絕沒有舞臺演出上的考慮的，因此實算不得爲真正的戲劇。」前揭書，頁 199。至於汪道昆諸劇，其說已引錄於前註，此處不再重複。

明顯特徵。

　　文人作劇，更可在曲文之斟字酌句，見其用心。如汪道昆《遠山戲》以四支南呂宮【懶畫眉】組場搬演張敞爲妻畫眉，此曲屬細曲，宜於生旦組場之文靜場面〔註150〕，且四曲之末句分別作「卻教我玉鏡臺前懶畫眉」、「眇眇愁余淡掃眉」、「等待郎描初月眉」、「爭似卿卿翠羽眉」，韻字全用「眉」字，緊扣「畫眉」關目，又與曲牌之名相應，足見文人雅趣。又如許潮《武陵春》中：

> 【後庭花】你與我濯瓷鐺烹紫芝，折松柴煮白石。篘雲液充酒醴，
> 炊胡麻具飯食。好與我細收拾，石榻上白雲掃去。啟柴扉方竹支，
> 翦藤蘿當道枝。除花陰徑上泥，拂漁磯石上衣。教蒼鶴庭前舞，放
> 白鷳窗外啼。

所用爲北曲仙呂宮【後庭花】增句格，據鄭騫老師說：

> 增句在末句之後，即照末句作，其第一句與末句對否均可，其餘各
> 句，對否亦可隨意。句數多少不拘，須每句協韻。〔註151〕

今觀許潮此曲，前四句工整駢麗及末五句增句皆用對偶，實可見其於文采上之用心經營。

　　經由以上所舉曲文，可以清楚地看出：文人作劇大抵以之抒懷遣興，而典雅綺麗的語言風格，則有利於他們抒發浪漫含蓄的情感意緒，加上他們追

曾師永義《明雜劇概論》第四章〈中期雜劇〉第四節〈李開先及其他短劇作家・2許潮的《太和記》及其作者問題〉中言：「這八本雜劇，由於取材都是節令中的文人雅事，目的也僅在於賞心樂事，自然只合於紅氍毹上或案頭清供。……作者著意的是文辭的表現，所謂典雅工麗，正是它們的共同特色。而造作無生氣卻是它們的弊病，清新雋逸則是它們的長處。」之後「3、汪道昆」中言：「他作這四本雜劇，不過把它當作四篇小品文來處理，目的是要文人案頭諷誦，讚美他的文辭。也因此，他對於題材的選擇、關目的佈置、排場的安排以及文字的運用，便不太考慮到場上的效果和平民觀眾了。……因爲形式內容是案頭小品，所以大雅堂四劇的賓白是整飭雅潔的，曲文更是典雅藻麗。」前揭書，頁262、263，266、267。

〔註150〕【懶畫眉】曲牌之特質，在王季烈《螾廬曲談》卷2〈論作曲〉第二章〈論宮調及曲牌〉言：「過曲聯絡之次序，總須慢曲在前，中曲次之，急曲在後。慢曲即細曲，皆有贈板。」之後舉例有贈板之曲則包括【懶畫眉】（臺北：臺灣商務印書館，民國67年臺1版），頁18。
又許守白《曲律易知》卷下〈論排場〉〈文靜短劇類〉下有「【懶畫眉】四或六」，並言：「宜於生旦出場唱之，若單用數支，亦成一套，乃最文靜之短劇也。」前揭書，頁126。

〔註151〕詳見鄭騫老師《北曲新譜》卷3〈仙呂宮〉，前揭書，頁91。

求才情和表現文采的普遍心態，反映在劇作中，便是辭章的著意用心，在典雅藻麗、引經據典、斟字酌句的過程中，提昇劇作的文學價值，有利於戲劇躋身文學殿堂之中，這是功不可沒的。然而，就在他們刻意追求藻飾，以塗金續碧為能事，以餖飣堆垛為炫才的同時，卻離舞臺日遠，離百姓日遠，而日趨案頭清供了，終不免「非當行」的批評了。

綜合以上「本色當行」及「典雅駢麗」兩部分的討論，可知嘉隆時期劇作在文辭上之特色，既有追求自然、情真、通俗的一類，也有一改俚俗為典雅的文人之作，就在兩派激蕩相成的情況下，劇壇日趨繁盛，則是不爭的事實。

第三節　嘉隆年間雜劇複雜多樣化的人物類型

嘉隆間雜劇作家筆下的人物是豐富多樣的，他們不同於才子佳人式的人物形象，他們各有其貌，各有其情，正如李漁《閑情偶寄》中言：

> 務使心曲隱微，隨口唾出。說一人，肖一人。勿使雷同，弗使浮泛。
>
> 若《水滸傳》之敘事，吳道子之寫生，斯稱此道中之絕技。〔註152〕

勿使雷同，弗使浮泛，自無千人一面之譏。於是舞臺上包羅萬象的人物類型，不僅反映了戲劇藝術的日趨精緻，更看到了大千世界的縮影。畢竟，在文人創作的同時，藉劇抒懷本是其動機之一。因此，筆者就劇中重要人物加以歸納分析，可得：士人形象、婦女形象、王侯官員、寺僧道人、市井百姓等五類，以下論之。

一、士人形象

文人作家取文人掌故為創作題材本是情味相近，因此，在人物類型的塑造上，文人形象成為主要內容，亦是自然而然的。此外，文化背景對於戲劇藝術的影響，也可以反映在劇作家所塑造的人物形象上，因而形成某一種典範性，進而反映著整個時代的總體風貌！

文人們首先關心的自是仕宦之途的順逆，因此劇中文人形象則有熱衷功名型，但能春風得意者，畢竟是少數，因此，劇作多著墨於仕途之艱辛坎坷，他們才高識廣，卻不為世用，滿腹牢騷，不吐不快，遂成憤世嫉俗之人。相對於此，則有淡泊名利的文人形象，視功名富貴如過眼雲煙，嚮往山林泉石與

〔註152〕詳見清・李漁《閒情偶寄・詞曲部》〈賓白第四〉「二、語求肖似」，前揭書，頁50。

世無爭的生活，進而以人生苦短，倡言及時行樂，這些都是以仕宦經歷爲出發點，而塑造出來的人物類型。此外，文人所津津樂道的，還有他們風流倜儻的浪漫情懷，因此，多情才子也是劇作家筆下不可少的人物類型。

在上述士人形象中，熱衷功名型是最常見，也是最具儒家理想人格的士人形象。他們在儒家積極入世的觀念下，依循著「修齊治平」的軌範，自我修持，不僅獨善其身，更要兼善天下，對於社會國家有著強烈的使命感，他們視科舉爲晉身之階，期望藉此平步青雲，一展所長。因此，熱衷功名，汲汲仕進，便成了此類文人的最大特徵。如馮惟敏《不伏老》中的梁顥、陳沂《苦海回頭》中的胡仲淵即爲此類士人之典型。劇中梁顥屢試不第，依舊不改其志，唱道：

> 【混江龍】……老夫功名未遂，遨遊四方，然而進取之志未已。……往常時書劍飄零遊五嶽，到如今文章光燄透三臺，只圖個長朝玉殿，平步金階，手扶社稷，袖拂塵埃，投至得丹墀獨對天人策，香飄飄煙含禁柳，影遲遲日轉宮槐。

> 【天下樂】休笑俺久困文場老秀才，從來志不衰。（第一折）

這正是科舉制度下熱衷功名的典型。

但世事多舛，士人們或因時運不濟，或因得罪群小，而使仕途受挫，因此滿腔不遇的悲憤，化爲憤世嫉俗之士人形象。如王九思《沽酒遊春》中的杜甫、徐渭《狂鼓史》中的禰衡、許潮《龍山宴》中的孟嘉，即是此類不平則鳴的典型人物。劇中杜甫嫉惡如仇，不滿權相掌政，荼害生靈；孟嘉傲睨疏狂，不隨流俗；尤其禰衡陰間罵曹一段，更令奸雄喪膽，大快千古人心。正如祁彪佳《遠山堂劇品》所言：「此千古快談，吾不知其何以入妙，第覺紙上淵淵有金石聲。」〔註153〕且置此劇於最高境界之「妙品」，可見評價。李廷謨〈敘《四聲猿》〉也說：「吾鄉文長先生，骯髒徒深，抑鬱誰語，耽情墨矢，淫意筆津，其所作《四聲猿》……文長以驚魂斷魄之聲，呼起睡鄉酒國之漢，和雲四叫，痛裂五中，眞可令渴鹿罷馳，癡猿息弄，雖看劍讀騷，豪情不減。」〔註154〕但憤世嫉俗的背後，恐怕更寄寓著士不遇的悲慨與無奈吧！

〔註153〕詳見明・祁彪佳《遠山堂劇品・妙品》「《漁陽三弄》北一折」條下，此書收於《中國古典戲曲論著集成》六，前揭書，頁141。

〔註154〕明・李廷謨〈敘《四聲猿》〉，收於蔡毅編著《中國古典戲曲序跋彙編》二，前揭書，頁870。

　　當希望不再，人們便會對所追求者進行省思！對於功名仕途亦如此！有汲汲於此者，也會有飽嘗辛酸後的冷眼旁觀，於是便有淡泊功名型的文人形象出現。如王九思《沽酒遊春》中堅辭翰林的杜甫、陳沂《苦海回頭》中棄官求道的胡仲淵、及汪道昆《五湖遊》中急流勇退的范蠡，都是此類士人形象的典型。正如杜甫與岑參同遊慈恩寺塔時，觸景生情，無限慨歎，唱道：

　　　　【金蕉葉】子見那點青霄飛來的遠鴻，虛飄飄無一個定蹤。這正是
　　　　雁飛不到處，人被利名牽。爲著這利名場奔忙到始終，我如今老來
　　　　也方纔自懂。（第三折）

宦海波折，沈浮無定，失望之餘，自然以淡泊名利、回頭是岸來自我解脫了。

　　既已淡泊名利，更甚者，便有及時行樂之想。如王九思《沽酒遊春》中有志難伸的杜甫，許潮《蘭亭會》中蘭亭修禊的王羲之，《午日吟》中賞舟宴飲的嚴武及《同甲會》中告老還鄉的文彥博等人，即爲此類士人形象的典型。如《午日吟》演劍南節度使嚴武於端午佳節，俱酒餚音樂，訪杜甫於草堂之事。既至草堂，嚴武唱道：

　　　　【駐雲飛・前腔】萬里鵬搏，長夏江村暫考槃，且共芳樽酌，莫爲
　　　　浮名絆。嗏！龍向此中蟠，且慢彈冠，和你酌弄漁舟，白日移須拚，
　　　　莫待悲秋強自寬。

期勉杜甫暫釋憂懷，及時行樂之意甚明！又藉二妓唱【節節高】二曲，而末二句作「莫把歡愉當等閒，若耶溪水今空湛」、「莫把歡愉當等閒，習家池館今空湛」，重複「莫把歡愉當等閒」用意可知，更唱：

　　　　【尾聲】古人憂樂今須鑑，遇良辰好與共耽，留取高風播劍南。

遇良辰美景，所當爲者何？自是及時行樂了。

　　文人士夫們對自我價值的肯定，除了斐然成章的絕世才華，更有風流倜儻、癡心情深的浪漫情懷。如汪道昆《洛水悲》中眞情不渝的曹植、《遠山戲》中鶼鰈情深的張敞及許潮《寫風情》中憐香惜玉的劉禹錫，即爲此類風流蘊藉的士人形象的代表。

二、婦女形象

　　除了上述豐富的士人形象，嘉隆時期雜劇中的婦女形象亦是多樣的，涵蓋了社會各階層，有大家閨秀型的官宦親眷、矢志守節的貞節烈婦、不讓鬚

眉的女中豪俠，也有深情不渝的多情女神，乃至社會底層的風塵歌妓，或是狂蕩淫奔的縱慾淫婦。劇作家塑造了不同的婦女形象，也通過她們反映了當時社會的諸多現象。

首先，在傳統禮教的規範下，婦女以三從、四德爲其行爲準則，不僅一般女子要做到「好馬不備雙鞍，烈女不嫁二夫」，甚至娼妓之流，亦都以三綱五常爲其行爲規範。因此，劇作中不乏「貞節烈婦」之婦女形象，康海《王蘭卿》中之王蘭卿即爲典型之例。王蘭卿原爲樂戶之女，上場即唱道：「但得箇夫妻美滿，便是我落葉歸秋。」（【混江龍】）、「做一箇三從四德好人妻，不強如朝雲暮雨花門婦。」（【寄生草】）已見其洗淨鉛華，專守女教之決心，之後夫死，服信明志，更見貞烈性格。

其次，官宦親眷也展現了傳統的婦女形象，她們溫柔婉約，隨順丈夫，如汪道昆《遠山戲》中張京兆夫人即爲此類典型。且看她道：「晚起慵妝，蛾眉懶畫，不免倚闌而望，佇立片時。」期盼良人歸家的心情，躍然紙上，一曲【懶畫眉】，更見款款深情：

> 【懶畫眉·前腔二】王孫歸路草萋萋，綺陌香塵咫尺迷，竟是綠肥
> 紅瘦斷腸時，含顰獨坐無情思，等待郎描初月眉。

張敞既歸，畫眉之餘，攜手同遊洗粧樓，舉酒君前，唱道「見黃鶯並翼，紫燕雙棲，百年中嫵婉良時，重閣上融和淑氣。」（【畫眉序】）她們把全部的情感、生命，投注在丈夫的身上，「黃鶯並翼，紫燕雙棲」則是此類婦女一生最大的期盼了！

至於多情的文人，筆下自然也少不了美麗多情的女神形象。如汪道昆《高唐夢》中的神女、《洛水悲》中的洛神及許潮《武陵春》中的天臺仙姑。她們的共同特色是：美麗、多情及仙凡殊途的悲劇色彩。〔註155〕如《高唐夢》中巫山神女憶其昔日侍楚懷王情景，唱道：

> 【香羅帶·前腔】……淚滴湘江水幾時徹，望帝春心啼未歇，待學
> 他鼓瑟湘靈也，風動朱絃寸心折。

〔註155〕詳見轟石樵主編《古代文學中人物形象論稿》〈先唐編·先唐文學中神仙形象的歷史變化及其文化意蘊〉之〈四、多情的女神〉中言：「上述作品中的神女形象，大都具備這樣三個特點：首先是她們的美麗。其次是她們的多情。另外是她們都以禮義自持而不能滿足自己的感情，總是當兩情依依之際而迫不得已地離去，因而帶有某種悲劇的色彩。」（北京：北京師範大學出版社，2000年3月第1版），頁70。

淚滴湘江，杜鵑泣血，正寫其情不得歸所，乃至肝腸寸斷。其因即如《武陵春》中天臺二仙姑所述，與劉晨、阮肇別後的心情：

> 【黃鶯兒】……仙凡路隔渾無計，青鸞既稀，黃犬又迷，桃花幾度
> 隨流水。寄郎知，王孫別後，洞口草萋萋。

情深如此，卻不得圓滿，更令人激起無限憾恨，進而嚮往眞情至愛的境界。這一方面反映了劇作家的浪漫情懷，一方面也寄寓著在禮教束縛下，人們對情感的追求，竟是如此地遙不可及，甚而以悲劇收場。

另外，明中葉以後，工商業發達，社會風氣日趨奢靡。因此，狎妓之風盛行。況且文人喚妓侍宴，自古如此，兼有因仕途不順，而放浪形骸極聲妓之樂者。〔註156〕因此在劇作中便屢見風塵歌妓之形象，如王九思《沽酒遊春》中的董妖嬈，徐渭《狂鼓史》中的女樂，《翠鄉夢》中的柳翠，汪道昆《遠山戲》中的女樂：陽阿、激楚、霓裳、羽衣，許潮《寫風情》中的名妓如雲、賽月，《午日吟》中的二妓，皆爲歌妓之形象。

此類劇作中透露著歌妓在風月場中討生活的心聲，如《翠鄉夢》中柳翠上場道：「一自朱門落教坊，幾年蘇小住錢塘，畫船不記陪遊數，但見桃花斷妾腸。」言其自從父親柳宣教過世之後，家業蕭索，遂賣身爲娼，過著追歡賣笑的生活。又如《寫風情》中杜司空府中差人前往富樂院喚名妓如雲、賽月，席間奉酒。如雲上場唱道：

> 【北・賞花時】恰纔箇雨散雲收睡起遲，可又早燕喚鶯呼催得疾。
> 我只得強玉腕整蛾眉，不能勾脂花脫離，可正是風裏絮任東西。

都表達了賣笑生涯的無奈與辛酸。他們除了在勾欄中做排場，還要承應官府、迎接官員、供奉遊賞，全然沒有個人的自由可言。當然她們是色藝雙全的，除了勸酒，還會唱歌、舞蹈、演奏樂器及鬥草行令。如《午日吟》中之

〔註156〕文人仕途失意，藉聲妓自娛，澆其塊壘。如清・錢謙益《列朝詩集小傳・丙集》「康修撰海」條下言：「德涵既罷免，以山水聲妓自娛，間作樂府小令，使二青衣被之絃索，歌以侑觴。……居恆徵歌選妓，窮日落月，嘗生日邀名妓百人，爲百年會，酒闌，各書小令一闋，命送諸王邸，曰：『此差勝錦纏頭也。』」同書「楊修撰慎」條下言：「甲申七月，兩上議大禮疏，……謫戍雲南永昌衛，投荒三十餘年，卒於戍，年七十有二。用修在滇，世廟意不能忘，每問楊慎云何。閣臣以老病對，乃稍解。用修聞之，益自放，嘗醉，胡粉傅面，作雙丫髻插花，諸妓擁之遊行城市，諸夷酋以精白綾作襖，遣諸妓服之，酒間乞書，醉墨淋漓，諸酋輒購歸，裝潢成卷。」前揭書，頁313、354。

二歌妓即「舞唱」【節節高】二曲及【尾聲】。《遠山戲》中的陽阿、激楚、霓裳、羽衣，既會鬥草行令，也會歌唱舞蹈。又如前述《寫風情》中鴇兒對如雲、賽月言：「今朝杜衙裡喚你兩箇去官唱，可忙收拾銀箏、象板、琵琶、弦子，隨公差去。」可見其色藝必出眾人之上，方為杜司空指名應官身。當然，風月場中唯利是圖的現象，則是不需諱言的真實面。但文人作家多未將之安排由歌妓之口道出，而以老鴇道出為多。如《寫風情》中老鴇安排上場即道：

> 我做鴇兒真有趣，子弟見我便退悔，千般套子圈將來，一箇法兒推出去。不論貴賤稱媽媽，但入門庭皆女婿，只怕子弟不粘身，不怕子弟不爭氣。子弟情不熱，不肯出厚利；粉頭情太熱，不肯尋別計。疏的箍攏使他親，密的撐開著他離；乖的舞弄得他愚，呆的勾引得他慧。好一會，歹一會；半粧聾，半粧醉，大抵難出牢籠計。

一切的作為只在「利」字。入門庭稱女婿，一旦床頭金盡，則推出門外，全無情義可言。

　　至於《同甲會》中喚梨園子弟演傳奇，則反映了明代中葉禁止官妓侑酒的現象。劇中文彥博道：

> 晉唐以來，諸老縉紳，每宴集必用妖姬豔妓。雖文如元白，武若李郭，顏頹齒豁，亦不能忘此胭脂氣味。所謂「不解文字飲，終日醉紅裙」是已。我朝雅上文字，舞娼歌妓，不與縉紳之席。近訪得西京有一個會演傳奇的子弟，殊有梨園格範，喚他來演一椿故事，侑酒解醒何如？

正如沈德符《萬曆野獲編》「禁歌妓」條云：

> 至宣德中，以百僚日醉狹邪，不修職業，為左都御史顧佐奏禁，廷臣有犯者至黜職，迄今不改。好事者以為太平缺陷，遠遜唐宋。〔註157〕

因此，在嚴禁官妓之後，席間改用孌童小唱、粧旦演劇，遂流行成風。同書「小唱」條云：

> 京師自宣德顧佐疏後，嚴禁官妓，縉紳無以為娛。於是小唱盛行，

〔註157〕詳見明・沈德符《萬曆野獲編》補遺卷3〈兵部・畿輔〉「禁歌妓」條，前揭書，頁969。

至今日幾如西晉太康矣。〔註158〕

此種風氣，亦可見於劇本之中。如許潮《南樓月》中之小侑兒，即爲明顯之
例。劇中小侑兒上場道：

> （丑二人扮小侑兒上）能消席上風流悶，善解天涯離別懷。雖然不
> 是眞紅粉，權當屏前十二釵。
>
> （丑見科，末）你這夥小侑兒，今夜務要殷懃。
>
> （丑）小的們年紀身材雖小，經伏事大人甚多。今夜不唱別的曲
> 兒，只唱一個後庭花承奉，不怕不歡喜。

「不是眞紅粉」、「年紀身材小」，知其爲孌童明矣。

另有一種婦女形象，亦可反映明中葉以後，世風淫靡於一斑，此即縱慾
淫婦。如《歌代嘯》中王揖迪妻吳氏、馮惟敏《僧尼共犯》中的尼姑惠朗及
《蘇九淫奔》中之蘇九。她們不顧道德規範，不守宗教戒律，只求情慾之滿
足。如《歌代嘯》中吳氏言其是「花隊魔王」、「逞風流先登驍將」，但「不期
嫁了王揖迪，偏生得刁鑽醜陋，異樣猥囊。可惜一塊好羊肉，倒送在狗口裏。」
遂與李和尚私情相通：「你看他溫存博浪忒通行，我留情望，只道是沒頭髮的
楚襄王。」（第二齣【小梁州】）李和尚則道：「像我這破戒追歡，可也緣投意
美。他愛咱是百鍊眞鋼，咱戀他是三春嫩蕊。」、「只爲這歡喜冤家，成就個
風流餓鬼。」（第三齣【越調鬥鵪鶉】）一個不守婦道，一個破戒追歡，所爲
只爲情慾之追求。而《僧尼共犯》中明進、惠朗的雙雙犯戒，已述於前，此
不贅述。更甚者則如《蘇九淫奔》中的蘇九了。這是嘉靖年間的眞實事件所

〔註158〕 明代官員好用孌童小唱之情況，除見於筆者文中所引明・沈德符《萬曆野獲
編》卷 24〈畿輔・風俗〉「小唱」條之外；亦見於該書同卷「男色之靡」條，
其下言：「至於習尚成俗，如京中小唱、閩中契弟之外，則得志士人致孌童爲
廝役，鍾情年少狹麗豎若友昆，盛於江南而漸染於中原。至今金陵坊曲有時
名者，竟以此道博遊婿愛寵，女伴中相誇相詬以爲佳事。」及卷 25〈評論・
詞曲〉「戲旦」條其下言：「自北劇興，名男爲正末，女曰旦兒……所謂旦，
乃司樂之總名，以故金元相傳，遂命歌妓領之，因以作雜劇，流傳至今。旦
皆以娼女充之，無則以優之少者假扮，漸遠而失其眞耳。」前揭書，頁 663、
664、694。

此外，在謝肇淛《五雜組》卷 8〈人部四〉下言：「今天下言男色者，動以閩、
廣爲口實，然從吳、越至燕雲，未有不知此好者也。……今京師有小唱，專
供縉紳酒席，蓋官妓旣禁，不得不用之耳。其初皆浙之寧紹人，近日則半屬
臨清矣，故有南北小唱之分。然隨群逐隊，鮮有佳者。間一有之，則風流諸
縉紳，莫不盡力邀致，舉國若狂。」前揭書，頁 185。

改編，蘇九幾番所遇非人，卻全無覺悟之意，甚至再嫁李四時，惱其醜陋愚鄙，遂言：「我終不然只守看這箇死人。罷了！我定有箇處置。（唱）從今後分付與人間俊才，愛我的任來纏，我愛的不用買。」性情如此，無怪乎劇名題「淫奔」了。

這些女子大抵感歎遇人不淑，兼傷青春易逝。因此，拴不住心猿意馬，遂有踰越禮法之行徑，如此放浪縱慾，也反映了當時社會之淫靡風氣。而此類淫婦形象也可視爲封建禮教下的畸形產物，所謂「父母之命，媒妁之言」，使得女性在婚姻問題上處於完全被動、任人擺布的處境，更被要求從一而終。因此劇中的淫婦形象是以一種畸形和罪惡的方式，表現出封建社會女性的某種自我覺醒的意識。它呈現出一種人性的扭曲狀態，即以縱慾的方式反抗禁慾或絕慾，反抗不合理的禮教束縛。〔註159〕思及於此，似不忍對此類婦女形象多作苛責了。

最後，還應看到的是在劇作中有另一類婦女形象——女中豪傑，亦爲劇作家們所稱揚。她們不同於傳統禮教下溫柔嫻靜的淑女形象，而是膽識才智俱全的。如徐渭《雌木蘭》中的花木蘭、《女狀元》中的黃崇嘏，皆是女扮男裝建功立業的奇女子。另外梁辰魚《紅線女》中的紅線，更散發著俠女的氣概，其自道：「雖長閨房，每臨戎陣，兒女情少，風雲氣多。」面對內使女邀其遊樂，唱道：

> 【鵲踏枝】（正旦）你只好錦帳中醉醺醺，華筵上舞翩躚。那裏知滿眼干戈，幾年間遍地丘墟，險些兒把中原價沒主，急煎煎黎民似斧內遊魚。（第一折）

面對薛嵩邀其恣情歡樂，更唱道：

> 【寄生草·么】奸雄輩尚未除，這些時正鵰旗夜卷黃沙樹，狐冰夜走黃河渡，狼烽夜報黃花戍。你須要祖生蚤著洛陽鞭，怎學那謝公閒賭山陰墅。

皆見其憂國憂民，居安思危的不凡氣概。第二折演田承嗣強兵壓境，意欲兼併潞州，薛嵩寡不敵眾，計無所出。此時紅線爲主分憂，夜闖魏州城。其唱道：「主公休認我閉月羞花情怯，那其間自有分別，那裏知我拔劍心腸劣。」

〔註159〕 詳見聶石樵主編《古代文學中人物形象論稿》元明清編〈元明清戲曲小說中的女性形象〉〈四、淫婦形象〉中「淫婦形象的歷史變遷」部分，前揭書，頁312～315。

（第二折【刮地風】）「氣昂昂方顯得香閨女子是小豪俠」（第二折【古水仙子】）此種豪俠之氣，孟稱舜亦加稱道：

　　　　二折三折俱善形容，無酸霧氣，亦無鹵莽氣，極似女俠聲口。〔註160〕

最後紅線功成身退，飄然遠舉。臨行，更勸薛嵩急流勇退、明哲保身。此種灑脫，自非閨閣婦女所能有。至於汪道昆《五湖遊》中之西施，亦為一女中豪傑。劇中范蠡聽了漁翁漁婦二段【漁歌】，知其寓「以才見殺」、「切莫自取其禍」而生歸隱之意：

　　　生：西子，你看那漁翁夫婦，分明是避世逃名。想我開國承家，富
　　　　　貴已極，雖知名遂身退，奈何身隱名彰。如今欲為汗漫之遊，使世
　　　　　人莫知蹤跡。漁翁既去，我等亦從此逝矣。
　　　旦：相公所見極是。……似這般勇退急流真是難得。

淡泊功名者，不僅范蠡，西施亦是矣。

　　從上所論，我們看到了劇作中婦女形象的刻劃是豐富的：有守禮教的貞節烈婦、典雅嫻淑的官宦親眷，是為傳統婦女之典型。在文人風流自賞的浪漫情懷下，多情神女也成了劇中常見的形象。此外，風塵歌妓、縱慾淫婦，則反映了社會奢靡淫佚的風氣囂囂日上。而此時也出現了反禮教，稱揚有才女子的思潮，施之劇作自是女中豪傑的形象刻劃了。

三、官員形象

　　劇作中官員形象，可分文官及武將兩類，以下先論文官。

　　文官如：徐渭《女狀元》中之周丞相、《歌代嘯》中之州官、馮惟敏《不伏老》中之監試官滕中正、呂丞相、《僧尼共犯》中之吳守常、梁辰魚《紅線女》之冷朝陽、劉長卿、楊巨源等眾官員，許潮《蘭亭會》中謝安、殷浩、褚裒，《寫風情》之杜司空、《南樓月》中之殷浩、褚裒、王述，《同甲會》中之文彥博等人及《蘇九淫奔》中之黃吏目等。

　　其中值得注意的是，劇中這些官員形象，反映了明中葉以後官場醜陋的一面。如《歌代嘯》中的州官、《僧尼共犯》中的吳守常及《蘇九淫奔》中的黃吏目。他們昏憒無能、顧預怕事，如《歌代嘯》中好色懼內的州官，審案時竟把「三清觀張」之「三」看成「王」，乃至顛倒是非地判了無辜的張和尚

〔註160〕明・孟稱舜之評，見於《新鐫古今名劇酹江集》眉批，收於《全明雜劇》（五），前揭書，頁2928。

枷逐還俗，而讓狡猾奸詐的李和尚作了住持，最後更是強辭奪理地把救火當賞的百姓，誣衊成欲乘機擄劫、拐帶婦女的罪犯，而以明火執杖定罪，終至只許奶奶放火，不許百姓點燈，昏庸專橫的形象實為深刻。《蘇九淫奔》中的黃吏目上場敘其所行父慈、子孝諸德政，實則是正言若反地諷刺社會風氣之敗壞。

　　對於審理案件，嚴刑峻法更是他們常用的手段。如《歌代嘯》中的州官，面對眾人否認涉案，怒火中燒，要左右把諸人夾起來，李和尚立即言道：「不用夾，我認了吧！」州官背言：「還是用刑好。若教我聆音查理的問，便到明年今日也不濟事。」在聽完李和尚所述，既驚訝又心虛言道：「這都這都是前日我偷丫的光景，他如何知得這等詳細。他想有些來歷，不可惹他。只問那張和尚便了。」而《蘇九淫奔》中更藉蘇九之口唱出了官府用刑之慘狀：

　　【醉春風】我則見刑具積如山，方信道法條密似網。兩邊廂轉過數
　　十人，他們直恁莽莽，繩扯住腳跟，棍攢住腰胯，鎖牽著脖項。（杖
　　科）（打科了）（旦哭科唱）

　　【紅繡鞋】先打了七十荊杖，又蓋了二十柔桑，苦也嫩皮膚都做了
　　棒頭瘡。（拶科）（夾科）（旦哭科唱）拶指兒誰曾受，夾腿兒幾曾嘗，
　　他交我從實供莫調謊。

官場中更甚者，則是貪財索賄的行徑了，如《僧尼供犯》中吳守常在官衙之上公然索賄，對明進、惠朗言：「你兩人湊些錢鈔，打點了事。」並與手下商議分贓之法，以「天下常例」如此，而全無愧色。至於《歌代嘯》中的州官，不斷以「薛州路」作為索賄的暗語，在百姓救火之後，更下令禁止點燈，其道：

　　【離亭宴帶歇拍煞】……（州）你回去，各人買個悶葫蘆兒，就從
　　今日起，把那每夜買油的錢趲著，到年終打開來一看。
　　（唱）只我替你們省下每夜買油錢，便一年間孝順我三五個鬼薪
　　兒，也不當作要。

在眾人退下之後，州官得意得說：

　　他百姓們辛苦了這一夜，虧我弄得他無賞有罰，又添出我無邊的生
　　意。正是口舌雖費，（伸手介）落得手底豐肥，良心斬收，（指膝介）
　　免他磕膝受苦。我好得意也！

把官員不顧民生、只圖私利的醜態，刻劃得入木三分，實亦明代官場現形

記。不僅官員如此，甚至連官府差役，亦往往結交權貴，魚肉鄉民，橫行無阻。其典型如《蘇九淫奔》中之高逢先，其任濮陽城之承差官，與當朝尚書從弟李廷材結交，其言：

> 我家中有財有寶，他家中有權有勢。俺兩箇合成表裏，論行藏昧天瞞地，放私債貧民遭害，賣官馬富户陪錢，串花街不肯使鈔，入酒肆只是行拳，向良家姦宿婦女，上公堂把持官員，左右使十數箇光棍，前後有七八箇幫閑，真箇是勢利交結，那裡得恩義牽連。

惡行如此，尚且大言不慚，則社會黑暗可見，作者批判之意可知矣。

至於《女狀元》中的周丞相、《不伏老》中的滕中正及呂丞相，大抵是科舉制度之下的主考官或監試官，他們以為天子拔擢人才為己任，如周丞相上場詩：「丞相平津東閣開，私門桃李盡移栽，況蒙天語張麟鳳，肯放冥鴻不網來。」並歌頌天子之聖明，如呂丞相即言：「今奉聖旨添設傳臚唱名之儀，鹵簿預設於丹墀，文武朝賀於玉陛，金榜由王門而出，綸音自天上而來。恩始當今，榮超往古。」就其本身而言，未有鮮明之性格，只可視為科舉制度下功成名就者之類型。

另一類文官只是隨侍上位者作為應酬唱和之用，如《紅線女》中之冷朝陽等三人，僅於第四折上場，奉薛嵩之命各賦一詩送欲訪道遠行之紅線。《南樓月》中殷浩諸人，隨庾亮南樓賞月，各對景抒懷，或寓行樂及時之意，或憂家國兵戎之禍，大抵是文人們身在江湖心懷魏闕的形神衝突的類型化人物。

武將則有：徐渭《雌木蘭》中的主帥辛平、梁辰魚《紅線女》中的薛嵩、田承嗣，許潮《午日吟》中的嚴武、《南樓月》中的庾亮及《龍山宴》中的桓溫……等。諸劇中有戰爭場面者僅《雌木蘭》一劇，藉此突顯木蘭立功沙場之英勇，辛平道：「俺如今要輦載那大砲石，攻打他深崖，那賊首免不得出戰，兩陣之間，卻令那花弧攔腰出馬，管取一鼓成擒。叫花弧與眾新兵那裏。」（第二齣）之後計成，擒得賊首，再藉眾軍唱【清江引】：「咱們元帥真高見，算定了方纔幹。」可見其作用在帶出花木蘭之英勇，就辛平而言，實未有深入之刻劃。其餘諸人出場時，大抵以威武之氣勢取勝，如《紅線女》中薛嵩戎服上場自報家門，其下場詩道：

> 三戰漁陽再度遼，雕弓在臂劍橫腰。匈奴若欲知名姓，且傍陰山再射鵰。

《龍山宴》中桓溫簪纓、貂蟬，裝扮上已見其顯赫，上場道：

> 晉鼎傾危孰敢安，青年拜將古今難。黃金臺上從容坐，百萬貔貅仰
> 面看。

自言其志：「蕩胸雲氣起層嵐，俯視乾坤若蟻旋」（【南排歌】）皆見凜然不可移易之威嚴氣勢。而《午日吟》中的嚴武，則演其兵戎稍閒，探訪杜甫之情誼，威儀之中不失寬厚之情。

至於《南樓月》中的庾亮則著重其干戈未平，憂國之懷，上場一闋【鷓鴣天】已見其情：

> 一夜西風過楚城，兔寒蟾冷桂香清。深沈帥府多蛩韻，寂寞天衢有
> 雁聲。懷抱惡，夢魂驚，思鄉戀闕意懸旌。且將瀟灑登樓興，翫弄
> 嬋娟直到明。

雖然皓月長空，但帥府深沈、蛩韻淒涼，天衢寂寞、雁聲傷懷，皆寓憂國之情。縱然瀟灑登樓翫月，怕也祇是強顏歡笑，終不免歎道：「方今王事多艱，不可耽長夜之飲。」行樂之際，心懷魏闕，忠君之形象可見一斑。

四、寺僧道人

文人作劇，宣揚佛道思想，除了可見當時三教合一的情形，作者或藉此架構一處桃花源，使在現實中不得志的心靈能有棲止之所；或藉此宣揚宗教意識，使人們拴鎖心猿意馬，回頭是岸。當然也敘述修行的不易，及探討戒律與情慾的糾葛等問題，反映在劇中，寺僧道人的形象刻劃，自是作者之代言者了。如楊慎《洞天玄記》及陳自得《太平仙記》的道士無名子、陳沂《苦海回頭》中的黃龍禪師、徐渭《翠鄉夢》中的月明和尚……等，都是修持深厚的道士高僧形象。在許潮《武陵春》中桃源主人及山中眾仙，體現了「玄邈」之實，《赤壁遊》中漁父（張志和玄眞子的後身）闡述修道的清虛之境，他們都是正面地宣揚了宗教意識。至於徐渭《翠鄉夢》中的玉通和尚、《歌代嘯》中的李和尚、馮惟敏《僧尼共犯》中的和尚明進、尼姑惠朗的形象刻劃，則是宗教戒律與人性情慾之糾葛。此外《歌代嘯》中利心略重的張和尚，亦未能謹守清規。凡此皆可視為劇作家面對宗教清修守戒的另一種聲音。

首先，修道的不易常見於僧人道士的自報家門，如《翠鄉夢》中玉通和尚、月明和尚上場之際，皆有一番陳述，喻之為寶塔上的階梯，跌磕蹭蹬，

何等艱辛！其境如荷葉上的露水珠兒，又要霑著，又要不霑著；如荷葉下的淤泥藕節，又不要齷齪，又要些齷齪。語意詼諧，卻留下無限禪意。尤其紅蓮設計誘使玉通和尚破了色戒，玉通大叫：「罷了！罷了！我落在這畜生圈套中了。」唱：

> 【新水令】我在竹林峰坐了二十年，欲河堤不通一線，雖是活在世，似死了不曾然。這等樣牢堅，這等樣牢堅，被一個小螻蟻穿透了黃河壩。
>
> （紅）師父，吃螻蟻兒鑽得漏的黃河壩，可也不見牢。師父，你何不做個鑽不漏的黃河壩？
>
> （生）我且問你，你敢是那個營娼，慣撒奸的紅蓮麼？
>
> （紅）我便是，待怎麼！
>
> （生）你這紅蓮，敢就是綠柳使你來的麼？
>
> （紅）也就是，又怎麼！師父，你怎麼這等明白！
>
> （生）我眉毛底下嵌著雙閃電一樣的慧眼，怕不知道！
>
> （紅）慧眼，慧眼，剛縫漏了幾點！（第一齣）

此齣雙調【新水令】南北合套，曲曲唱出玉通的懊惱，言道：「可惜我這二十年苦功，一旦全功盡棄。」對比著紅蓮的冷嘲熱諷，玉通的處境，著實令人同情，更見修道守戒之不易！

而修道之樂，在《洞天玄記》及《太平仙記》中，藉著無名子度化六賊，早日回頭，便能消業障、登仙籍中道出：

> 【青歌兒】……你與我穿著麻袍，腰繫著環條，身掛著椰瓢。吃的是美甘甘仙酒仙桃，聽的是韻悠悠鳳管鸞簫，玩的是舞翩翩朱頂仙鶴。拔宅沖宵，自在逍遙，更將那清風明月，一擔兒在杖頭挑，去來麼，俺和你再不走邯鄲道。（第二折）

此清虛逍遙之境，亦可見於《赤壁遊》中漁父改扮道服後所言：

> 【畫眉序‧前腔三】寒渚宿鷗翔，俯仰乾坤若空囊，頓覺禪心虛淨，道骨清狂，悟金丹斑虎胎中，探明珠驪龍腦上。

但世人大都捨本逐末，「英雄豪傑者，為功名所役；聰明特達者，為進取所羈；衣食富足者，為營利所縻；貧劣窮困乏者，為口腹所累。」（《洞天玄記》第二折）因此，若欲參禪悟道，首先應把富貴利名棄了，視「富貴如風中秉燭，利名似水上浮漚。」（《洞天玄記》第一折【六么序】）正如《苦海回頭》中胡

仲淵棄官訪道時與黃龍禪師一段對話，便見深意：

　　（師）既是問道，你受得靜麼？

　　（末）受不得靜，如何辭得官？

　　（師）你吃得淡麼？

　　（末）吃不得淡，如何辭得祿？

　　（師）出家離俗，在家離得俗麼？

　　（末）離不得俗，出家何用？

　　（師）落髮斷念，戴髮亦斷得念麼？

　　（末）斷不得念，落髮也無用！

棄官辭祿，離俗斷念，絕了六根，斷了六塵，自可性悟眞如，證得正果。以上這些僧人道士的形象都正面地肯定了宗教爲世人解脫塵寰、離苦得樂，提供了一個心靈的淨土。

　　至於《歌代嘯》中的李和尚、《僧尼共犯》中的明進、惠朗，都是爲情破戒的僧人形象，前已述及，此不累贅。而《歌代嘯》中的張和尚，雖被李和尚設計偷走了冬瓜，又嫁禍行奸之事，令人爲其無辜受害喊冤，但張和尚亦非清修無慾之人，其上場道：

　　　　誰說僧家不用錢，卻將何物買偏衫。我佛生在西方國，也要黃金布祇園。……師弟喚做李和尚，頗頗機巧，只是色念太濃。……但此事若犯，未免體面有傷，不如小僧利心略重，還不十分大犯清規。……想來世上無錢不行，或者他亦有所積，未可知也。不如將他喚出，用些言語，誘出他的錢來，增使在我這菜園上。只說收後除本分利，待臨期開些花帳，打些偏手，也是好事。像我這一片公道心，將來愁無個佛做！

其雖未動色念，然貪念已起，進而設計欲圖李和尚之積蓄，誰料反爲李所騙。如此行徑，終非出家僧人所宜有。此外，張和尚、李和尚上場時分別提到：

　　　　緊自人說我等出家人父親多在寺裏，母親多在菴裏，今我等兒孫，又送在觀裏。

　　　　咳！我的佛，你也忒狠心。若依愚見看來，佛爺爺，你若不稍寬些子戒，那裏再有佛子與佛孫！

可見作者對佛門子弟看似清修無慾的虛僞形象，表達了極大之嘲諷。也可知，

二劇作者藉刻劃反面的僧人形象，表達了對世事顛倒的憤慨及戒律不敵人慾的想法。正如柳詒徵在〈《歌代嘯》後記〉中所言：

> 遊戲之筆，前人不甚重視。要其意以滑稽當鑄鼎，非漫作也。冥紛瞀亂，終古如斯，涉世稍深，即知邏輯爲無用，而一切禮教、法制、戒律，罔非塗飾耳目之具，傷心人不痛哭而狂歌，豈得已哉！豈得已哉！〔註161〕

在滑稽調笑的戲謔之中，我們更看到了狂歌當哭的悲切與不平。

最後明代儒釋道三教合一的情形，亦可見於劇作之中，如：《洞天玄記》《太平仙記》中，無名子敘「天地之始，道本無名」，之後引三教之說，遂言：

> 所言雖異，其旨若合符節。後學不知其始，互相是非，深可嘆哉！
>
> 且如釋氏以明心見性，儒則窮理盡性，我道以修眞養性，意頗云同。
>
> 爲教雖三，其道則一。聖人之道大矣！人不能遍觀而盡識也。

同樣地在《赤壁遊》中，蘇軾、黃山谷、佛印禪師同遊赤壁，蘇軾道：「今夜之遊，儒釋俱有，缺一羽衣。」頗感遺憾。之後，漁父改換黃冠羽衣入座，三人鼓掌大笑：

> 適間說少一個道士，湊成三教，今子果如所願。奇遇！奇遇！

戲劇與時代之脈動相通，於此亦可證之。

五、市井百姓

戲劇反映人生，因此舞臺上除了風流才子、多情佳人、英雄豪傑、得道高僧、昏官酷吏⋯⋯等形形色色的人物之外，也還有生活在這片土地上的市井百姓，如：書僮、漁夫、田父、鄉裏人、老夫人、媒婆、賣酒姑、權貴富豪、幫閒等。雖然他們不是劇作主腳，卻也是有感情有個性的小人物，爲妝點舞臺氣氛，烘托劇作主旨，都有其不可忽略的作用。

文人作劇多取文人掌故爲題材，因此書僮便是劇中常見的小人物。如陳沂《苦海回頭》中胡仲淵之奚童、馮惟敏《不伏老》中梁顥的書童、許潮《蘭亭會》中王羲之書童王才、五絕⋯⋯等皆是。在主人困頓之際，他們扮演著義僕的腳色，如胡仲淵之屢屢落第，奚童相伴寬慰，不曾稍離，即使在受譖

〔註161〕柳詒徵〈《歌代嘯》後記〉見於《四聲猿》附錄之五〈關於《歌代嘯》〉，前揭書，頁226～227。

遠謫之際，亦不改其忠：

> （末）奚童，你服侍我做秀才，以至做官，今日又隨我貶竄天涯，
> 我做個忠臣，你做個義僕，有何不好，但未知你心下如何？
>
> （奚童）相公休煩惱，自古道忠臣不怕死，我小僕敢辭勞，已整備
> 琴書，即日登程。（第三折）

主僕相互輝映，亦爲以賓顯主之筆法。而《蘭亭會》中副末扮王才、丑扮五絕除了一段科諢調劑場面之外，王才與王羲之輪唱，道出「勸君休惜買花錢，春色辭人去不還」之主題，諸賢聚會，王羲之展其多才，之後喚五絕收拾文房四寶，又有一段對話：

> （眾）盛价如何喚做五絕？
>
> （生）因他禿絕、麻絕、齁絕、矮絕，又且油絕，故喚做五絕。
>
> （眾）今右軍碁絕、琴絕、書絕、畫絕，兼爲文章又絕，亦是五絕，
> 可謂有是主而有是僕矣。

可見五絕之安排，除了增加場上詼諧之氣氛外，更有烘托主腳之用意。

有正面形象之書童，反之亦有。如《不伏老》中梁顥之書僮，梁顥一再落第，喚其收拾行李，既不予理會，甚至冷言相譏：

> 這頂老頭巾我收拾得不耐煩了，他也怕了我，我也怕了他。
>
> 只怕你中了進士，做官之時，我也老得掙不得錢，娶不得家小了
> 也。

皓首窮經，未能爲世所用，已是苦楚，甚而連跟在身邊的書僮都看不起他，不免令人扼腕！之後梁顥參加會試等待放榜消息，其中一段情節更刻劃了書僮現實勢利的性格：

> （丑急叫門介）
>
> 末：報信人來了，書童，快去開門。
>
> （徠鼾睡不應，丑又打門，末又叫介）
>
> 徠半醒云：不要開門，他是索酒錢的。
>
> 丑打開門入報介：老爺恭喜高中了。
>
> 徠：好靈夢！我方纔睡著，夢見俺爺高中，自己先報了，那裏希罕
> 你來報喜。

態度驟然轉變，只因報信人帶來了梁顥高中的消息。短短數語，人物勢利之形象躍然紙上，而這難言之苦，大概是科舉制度下文人的心痛吧！

現實的功名難求，文人們轉而嚮往淡泊名利的逍遙境界。因此就有吐辭
不俗、仙風道骨的漁人出現。如汪道昆《五湖遊》中的漁翁、漁婦，即藉兩
首「漁歌」寄寓急流勇退的警世之意。許潮《武陵春》中的漁人黃道眞上場
自報家門，道其：

> 惟駕小舟，捕魚江湖，友魚蝦而侶龜鱉。每遇山奇水異處所，無不
> 留心尋訪仙蹤隱跡。

既合漁人身份，更具逍遙性格，劇作家藉其偶入桃花源，帶出文人嚮往的清
虛境界，並諷刺時人「籍山林以爲廊廟之捷徑」的作爲，以之爲沽名釣譽，
而非眞正安於山林者。

此外，老夫人的形象也是劇中常見，如：康海《王蘭卿》中張于鵬之母
親辛氏，她有著傳統婦女柔順的特色，沒有鮮明的自我色彩，劇中藉其讚歎
王蘭卿孝順勤儉來突顯蘭卿貞良之性格。又如徐渭《雌木蘭》中木蘭之母，
則反映了男女有別，授受不親的禮教觀念。面對木蘭改扮男裝替父出征，不
捨之際，更有一事在意，其言：

> 你又是箇女孩兒，千鄉萬里，同行搭伴，朝參暮宿，你保得不露出
> 那話兒麼，這成什麼勾當？

木蘭答道：「娘，你儘放心，還你一個閨女兒回來。」十二年後，木蘭返家，
對其母言道：

> 【耍孩兒】……我緊牢拴，幾年夜雨梨花館，交還你依舊春風荳蔻
> 函，怎肯辱爺娘面。（第二齣）

至此，其母心中一塊大石方才放下。今日視之，或覺其不合人情，然而在古
代重視貞節的觀念下，這樣的心情是可以體會的。因此在《蘇九淫奔》中孟
懷仁之母得知蘇九淫奔之事，執意將其扭送官府，並依律休離，則非不近人
情，而是時代觀念的反映了。

至於一般善良純樸的百姓，如：王九思《沽酒遊春》的田父、陳沂《苦
海回頭》中的家下人、鄉裏人，在劇中他們無舉足輕重的地位，甚至沒有一
句臺詞，但卻是劇中主腳杜甫、胡仲淵在飽嘗人情炎涼、宦海波濤之後的一
股暖流！

人情的現實勢利，豪門戚族、富家子弟的仗勢欺人及幫閒子弟的無賴，
也都可在劇作中看到。《王蘭卿》中富家郎依其有錢，便欲強娶蘭卿，使蘭卿
服信明志。《沽酒遊春》中衛大郎倚仗其父曾任工部尙書之職，家中多有錢財，

才性愚魯，不重斯文，終日尋花問柳，視秀才為窮酸，視文房四寶為無用之物。此時勢利的賣酒姑自以錢財為寶，視之為上客，而將有才無錢的杜甫趕下樓了。《蘇九淫奔》中的李廷材為尚書從弟亦似此。而權貴身邊之幫閒如《蘇九淫奔》中高逢先道其身邊有七八個幫閒，即此處朱、李二人。劇中清楚地刻劃他們的行徑，朱邦器上場道其：「幼年常做不平事，長途打劫世人財。」李邦問則言其：「氣毬馳偏濮陽城，風情佔滿臨清郡。栽花種草可為生，宿娼賭博能消悶。」之後李對朱言，人稱其「尋鬼」、「光棍」似覺名字羞人，朱答道：

> 笑罵從他笑罵，咬嚼還我咬嚼。但得嘴兒油油的，肚兒圓圓的，管
> 什麼名兒不名兒。（第三折）

他們寄生在權貴豪門之中，為他們出點子，出入花街柳陌，消其煩悶，不事生產，亦無廉恥，自是無賴之徒的典型。

　　總上所述，可知嘉隆時期劇作家筆下的人物類型是複雜化的。主要人物各見其貌，各述其情，豐富了舞臺上的每一齣戲。次要人物雖未有深刻的個性，但類型化的共性，亦是明白可見。二者相互輝映，使此時期劇作在人物形象的刻劃上，避免了千人一面的呆板，呈現出豐富多樣的面貌，這也是戲劇藝術更上一層樓的表現。

第參章 嘉隆年間雜劇呈現之時代意義

　　每一個時代的文學與藝術都脫離不了當代社會環境的影響，取材於現實，卻又從作品中反映那個時代特有的面貌與特質。戲劇當然也不例外，尤其戲劇以具體的人生情境爲描摹對象，藉著舞臺上小小的天地，卻反照出無垠的大千世界，其與社會環境的關係自可想見。

　　明中葉以來，君王昏昧，權臣當道，有志之士空有滿腹經綸卻無施展的機會；思想上受到陽明心學、泰州學派之影響，一方面肯定人的私慾，一方面追求個性之自由，自我意識高漲，而不願再受禮教束縛，於是創作不必非經世濟民之大道，而是以之抒懷寫志；相應於李贄高呼「絕假純眞」的〈童心說〉、公安三袁以「獨抒性靈，不拘格套」的創作主張，文壇上求眞的浪漫思潮，成爲這一時期的創作主流。這一切，都反映在劇作之中。

第一節　人情世態的摹寫

　　嘉隆年間的雜劇作家，以敏銳的情感體會了大時代的脈動，藉戲劇反映人生，舞臺上生旦淨末丑的悲歡離合，眞實深切地呈現人生百態。

一、縱欲享樂，道德淪喪

　　經濟發達，刺激了人們的生活慾望，社會風尚也由簡樸轉向奢靡浮華，如范濂《雲間據目抄》〈記風俗〉中對松江地區人們生活的變化，充滿感慨地說：

> 風俗自淳而趨於薄也，猶江河之走下而不可返也，自古慨之矣。吾
> 松素稱奢淫，點傲之俗，已無還淳挽樸之機。兼以嘉、隆以來，豪
> 門貴室，導奢導淫，博帶儒冠，長奸長傲，日有奇聞疊出，歲多新
> 事百端。牧豎村翁，競為碩鼠，田姑野嫗，悉變妖狐。倫教蕩然，
> 綱常已矣。〔註1〕

社會風尚之奢靡，從豪門貴族，到牧豎村翁、田姑野嫗，乃至勾闌中人，無
不競逐奢華，以此相誇，其程度甚至僭越規範而擬於王侯，面對這難以遏止
的會社風尚，范濂只能慨歎「倫教蕩然，綱常已矣」，卻無回天之力。

人們競逐浮華的同時，也意味著不再受禮教的束縛，李贄在〈答鄧明府〉
中更大聲疾呼：

> 如好貨，如好色，如勤學，如進取，如多積金寶，如多買田宅為子
> 孫謀，博求風水為兒孫福蔭，凡世間一切治生產業等事，皆其所共
> 好而共習，共知而共言者，是真邇言也。……此余之實證實得處也，
> 而皆自於好察邇言得之。故不識諱忌，時時提倡此語。〔註2〕

在這裡他把「吃飯穿衣即是人倫物理」的觀念發揮的淋漓盡致。於是，縱欲
享樂的浮世繪，便一幕幕呈現在劇作之中。其中典型之例可以《蘇九淫奔》
中的蘇九姐為代表。劇中蘇九姐怨其夫婿孟懷仁愚蠢，而與唐國相一見傾心，
繼而相約私奔，孰知唐國相竟騙其財物而去，蘇九姐事跡敗露，被婆婆扭送
官府，黃吏目因其不執婦道，遂判離異歸宗，遊街示眾以示警惕。此時孟懷
仁竟說：

> 丑云：失節也是婦人之常，我見城中老大的人家，都不計較這件事，
> 何況小子。（第二折）

短短數語，已見淫靡風熾，全非禮教所能拘束。蘇九回到娘家為幫閒哄騙，
嫁了個比孟懷仁更醜陋的李四官，蘇九姐雖大失所望，卻不改其性，唱道：

> 【尾聲】從今後分付與人間俊才，愛我的任來纏，我愛的不用買。（第
> 四折）

此劇最後「題目」云：「嘉靖朝辛丑年間事，濮陽郡風月場中戲」、「正名」
云：「尚書巷李四吊拐行，慶豐門蘇九淫奔記」，可知實有其人其事。而劇

〔註1〕 詳見明‧范濂《雲間據目抄》卷2〈記風俗〉，收於《筆記小說大觀二十二編》
　　　　第5冊，前揭書，頁2625。
〔註2〕 詳見明‧李贄《焚書》卷1〈答鄧明府〉，前揭書，頁40。

中藉蘇九之口道：「十個人兒敢有九個把漢子養。」（第二折【煞尾】）更寫出了當日淫靡縱慾之世俗百態。又如馮惟敏《僧尼共犯》，更以和尚明進與尼姑惠朗兩個佛門子弟，都不禁不住情慾糾葛的情節，突顯社會風氣敗壞之狀！

　　明代文人們酷愛園林及山水，觀劇、赴宴幾乎已成為他們生活中不可或缺的部分，在宴會雅集中吟風弄月，在自然美景中怡然心醉，於是詩酒相酬、美妓侑觴，或登樓賞月，或節慶祝壽，林林種種的名目，都是他們享受生活的具體表現。如許潮《太和記》八種，除《武陵春》、《寫風情》兩劇之外，都以文人宴遊為題材，雖藉古人之名施諸劇作，實為當時文人生活之縮影。如張岱〈自為墓誌銘〉追述其過往時光之優游景況：

> 少為紈袴子弟，極愛繁華，好精舍，好美婢，好孌童，好鮮衣，好
> 美食，好駿馬，好華燈，好煙火，好梨園，好鼓吹，故古董，好花
> 鳥，兼以茶淫橘虐，書蠹詩魔。〔註3〕

張岱雖述其年少時優渥之生活，但其中種種逸樂，卻是明中葉以後文人生活的共相，此亦為雜劇作品中宴遊類劇作增加的原因。追逐逸樂的生活，也容易產生及時行樂的人生觀。如許潮《蘭亭會》之王羲之、《午日吟》之嚴武……等都可視為此類型之代表。《蘭亭會》中王羲之上場唱：

> 【一枝花】新煙生遠嶠，旭日鳴嬌鳥。綠樹已藏鴉，紅將少。春思
> 悠悠。　何處開懷抱，唯有蘭亭好。約友乘時，向翠微深處芳樽
> 倒。

「約友乘時，向翠微深處芳樽倒」，正見其及時行樂的人生觀。

　　縱欲享樂、奢靡的生活，進一步則容易導致道德淪喪，世風敗壞。《蘇九淫奔》中高逢先上場自報家門，言道：

> 小子名喚高逢先，……幼年間結識朋友李廷材，與我交驩。我家有
> 財有寶，他家有勢有權，俺兩箇合成表裏，論行藏昧地瞞天，放私
> 債貧民遭害，賣官馬富戶悟錢；抨花街不肯使鈔，入酒肆只是行兇；
> 向良家姦宿婦女，上公堂把持官員；左右使十數個光棍，前後有七
> 八箇幫閑，真箇是勢利交結，那裡得恩義牽連。（第四折）

二人結合權勢為所欲為，掀天翻地，全無愧色，只以勢利相交，道德二字早

〔註3〕詳見明‧張岱《瑯嬛文集》卷5，（長沙市：嶽麓書社出版，1985年7月），頁199。

已淪喪。劇作家藉二人之口，道出了嘉靖時期現實世界的黑暗面，儒家的道
德仁義，恐爲世人遺忘久矣。

　　道德淪喪，逐利奢華的生活，使人們變得現實勢利。如王九思《沽酒遊
春》中的賣酒姑與衛大郎，即是明顯的例子，二人一搭一唱竟把無錢買酒的
大詩人杜甫趕下樓去，留下賣酒姑口中的佳客衛大郎，此佳客如何，且聽其
自報家門：

　　　　家中有幾文錢，才性魯，不好讀書，好飲幾盃花酒。（第二折）
自古人們皆說：「萬般皆下品，唯有讀書高」，至此斯文掃地，豈不令作者感
慨而寓絃外之音？〔註4〕金錢至上的觀念，搖撼著社會秩序，侵蝕著人心，朱
載堉小令【南商調黃鶯兒】〈罵錢〉有云：

　　　　孔聖人怒氣衝，罵錢財狗畜生。朝廷王法被你弄，倫理綱常被你
　　　　壞，殺人仗你不償命。有理事兒你反復，無理詞訟贏上風。俱是你
　　　　錢財當車，令吾門弟子受你壓仗，忠良賢才沒你不用。財帛神當
　　　　道，任你們胡行，公道事兒你滅淨。思想起，把錢財刀剁斧砍油煎
　　　　籠蒸。〔註5〕

雖是「罵錢」，卻道盡了有錢行遍天下，無錢寸步難行的社會現實勢利面。

　　至於描摹一個幾近變形的社會百態，恐怕非屬《歌代嘯》不可了。全劇
以李和尚爲貫串人物，演其狡詐，偷走張和尚的冬瓜，又與王揖迪妻有私情，
甚而作弄王揖迪，又嫁禍張和尚，至官問斷，又是一個變形的官衙，善妒的
州官夫人放火，懼內的州官索賄，這一切荒謬的令人匪夷所思。劇作家以【臨
江仙】一詞抒發劇作題旨：

　　　　世界原稱缺陷，人情自古刁鑽。探來俗語演新編。憑他顛倒事，直
　　　　付等閒看。

之後道：「且聽咱雜劇正名者」，而接以四句市井俗語：

　　　　沒處洩憤的，是冬瓜走去，拏瓠子出氣。
　　　　有心嫁禍的，是丈母牙疼，灸女婿腳跟。

〔註4〕 明・祁彪佳《遠山堂劇品》「雅品」《沽酒遊春》下說：「王太史作此痛罵李林
　　　　甫，蓋以譏刺時相李文正者，卒以此終身不得柄用。一肚皮不合時宜，故其
　　　　牢騷之詞，雄宕不可一世。」收於《中國古典戲曲論著集成》六，前揭書，
　　　　頁151。
〔註5〕 詳見謝伯陽編《全明散曲》朱載堉小令【南商調黃鶯兒】〈罵錢〉（濟南：齊
　　　　魯書社，1994年出版），頁2975。

眼迷曲直的，是張禿帽子，教李禿去戴。

胸橫人我的，是州官放火，禁百姓點燈。

刁鑽的人情，缺陷的世界，人們對道德也開始動搖了。許金榜〈《歌代嘯》初探〉一文，對此劇反映之社會現象做了深刻的分析：

> 《歌代嘯》對封建社會的宗教、家庭、政治給予了全面而深刻的揭露。

> 其一、《歌代嘯》通過對張、李和尚的刻劃，揭開了宗教的神聖外衣，使我們看到這些道貌岸然的佛門弟子，原來是酒色財氣具全的醜惡人物。

> 其二、《歌代嘯》以李和尚為線索串連了王楫迪和州官兩個家庭，……《歌代嘯》通過王楫迪和州官兩個家庭中的各種矛盾，實際上反映了封建社會人與人之間爾虞我詐、鉤心鬥角的關係，表現了封建禮教和倫理綱常的虛偽和破產。

> 其三、《歌代嘯》描寫最為深刻之處，還在對於封建政治的揭露。他好色懼內、……貪財好利……昏庸無能……他還有意地顛倒是非。

> 一切事件都是黑白顛倒……「嘯不盡，聊且付歌詞」，通過喜劇的形式給予了冷嘲熱諷，所謂狂歌當哭也。〔註6〕

作家藉著幽默誇張的手法，寫下了明中葉以後的社會，熱腸罵世，或許更寄託著同情的心態！

二、科舉不公，官場黑暗

太祖朱元璋恢復科舉制度，對多數的文人士子而言，是登上青雲的捷徑，因此造成明代初期士大夫罕留心於曲詞的情況。但事實卻非如此，在前章論述雜劇作品呈現之主題意識時，曾述科舉弊端叢生，懷挾倩代、冒名頂替、割卷傳遞，手法不一而足。科舉的不公，阻擋了士子的進身之階，頓失所倚的失落感，衝擊著一批又　批的千古士子。馮惟敏藉著《不伏老》中的梁顥，五十年白頭歎失路之悲。「英雄未偶」、「無計占龍頭」，正寫出像馮惟敏、徐渭這一類才高志大卻屢試不第的讀書人的心聲。滿腹憤懣發之於劇，自是如衝天破地般地撼人心絃了。袁宏道為徐渭作傳，言其：

〔註 6〕詳見許金榜〈《歌代嘯》初探〉，《山東師大學報》，1984 年第 4 期，頁 75～77。

其胸中又有一段不可磨滅之氣，英雄失路，託足無門之悲。故其為詩，如嗔如笑，如水鳴峽，如種出土，如寡婦之夜哭，羈人之寒起；當其放意，平疇千里，偶爾幽峭，鬼語秋墳。文長眼空千古，獨立一時。〔註7〕

科場失利如此。官場如何呢？

武宗正德寵信宦官劉瑾，他們利用武宗荒嬉好逸樂的特點，日進鷹犬、歌舞角觝之戲供其玩樂，而藉此操縱朝政。世宗嘉靖，內閣首輔之爭，一直未曾停息，加上嘉靖崇奉道教，更將政事交由嚴嵩負責，大臣們為了達到自己的政治目的，鉤心鬥角，正直之士終不免遭到排斥。嚴嵩專權時期，貪污受賄、賣官爵的腐敗現象日益加深，如《明史》〈列傳第九十七‧楊繼盛〉中，楊繼盛上書彈劾嚴嵩之十大罪，即說道：

> 凡文武遷擢，不論可否，但衡金之多寡而畀之。將弁惟賄嵩，不得不朘削士卒；有司惟賄嵩，不得不掊剋百姓。士卒失所，百姓流離，獨徧海內。……自嵩用事，風俗大變。賄賂者薦及盜跖，疏拙者黜逮夷、齊。守法度者為迂疎，巧彌縫者為才能。勵節介者為矯激，善奔走為練事。自古風俗之壞，未有甚於今日者。蓋嵩好利，天下皆尚貪。嵩好諛，天下皆尚諂。源之弗潔，流何以澄。〔註8〕

甚至嚴嵩的家奴、幕客，亦都富埒王侯，同書〈列傳第九十八‧張翀〉張翀彈劾嚴嵩，其中即說到，當時內外大臣賄賂嚴嵩父子之情況：

> 未見其父，先饋其子，未見其子，先饋家人，家人嚴年富已逾數十萬，嵩家可知。〔註9〕

馮惟敏《僧尼共犯》鈴轄司吳守常在官衙之上公然索賄、分贓，卻大言不慚地說「舊規如此」、「天下常例」。《歌代嘯》中之州官上場道：「只我為官不要錢，但將老白入腰間。」老白即白銀，竟說「不要錢，只要老白」，諷刺之意明矣。他又三番兩次地對李和尚說：「你尚未通薛州的路徑」。凡此皆可見官場索賄風氣，已至公開而不遮掩的嚴重地步了。衡諸《明史》所記，劇

〔註7〕 詳見明‧袁宏道〈徐文長傳〉，收於《四聲猿》附錄之一〈作者傳記〉，前揭書，頁184。

〔註8〕 詳見清‧張廷玉等撰《明史》卷209〈列傳第九十七‧楊繼盛〉，前揭書，頁5540。

〔註9〕 詳見清‧張廷玉等撰《明史》卷210〈列傳第九十八‧張翀〉，前揭書，頁5566。

作中亦真實地呈現了這個時代官場的黑暗面。

三、佛道盛行，度人離苦

宗教自古以來，就是扮演著給予痛苦靈魂安慰的腳色。在黑暗的社會、炎涼的世俗人生中，宗教為失意的人們開了另一扇窗。我國古代劇作家大多是仕途坎坷、有志難伸的知識分子，在「這壁攔住賢路，那壁也擋住仕途」〔註10〕的困厄中，宗教適時地給了他們慰藉，一方面也藉著劇作抒發心中之塊壘。

明代帝王亦多崇信佛道者，世宗信奉尤深，他寵信道士邵元節封禮部尚書；之後，陶仲文更因祈禱療疾有功，特受少保、禮部尚書，又加少傅、少師，仍兼少保，終明之世，僅此一人得如此恩寵。在上位者如此，風行草偃，自知有明一代佛道盛行之況。

佛道的盛行反映在文人筆下，多為藉其教義為受傷的心靈敷一帖止痛劑，為漂泊的生命找一處止泊的港灣。於是淡泊名利、因果輪迴、善惡有報、證道成佛等基本宗教觀念，便一再地出現在劇作之中，如康海《王蘭卿》、徐渭《翠鄉夢》、楊慎《洞天玄記》……等。陳沂《苦海回頭》中之胡仲淵，悟世事擾攘如夢幻泡影，如水月空花，遂從黃龍禪師求道，悟真如之性，絕六根、斷六塵，方能苦海回頭，入菩提之境，即為明顯之例。

劇作家更藉著宗教的力量為人間不平事「補恨」，如徐渭《狂鼓史》即是安排禰衡死後擊鼓罵曹，還他一個公道，更見天理昭彰，疏而不漏之至理。文人筆下大抵藉著宗教的世界，引領人們超凡物外、離苦得樂，以期能到達所謂的淨土世界。

在民間，宗教更有著決定人們禍福吉凶的神秘力量，因此賽社祭神便成為民間極為重要之事件。在《禮節傳簿四十曲宮調》中，盛大浩繁的供盞祀神演出，正見宗教深入人心之事實，在祭祀中，祈福禳災，一樣得到了心靈莫大之慰藉。「白日一勞，一日之樂」，祀神儀式中，人們既獲得了心靈的祝福，也享受了農閒時期賽會活動的熱鬧紛華。

〔註10〕元・馬致遠《半夜雷轟薦福碑》第一折【寄生草・么篇】：（末唱）「這壁攔住賢路，那壁又擋住仕途。如今這越聰明越受聰明苦，越痴呆越享了痴呆福，越糊突越有了糊突富。」曾師永義《中國古典戲劇選注》，前揭書，頁220。

第二節　自我意識的突顯

一、不平則鳴的批判精神

　　明代思想以李贄爲異端之代表，激發人們思考自我之價值，挑戰禮教的權威性；文學上「獨抒性靈，不拘格套」的創作主張，也是要求創作要有自己的眞情，在這樣的時代氛圍下，雜劇創作呈現強烈的批判精神，並注重突顯自我意識。

　　明代中葉以後，雜劇的創作以文人居多，因此抒發文人的失路之悲，就成爲這時期重要的、共同的主題。徐翽〈盛明雜劇序〉：

> 今之所謂北者，皆牢騷骯髒，不得於時者之所爲也。文長之曉峽猿聲，曁不佞之夕陽影語，此何等心事；寧漫付之李龜年及阿蠻輩，草草演習，供綺宴酒闌所憨跳！他若康對山、汪南溟、梁伯龍、王辰玉諸君子，胸中各有磊磊者，故借長嘯以發舒其不平，應自不可磨滅。〔註11〕

才高運蹇的文人，在理想與現實之間衝突，在功名失意之際，不免滿懷憤懣，以創作爲情感渲洩的管道，此正是所謂「牢騷骯髒，不得於時者之所爲」，藉筆端以抒其不平之氣，自然帶著強烈的批判精神。此即李贄〈雜說〉中所言：

> 夫世之眞能爲文者，比其初皆非有意於爲文也。其胸中有如許無狀可怪之事，其喉間有如許欲吐而不敢吐之物，其口頭又時時有許多欲語而莫可以告語之處，蓄極積久，勢不可遏。一旦見景生情，觸目興歎；奪他人之酒杯，澆自己之塊壘；訴心中之不平，感數奇於千載。既已噴玉唾珠，昭回雲漢，爲章于天矣，遂亦自負，發狂大叫，流涕慟哭，不能自止。〔註12〕

正因情鬱積於中不吐不快，故而奪他人酒杯，澆自己塊壘，內心情感不加隱藏地傾洩而出，也因此強調了作品的主體意識。故而在傷時憤世的批判聲中，我們看到的不只是作家們苦悶心靈的吶喊，更看到他們在審美的追求上，不同於儒家的「中和」思想，而是另闢蹊徑，展現出狂放怪異的審美取向，強

〔註11〕　詳見明・徐翽〈盛明雜劇序〉，收於蔡毅編著《中國古典戲曲序跋彙編》（一），前揭書，頁460。
〔註12〕　詳見明・李贄《焚書》卷3〈雜述・雜說〉，前揭書，頁96～97。

調作品激憤幽怨的力度與強度，進而追求恣肆不羈的風貌。〔註 13〕表現於外的，即是如前節所述批判科舉不公、官場黑暗及感慨仕途風波。楊建文《中國古典悲劇史》〈明雜劇悲劇〉中論述明雜劇悲劇的共同色彩是：

> 明顯地顯示著劇作家們的生活遭遇和人生感受，對劇情、劇中人物情感活動的深深介入，充滿了濃重的悲嘆人生的抒情色彩，有如一首首悲嘆人生價值失落的哀歌。〔註 14〕

作者之意，明雜劇的作家在創作過程中，融入自己的主觀意識，面對劇中人的一切作者感同身受，這就是藉他人酒杯，澆自己胸中塊壘的表現方式，作家的自我意識與劇中人合而為一，這是明雜劇作家自我意識增強的特色之一。如陳沂則因忤大學士張璁屢貶山西參議、山東參政，又轉山西太僕，最後抗疏致仕，杜門著書，絕意世務。這與《苦海回頭》劇中人胡仲淵的情況是相似的，陳沂飽經波折，最後再度調往山東時，上書致仕決定從官場中抽身而出。這與劇中胡仲淵拒絕復職，而絕意辭官歸隱的做法是一樣的。

　　徐渭屢試不第，遂藉劇作抒懷寫憤，以寄寓其心志。《狂鼓史》中的禰衡亦是作者塑造憤世嫉俗的士人形象，以寄寓其不平之鳴。

〔註 13〕明中葉以後文人在審美取向上以抒懷寫憤為主要特色之一，可參考：沈煒元〈明清牢騷骯髒士的抒懷寫憤雜劇〉一文，文中說：「明人以雜劇遣懷諷世，始於王九思的《杜甫游春》，確立於徐渭的《四聲猿》，後繼者有王衡的《鬱輪袍》、《真傀儡》……這些劇作家都借他人酒杯，澆自己塊壘，嬉笑怒罵，感慨萬千。他們不但創造了從思想內容到藝術形式都有自己特點的抒懷寫憤雜劇，而且在審美追求上也獨闢蹊徑，表現為一種狂放怪異的審美取向。……他們嚮往的是牢騷骯髒士的形象，恣肆不羈的風貌，奇怪雄豪的境界。這種狂放怪異的審美取向，正明確地體現在牢騷骯髒士筆下的雜劇，體現在他們對藝術形象精神境界的揭示之中。」上海《戲劇藝術》，1993 年第 1 期，頁 101～102。

又，王瓊玲〈明清抒懷寫憤雜劇之藝術特質與成分〉一文之〈一、寫憤雜劇主題意識之特色及其形成〉中說：「命運偃蹇的作家，由於人生理想與現實的劇烈衝突，發生強烈的憤懣不平，從而以『發憤著書』做為主體情感的洩導……『發憤著書』說指出了文學創作的動力在於主體自身情感的蓄積，並且相應於此，也就在一定程度上強調了作品以『真切自然』為審美標準，從而反對矯揉造作的文風。然而，『發憤著書』所體現的悲劇性審美心態與儒家所倡導『中和』思想是有所悖離的。……明清文人此種藉『寫憤』以凸顯內在精神的反叛的藝術性格，決定了它在『憤』的情感表達上，強調激憤幽怨的強度與力度。」前揭文，頁 45～48。

〔註 14〕詳見楊建文《中國古典悲劇史》第六章〈悲劇的黃金時代〉〈2、明雜劇悲劇〉（湖北：武漢出版社，1994 年 4 月第 1 版），頁 276。

二、出處之際的形神衝突

中國文人「學而優則仕」是根深蒂固的傳統觀念，加上儒家格致誠正修齊治平的道德要求，面對劇變的社會，人們重利輕義，道德淪喪，乃至層出不窮的各種荒誕現象，這些都悖離了文人們熟悉的倫理綱常，心中必定充滿矛盾與衝突，再加上功名蹭蹬的失路之悲，於是質疑自我價值，在出處之間飽受形神衝突，這是傳統讀書人面對世變最容易感受到的生命蒼涼，其無力回天，又不忍離棄。如《赤壁遊》中的蘇軾、《午日吟》中的杜甫，都是這一類型的人物。他們道出紛亂時代下讀書人的處境。

徘徊於出處之間，文人內心是掙扎的。周明初《晚明士人心態及個案研究》〈遠處江湖的士人和士人心態〉中說：

> 從總體上說，以儒家思想為正統，孔孟之道為核心的中國傳統文化，強調共性對個性的規範和制約，他強調群體作用，忽視個體存在，以社會規範、倫理道德來排斥自我、剝奪自我，使個體失去主體性，使人成為抽象的人，道德化的人，使人不成為人。……一旦強大的外力被解除了，失去了作用，人的慾望和自我意識就會很快得到回復，並且會急遽膨脹起來。晚明時期舊的價值體系已經被打破，而新的價值體系不可能很快建立起來。……是人們的自我價值和個人意識得到了體認，他們的個性得到充分展開，他們真正體會到人生的快樂。當士人們體會到自我價值的可貴和人生的快樂時，他們很快又會發現，他們仍是不自由的，現實是黑暗的，社會是混亂的，人生是短促的，他們為此而感到悲哀。由於失去了信仰，失去了追求，失去了精神上的支柱，他們又感到空虛。……一種遊戲人生和及時行樂的思想便會產生了。〔註15〕

文中清楚地分析文人面對價值觀改變時的心路歷程，這不是個別事件，而是千古文人的共同課題。傳統的文人在儒家道德理想與政治理想的雙重要求下，不僅重視才識的充實及人格道德的培養，更企求積極入世，以修齊治平、建功樹名為己志，這是「學而優則仕」的普遍心態，也是「內聖外王」的立身典範。然而，動蕩的時代，也往往是士人面對人格考驗的時刻，應知其不可為而為之，或作個識時務的俊傑呢？前者不肯隨波逐流，卻又無力扭

〔註15〕 詳見周明初《晚明士人心態及個案研究》第三章〈遠處江湖的士人和士人心態‧士人心態的內在性〉，前揭書，頁 188～191。

轉乾坤！後者只能以蝸角虛名，蠅頭微利自我解嘲，藉著消極的及時行樂轉化內心的不平與無奈。

如許潮《赤壁遊》蘇軾上場即唱：

> 【菊花新引】江湖廊廟總關情，此夜蟾光處處明。載酒泛深情，瀟灑一番情興。

自言因詩遭謗貶黃州，此夕七月十五與諸友同遊赤壁，對此月明之夜，本應與好友飲美酒同享良辰美景，但一句「江湖廊廟總關情」，已清楚道出不管身在江湖或廊廟，關心國事的心是一樣的。但事實上，處江湖之遠，是不容易所有作為的，遂感慨：

> 【畫眉序】柔櫓蕩碧波，縹緲孤鴻去影茫。喜的是山高月小，水漾蘋香。懷故國銀漢何方，望美人碧霄之上。

縹緲孤鴻，正為蘇軾的寫照。懷故國，思美人，心念朝廷明矣。

至於官場之險惡，也使文人士子飽經風霜，如康海因劉瑾案削職為民；王九思也因劉瑾案貶謫壽州同知，隔年又因雲南天變，朝廷議以劉瑾餘黨除之未盡，而令致仕。劇作家宦海沉浮的深切痛楚，化為憤世嫉俗的心聲，批判著官場的黑暗、世態的炎涼。如馮惟敏《僧尼共犯》中公然分贓的官場醜態、《歌代嘯》中一再索賄的州官，都見作者批判之意。

三、消極避世的悟道冥想

明中葉以後，政治的黑暗，使士人們有才難展，有志難伸，每易產生及時行樂的生命態度，試圖為生命找尋另一個止泊點。如王九思《沽酒遊春》中之杜甫；也有許多士人轉而信奉佛道，藉著精研教義，淡泊往昔汲汲追求的功名利祿，企求修道證果，成佛成仙，以求精神的解脫。當然這也與當時社會佛道盛行的風氣有關。

如：楊慎《洞天玄記》及陳自得《太平仙記》，此二劇皆演道人胡突齋度化崑崙山六賊，之後降伏東蛟老龍得妊女，又收伏西林洞主攔山母大蟲而得嬰兒，於是功成行滿，天書下詔，仙侶相迎同登蓬萊，更得長生。所敘為道教修煉成仙之事，帶著濃厚的宗教氣息！劇中末上開：

> 【蘇武慢】……蝸角勞勞，蠅頭攘攘，只為虛名微利。……何苦奔馳……好回首。放浪山林，逍遙雲水，火宅風塵都棄。紫府丹丘，藍岑翠巘，別是一壺天地。

揭示著功名富貴不足慕，勞勞攘攘，不得清閒，所得者何？不過「虛名微利」，

遂不禁感慨，何苦奔馳追逐呢？一旦無常到來，又有誰能抗拒呢？唯有及早回頭，參禪悟道，在山林間優游，在水雲間逍遙，方得清淨自在。於是要人們棄火宅，同往長生不死的蓬萊仙境。

楊愼是大學士楊廷和之子，世宗即位之初，即爲了「大禮議」與廷臣產生極大之衝突。楊廷和即是反對派的代表人物，也因此被迫致仕。楊愼曾率群臣伏闕痛哭，責以廷杖，又貶至雲南。既至雲南，世宗對他仍無法釋懷，每每問及，楊愼深恐因此得禍，更加放浪形骸。如果清楚了楊愼多舛的生平，再看其《洞天玄記》，更能體會其以之消極避禍的用意了。

仕宦之途滿是荊棘，劇作家們只能架構一個空中樓閣來慰藉自己苦悶的心靈！

第三節　含蓄蘊藉的文人審美特質

一、風流自賞的浪漫情懷

劇作家們一方面藉著劇作排遣內心之苦悶，同時也在劇作中流露文人風流自賞的情懷。如沈泰《盛明雜劇》〈凡例〉第一條即言：

> 此集祇詞人一臠，然非快事韻事，奇絕趣絕者不載。出風入雅，戛
> 玉鏘金，何多讓焉。至若偶收鄙穢，似中時俗之肓；又如旁及詼諧，
> 足捧滑稽之腹，亦附集末。〔註16〕

不論他們所寫的是士大夫的牢騷鬱悶，或是含蓄浪漫的風流倜儻，他們離市井百姓的生活、情感越來越遠，這正是雜劇文士化的明顯特色。

文人的浪漫表現在對情感的追求上自然是雋永的眞情至愛，文壇上，徐渭、李贄到公安三袁，強調抒發性靈，見一己之眞情，通俗文學中民歌小曲亦以其眞，獲得文人的青睞。湯顯祖更以「情」字爲其《牡丹亭》之創作主旨，〈題辭〉論至情之境界，他說：

> 如麗娘者，乃可謂之有情人耳。情不知所起，一往而深。生者可以
> 死，死可以生。生而不可與死，死而不可以復生者，皆非情之至
> 也。〔註17〕

〔註16〕 明・沈泰《盛明雜劇》〈凡例〉，收於蔡毅編著《中國古典戲曲序跋彙編》一，
　　　　前揭書，頁458。
〔註17〕 詳見明・湯顯祖〈牡丹亭還魂記題辭〉，湯顯祖著，俞爲民校注《牡丹亭校注》

真情可以超越一切，甚至生死的鴻溝都不構成阻隔。

　　這樣的觀念施諸劇作家筆下，則見其對真情至愛之企慕與嚮往。如汪道崑《洛水悲》寫曹植與甄宓的深情，《遠山戲》寫張敞為其妻畫眉的閨房樂事，許潮《寫風情》把劉禹錫惜玉憐香的形象刻劃入微。這些都是文人藉劇寫其浪漫情懷之作，讀來亦見清新可喜之態。

二、含蓄蘊藉的審美意境

　　雜劇文士化的結果，自然使得作品日趨典雅。劇作家們帶著文人特有的審美意趣，把傳統詩文追求含蓄、蘊藉的神韻帶入劇作之中。如傅謹《戲曲美學》即言：「在美學意義上說，具有抒情本質的戲曲主要是中國本土的抒情文化產物。」〔註18〕他說：

> 幾乎總是一到可以抒情的地方，戲曲作者與演員就不肯放過這個可以盡情發揮自己所長的抒情能力的機會，漫長的唱段就會及時出現，而也正是在這時，戲曲的魅力也就得到了最充分的展露。

> 在典型的文人戲曲創作中，他們會在作品中有意無意地加入許多典故，並且在情感表達方面有意地盡可能朝向婉轉曲折的方向發展。儘管所謂「本色」、「當行」從元雜劇的時代以來就成為藝術風格上的最高典範，但是從宋元以來的任何時代，也都有大量的文人以華麗的辭藻和精心的矯飾突出在戲曲創作中文人的獨特作用，尤其是突出文人的創作與優伶的創作、文人的欣賞與一般人的欣賞之間的區別。

抒情為主、婉轉曲折、留無限餘韻，正是文人劇作家的戲曲審美意趣。以此衡諸嘉隆時期的雜劇作品，可以清楚看出劇本不以情節繁複、人物眾多、場面紛華取勝，而以抒情為主，在情感凝練處戛然而止，留無限餘韻予讀者細細品味。袁幔亭〈盛明雜劇序〉中即言：

> 善采菌者，於其含苞如卵，取味全也。至擎張如蓋，昧者以為形成，識者知其神散。全部傳奇，如養之葷也；雜劇小記，在苞之葷也。

（臺北：華正書局，民國85年1月初版），頁1。

〔註18〕詳見傅謹《戲曲美學》第二章〈戲曲的抒情本質〉〈一、抒情、敘事與中國傳統文學〉，前揭書，頁57。下兩段引文見同書第二章〈戲曲的抒情本質〉〈三、戲曲的表現功能〉，頁80；第七章〈戲曲的審美功能〉〈二、文人用以為抒情〉，頁300。

繪事亦然，文章以無盡爲神，以似盡爲形。元中郎詩有「小石含山
意」一語，予甚嘉之。……雜劇，詞場之短兵也。或以寄悲憤，寫
跅弛，紀妖冶，書忠孝，無窮心事，無窮感觸，借四折爲寓言，減
之不得，增之不可，作者情之所含，辭之所畫，音之所合，即具大
法程焉。不知者輒欲化爲全部，不惟失其指歸，具蒙以蕪穢，易一
字，即爲點金成鐵；增多字，則又狗尾爲主，而貂失其處；羔皮爲
君，而狐反爲緣，禍雜劇者多矣。〔註18〕

作者極力推崇短劇以「無盡」爲有「神」，雖然雜劇是詞場之短兵，卻能將無
限心事，無窮感觸，涵容於其中，它不像傳奇以長篇巨帙來開展劇情，只以
短小的篇幅捉住人物的精神而全力描寫，是捨形似而求神似的創作方式。汪
道昆便是個中翹楚。徐子方《明雜劇研究》〈含蓄蘊藉，意念詩化——汪道昆
式劇作特徵〉中即言：

明代文人劇在內容上的第二個特點是情緒的詩化、意念化。……汪
道昆的劇作是這種情感表現方式的一個代表。……汪道昆則將傳統
詩文含蓄、蘊藉的表現手法引入了雜劇創作。……加強了作品的主
觀抒情效果，也表現爲某種劇詩風格的美學追求。……汪道昆劇作
這種表現方式和美學追求具體化在他的《大雅堂樂府》四種劇之
中。……這些帶有淡淡哀愁和恬淡閒情的意境顯然是中國傳統詩文
所極力追慕的。〔註19〕

祁彪佳《遠山堂劇品》將汪道昆《大雅堂四種》皆列於「雅品」之中，其中
《高唐夢》、《落水悲》之評爲：

名公鉅筆，偶作小技，自是莊雅不群。他人記夢以曲盡爲妙，不知
高唐一夢，正以不盡爲妙。

陳思王覿面晤言，卻有一水相望之意，正乃巧於傳情處。只此朗朗
數語，擺脫多少濃鹽赤醬之病。〔註20〕

如汪道崑《高唐夢》劇中小生扮楚王與巫山神女夢中相會，夢醒之際：

〔註18〕 明‧袁幔亭〈盛明雜劇序〉，收於蔡毅編著《中國古典戲曲序跋彙編》一，前
　　　　揭書，頁 458～459。
〔註19〕 詳見徐子方《明雜劇研究》上編〈論明雜劇〉第三章〈文人南雜劇〉〈二、含
　　　　蓄蘊藉，意念詩化——汪道昆式劇作特徵〉，前揭書，頁 46～47。
〔註20〕 詳見明‧祁彪佳《遠山堂劇品》，此書收於《中國古典戲曲論著集成》六，前
　　　　揭書，頁 153～154。

（白）本是一場春夢，惹起百種離愁，想莊生物化之言，非夢浪也。

【香柳娘】夢翩翩化蝶，夢翩翩化蝶。游魂清夜，翻從覺後悲生別。望陽臺路賒，望陽臺路賒，鳥銜度雲車，猿聲下霜夜。總千金莫邪，總千金莫邪。蛟龍可殲，恩情難絕。

（白）寡人明到巫山，便當物色蹤跡，但恐鳳去樓空，徒增感慨耳。

夢醒後，依舊心繫夢中神女，更癡情地說，明日要親到巫山尋覓神女蹤跡，夢幻與現實之間，深情如此，亦覺餘韻綿渺。

又如許潮《南樓月》生扮殷浩，與褚裒、王述南樓賞月，正逢庾亮亦來此賞月，殷浩等人遂舉酒敬庾亮，唱道：

【風雲會四朝元】（生）江樓風靜，涵虛混太清，正冰壺光瑩，碧海波澄，玉兔初弄影。仰穆天如洗，仰穆天如洗，纖翳無痕，萬籟無聲。寶鑑孤懸，璣衡高運，皓魄十分正。嗏！倚檻望神京，只愁玉宇瓊樓，不耐秋宵冷。願使君如明月，吾儕如星耿。年年此夕，星芒月彩，兩交輝映。

此劇朱凱評之曰：「陰雨兼旬，悶坐，想桂輪正在雲深處，恨無剪紙梯繩之術。偶閱此劇，忽如明月朗朗入懷，悶中差為一快。」在此曲之上則評：「蘇軾終是愛君。」〔註21〕讀此劇而覺明月入懷，正說明了文人作劇適於案頭清賞之特色。

　　總上所述，時代的影子反映在劇作之中，劇作家刻劃了明中葉以後的社會百態，生活的奢靡使世風日下，於是傳統的倫理道德淪喪殆盡，取而代之的是重利勢利的現實人生，炎涼百態在作家筆下刻劃了一個又一個令人窒息的怪現象，藉寓鞭撻之意。

　　文人們以劇作批判了科舉的不公，官場的黑暗，在痛失所倚的狀況下，尋找生命的出口，於是佛道盛行的年代，宗教給了他們心靈上的慰藉，但出處之際的衝突，又豈是輕易即能放下？於是一首又一首生命浩嘆的悲歌，就在明中葉以後所謂「牢騷骯髒」之士的筆下唱出，成為這一時期劇作之特色之一。

　　明中葉以後，雜劇作家多為文人士夫之身分，因此，文人的審美特質自然也會呈現於劇作之中，詩化的文字，含蓄蘊藉的表現手法，他們以浪漫的

〔註21〕朱凱二段評論，見於《盛明雜劇》眉批，今收於《全明雜劇》（七），前揭書，頁 4097～4098、4104。

情懷歌頌著眞情至愛的戀歌，這是文人劇作的一大特色，戲劇中的庶民情感
早已不復見！

餘　論

　　世宗嘉靖（西元 1522～1566 年）、穆宗隆慶（西元 1567～1572 年），二帝治朝共五十一年，就明朝二百七十餘年的國祚而言，並不算長，但卻是一段重要的時期。太祖朱元璋掃滅群雄，天下歸於一統，太祖勵精圖治使戰後凋敝的社會經濟，由安定而漸趨繁榮，樂戶因之而興，對明代戲曲的發展有著積極的意義。但程朱理學箝制士人思想，使明初劇壇多教化之劇，而顯沉悶。中間經歷仁宣之治，社會經濟更加穩定富庶。至嘉靖、隆慶年間，因著前人的努力，經濟繁榮更盛於前，加上泰州學派大將李贄異軍突起，倡導人之慾望應得到滿足，於是社會風尚日趨奢靡，自然助長了戲曲活動的蓬勃發展。然而政治上的黑暗，卻使讀書人難展抱負，只能藉劇抒懷，使此時期之劇壇與明初劇壇有截然不同的面貌。此外，南戲四大聲腔亦在此時盛行，無論是流行於民間的餘姚腔或弋陽腔，無論是受文人士夫所喜的海鹽腔或崑山腔，它們都以自己的特色在劇壇佔一席之地，最後在聲腔勢力消長的歷史規律中，形成崑、弋爭勝的局面，演變到清代則成花、雅之爭。至於失意文人投身於創作之中，更為晚明萬曆劇壇盛況奠下根基。

　　嘉隆年間，政治日趨腐敗、經濟空前繁榮，於是社會環境為之丕變，就戲曲之發展而言，實有極大之影響，筆者遂就嘉隆年間三方面之狀況，論其對戲曲發展之影響，因成此篇「明代嘉隆間戲曲三論」。以下將各編結論略述於後，對全文做一鳥瞰式之說明。

上編　明代的社會背景與戲曲環境
第壹章　明代的社會背景，從大環境看影響明代戲曲發展的原因。

　　在政治方面，太祖即位之初，力行中央集權的高壓政策，整個明代幾乎

都是如此。尤其中葉以後權臣當道，奸佞掌權，忠良之士飽受摧殘，加上外患頻仍，北虜南倭的侵擾陷天下生靈於塗炭之中。有志之士，不能無憾，於是以時事作為創作的題材，如《鳴鳳記》即開此類型題材之先聲，繼之者如李玉《一捧雪》、《清忠譜》，范世彥《魏監磨忠記》……等，劇作家以犀利的筆觸揭露閹黨為禍，陷害忠良的醜陋面目，並寓沉痛的省思，此類作品俱鮮明之時代意義，不同於「十部傳奇九相思」的傳統題材，實覺可貴。

經濟方面，因為生產作物由傳統的農作物改為經濟作物，使手工業得到發展，進而帶動商業發展，促進經濟繁榮，也改變了人們的生活習慣，競以浮奢相誇，甚至逾越禮法，僭擬於公侯，有心之士不禁感嘆「倫教蕩然，綱紀已矣」。劇作家筆下遂有以此為題材者，譜世情炎涼、道德淪喪，發其不平之鳴。如沖和居士《歌代嘯》、王九思《沽酒遊春》、《中山狼》……皆為典型之例。富裕的經濟使士夫建園成為一時風尚，酷愛園林和山水之美的文人，無日不赴宴，無日不觀劇，指導家樂演出，甚至粉墨登場，文人大量投入戲劇活動，對向來被視為小道的戲劇而言，有助於戲劇社會地位之提昇，對日後的發展自然有正面的影響。

學術思想方面，明初程朱理學因科舉制度而定於一尊，士人們為求進身之階，只能以程朱之說為範本，個人思想之獨創性、活潑性，早被抹煞殆盡。王陽明心學興起，主張「心即理」，不滿程朱「存天理，滅人欲」之說，把理與欲作截然之對立，「心即理」，天下豈有心外之理？泰州學派繼之而起，王艮倡導「百姓日用即是道」，李贄繼之而起，直接肯定了人的慾望，以「絕假純真」的童心作為創作之出發點，凡合於此者皆可稱之為「至文」，如《西廂記》、《水滸傳》即是。此說為公安派性靈說之先聲，對於嘉隆年間通俗文學的擡頭有著重要的影響。

文學理論方面，典雅雍容的三楊臺閣體，主張文學作用在「鋪典章，裨道化」，影響明初劇作多教化之意，如邱濬《五倫全備忠孝記》、邵燦《五倫傳香囊記》即為典型之例。此派雅正有餘，生氣不足，故不能蔚為風潮。接著復古、擬古的文學風氣，亦未有卓越之成果。直到徐渭「眼空千古，獨立一時」，以天地間一種奇絕文字創作《四聲猿》，為明中葉以後的文壇、劇壇注入一道強心劑，公安派繼之而起，主「情」說，求天地間一份至真之情，成為創作的基本理念，其中翹楚自以湯顯祖《牡丹亭》為代表，也開啟晚明劇壇之盛況。

　　第貳章　明代的戲曲環境，此章緊扣與戲曲發展有直接關係之因素來論述。

　　在帝王方面，明代宮廷演戲由鐘鼓司、教坊司負責，明代十六帝，僅英宗不喜戲劇，仁宗、孝宗及穆宗無明顯資料可資判斷，其餘藩王，乃至南明諸王，皆對戲劇展現了高度興趣，熹宗甚至躬踐排場，演出〈雪夜訪普〉。帝王的喜好，對戲劇的發展有著推波助瀾的作用，但明初禁演榜文的頒布不免限制了戲劇活潑的生命力。

　　在文人士夫方面，文人赴宴觀劇，早成生活之一部份，其對戲劇之愛好，也明顯地表現在家樂的設置之上。文人對家樂要求甚嚴，往往要求色藝並重，或延名師或親自指導。家樂的存在亦提供文人演劇觀劇、自娛娛人的機會，更在一次次的具體實踐中，改進缺失，對戲劇藝術之提昇，有著莫大的貢獻。此外，家樂也往往隨著主人外任、升遷、貶謫而至各地演出，對提昇民間戲班的藝術水準有很大的幫助，也可能對聲腔的流播及劇目的轉移、戲劇的發展造成影響。

　　至於樂戶方面，經濟繁榮，自然促進樂戶的興起，樂戶中之妓女，又為戲劇演員的來源之一，這情況對戲劇自是有利的發展。

　　第參章　嘉隆年間的戲曲演出概況，大環境之影響已於上二章論述，此章扣住嘉隆年間所見狀況做說明。

　　通俗文學的擡頭，在李開先、徐渭、王驥德等人的提倡下，人們注意到了民歌小曲純任天然的眞情表現，並且給予以肯定。馮夢龍〈山歌序〉更直言要「借男女之眞情，發名教之僞藥」。小說也在同時受到重視，小說提供戲劇演出題材，或是戲劇提供小說創作題材，二者相互為用，皆有助益。戲劇亦屬通俗文學之一環，此時也由小道末技中走出，成為文人抒懷寫抱的憑藉。

　　賽社活動在民間淵源久遠，尤其明中葉以後，繁榮的經濟，更使歲時節令、迎神賽社的活動熱鬧繽紛，在其中可以看到民間百戲羅列的盛況，這和文人劇作朝著「南雜劇」及「短劇」的方向發展有著明顯的差異，也表現出庶民百姓和文人士夫不同的審美觀。在山西省潞城縣崇道鄉南舍村發現的《禮節傳簿四十曲宮調》，可以作為嘉隆年間民間賽社活動、祀神演劇之記錄。尤其所記「二十八星宿值日開後」及「樂舞、啞隊戲角色排場單二十五個」，不僅呈現了當時供盞祀神的儀式，也反映了宗教活動、民俗技藝及戲曲

演出之關聯。在許願酬神、祈福禳災的宗教活動中，許多戲曲資料得以保留下來，如：以演員扮飾值日星宿，即類似古代之「尸」；隊戲的演出，可在固定的神廟舞臺上，也可不受舞臺限制，是一種介乎生活與藝術的古老演出方式。此外，由所記院本滑稽詼諧的演出風格，可推知其保留了金院本的遺風；至於成熟的大戲「雜劇」，自然也不會在這個重要場合中缺席。於是，在一場紛華的賽社活動中，我們既嗅到了濃濃的宗教氣息，更看到了珍貴的戲曲史料！

豪門貴客、文人士紳，喜慶宴會多在自家廳堂舉行，此時往往藉著唱堂戲，達到侍宴娛賓的目的。堂會演劇，或由家樂獻藝、或聘職業名班，因為觀眾不同，欣賞的角度自然不同，因此紅氍毹上的演出，演員們更注重唱工的技巧，使得這類演出也易於趨向精緻化。堂會演出也有可能在書齋或花園之中，有時為了鋪張排場，或遇重大事件，也會在庭院中扎綵棚或是在門口搭戲臺演出。至於古人講究的男女之別，反映在觀戲上，則是女眷以簾幕為隔，亦為有趣之事。

至於勾欄演出則與元代無太大差異。

由上編所述可以看到明代戲劇之熱潮，上自帝王、文人士夫，下至市井百姓，無不喜愛，戲劇成為明代文學之代表，誠非偶然。

中編　嘉隆年間南戲四大聲腔考述

首先就腔調、聲腔、唱腔與劇種之名義做清楚之定義，解決因混淆體製劇種與腔調劇種之觀念，而造成的種種糾葛。接著就南戲四大聲腔依序考述。

海鹽腔、餘姚腔、弋陽腔以及魏良輔未改良前之崑山腔，都屬於早期的南戲聲腔，都是南戲流播各地，與當地之語言產生融合、變化後所形成的新腔調，冠以地名正為強調其各具之地方特色。他們的演唱風格相似，以鑼鼓等打擊樂器伴奏，沒有管絃樂器，其中海鹽腔的風格「清柔婉折，體局靜好」，加上用兩京話演唱，故為文人士夫所喜，餘姚腔流行於民間，其「一唱眾和，接和幫腔」的特點，更有益於高臺廣場上的演出。

弋陽腔流播廣遠，是南戲聲腔中最受民間歡迎的一種聲腔，其擁有極大之可塑性，就在於演唱風格上：錯用鄉語、改調歌之及隨心入腔等特色。反映在音樂上，則是靈活運用民間歌謠，使劇作呈現生動活潑的鄉土氣息；至於聯套組織及演唱方式，更是自由多變而不受規範。因此，弋陽腔雖不像崑

山腔有大量作家投入創作之林，卻因上述三個特點，使它不僅解決了劇本的問題，也因錯用鄉語而無須擔心語言上之隔閡。弋陽腔之最大成就在發展了幫腔和滾調，幫腔的產生與弋陽腔「徒歌乾唱」的特點有關，藉此帶動場面的熱鬧氣氛，正適合於廣場高臺中演出；滾調則突破了曲牌體音樂的限制，運用方式的豐富多變，更有強化戲劇效果之作用。對觀眾而言，滾調的運用已不只是解釋曲文、連貫劇情等簡單之目的，音樂上的豐富變化，更是它傲視群倫的成就；滾調的發展更為日後戲曲體製由曲牌體走向板腔體的歷史演變開了端緒。

　　崑山腔，蘇州自古人文薈萃，當地頻繁之戲劇活動，對魏良輔等人改良崑山腔成為水磨調有著積極的影響。南戲流播至崑山地方，地方化之後形成崑山腔，但屬土腔性質，藝術層次自然不高，顧堅等人做了一次改革，只用之於清唱。到了嘉靖年間，魏良輔等人融合南、北曲之長處，並改革樂器，解決了絃索配南曲扞隔不通的問題，且以笛、簫、管、笙、琵、三絃、箏、阮等管絃樂器共同伴奏，使其聲調更加流麗婉轉，於是「功深鎔琢，氣無煙火，啓口輕圓，收音純細」的水磨調，終於改良完成，也很快地風靡於士大夫之間。此時很多文人投入創作，其中名氣最大者應屬梁辰魚，其作《浣紗記》一出，即成轟動，從「四方歌者皆宗吳門」、「歌兒舞女未見伯龍，自以為不祥。」這些說法都可看出他在當時劇壇之名氣，因此許多人便以他為「崑劇開山」。但事實上，梁辰魚是當時眾多作者之一，並非唯一，以之為開山之祖，是需斟酌的。至於他在崑劇形成上之重要貢獻則無須懷疑，正如同水磨調之改良成功也非魏良輔一人之力，但人們也往往以之為代表，而直接說魏良輔改良崑山腔。崑山腔改良成為水磨調，就中國戲劇之發展而言，是極重要的轉捩點，因為南戲從北曲化、文士化到崑山水磨調化，終於脫胎換骨成為體製劇種中之「傳奇」。「傳奇」在音樂上之成就為：提昇歌唱技巧、改良伴奏樂器、曲牌聯套更加成熟定型、大量使用北曲調劑聆賞、集曲的廣泛使用更集美聽之大成。至此，「傳奇」以其細膩精緻的演出藝術，成為我國文化之瑰寶，傳衍至今，更經聯合國教科文組織選定為「人類口述和非物質遺產代表作」之一，我們豈能不加珍惜！

下編　嘉隆年間雜劇研究

　　北曲雜劇有嚴謹的體製規律，但雜劇入明，受到南曲戲文的影響，自然產生變化。因而有「南雜劇」、「短劇」產生。

　　下編首章，先述嘉隆間雜劇的演進情勢，再就紛亂的名義問題作解釋。釐清「南雜劇」、「短劇」之名義。

　　接著論其突破元人體製規律處，在劇本的閱讀、整理、歸納中，可以清楚看出其變化為：突破元人一本四折、四套北曲、及一人獨唱的規範，於是長短變化隨作者匠心安排，還有短劇、套劇的出現，其中南北曲的自由運用及演唱方式的多變化，都有助於舞臺藝術之提昇；也因此，科範、插曲、歌舞及劇中演劇，作者也都經過用心安排，使舞臺藝術更向精緻化邁進。雖然這些變化在朱有燉的《誠齋雜劇》中已可看到，甚至更早的賈仲明《昇仙夢》中已見南北合套之例，但他們只能視為開風氣之先，就當時之劇壇而言，並未造成流行；真正大量出現突破元劇體製規律的劇作，還是應從嘉隆年間論起。此風既開，到了萬曆以後的雜劇，北曲更形沒落，加上崑山水磨調改良成功，傳奇發展達於顛峰，雜劇作家在這種情形下，自然大量運用南曲來創作，於是南戲傳奇的體製也運用於雜劇之中，因此，此時期劇作合於元人規範者僅百分之十‧一，破壞元劇體製者竟高達百分之八十九‧九。〔註1〕這樣的改變，開端於嘉隆年間，至萬曆以後蓬勃發展，應是很清楚的歷史軌跡。

　　此時期演員分工日細，加上受到南戲的影響，腳色也元雜劇以末、旦、淨為主的情形，發展成為生、旦、淨、末、外、丑等行當，男主腳漸由末腳過渡到生腳，生旦組場的情況也日漸盛行，各行當之下又衍生出許多細目，這些都是嘉隆時期雜劇在體製上的突破與發展。

　　只是此時期劇作者多為文人士夫，因此，文士化的現象自然反映在劇作之中，如用字典雅、形式工整、用典使事……等，作家以追求駢儷之風格為能事，甚而藉長篇累牘，爭奇鬥艷，逞其才華，在這樣的過程中，雜劇中的庶民情感已不復見，且漸由場上走向案頭，終成辭賦之別體。當然也有另一派以本色當行為其創作主張，在質樸的文字中，流露真實的情感，其藝術成就直追元人堂奧，在文士化日深的時代，這類劇作尤覺可貴！

　　元朝中原受異族統治，有志之士沉抑下僚，有志難伸，於是投身雜劇創作，藉著劇作反映當時所處時代之點點滴滴，可以說，元雜劇是帶有現實主義色彩的。沉寂多時的劇壇，在嘉隆年間漸趨興盛，此時期雜劇的寫作特色

〔註1〕　此處所引明代後期雜劇改變元劇體製之數據，詳見曾師永義《明雜劇概論》
　　　　第一章〈總論〉第五節〈明代雜劇體製提要〉，前揭書，頁69。

爲何？其反映的時代意義爲何？其對後期雜劇之影響又是如何？

　　本文上編已述，嘉隆時期，政治黑暗、科場不公、權奸當道、經濟發達，前三者和文人士夫欲藉科舉求功名有關；後者則經濟發達，社會形成逐利、勢利、現實的風氣，使讀書人奉爲生命圭臬的傳統道德受到打擊，世風敗壞，道德淪喪。在這種大環境下，文人士夫飽受煎熬，欲求青紫，無門可入；欲返山林，又與其經世之志相違，出處之際飽受衝突之苦，於是藉劇抒懷，以之諷刺世態炎涼、批判科場不公官場黑暗，以之寄寓心志，或藉宗教洗滌苦悶的心靈，或把握當下及時行樂，當然文人筆下少不了眞情至愛的感人故事。文人狹小的生活圈子，所寫也大多扣住自己的生命歷程，帶著濃厚的自我意識，與劇中人情感相通，這是與元雜劇極大之不同處。當然也有教化劇，更無趣味可言；此外，極少數歌頌有才華的婦女的作品，在重男輕女的年代，能關注婦女問題已屬不易，更何況是大加稱揚，但這畢竟是少數。

　　在嘉隆時期雜劇作品中，作者藉劇抒憤，發不平之鳴，與明初重倫常教化的劇作主旨，有著明顯的不同。這樣的創作傾向，在萬曆以後的雜劇中，更加蓬勃發展。如：沈自徵（西元 1591～1641 年）《漁陽三弄》（即：《傻狂生喬臉鞭歌妓》、《楊升庵詩酒簪花髻》、《杜秀才痛哭霸亭秋》）；王衡（西元1561～1609 年）《王摩詰拍碎鬱輪袍》、《沒奈何哭倒長安街》、《杜祁公藏身眞傀儡》等劇，都是作者藉劇作排遣其憤世嫉俗之情的明顯例證。

　　如：沈自徵《傻狂生喬臉鞭歌妓》中，落魄書生張建封於淮河渡口巧遇尙書裴寬，裴寬贈以金帛、歌妓，卻遭歌妓無情諷刺，使張建封憤而揮鞭斥責，作者藉此罵盡天下現實勢利之輩，道盡世俗炎涼之憤。《楊升菴詩酒簪花髻》中，述翰林學士楊愼因廷諫遠謫雲南，遂縱情詩酒，寄其鬱悶之情，此即演其醉後，改扮女妝，挽雙丫髻，簪紅花，攜妓女遊春之事。作者在佯狂玩世的喜劇中，實寓有深刻的悲愴之意。〔註 2〕《杜秀才痛哭霸亭秋》中，藉著高才不第之杜默哭霸王項羽之事，將文士落拓與英雄失路的悲慨結合，塑造一個憤世嫉俗的文人形象。綜觀此三劇，「杜默之哭，升庵之笑，建封之罵，無一不適用來寄託胸中的悲憤。三劇均爲一折短劇，全用北曲，守元人獨唱的規律。其悲壯激越，可與徐文長《四聲猿》並駕，而沉鬱則過

〔註 2〕詳見王瓊玲〈明清抒懷寫憤雜劇之藝術特質與成分〉一文之〈五、寫憤雜劇名作中所呈現之審美型態‧（二）《漁陽三弄》〉，前揭文，頁 103。

之。」〔註3〕

又如：王衡《王摩詰拍碎鬱輪袍》，此劇本事雖出自唐・薛用弱《集異記》，敘述王維以一曲〈鬱輪袍〉得公主賞識，而得功名之事。但作者此劇卻非按原典如實演出，反而將王維塑造成一個不肯趨附權貴以乞求富貴的文人，雖有王推冒名在前，使王維無端受一場風波，但終究眞相大白，高中狀元，然而此時王維卻看破世情，和裴迪雙雙出家求道。這樣的安排似與王九思《沽酒遊春》、陳沂《善知識苦海回頭》有異曲同工之妙，他們都反映了文人在面對社會現實、功名難求及官場黑暗的種種無奈之後，進而產生悟道尋眞的心態，此點在《沒奈何哭倒長安街》一劇中有更明顯的發揮。此劇演彌勒佛化身爲葫蘆先生，於十字街頭救度眾生，劇中藉著葫蘆先生和沒奈何的對話，道盡人世的不平，及無可奈何的悲哀，最後二人跳盡葫蘆了悟玄機。至於《杜祁公藏身眞傀儡》，則演宋宰相杜衍致仕後，微服出遊，與鄉民共看傀儡戲，正逢朝使奉旨前來賞識，然謝恩無朝衣，遂借傀儡戲服衣冠，以爲權宜之計。作者藉著眞假難辨的情境，諷刺著「官場即戲場」，戲場中的傀儡，與官場中的傀儡，似乎都有著身不由己的悲哀，到底誰是「眞傀儡」呢？

藉劇作遣懷諷世，除了上述諸家，入清，尚有尤侗《讀離騷》、嵇永仁《續離騷》、張韜《續四聲猿》、桂馥《後四聲猿》等〔註4〕，他們藉他人酒杯，澆自己胸中塊壘，嘻笑怒罵，感慨萬千。正所謂「牢騷骯髒，不得時者之所爲也」，劇作中狂放怪異的審美取向，正是作者不吐不快的無限苦悶！此風之端，正是嘉隆時期之劇作家！

劇作家文人的身分，使得作品帶著濃厚的文人氣息，曲文典雅，意境含蓄……等，雜劇漸成文人之曲，漸從場上走向案頭，此爲明中後期雜劇文士化之共同現象，亦爲與元劇不同處。但一代文學有一代文學之特色，各持其美，爲文學的殿堂多添一分繽紛，亦是美事。

〔註3〕 詳見曾師永義《明雜劇概論》第五章〈後期雜劇〉第二節〈沈璟及吳江諸家・4、沈自徵〉，前揭書，頁299。

〔註4〕 在王璦玲〈明清抒懷寫憤雜劇之藝術特質與成分〉之〈前言〉中，列出以「抒懷寫憤」爲創作意旨之明清雜劇作家，共有：康海、王九思、馮惟敏、徐渭、陳與郊、徐復祚、王衡、沈自徵、吳偉業、尤侗、陸世廉、鄭瑜、鄒式金、鄒兌金、王夫之、嵇永仁、廖燕、裴璉、張韜、桂馥等，可參看之。前揭文，頁38。

誠如筆者於〈緒論〉中所述，明初劇壇沉寂，萬曆以後晚明劇壇鼎盛，成爲我國戲曲史上第二個黃金時期；而嘉隆年間戲曲之發展，正居承前啓後的轉捩關鍵點。此時期劇壇全面性之探討，實不止筆者此文所述之「三論」，其餘如：南戲到傳奇之演變，戲曲理論之建立……等，都有研究的價值。

明初劇壇一片沉寂，南戲劇作少有佳篇，到嘉隆年間，因著魏良輔、梁辰魚等人之努力，使南戲蛻變爲傳奇，進而開創了中國古典戲劇的另一個高峰期。因此，南戲可說是傳奇的前身，傳奇則是南戲的延續，傳奇雖是承接南戲而來，卻自有其新的發展和變革。如：曾師永義在〈論說「戲曲劇種」〉一文中提出「三化說」，即「北曲化」、「文士化」、「崑腔化」爲南戲蛻變爲傳奇過程，其言：

> 南戲蛻變爲傳奇，並非一朝一夕的事，而是經過長期的演進。其演進大抵是：首先南戲在元代已有「北曲化」的現象，永樂大典戲文三種的《小孫屠》可以爲證，……及至所謂「傳奇」成立，以南曲爲主而雜入北隻曲、合腔，或合套、北套獨立成齣便成爲「體製規律」。其次南戲在元末明初由高明《琵琶記》已可見明顯的「文士化」現象。蓋戲曲一入文人手中，就會沾染文人作文的氣息，……而南戲「文士化」以後既已如此，「傳奇」乃繼承此特色而不稍衰。其三南戲至明嘉隆間梁辰魚《浣紗記》用水磨調演唱而開始「崑腔化」。同時作家也運用這種「時調」到他們的劇作中來，如汪廷訥《獅吼記》、張鳳翼《紅拂記》、高濂《玉簪記》等，其後不只「傳奇」，連「南戲」也用水磨調來演唱了。也就是說，南戲在「北曲化」、「文士化」、「崑腔化」等三化之後，乃集南北曲之所長、提昇文學地位、增進歌唱藝術，而成爲精緻的文學和藝術，使得士大夫趨之若鶩，誠如錢南揚所云，劇本的記錄和流傳下來的獨多，蔚成大國而被稱爲「傳奇」。〔註5〕

可見相對於南戲，傳奇更具有劇本體製規範化與音樂體製格律化的特徵。它不只是形式上的變化，更可視之爲「質變」。

關於「質變」的問題，林鶴宜〈從戲劇內涵的質變論戲文傳奇的界說問

〔註5〕詳見曾師永義〈論說「戲曲劇種」〉，此文收於《論說戲曲》，前揭書，頁255～258。

題〉一文之〈戲文的質變與傳奇的誕生〉中說：

> 當戲文發生內在質變，脫胎換骨，便是傳奇誕生的時刻。形式上，
> 傳奇劇本結構與戲文的差異可說相當有限。……兩者真正的差異，
> 不在劇本體製，而在呈現此一體製背後的組織技術。包括組織元素
> 的充實；組織方式的高度機動化，使「曲」能夠更好地為「戲」服
> 務；加強聲腔特質的表現等。換言之，如何提高「戲曲劇本文學體
> 製規範化和音樂格律化」，使它成為藝術手段，聲腔正好站在主導的
> 地位。〔註6〕

該文〈結語〉中說：

> 光就體製來看，傳奇與戲文差異有限。所謂「質變」者，是在於體
> 製背後的組織技術。崑山腔站在戲文所建立的「其間亦自有類聚，
> 不可亂也」的基礎上，朝「精進」的路線前進。其質變內涵，表現
> 在「宮調問題的適應」，「曲牌內涵的充實」和「聯套組的精進」三
> 方面。弋陽腔則反其道而行，不在「精緻」上爭鋒，順著「本無宮
> 調，亦罕節奏」的方向另闢蹊徑，其質變內涵，表現在「聯套規制
> 的突破」，以及「滾」和「幫腔」等藝術手段的使用。……一起於江
> 左崑山縣，一在江右弋陽縣，崑山腔和弋陽腔是晚明傳奇劇壇的雙
> 璧。

此說不主傳奇為「崑劇」所專屬，並列崑山腔和弋陽腔為晚明傳奇劇壇之雙
璧。提供了讀者另一層面之思考。

從嘉靖中葉開始，特別是魏良輔等人改革崑山腔成為水磨調之後，劇壇
作家輩出，如：鄭若庸《玉玦記》，李開先《寶劍記》、《斷髮記》，梁辰魚《浣
紗記》，陸采《明珠記》、《懷香記》、《南西廂》，李日華《南調西廂記》，薛近
袞《繡襦記》，張鳳翼《虎符記》、《紅拂記》、《祝髮記》、《竊符記》、《灌園
記》、《廄廖記》，沈鯨《青瑣記》、《鮫綃記》、《雙珠記》，屠隆《曇花記》、《修
文記》、《綵毫記》，高濂《玉簪記》、《節孝記》……等，這些作家的身分都可
說是文人士夫階層，加上當時文壇上以李攀龍、王世貞為代表的後七子，繼
前七子之後，鼓吹「文必秦漢，詩必盛唐」的創作主張，追求古雅華麗的文

〔註6〕 詳見林鶴宜〈從戲劇內涵的質變論戲文傳奇的界說問題〉，收於溫州市文化局
編《南戲國際學術研討會論文集》（北京：中華書局，2001 年 5 月第 1 版），
此處及下段所引〈結語〉，見頁 15、28。

學風格。因此，反映在劇本的創作之中，正見其駢麗典雅之文采。如凌濛初
《譚曲雜箚》中所說：

> 自梁伯龍出，而始爲工麗之濫觴，一時詞名赫然。蓋其生嘉、隆間，
> 正七子雄長之會，崇尚華靡，弇州公以維桑之誼，盛爲吹噓，且其
> 實於此道不深，以爲詞如是觀止矣，而不知其非當行也。以故吳音
> 一派，競爲勦襲。靡詞如繡閣羅帷、銅壺銀箭、黃鶯紫燕、浪蝶狂
> 蜂之類，啓口即是，千篇一律。〔註7〕

文詞派典雅綺麗的語言風格，事實上也奠定了傳奇語言的基本審美格調，標
誌著傳奇與戲文的分界，文人作品與庶民情調的分道揚鑣，此亦其與元雜劇
大相逕庭處。

　　弋陽腔則是另一股戲劇熱潮，所演劇作大多不知作者，也不似崑劇有大
量文人投入創作，但憑藉著它：錯用鄉語、改調歌之、隨心入腔等特色，不
僅解決了劇本的創作問題，也無須擔心語言上之隔閡，加上發展了舞臺藝術
上的幫腔和滾調，更拉近了與觀眾的距離，遂能屹立舞臺歷久不衰。此類劇
作文辭多見俚俗，故不爲文人所喜，但卻反映了直抒胸臆的民間文學特色，
亦有其可愛處。如《高文舉珍珠記》、《袁文正還魂記》、《觀音魚籃記》、《呂
蒙正破窰記》、《薛仁貴白袍記》、《古城記》、《和戎記》、《韓朋十義記》、《目
連救母勸善戲文》……等，及散見於明刊之戲曲選集，如：《詞林一枝》、《玉
谷新簧》、《摘錦奇音》、《八能奏錦》、《群音類選》……等之折子戲，雖非文
人作品，卻能久演不衰，它正是民間戲劇盛行的真實反映。

　　嘉隆年間，精緻的崑山腔與通俗的弋陽腔，呈現出文人劇作與民間劇作
的不同風采，皆有其可觀處，故不宜偏廢。

　　此外，明代豐富的劇作，也促進了戲劇理論的蓬勃發展。在世宗嘉靖至
穆宗隆慶年間，魏良輔改革崑腔，在所著《南詞引正》中對實際演唱提出意
見。〔註8〕李開先推崇元人作品，提出「本色說」，且記錄周全教唱、顏容演

〔註7〕詳見明・凌濛初《譚曲雜箚》，此書收於《中國古典戲曲論著集成》四，前揭
　　　　書，頁253。

〔註8〕詳見明・魏良輔《南詞引正》言：「唱曲，俱要唱出各樣曲名理趣，宋元人自
　　　　有體式。如【玉芙蓉】、【玉交枝】……俱要馳騁。如【針線箱】、【黃鶯兒】、
　　　　【江頭金桂】要規矩。……。」其講究唱法如：「曲有三絕：字清爲一絕，腔
　　　　純爲二絕，板正爲三絕。」、「曲有五難：閉口難、過腔難、出字難、低難、
　　　　高難。」此爲金壇曹含齋於嘉靖丁未（二十六年，1547）所敘，今見於路工
　　　　《訪書見聞錄》之〈附錄〉，前揭書，頁240～241。

劇之事〔註9〕，關照層面已擴及表演藝術。何良俊《四友齋叢說》論曲文亦主本色說，更直接提出「寧聲叶而辭不工，毋寧辭工而聲不叶」〔註10〕，啓萬曆年間沈璟格律論之先聲。徐渭《南詞敘錄》則爲專論南戲的著作，他重視民間文學純眞自然的天籟之聲，對於曲文亦主本色而反雕琢，他說：

> 語入要緊處，不可著一毫脂粉，越俗，越家常，越警醒，此才是好水碓，不雜一毫糠衣，才是眞本色。

> 凡語入要緊處，略著文采，自謂動人，不知減卻多少悲歡，此是本色不足者，乃有此病。……點鐵成金者，越俗越雅，越淡薄越滋味，越不扭捏動人越自動人。〔註11〕

但當時的文壇領袖——後七子之一的王世貞，爲文主張復古，在所著《曲藻》中標榜才情，反對何良俊當行本色說，此外，尚應注意者爲其對南北曲之比較：「北字多而調促，南字少而調緩」、「北則辭情多而聲情少，南則辭情少而聲情多」〔註12〕，在此南北曲興衰交替之際，能注意二者風格之不同，對劇

〔註9〕 詳見明・李開先《李中麓閒居集》〈序文六之四十四〉〈西野春遊詞序〉：「詞與詩，意同而體異，詩宜悠遠而有餘味，詞宜明白而不難知。……傳奇戲文，雖分南北，套詞小令雖有短長，其微妙則一而已，悟入之功，存乎作者之天資學力耳。然俱以金元爲準，猶之詩以唐人爲極也。……用本色爲詞人之詞，否則爲文人之詞矣。」此書收於《四庫全書存目叢書》〈集部・別集類〉第92冊，前揭書，頁596。
李開先在《詞謔》中「詞樂」記載了當時幾個著名表演藝術家的軼事：
周全教唱：「徐州人周全，善唱南北詞……人每有從之者，先令唱一兩曲，其聲屬宮屬商，則就其近似者而教之。教必以昏夜，師徒對坐，點一炷香，師執之，高舉則聲隨之高，香住則聲住，低亦如之。蓋唱詞惟在抑揚中節，非香，則用口說，一心聽說，一心唱詞，未免相奪；若以目視香，詞則心口相應也。」
顏容演戲：「顏容，字可觀……嘗與眾扮《趙氏孤兒》戲文，容爲公孫杵臼，見聽者無戚容，歸即左手捋鬚，右手打其兩頰盡赤。取一穿衣鏡，抱一木雕孤兒，說一番，唱一番，哭一番，其孤苦感愴，眞有可憐之色，難已之情。異日復爲此戲，千百人哭皆失聲。歸，又至鏡前，含笑深揖曰『顏容，眞可觀矣。』」此書收於《中國古典戲曲論著集成》三，前揭書，頁353～354。
〔註10〕 詳見明・何良俊《四友齋叢說》卷37〈詞曲〉：「填詞須用本色語，方是作家。」、「夫既謂之辭，寧聲叶而辭不工，毋寧辭工而聲不叶」，此書收於《元明史料筆記叢刊》，前揭書，頁337、343。
〔註11〕 詳見明・徐渭《徐渭集》卷2〈跋贊銘記・題崑崙奴雜劇後〉（北京：中華書局，1999年2月北京第2次印刷），頁1093。
〔註12〕 詳見明・王世貞《曲藻》：「凡曲，北字多而調促，促處見筋；南字少而調緩，緩處見眼。北則辭情多而聲情少，南則辭情少而聲情多。北力在弦，南力在

作表現形式的多樣化是有所助益的。

　　李贄〈童心說〉主純眞反模擬，在〈雜說〉中更提出「化工說」，認爲作品是作者情感蘊積、自然流露所成，重視作品之內在精神甚於外在形式，因此主張戲曲應「發乎情性，由乎自然」〔註 13〕直接影響了湯顯祖之「言情說」。

　　嘉隆年間的戲曲理論，拓展了明初教化說之拘限。論劇本，重聲律、辭采，啓格律派、辭采派之先聲；重演出，則促進舞臺藝術之提昇。此對萬曆之後的晚明劇學都產生了極大的影響。

　　上述諸點，都是嘉隆年間戲曲發展之相關論題，也是筆者繼續努力的目標。

　　　板。北宜和歌，南宜獨奏。北氣易粗，南氣易弱，此吾論曲三昧語。」此書收於《中國古典戲曲論著集成》四，前揭書，頁 27。
　　　王世貞此說，大概受魏良輔《曲律》之影響，《曲律》言：「北曲與南曲，大相懸絕，有磨調、絃索調之分，北曲字多而調促，促處見筋，故詞情多而聲情少。南曲字少而調緩，緩處見眼，故詞情少而聲情多。北力在絃索，宜和歌，故氣易粗。南力在磨調，宜獨奏，故氣易弱。」此書收於《中國古典戲曲論著集成》五，前揭書，頁 7。
〔註 13〕詳見明・李贄《焚書》卷 3〈雜述・雜說〉：「《拜月》、《西廂》，化工也；《琵琶》，畫工也。……吾嘗攬《琵琶》而彈之矣；一彈而嘆，再彈而怨，三彈而向之怨嘆無復存者。此其故何耶？豈其似眞非眞，所以入人之心者不深耶！蓋雖工巧之極，其氣力限量只可達於皮膚骨血之間，則其感人僅僅如是，何足怪哉！《西廂》、《拜月》乃不如是。意者宇宙之內，本自有如此可喜之人，如化工之於物，其工巧自不可思議爾。」
　　　同書〈讀律膚說〉：「蓋聲色之來，發乎情性，由乎自然，是可以牽合矯強而致乎？故自然發於情性，則自然止乎禮義，非情性之外復有禮義可止也。惟矯強乃失之，故以自然之爲美耳，又非於情性之外復有所謂自然而然也。」
　　　前揭書，頁 96～97、132。

參考書目

一、參考書目

（一）工具書

1. 《中國大百科全書‧戲曲曲藝》，北京：中國大百科全書出版社，1988年11月第2次印刷。

2. 《中國古代戲劇辭典》，張中月主編，哈爾濱：黑龍江人民出版社，1993年1月第1次印刷。

3. 《中國古典名劇鑒賞辭典》，徐培均、范民聲主編，上海：上海古籍出版社，1993年9月第2次印刷。

4. 《中國戲曲曲藝詞典》，上海：上海藝術研究所、中國戲劇家協會上海分會編，上海辭書出版社出版，1981年9月第1版。

5. 《中國戲曲劇種手冊》，李漢飛編，北京：中國戲劇出版社，1991年12月第2次印刷。

6. 《中國戲曲劇種大辭典》，上海：上海辭書出版社，1995年6月第1次印刷。

7. 《中國音樂詞典》，臺北：丹青圖書有限公司，民國75年5月臺1版。

8. 《元曲百科辭典》，山東：山東教育出版社，1989年4月第1次印刷。

9. 《元曲釋詞》，北京：中國社會科學出版社，1983~1990年第1版。

10. 《古本戲曲劇目提要》，李修生編著，北京：文化藝術出版社，1997年12月初版。

11. 《崑曲辭典》，洪惟助主編，宜蘭縣五結鄉：國立傳統藝術中心，民國91年5月出版。

12. 《戲曲辭典》，王沛綸編著，臺北：中華書局股份有限公司，民國64年4月2版。

13. 《蘇州辭典》，江洪等主編，蘇州：蘇州大學出版社，1999 年 9 月初版。

（二）劇本

1. 《元曲選》，明・臧晉叔，臺北：正文書局有限公司，民國 88 年 9 月出版。

2. 《全明雜劇》，陳萬鼐主編，臺北：鼎文書局，民國 68 年 6 月初版。

3. 《全明傳奇》，林侑時主編，臺北：天一出版社。

4. 《汲古閣六十種曲》，明・毛晉編，臺北：臺灣開明書局，民國 59 年 4 月臺 1 版。

5. 《孤本元明雜劇》，明・趙元度集，臺南：平平出版社，民國 63 年 12 月初版。

6. 《永樂大典戲文三種》，錢南揚校注，臺北：華正書局，民國 74 年 3 月。

7. 《四聲猿》，明・徐渭，臺北：仁愛書局，民國 74 年 10 月版。

8. 《西廂記》（暖紅室彙刻傳奇），揚州：揚州古籍書店發行，1990 年 10 月第 1 版。

9. 《牡丹亭校注》，明・湯顯祖著，俞為民校注，臺北：華正書局，民國 85 年 1 月初版。

10. 《琵琶記》，元・高明，清・陸貽典所刻元代鈔本，臺北：西南書局有限公司，民國 72 年 4 月 3 版。

11. 《寶劍記》，明・李開先著，卜鍵箋校《李開先全集・修訂本》，上海：上海古籍出版社，2014 年 2 月第 1 版。

12. 《詞林一枝》，明・黃文華，王秋桂主編，《善本戲曲叢刊》第一輯，臺北：臺灣學生書局，民國 73 年 7 月景印初版。

13. 《八能奏錦》，明・黃文華輯，王秋桂主編，《善本戲曲叢刊》第一輯，臺北：臺灣學生書局，民國 73 年 7 月景印初版。

14. 《玉谷新簧》，明・吉州景居士，王秋桂主編，《善本戲曲叢刊》第一輯，臺北：臺灣學生書局，民國 73 年 7 月景印初版。

15. 《摘錦奇音》，明・龔正我，王秋桂主編，《善本戲曲叢刊》第一輯，臺北：臺灣學生書局，民國 73 年 7 月景印初版。

16. 《時調青崑》，明・黃儒卿輯，王秋桂主編，《善本戲曲叢刊》第一輯，臺北：臺灣學生書局，民國 73 年 7 月景印初版。

17. 《大明春》，明・程萬里、朱鼎臣輯，王秋桂主編，《善本戲曲叢刊》第一輯，臺北：臺灣學生書局，民國 73 年 7 月景印初版。

18. 《徽池雅調》，明・熊稔寰，王秋桂主編，《善本戲曲叢刊》第一輯，臺北：臺灣學生書局，民國 73 年 7 月景印初版。

19. 《群音類選》，明・胡文煥，王秋桂主編，《善本戲曲叢刊》第四輯，臺

北：臺灣學生書局，民國 76 年 11 月景印初版。

20. 《新訂十二律京腔譜》，明·王正祥，王秋桂主編，《善本戲曲叢刊》第三輯，臺北：臺灣學生書局，民國 73 年 8 月景印初版。

210. 《明代徽調戲曲散齣輯佚》，王古魯，上海：上海古典文學出版社，1956年 6 月第 1 版。

22. 《海外孤本晚明戲劇選集三種》，李福清、李平編，上海：上海古籍出版社，1993 年 6 月第 1 版。

23. 《諸宮調兩種》，凌景埏、謝柏楊校注，臺北：里仁書局，民國 74 年 2月出版。

（三）曲譜

1. 《九宮正始》，清·徐子室輯，清·鈕少雅訂，《善本戲曲叢刊》，臺北：學生書局，民國 73 年。

2. 《九宮大成南北詞宮譜》，清·周祥鈺等，《善本戲曲叢刊》，臺北：學生書局，民國 73 年。

3. 《北曲新譜》，鄭騫，臺北：藝文印書館，民國 62 年 4 月初版。

4. 《北曲套式彙錄詳解》，鄭騫，臺北：藝文印書館，民國 62 年 4 月初版，71 年 10 月 5 版。

5. 《南北詞簡譜》，吳梅，臺北：學海出版社，民國 86 年 5 月初版。

6. 《寒山堂新訂九宮十三攝南曲譜》，清·張大復，《續修四庫全書》集部·曲類第 1750 冊，上海：上海古籍出版社，2002 年 3 月第 1 版。

（四）曲史、曲目

1. 《中國古代劇場史》，廖奔，鄭州：中州古籍出版社，1997 年 5 月第 1次印刷。

2. 《中國古代戲曲理論史通論》，俞為民、孫蓉蓉，臺北：華正書局有限公司，民國 87 年 5 月。

3. 《中國古典悲劇史》，楊建文，武漢：武漢出版社，1994 年 4 月第 1 版。

4. 《中國分類戲曲學史綱》，謝柏梁，臺北：臺灣商務印書館，1994 年 6月初版。

5. 《中國近代戲曲史》，青木正兒，王吉盧譯，臺北：臺灣商務印書館，民國 55 年。

6. 《中國戲曲史鉤沈》，蔣星煜，河南：中州書畫社，1982 年 9 月第 1 版。

7. 《中國戲曲通史》，張庚、郭漢城，臺北：丹青圖書有限公司，民國 74年 12 月臺 1 版。

8. 《中國戲曲史漫談》，吳國欽，臺北：木鐸出版社，民國 72 年 8 月初版。

9. 《中國戲曲聲腔源流史》，廖奔，臺北：貫雅文化事業有限公司，民國81年7月。

10. 《中國戲班史》，張穎發，瀋陽：瀋陽出版社，1991年11月第1版。

11. 《中國戲劇文化史述》，余秋雨，板橋：駱駝出版社，民國76年8月。

12. 《中國戲劇史長編》，周貽白，上海：上海書店出版社，2007年4月第1版。

13. 《中國戲劇史講座》，周貽白，臺北：木鐸出版社，民國75年6月初版。

14. 《中國戲劇學史稿》上、下，葉長海，板橋：駱駝出版社，民國76年8月。

15. 《中國劇場史》，周貽白，臺北：長安出版社，民國65年元月初版。

16. 《元明清劇曲史》，陳萬鼐，臺北：鼎文書局，民國63年10月增訂版。

17. 《王國維戲劇論著·宋元戲曲考等八種》，王國維，臺北：純真出版社，民國71年9月。

18. 《明代言情劇作學史稿》，陳竹，武昌：華中師範大學出版社，1991年八月第1次印刷。

19. 《明代劇曲史》，朱尚文，臺北：臺灣商務印書館，民國48年。

20. 《明清戲曲史》，盧前，臺北：臺灣商務印書館，1994年12月臺2版。

21. 《崑劇史補論》，顧篤璜，江蘇：江蘇古籍出版社，1978年10月第1版。

22. 《崑劇發展史》，胡忌、劉致中，北京：中國戲劇出版社，1989年6月北京第1版。

23. 《崑劇演出史稿》（修訂本），陸萼庭，臺北：國家出版社，2002年12月初版。

24. 《戲曲優伶史》，孫崇濤、徐宏圖著，北京：文化藝術出版社，1995年5月北京第1版。

25. 《元明清三代禁毀小說戲曲史料》，臺北：河洛圖書出版社，民國69年1月初版。

26. 《中國古典戲曲序跋彙編》，蔡毅編著，山東：齊魯出版社，1998年10月初版。

27. 《中國古代戲曲家評傳》，胡世厚、鄭紹基主編，中州古籍出版社。

28. 《古典戲曲存目彙考》上、中、下，莊一拂編著，臺北：木鐸出版社，民國75年9月初版。

29. 《曲海總目提要》，清·黃文暘撰，董康校訂，天津：天津古籍書店，1992年6月初版。

30. 《明代傳奇全目》，傳惜華，北京：人民文學出版社，1995 年 12 月北京第 1 版。

31. 《明清戲曲家考略》，鄧長風，上海：上海古籍出版社，1994 年 12 月第 1 版。

32. 《明雜劇考》，傳大興，臺北：世界書局，民國 71 年 4 月 3 版。

33. 《晚明曲家年譜》，徐朔方，杭州：浙江古籍出版社，1993 年 12 月第 1 版。

（五）戲曲論著

1. 《中原音韻》，元・周德清，《中國古典戲曲論著集成》一，北京：中國戲劇出版社，1982 年 11 月第 4 次印刷。

2. 《太和正音譜》，明・朱權，《中國古典戲曲論著集成》三，北京：中國戲劇出版社，1982 年 11 月第 4 次印刷。

3. 《今樂考證》，清・姚燮，《中國古典戲曲論著集成》十，北京：中國戲劇出版社，1982 年 11 月第 4 次印刷。

4. 《曲品》，明・呂天成，《中國古典戲曲論著集成》六，北京：中國戲劇出版社，1982 年 11 月第 4 次印刷。

5. 《曲論》，明・徐復祚，《中國古典戲曲論著集成》四，北京：中國戲劇出版社，1982 年 11 月第 4 次印刷。

6. 《曲論》，明・何良俊，《中國古典戲曲論著集成》四，北京：中國戲劇出版社，1982 年 11 月第 4 次印刷。

7. 《曲藻》，明・王世貞，《中國古典戲曲論著集成》四，北京：中國戲劇出版社，1982 年 11 月第 4 次印刷。

8. 《曲律》，明・王驥德，《中國古典戲曲論著集成》四，北京：中國戲劇出版社，1982 年 11 月第 4 次印刷。

9. 《曲律》，明・魏良輔，《中國古典戲曲論著集成》五，北京：中國戲劇出版社，1982 年 11 月第 4 次印刷。

10. 《青樓集》，元・夏庭芝，《中國古典戲曲論著集成》一，北京：中國戲劇出版社，1982 年 11 月第 4 次印刷。

11. 《南詞敘錄》，明・徐渭，《中國古典戲曲論著集成》二，北京；中國戲劇出版社，1982 年 11 月第 4 次印刷。

12. 《度曲須知》，明・沈寵綏，《中國古典戲曲論著集成》五，北京：中國戲劇出版社，1982 年 11 月第 4 次印刷。

13. 《詞謔》，明・李開先，《中國古典戲曲論著集成》三，北京：中國戲劇出版社，1982 年 11 月第 4 次印刷。

14. 《遠山堂曲品》，明・祁彪佳，《中國古典戲曲論著集成》六，北京：中

國戲劇出版社，1982 年 11 月第 4 次印刷。

15. 《遠山堂劇品》，明・祁彪佳，《中國古典戲曲論著集成》六，北京：中國戲劇出版社，1982 年 11 月第 4 次印刷。

16. 《劇話》，清・李調元，《中國古典戲曲論著集成》八，北京：中國戲劇出版社，1982 年 11 月第 4 次印刷。

17. 《樂府傳聲》，清・徐大椿，《中國古典戲曲論著集成》七，北京：中國戲劇出版社，1982 年 11 月第 4 次印刷。

18. 《錄鬼簿》，元・鍾嗣成，《中國古典戲曲論著集成》二，北京：中國戲劇出版社，1982 年 11 月第 4 次印刷。

19. 《錄鬼簿續編》，明・無名氏，《中國古典戲曲論著集成》二，北京：中國戲劇出版社，1982 年 11 月第 4 次印刷。

20. 《顧曲雜言》，明・沈德符，《中國古典戲曲論著集成》四，北京：中國戲劇出版社，1982 年 11 月第 4 次印刷。

21. 《南詞引正》，魏良輔，收於路工，《訪書見聞錄》，上海：上海古籍出版社，1985 年 8 月第 1 版。

22. 《潘之恆曲話》，明・潘之恆原著，汪效倚輯注，北京：中國戲劇出版社，1988 年北京第 1 版。

23. 《閒情偶寄》，清・李漁，臺北：長安出版社，民國 68 年 9 月臺 3 版。

24. 《小說戲曲論集》，劉輝，臺北：貫雅文化事業有限公司，民國 81 年 3 月初版。

25. 《中國古代戲劇統論》，徐振貴，濟南：山東教育出版社，1997 年 9 月第 1 版。

26. 《中國古典悲劇論》，焦文彬，西安：西北大學出版社，1990 年 5 月第 1 次印刷。

27. 《中國古典戲劇的認識與欣賞》，曾師永義，臺北：正中書局，民國 80 年 11 月臺初版。

28. 《中國古典戲劇選注》，曾師永義，臺北：國家出版社，民國 75 年 9 月再版。

29. 《中國古典戲劇論集》，曾師永義，臺北：聯經出版事業有限公司，民國 75 年 2 月第 5 次印行。

30. 《中國民國間傳說論集》，王秋桂主編，臺北：聯經出版事業有限公司，民國 83 年 8 月初版第 4 刷。

31. 《中國板式變化體戲曲研究》，孟繁樹，臺北：文津出版社，民國 80 年 3 月初版。

32. 《中國戲曲文化概論》，鄭傳寅，武漢大學出版社。

33. 《中國戲曲概論》，吳梅，臺北：學海出版社，民國 86 年 10 月初版。

34. 《中國戲曲與社會諸色》，路應昆，吉林教育出版社。

35. 《中國戲曲論集》，周貽白，北京：中國戲劇出版社，1960 年 7 月北京第 1 版。

36. 《中國戲曲史論集》，張燕瑾，北京：北京燕山出版社，1995 年 3 月第 1 版。

37. 《中國戲曲史論》，吳新雷，南京：江蘇教育出版社，1996 年 3 月第 1 版。

38. 《中國戲曲史鉤沈》，蔣星煜編著，河南：中州書畫社，1982 年 9 月初版。

39. 《中國戲曲觀眾學》，趙山林，上海：華東師範大學出版社，1990 年 6 月初版。

40. 《中國戲劇史論集》，趙景深、李平、江巨榮，南昌：江西人民出版社，1987 年出版。

41. 《中國戲劇學通論》，趙山林，合肥：安徽教育出版社，1995 年 12 月初版。

42. 《中國劇詩美學風格》，蘇國榮，臺北：丹青圖書有限公司，民國 76 年 6 月。

43. 《元代雜劇藝術》，徐扶明，臺北：學海出版社，民國 86 年 5 月初版。

44. 《元明清戲曲論集》，嚴敦易遺著，河南：中州書畫社，1982 年 8 月初版。

45. 《白川集》，傅芸子，臺北：鼎文書局，民國 68 年 7 月初版。

46. 《古典戲曲美學資料集》，隗芾、吳毓華，北京：文化藝術出版社，1992 年。

47. 《古劇說彙》，馮沅君，北京：作家出版社，1955 年印行。

48. 《古代戲曲小說論叢》，聶石樵、鄧魁英，北京：中華書局，1995 年北京第 1 次印刷。

49. 《宋元明清劇曲研究論叢》，《存萃學社編集》，香港：大東圖書公司，1979 年 12 月第 1 版。

50. 《宋元南戲考論》，俞為民，臺北：臺灣商務印書館股份有限公司，1994 年 9 月初版。

51. 《宋金雜劇考》，胡忌，上海：古典文學出版社，1957 年 4 月第 1 次印刷。

52. 《曲律易知》，許守白，《飲流齋著叢書》，臺北：郁氏印獎會，民國 68 年 7 月初版。

53. 《曲海說山錄》，吳敢，北京：文化藝術出版社，1996 年 12 月北京第 1 版。

54. 《曲學與戲劇學》，葉長海，上海：學林出版社，1999 年 11 月第 1 版。

55. 《曲譜研究》，周維培，南京：江蘇古籍出版社，1997 年 9 月第 1 版。

56. 《吳梅戲曲論文集》，吳梅，北京：中國戲劇出版社，1983 年 5 月第 1 版。

57. 《清徽學術論文集》，張敬，臺北：華正書局有限公司，民國 82 年 8 月初版。

58. 《明代南戲聲腔源流考辨》，流沙，臺北：財團法人施合鄭民國俗文化基金會，1999 年初版。

59. 《明代組劇研究》，游宗蓉，臺北：國家出版社，2011 年 2 月初版。

60. 《明代傳奇之劇場及其藝術》，王安祈，臺北：臺灣學生書局，民國 75 年 6 月初版。

61. 《明代劇作家研究》，八木澤元，臺北：中新書局有限公司，民國 66 年 4 月初版。

62. 《明代戲曲五論》，王安祈，臺北：大安出版社，1990 年 5 月第 1 版。

63. 《明代戲劇研究概述》，寧宗一、陸林、田桂民，天津：天津教育出版社，1988 年第 1 次印刷。

64. 《明代雜劇研究》，戚世雋，廣州：廣東高等教育出版社，2001 年第 1 次印刷。

65. 《明清文人傳奇研究》，郭英德，臺北：文津出版社，民國 80 年 1 月初版。

66. 《明清堂會演劇史》，李靜，上海：上海古籍出版社，2011 年 8 月第 1 版。

67. 《明清傳奇導論》，張敬，臺北：華正書局有限公司，民國 75 年 10 月初版。

68. 《明清傳奇概說》，朱承樸、曾慶全，板橋：元山書局，民國 76 年 2 月。

69. 《明清戲曲學辨疑》，林鶴宜，臺北：里仁書局，民國 92 年 2 月初版。

70. 《明雜劇概論》，曾師永義，臺北：學海出版社，民國 68 年 4 月初版。

71. 《明雜劇研究》，徐子方，臺北：文津出版社有限公司，1998 年 1 月 1 刷。

72. 《宜黃諸腔源流探》，流沙，北京：人民音樂出版社，1993 年 12 月北 2 版。

73. 《度柳翠翠鄉夢與紅蓮債三劇的比較研究》，汪志勇，臺北：臺灣學生書局，民國 69 年 11 月初版。

74. 《南戲研究變遷》，金寧芬，天津：天津教育出版社，1992 年 5 月第 1 次印刷。

75. 《南戲國際學術研討會論文集》，溫州市文化局編著，北京：中華書局，2001 年 5 月第 1 版。

76. 《南戲新證》，劉念茲，北京：中華書局，1986 年 11 月第 1 版。

77. 《南戲論叢》，孫崇濤，北京：中華書局，2001 年 6 月第 1 版。

78. 《崑曲清唱研究》，朱昆槐，臺北：大安出版社，1991 年 3 月第 1 版。

79. 《參軍戲與元雜劇》，曾師永義，臺北：聯經出版事業有限公司，民國 81 年 4 月初版。

80. 《從腔調說到崑劇》，曾師永義，臺北：國家出版社，2002 年 12 月初版。

81. 《晚明戲曲劇種與聲腔研究》，林鶴宜，臺北：學海出版社，民國 83 年 10 月初版。

82. 《景午叢編》，鄭騫，臺北：臺灣中華書局股份有限公司，民國 61 年 1 月初版。

83. 《新曲苑》，任中敏編，臺北：臺灣中華書局，民國 59 年 8 月臺 1 版。

84. 《傳統文化與古典戲曲》，鄭傳寅，臺北：揚智文化事業股份有限公司，1995 年元月。

85. 《說俗文學》，曾師永義，臺北：聯經出版事業有限公司，民國 69 年 4 月初版。

86. 《說戲曲》，曾師永義，臺北：聯經出版事業有限公司，民國 72 年 5 月第 3 版印行。

87. 《說劇》，董每戡，北京：人民文學出版社，1983 年 1 月北京第 1 版。

88. 《詩歌與戲曲》，曾師永義，臺北：聯經出版事業有限公司，民國 77 年 4 月初版。

89. 《論中國戲曲批評》，夏寫時，濟南：齊魯出版社，1988 年第 1 次印刷。

90. 《論說戲曲》，曾師永義，臺北：聯經出版事業有限公司，民國 86 年 3 月初版。

91. 《錦堂論曲》，羅錦堂，臺北：聯經出版事業有限公司，民國 68 年第 1 次印行。

92. 《劇史新說》，陳多，臺北：學海出版社，民國 83 年 5 月初版。

93. 《戲文概論》，錢南揚，臺北：木鐸出版社，民國 77 年 9 月初版。

94. 《戲史辨第三輯》，胡忌、洛地主編，藝術與人文科學出版社，2002 年 8 月第 1 版版。

95. 《戲曲小說叢考》上、下，葉德均，臺北：文史哲出版社，民國 76 年 3 月。

96. 《戲曲小說研究》第五集，國立清華大學人文社會學院中國語文學系編，臺北：聯經出版事業公司，民國 84 年 2 月初版。

97. 《戲曲文物研究散論》，黃竹三，北京：文化藝術出版社，1998 年北京第 1 版。

98. 《戲曲文學：語言托起的綜合藝術》，門巋，桂林：廣西師範大學出版社，2000 年 4 月第 1 版。

99. 《戲曲本質與腔調新論》，曾師永義，臺北：國家出版社，2007 年 7 月初版。

100. 《戲曲音樂散論》，何爲，北京：人民音樂出版社，1986 年 7 月第 1 版。

101. 《戲曲美學》，傅謹，臺北：文津出版社，民國 84 年 7 月出版。

102. 《戲曲美學論文集》，張庚、蓋叫天等，臺北：丹青圖書有限公司，民國 75 年 4 月臺 1 版。

103. 《戲曲表演美學探討》，韓幼德，臺北：丹青圖書有限公司，民國 76 年 2 月初版。

104. 《戲曲源流新論》，曾師永義，臺北：立緒文化事業有限公司，民國 89 年 4 月初版。

105. 《戲曲聲腔劇種研究》，余從，北京：人民音樂出版社，1994 年 3 月北 2 版。

106. 《戲劇理論史稿》，余秋雨編著，上海：上海文藝出版社，1983 年 5 月初版。

107. 《戲劇與文學》，姚一葦，臺北：遠景出版事業公司，民國 73 年 7 月初版。

108. 《戲劇概要》，楊建文編著，臺北：五南圖書出版股份有限公司，2003 年 4 月初版。

109. 《螾廬曲談》，王季烈，臺北：商務印書館股份有限公司，民國 67 年臺 1 版。

110. 《優伶考述》，孫民紀，北京：中國戲劇出版社，1999 年 10 月第 1 版。

111. 《顧曲塵談》，吳梅，臺北：臺灣商務印書館股份有限公司，民國 77 年 12 月第 4 版。

112. 《20 世紀戲曲文物的發現與曲學研究》，車文明，北京：文化藝術出版社，2001 年 7 月第 1 版。

（六）筆記、小說

1. 《二酉委譚摘錄》，明・王世懋，收於《叢書集成初編》（2922～27），北京：中華書局，1985 年北京新 1 版。

2. 《人譜類記》，明・劉宗周，收於《筆記四編》，臺北：廣文書局有限公

司，民國 60 年 8 月初版。

3. 《几亭全集》，明‧陳龍正，收於《叢書集成續編》第 214 冊，臺北：新文豐出版公司，民國 78 年 7 月臺 1 版。

4. 《五雜組》，明‧謝肇淛，臺北：偉文圖書出版社有限公司，民國 66 年 4 月出版。

5. 《天啟宮詞》，明‧蔣之翹，收於《學海類編》（三），臺北：文海出版社，民國 53 年 8 月初版。

6. 《世說新語》，南朝宋‧劉義慶，臺北：世界書局，民國 63 年 5 月 4 版。

7. 《四友齋叢說》，明‧何良俊，收於《元明史料筆記叢刊》，北京：中華書局，1997 年 11 月湖北第 3 次印刷。

8. 《西湖游覽志餘》，明‧田汝成，臺北：世界書局，民國 52 年 5 月初版。

9. 《列朝詩集小傳》，清‧錢謙益，臺北：世界書局，民國 74 年 2 月 3 版。

10. 《名家解讀《金瓶梅》》，盛源、北嬰編著，濟南：山東人民出版社，1998 年 1 月初版。

11. 《戒庵老人漫筆》，明‧李詡，收於《元明史料筆記叢刊》，北京：中華書局，1997 年 12 月湖北第 2 次印刷。

12. 《吳社編》，明‧王穉登，收於明‧陶宗儀等編，《說郛三種》第 10 冊〈說郛續四十六卷〉，上海：古籍出版社，1998 年第 1 版。

13. 《涇林續記》，明‧周元暐，收於《叢書集成初編》（2952～57），北京：中華書局，1985 年北京新 1 版。

14. 《岐路燈》，清‧李綠園，三重：世新出版社，民國 72 年 9 月出版。

15. 《東京夢華錄》，宋‧孟元老，收於宋‧孟元老等著，周峰點校《東京夢華錄》（外四種），北京：文化藝術出版社，1998 年 8 月北京第 1 版。

16. 《武林舊事》，宋‧周密，收於宋‧孟元老等著，周峰點校《東京夢華錄》（外四種），北京：文化藝術出版社，1998 年 8 月北京第 1 版。

17. 《典故記聞》，明‧余繼登，收於《元明史料筆記叢刊》，北京：中華書局，1981 年 7 月第 1 次印刷。

18. 《松窗夢語》，明‧張瀚，收於《元明史料筆記叢刊》，北京：中華書局，1985 年 5 月第 1 次印刷。

19. 《板橋雜記》，明‧余懷，《叢書集成初編》（2732～38），北京：中華書局，1985 年北京新 1 版。

20. 《金陵瑣事》，明‧周暉，收於《筆記小說大觀十六編》第 3 冊，臺北：新興書局有限公司。

21. 《續金陵瑣事明》，周暉，收於《筆記小說大觀十六編》第 4 冊，臺北：新興書局有限公司。

22. 《金瓶梅詞話》，臺北：增你智文化事業有限公司，民國 69 年 2 月初版。

23. 《客座贅語》，明‧顧起元，收於《元明史料筆記叢刊》，北京：中華書局，1997 年 11 月湖北第 2 次印刷。

24. 《帝京景物略》，明‧劉侗、于奕正，收於《北平地方叢書第二輯》，臺北：古亭書屋，民國 59 年 11 月影印初版。

25. 《酌中志》，明‧劉若愚，臺北：偉文圖書出版有限公司，民國 65 年 9 月出版。

26. 《唐人小說校釋》，王師夢鷗，臺北：正中書局，民國 74 年 1 月臺初版。

27. 《草木子》，明‧葉子奇，中國子學名著集成編印基金會，民國 67 年 12 月初版。

28. 《都公譚纂》，明‧都穆，收於《叢書集成初編》（2892～99），北京：中華書局，1985 年北京新 1 版。

29. 《馮夢龍全集‧掛枝兒山歌》，魏同賢主編，上海：上海古籍出版社，1993 年 6 月第 1 版。

30. 《馮夢龍全集‧古今小說》，魏同賢主編，上海：上海古籍出版社，1993 年 6 月第 1 版。

31. 《馮夢龍全集‧警世通言》，魏同賢主編，上海：上海古籍出版社，1993 年 6 月第 1 版。

32. 《馮夢龍全集‧醒世恆言》，魏同賢主編，上海：上海古籍出版社，1993 年 6 月第 1 版。

33. 《湯顯祖全集》，徐朔方箋校，北京：古籍出版社，1999 年 1 月初版。

34. 《雲間據目抄》，明‧范濂，收於《筆記小說大觀二十二編》第 5 冊，臺北：新興書局有限公司，民國 73 年 6 月再版。

35. 《清詩話訪佚初編》，杜松柏主編，臺北：新文豐出版公司，民國 76 年 6 月臺 1 版。

36. 《寓圃雜記》，明‧王錡，收於《元明筆記史料叢刊》，北京：中華書局，1997 年 11 月湖北第 2 次印刷。

37. 《虞初新志》，清‧張潮輯，河北：河北人民出版社，2001 年 8 月第 2 次印刷。

38. 《揚州畫舫錄》，清‧李斗，臺北：世界書局，民國 52 年 5 月初版。

39. 《猥談》，明‧祝允明，收於明‧陶宗儀等編，《說郛三種》第 10 冊，上海：古籍出版社，1998 年第 1 版。

40. 《紫桃軒雜綴》，明‧李日華，《叢書集成續編》第 213 冊，臺北：新文豐出版公司，民國 78 年 7 月臺 1 版。

41. 《震澤紀聞》，明・王鏊，收於《叢書集成初編》（3959～62），北京：中華書局，1991 年北京第 1 版。

42. 《穀山筆麈》，明・于慎行，收於《元明史料筆記叢刊》，北京：中華書局，1997 年 11 月湖北第 2 次印刷。

43. 《萬曆野獲編》，明・沈德符，北京：文化藝術出版社，1998 年 6 月北京第 1 次印刷。

44. 《菽園雜記》，明・陸容，收於《元明史料筆記叢刊》，北京：中華書局，1997 年 12 月湖北第 2 次印刷。

45. 《廣東新語注》，清・屈大均著，李育中等注，廣東：廣東人民出版社，1991 年五月第 1 版。

46. 《輟耕錄》，元・陶宗儀，《叢書集成初編》（0218～20），北京：中華書局，1985 年北京新 1 版。

47. 《夢粱錄》，宋・吳自牧，收於宋・孟元老等著，周峰點校《東京夢華錄》（外四種），北京：文化藝術出版社，1998 年 8 月北京第 1 版。

48. 《閱世編》，清・葉夢珠，收於《藏書傳世・子集・雜記・2》，誠成企業集團（中國）有限公司組織編纂，海南國際出版中心出版，1996 年 12 月版。

49. 《樂郊私語》，元・姚桐壽，《叢書集成初編》（3171～77），北京：中華書局，1991 年新 1 版。

50. 《燼宮遺錄》，明・佚名，收於沈雲龍選輯，《明清史料彙編》七集第 2 冊，臺北：文海出版社有限公司，民國 60 年 9 月初版。

（七）詩文集

1. 《王文成公全書》，明・王陽明，臺北：臺灣商務印書館，王雲五主編國學基本叢書四百種，民國 57 年 3 月臺 1 版。

2. 《王心齋全集》，明・王艮，臺北：廣文書局，民國 64 年。

3. 《日知錄集釋》，明・顧炎武，臺北：世界書局，民國 80 年 5 月 8 版。

4. 《全明散曲》，謝伯陽編，濟南：齊魯書社，1994 年出版。

5. 《何瑭集》，明・何瑭著、王永寬校注，鄭州：中州古籍出版社，1999 年 9 月初版。

6. 《李中麓閒居集》，明・李開先，《四庫全書存目叢書・集部九二》，四庫全書存目叢書編纂委員會編著，臺南：莊嚴文化事業有限公司，1997 年 6 月初版。

7. 《李開先全集》，明・李開先著，卜鍵箋校，上海：上海古籍出版社，2014 年 2 月第 1 版。

8. 《李贄文集》，明・李贄，北京：社會科學文獻出版社，2000 年 5 月第 1 版。

9. 《宋文憲公全集》，明·宋濂，收於《四部備要·集部》，臺北：臺灣中華書局。

10. 《空同先生集》，明·李夢陽，《明代論著叢刊》，臺北：偉文圖書出版社有限公司，民國 65 年 5 月出版。

11. 《明燈道古錄》，明·李贄、劉東星同撰，中國子學名著集成編印基金會，民國 67 年 12 月初版。

12. 《弇州山人四部稿》，明·王世貞，《明代論著叢刊》，臺北：偉文圖書出版社有限公司，民國 65 年 5 月出版。

13. 《珂雪齋前集》，明·袁中道，《明代論著叢刊》第二輯，臺北：偉文圖書出版社有限公司，民國 65 年 9 月出版。

14. 《皇明經世文編》，明·陳子龍等編，臺北：國聯圖書出版有限公司，民國 53 年 11 月出版。

15. 《荊川集》，明·唐順之，收於《四庫全書薈要》集部第 72 冊、別集類，臺北：世界書局，民國 77 年 2 月初版。

16. 《徐渭集》，明·徐渭，北京：中華書局，1999 年 2 月第 2 次印刷。

17. 《海忠介公全集》，明·海瑞，海忠介公全集輯印委員會，民國 62 年 5 月初版。

18. 《袁中郎全集》，明·袁宏道，臺北：世界書局，民國 53 年 2 月初版。

19. 《陶庵夢憶》，明·張岱，臺北：漢京文化事業有限公司，民國 73 年 3 月初版。

20. 《張岱詩文集》，明·張岱，夏咸淳校點，上海：上海古籍出版社，1991 年 5 月第 1 版。

21. 《琅嬛文集》，明·張岱，長沙：嶽麓書社，1985 年 7 月出版。

22. 《清代北京竹枝詞》（十三種），楊米人等著，路工編選，北京：北京古籍出版社，1982 年 1 月出版。

23. 《焚書·續焚書》，明·李贄，臺北：漢京文化事業有限公司，民國 73 年 5 月初版。

24. 《傳習錄》，明·王陽明，臺北：金楓出版有限公司，1987 年 3 月初版。

25. 《殿閣詞林記》，明·廖道南，收於王雲五主編《四庫全書珍本九集》（135），臺北：臺灣商務印書館。

26. 《圍爐詩話》，清·吳喬，收於《筆記續編》，臺北：廣文書局有限公司，民國 58 年 9 月初版。

27. 《歸震川全集》，明·歸有光，臺北：世界書局，民國 49 年 11 月初版。

28. 《鴻苞》，明·屠隆，收於《四庫全書存目叢書》子部雜家類子部第 89 冊，臺南：莊嚴文化事業有限公司，1995 年 9 月初版。

29. 《隱秀軒詩集》，明・鍾惺，《明代論著叢刊》第二輯，臺北：偉文圖書出版社有限公司，民國 65 年 9 月出版。

30. 《懷麓堂集》，明・李東陽，收於《四庫全書薈要》集部第 64 冊、別集類，臺北：世界書局，民國 77 年 2 月初版。

31. 《譚友夏合集》，明・譚元春，《明代論著叢刊》第二輯，臺北：偉文圖書出版社有限公司，民國 65 年 9 月出版。

（八）史料、方志

1. 《大明律集解附例》，收於《明代史籍彙刊》，臺北：臺灣學生書局，民國 59 年 12 月景印初版。

2. 《大明會典》，明・李東陽等奉敕撰、申明行等奉敕重修，臺北：東南書報社印行，民國 52 年 9 月出版。

3. 《天下郡國利病書》，明・顧炎武，臺北：臺灣商務印書館，四部叢刊續編，民國 55 年 10 月臺 1 版。

4. 《中國戲曲志・山西卷》，中國戲曲志編輯委員會編著，北京：文化藝術出版社，1990 年 12 月第 1 版。

5. 《中國戲曲志・湖南卷》，中國戲曲志編輯委員會編著，北京：文化藝術出版社，1990 年 5 月第 1 版版。

6. 《中國戲曲志・江蘇卷》，中國戲曲志編輯委員會編著，中國 ISBN 中心，1992 年 12 月第 1 版版。

7. 《中國戲曲志・安徽卷》，中國戲曲志編輯委員會編著，中國 ISBN 中心，1993 年 11 月第 1 版版。

8. 《中國戲曲志・浙江卷》，中國戲曲志編輯委員會編著，中國 ISBN 中心，1997 年 12 月北京第 1 版。

9. 《中國戲曲志・江西卷》，中國戲曲志編輯委員會編著，中國 ISBN 中心，1998 年 10 月北京第 1 版。

10. 《廿二史箚記》，清・趙翼，臺北：樂天出版社，民國 62 年 2 月再版。

11. 《元史》，明・宋濂等撰，臺北：鼎文書局，民國 66 年 10 月初版。

12. 《青泥蓮花記》，明・梅鼎祚，收於《中國近世小說史料彙編》（12），臺北：廣文書局，民國 69 年出版。

13. 《明史》，清・張廷玉等撰，臺北：鼎文書局，民國 64 年 6 月初版。

14. 《明史紀事本末》，明・谷應泰，臺北：華世出版社，民國 65 年 2 月初版。

15. 《明政統宗》，明・涂山輯，收於《四庫禁燬書叢刊》史部第 2 冊，北京出版社。

16. 《明書》，清・傅維鱗，臺北：正大印書館股份有限公司，民國 63 年 10

月臺 1 版。

17. 《明實錄》，臺北：中央研究院歷史語言研究所，民國 55 年 9 月初版。

18. 《明通鑑》，清・夏燮，臺北：世界書局，民國 51 年 11 月初版。

19. 《明儒學案》，明・黃宗羲，臺北：河洛圖書出版社，民國 62 年 12 月臺景印出版。

20. 《東西洋考》，張燮，臺北：臺灣商務印書館，人人文庫 1735，民國 60 年 10 月臺 1 版。

21. 《國初事蹟》，明・劉辰，收於《叢書集成初編》（3959～62），北京：中華書局，1991 年北京第 1 版。

22. 《瑣聞別錄》，明・宋直方，收於《明季史料叢書》，藏於臺北中央研究院傅斯年圖書館。

23. 《萬曆嘉定縣志》，明韓浚等修，收於《中國史學叢書三編第四輯》，臺北：臺灣學生書局，民國 76 年 6 月初版。

24. 《續文獻通考》，王圻，明萬曆刊本，文海出版社有限公司。

（九）其他專著

1. 《中國文學史》，葉師慶炳，臺北：臺灣學生書局，民國 71 年 8 月學 1 版。

2. 《中國文學發展史》，劉大杰，臺北：華正書局，民國 71 年 5 月版。

3. 《中國古代音樂史稿》，楊蔭瀏，臺北：丹青圖書有限公司，民國 75 年 3 月臺 3 版。

4. 《中國古典文學理論批評專著選輯》，郭紹虞主編，北京：人民文學出版社，1998 年。

5. 《中國明代政治史》，毛佩琦、張自成著，收於《中國全史》，北京：人民出版社，1994 年第 1 版。

6. 《中國明代經濟史》，林金樹、高壽仙、梁勇，收於百卷本《中國全史》叢書，北京：人民出版社，1994 年第 1 版。

7. 《中國思想史》，張豈之主編，臺北：水牛圖書出版事業有限公司，民國 81 年 6 月初版。

8. 《中華文明史》（第八卷・明代），河北：河北教育出版社，1994 年 6 月第 1 版。

9. 《古代文學中人物形象論稿》，聶石樵主編，北京：北京師範大學出版社，2000 年 3 月第 1 版。

10. 《明人奇情》，郭應德、過常保著，臺北：雲龍出版社，1996 年 2 月初版。

11. 《明史新編》，傅衣凌主編，楊國楨、陳支平著，臺北：雲龍出版社，1995 年 8 月初版。

12. 《明代中後期社會變遷研究》，牛建強，臺北：文津出版社有限公司，1997 年 7 月出版。

13. 《明代社會經濟初探》，韓大成，北京：人民出版社，1986 年 6 月第 1 版。

14. 《明代政治制度研究》，關文發、顏廣文，北京：中國社會科學出版社，1996 年 5 月第 2 版。

15. 《明代城市研究》，韓大成，北京：中國人民大學出版社，1991 年第 1 版。

16. 《明代思想史》，容肇祖，上海：齊魯書社，1992 年 4 月第 1 版。

17. 《明清文學史》（明代卷），湖北：武漢大學出版社，1991 年 12 月第 1 版。

18. 《明清文學研究論集》，龔顯宗，臺北：華正書局，民國 85 年 1 月初版。

19. 《明清文學概論》，金玉田，廣東：汕頭大學出版社，1997 年 7 月第 1 版。

20. 《明清史探實》，鄭克晟，北京：中國社會科學出版社，2001 年 11 月第 1 版。

21. 《明詞彙刊》，趙尊嶽輯，上海：上海古籍出版社，1992 年 7 月第 1 次印刷。

22. 《明朝十六帝》，許大齡、王天有，北京：紫禁城出版社，1992 年北京第 2 次印刷。

23. 《明朝史略》，李光璧，臺北：弘文館出版，民國 75 年初版。

24. 《青樓文學與中國文化》，陶慕寧，北京：東方出版社，1996 年 5 月北京第 4 次印刷。

25. 《晚明士人心態及個案研究》，周明初，北京：東方出版社，1997 年 8 月第 1 版。

26. 《晚明文學新探》，馬美信，桃園：聖環圖書有限公司，民國 83 年 6 月初版。

27. 《晚明性靈小品研究》，曹淑娟，臺北：文津出版社，民國 77 年 7 月出版。

28. 《晚明思想史論》，嵇文甫，北京：東方出版社，1996 年 3 月第 1 版。

29. 《詞學通論》，吳梅，臺北：臺灣商務印書館，民國 54 年 12 月臺 1 版。

30. 《新編中國哲學史》，勞思光，臺北：三民書局股份有限公司，民國 79 年 11 月六版。

31. 《飄搖的傳統——明代城市生活長卷》，陳寶良，長沙：湖南出版社，1996 年 9 月第 1 版。

二、參考論文

（一）學位論文

1. 〈元明雜劇之比較研究——以題材爲核心之探討〉，游宗蓉，國立臺灣大學中國文學研究所博士論文，民國 88 年 1 月。

2. 〈「江湖十二腳色」之探索〉，古嘉齡，國立政治大學中國文學研究所碩士論文，民國 88 年 7 月。

3. 〈明中葉至清中葉商人與戲曲之關係研究〉，江婉華，逢甲大學中國文學研究所碩士論文，民國 88 年 6 月。

4. 〈明中葉至清初文人與戲劇關係之研究〉，洪麗淑，逢甲大學中國文學研究所碩士論文，民國 89 年 1 月。

5. 〈明代一折短劇研究〉，張盈盈，國立政治大學中國文學研究所碩士論文，民國 77 年 6 月。

6. 〈明代中期蘇州文人生活研究〉，邵曼珣，東吳大學中國文學系博士論文，民國 90 年 6 月。

7. 〈明代文士化南戲之研究〉，陳慧珍，臺灣大學中國文學研究所碩士論文，民國 87 年 6 月。

8. 〈明代時事新劇〉，高美華，國立政治大學中國文學研究所博士論文，民國 78 年。

9. 〈明代戲曲本色論〉，侯淑娟，私立東吳大學中國文學研究所碩士論文，民國 81 年 6 月。

10. 〈明代嘉靖隆慶時期三大傳奇研究〉，黃炫國，國立政治大學中國文學研究所博士論文，民國 82 年 6 月。

11. 〈明代劇學研究〉，陳芳英，國立臺灣大學中國文學研究所博士論文，民國 72 年。

12. 〈明清民歌研究〉，鄭義雨，國立臺灣師範大學中國文學研究所博士論文，民國 90 年 1 月初版。

13. 〈明傳奇排場三要素發展歷程之研究〉，許子漢，國立臺灣大學中國文學研究所博士論文，民國 87 年 1 月。

14. 〈徐渭之曲學及劇作研究〉，易怡玲，國立臺灣師範大學中國文學研究所碩士論文，民國 79 年 5 月。

15. 〈浣紗記研究〉，侯淑娟，東吳大學中國文學系博士論文，民國 90 年 6 月。

16. 〈盛明雜劇之題材研究〉，李美京，私立東海大學中國文學研究所碩士論文，民國74年4月。

17. 〈清初蘇州劇作家研究〉，李佳蓮，國立臺灣大學中國文學研究所博士論文，民國90年5月初版。

（二）單篇論文

1. 〈中國古代戲曲的南北交流——《禮節傳簿》探索之二〉，張之中，《中華戲曲》第8輯，山西：山西師範大學戲曲文物研究所，1989年5月。

2. 〈汪道昆《大雅堂樂府》在明雜劇史上的意義〉，李惠綿，《幼獅學誌》第12卷第4期。

3. 〈我國戲曲史料的重大發現——山西潞城明代《禮節傳簿》考述〉，黃竹三，《中華戲曲》第3輯，山西：山西師範大學戲曲文物研究所，1987年4月。

4. 〈《迎神賽社禮節傳簿四十曲宮調》手抄本影印〉，《中華戲曲》第3輯，山西：山西師範大學戲曲文物研究所，1987年4月。

5. 〈《迎神賽社禮節傳簿四十曲宮調》注釋〉，寒聲、栗守田、原雙喜、常坦之，《中華戲曲》第3輯，山西：山西師範大學戲曲文物研究所，1987年4月。

6. 〈《迎神賽社禮節傳簿四十曲宮調》初探〉，寒聲、栗守田、原雙喜、常坦之，《中華戲曲》第3輯，山西：山西師範大學戲曲文物研究所，1987年4月。

7. 〈改扮、雙演、代角——反串關於演員、角色和劇中人三者關係的幾點考察〉，王安祈，「明清戲曲國際研討會」論文，臺北：中央研究院中國文哲研究所籌備處，民國86年6月10～11日。

8. 〈吳歈不是昆曲，西調亦非秦腔〉，衛世誠，《中華戲曲》第7輯，山西師範大學戲曲文物研究所，1989年12月。

9. 〈明代的南雜劇〉，張全恭，《嶺南學報》第6卷第1期，民國26年3月。

10. 〈明代的樂戶〉，張正明，《明史研究》第1輯，1991年，中國明史學會主辦，黃山書社，1991年出版。

11. 〈明代青陽腔劇本芻議〉，班友書，《戲曲研究》第27輯，北京：文化藝術出版社，1988年9月1版。

12. 〈明代南雜劇略論〉，徐子方，《陝西大學學報》（哲學社會科學版），1989年第3期。

13. 〈明代演劇狀況的考察〉，趙景深、李平、江巨榮，《戲劇藝術》，1979年第3、4期。

14. 〈明代嘉靖年間的一例賽社活動——山西翼城曹公四聖宮考〉，楊太康、曹占梅，《民俗曲藝》第 107、108 期，民國 86 年 5 月。

15. 〈明代雜劇概說〉，廖奔，《戲曲研究》第 30 輯，1989 年 9 月。

16. 〈明代戲曲題材論新探〉，吳雙，《貴州民族學院學報》，1994 年 2 月。

17. 〈明代戲曲創作傾向的變遷〉，俞為民，《中華戲曲》第 14 輯，山西：山西師範大學戲曲文物研究所，1993 年 8 月。

18. 〈明初雜劇的演進〉，姚力芸，《中華戲曲》第 8 輯，山西：山西師範大學戲曲文物研究所，1989 年 5 月。

19. 〈明清抒懷寫憤雜劇之藝術特質與成份〉，王璦玲，《中國文哲研究集刊》第 13 期，1998 年 9 月。

20. 〈明清時的崑曲亦稱「吳歈」〉，毛禮鎂，《中華戲曲》第 10 輯，山西師範大學戲曲文物研究所，1991 年 4 月出版。

21. 〈明清南雜劇的發展軌跡〉，蔣中崎，《戲劇藝術》，1996 年第 4 期，上海：上海戲劇學院。

22. 〈明清雜劇的幽默情調〉，沈煒元，《戲劇藝術》，1995 年第 4 期，上海：上海戲劇學院。

23. 〈明清「牢騷骯髒士」的抒情寫憤雜劇〉，沈煒元，《戲劇藝術》，1993 年第 1 期，上海：上海戲劇學院。

24. 〈明清傳奇敘事程式初探〉，林鶴宜，「明清戲曲國際研討會」論文，臺北：中央研究院中國文哲研究所籌備處，民國 86 年 6 月 10～11 日。

25. 〈明稿本《玉華堂日記》中的戲曲史資料研究〉，安奇，《藝術研究資料》第 7 輯，杭州：浙江省藝術研究所，1983 年 12 月。

26. 〈明嘉隆間雜劇所呈現之士人形象及其生命情懷〉，林立仁，《輔仁國文學報》第 16 期，民國 89 年 7 月。

27. 〈拙政園〉，蘇州市博物館，《文物》，1978 年第 6 期（總 265 期）。

28. 〈《南詞引正》校注〉，錢南揚，《戲劇報》，1961 年第 7、8 期合刊本，北京：中國戲劇家協會戲劇報編輯委員會，人民文學出版社。

29. 〈晉東南祭神儀式抄本的戲曲史價值〉，廖奔，《中華戲曲》第 13 輯，山西：山西師範大學戲曲文物研究所，1993 年 8 月。

30. 〈海鹽腔的形成、流傳與《金瓶梅》〉，蔣星煜，《蘇州大學學報》（社哲版），1986 年 4 月。

31. 〈馮惟敏及其著述〉，鄭騫，《燕京學報》第 28 期，1940 年 12 月。

32. 〈晚明世風漫議〉，劉志琴，《明清史》k24，1992 年 2 月。

33. 〈從明後期世情劇看文人的人格苦悶〉，孫之梅，《山東師範大學學報》（社會科學版）1993 年第 3 期。

34. 〈從《永樂大典戲文三種》看早期南戲的藝術形式〉，林立仁，《輔大中研所學刊》第 7 期，民國 86 年 7 月。

35. 〈張岱的戲劇生活〉，王安祈，《歷史月刊》第 13 期，民國 78 年 2 月。

36. 〈試論明代家樂〉，齊森華，「明清戲曲國際研討會」論文，臺北：中央研究院中國文哲研究所籌備處，民國 86 年 6 月 10～11 日。

37. 〈隊戲、院本與雜劇的興起〉，張之中，《中華戲曲》第 3 輯，山西：山西師範大學戲曲文物研究所，1987 年 4 月。

38. 〈試論「啞隊戲」〉，竇楷，《中華戲曲》第 3 輯，山西：山西師範大學戲曲文物研究所，1987 年 4 月。

39. 〈《歌代嘯》初探〉，許金榜，《山東師大學報》，1984 年第 4 期。

40. 〈越腔考〉，羅海笛，《藝術研究》第 6 輯（總第 15 輯），杭州：浙江省藝術研究所，1986 年 12 月。

41. 〈《誠齋雜劇》藝術之探討〉，蔡欣欣，「明清戲曲國際研討會」論文，臺北：中央研究院中國文哲研究所籌備處，民國 86 年 6 月 10～11 日。

42. 〈「滾調」與中國戲曲體式的嬗變〉，朱萬曙，《戲劇藝術》，1988 年。

43. 〈「滾調」再探〉，李殿魁，「明清戲曲國際研討會」論文，臺北：中央研究院中國文哲研究所籌備處，民國 86 年 6 月 10～11 日。

44. 〈實事求是地對待劇種源流問題〉，周大風，《藝術研究資料》第 1 輯，杭州：浙江省藝術研究所編。

45. 〈論沈璟《博笑記》之創作旨趣與藝術成就〉，林立仁，《通識教育學報》創刊號，民國 102 年 12 月。

46. 〈論明代的短劇〉，王耕夫，《華中師範大學學報》（哲社版），1987 年第 2 期。

47. 〈論明代中葉以後雜劇創作的主體意識〉，陶慕寧，《南開學報》，1989 年第 3 期，天津：南開大學學報編輯部。

48. 〈論明代江南園林〉，王春瑜，《中國史研究》，1987 年第 3 期。

49. 〈論明代宮廷演劇——以《脈望館鈔校本古今雜劇》教坊劇為討論範圍〉，林立仁，《通識教育學報》第 2 期，民國 103 年 12 月。

50. 〈論迷失了的餘姚腔——從四個餘姚腔劇本的發現談起〉，戴不凡，《戲曲研究》第 1 輯，北京：文化藝術出版社。

51. 〈論晚明文人對小說的態度〉，周質平，《中外文學》第 11 卷第 12 期。

52. 〈論張鳳翼《陽春六集》之文士化〉，林立仁，《輔仁大學理外民共同科論文特刊》，民國 88 年 11 月。

53. 〈論傳奇徵實風氣之興起——從《浣紗記》《鳴鳳記》加以探討〉，林立仁，《輔仁國文學報》第 11 集，民國 84 年 5 月初版。

54. 〈樂劇與賽社〉，張振南，《中華戲曲》第 13 輯，山西：山西師範大學戲曲文物研究所，1993 年 8 月。

55. 〈關於《詞林一枝》的成書年代——兼談滾調盛行的時間〉，《中華戲曲》第 8 輯，山西：山西師範大學戲曲文物研究所，1989 年 5 月。

56. 〈賽社：戲劇史的巡禮〉，馮俊杰，《中華戲曲》第 3 輯，山西：山西師範大學戲曲文物研究所，1987 年 4 月。

57. 〈雜劇的轉變〉，鄭振鐸，《小說月報第》第 21 卷第 1 期，1930 年 3 月。